La hermana salvaje

NOAH EVANS

La hermana salvaje

Grijalbo

Papel certificado por el Forest Stewardship Council®

Primera edición: febrero de 2024

Travessera de Gràcia, 47-49. 08021 Barcelona

Printed in Spain – Impreso en España

ISBN: 978-84-253-6674-1
Depósito legal: B-20.254-2023

Compuesto en Comptex&Ass., S. L.

Impreso en Liberdúplex
Sant Llorenç d'Hortons (Barcelona)

GR 6 6 7 4 1

A mis hadas madrinas,
vosotras pusisteis la magia.
Aquí tenéis las letras.
Son vuestras

Preámbulo

Familia Valenti

—¡Leonardo! ¡Marco! —los llamó.

Estaba sentado en una silla del jardín y los pies no le llegaban al suelo. Vicenzo fue consciente de que su hijo menor había hecho el intento de cerrar el cuaderno cuando lo vio acercarse.

Leonardo se había puesto en pie enseguida, pero su hermano seguía sentado.

—Estos son mis hijos. —Vicenzo sonrió a su nuevo socio.

—Encantado, señor Foster. —El gesto de Vicenzo se amplió al escuchar a Leo.

El hombre pareció interesarse por lo que los niños hacían en la mesa. La esposa de Valenti y su nueva amiga obligada, la señora Foster, habían llegado hasta ellos.

—¿Matemáticas en vacaciones? —dijo el hombre mirando el cuaderno del mayor. Siguió rodeando la mesa.

—Nos están enseñando a aplicar fórmulas. —Leonardo pasó la página para que Foster lo viese bien. En cuanto el hombre reconoció lo que eran, miró a Vicenzo y sonrió.

—Es aún muy básico, pero cuanto antes empiecen, mejor —añadió el padre con orgullo.

—¿Qué edad tenéis? —Foster volvió a dirigirse a los niños.

—Tengo ocho años y mi hermano acaba de cumplir siete —se apresuró a responder el hijo mayor.

—Matemáticas Financieras. —Foster alzó las cejas. Vicenzo volvió a sonreír al ver su gesto. Su socio se inclinó hacia el cuaderno de Marco—. Y un pulpo precioso. —Le puso la mano en el hombro—. *Criaturas marinas fantásticas de todos los tiempos* —leyó el título del libro que había junto al cuaderno del niño. Luego lo miró—. Te gusta el mar y sus leyendas, ¿no? ¿Conoces *Veinte mil leguas de viaje submarino*?

Marco había bajado la cabeza. Vicenzo apretó la mandíbula. Le había dicho al profesor de verano que no los perdiera de vista las horas de trabajo. No sabía dónde demonios se había metido aquel hombre, pero el próximo lugar que iba a pisar sería la calle sin ninguna duda.

—Marco, te han hecho una pregunta. —Mónica se había acercado al niño.

El pequeño echó un vistazo primero a su padre. Este conocía bien a su hijo, no sería capaz de abrir la boca. El niño solo asintió con la cabeza.

—Lee todo lo que tenga que ver con monstruos marinos —respondió por él. Marco no dejaba de observarlo.

Foster se retiró de la mesa.

—Me encanta vuestro nuevo hotel, señor Valenti —oyó decir a la señora Foster.

—Aún nos queda lo más importante —añadió su marido con ironía—. La comida.

Vicenzo sonrió.

—Pues vamos a la mesa. —Mónica puso la mano en la espalda de la señora Foster.

Vicenzo miró de reojo a su hijo pequeño, que todavía permanecía sentado aunque Leonardo ya seguía a su madre.

—Marco, ponte en pie —le ordenó y el niño se deslizó sobre el asiento hasta tocar el suelo con los pies. Enseguida la mirada del padre se detuvo en su zapato izquierdo, tenía los cordones desatados—. Y átatelo ahora mismo.

Volvió a apretar la mandíbula. Observó que los Foster y su mujer ya estaban a media distancia.

—Tu profesor dice que no avanzas como Leonardo. —Marco volvió a deshacer el nudo. Desconocía si el que estuviese nervioso tenía parte de la culpa—. Viendo a lo que te dedicas en tus horas de estudio, tu retraso es evidente.

—Ya había terminado la tarea. —El niño volvió a soltar los cordones.

Vicenzo se agachó; hasta él se estaba poniendo nervioso al ver que su hijo seguía trasteando con ellos sin poder atarlos.

—Si aún no has aprendido ni a ponerte los zapatos bien. —Tiró de las cintas para ajustarlas y le hizo las lazadas con un doble nudo—. Pero le vamos a poner remedio. Le pondremos remedio a todo. Hasta a esto vamos a ponerle remedio. —Soltó los cordones del niño y se puso en pie.

Bajó la vista para observar a su hijo.

—Eres mi hijo, un Valenti, y no desistiré ni escatimaré en nada hasta que consiga todo lo que espero de ti. —Le puso el dedo en la barbilla y se la alzó para que lo mirase—. Sé muy bien el futuro que quiero para vosotros dos.

Cerró el libro que estaba sobre la mesa y miró el cuaderno del niño.

—Lo siento. —La voz de Marco se enronquecía cuando aguantaba el llanto—. Pensaba que ya habíamos terminado.

Vincenzo se inclinó para acercar su cara a la del niño.

—Esto está lleno de gente. Acostúmbrate a que los demás siempre te mirarán más que al resto, así que ni se te ocurra soltar una lágrima. —El niño tragó saliva. Vicenzo le puso una mano en el hombro—. El error ha sido mío. No es solo la formación. —Le dio una palmada en el hombro—. Hay mucho más que tenéis que aprender. —Lo empujó levemente para que lo siguiera—. A partir de hoy me encargaré yo mismo de vosotros.

—¡Sofía! —Ángeles daba voces buscando a su hija entre los niños. Se volvió para mirar a su madre—. Estaba aquí ahora mismo.

—Pues ya no está. —La abuela Almu metió los pies en el agua.

A veces Sofía aguantaba la respiración demasiado tiempo bajo la superficie; sacaría la cabeza de un momento a otro. El mar estaba tranquilo, era como una piscina densa y verdosa. Ángeles, que llevaba a la pequeña Diana de la mano, la cogió en brazos.

—Alicia. —Su hija mayor jugaba con otras niñas en la orilla—. ¿Has visto a Sofía?

La niña negó con la cabeza.

—¡Mamá! —Oír la voz de Sofía la hizo soltar todo el aire de golpe.

Giró la cabeza hacia la izquierda, desde donde había llegado el grito. En el entramado de rocas que se alzaban hasta los árboles había una cabeza rubia de pelo enmarañado.

—Otra vez se ha echado abajo la rodilla —oyó decir a la abuela Almu.

Pero esta vez no era un rasguño: la sangre le cubría la rodilla por completo. No creyó que estuviese rota; la niña se movía como si nada, aunque con Sofía nunca se podían medir los daños hasta después de las trastadas, que era cuando comenzaban los llantos. La sangre goteaba por su tibia.

—¡No te muevas! —le gritó Ángeles adentrándose en la orilla.

Pasó cerca de un grupo de niñas que se bañaban con el agua hasta la cintura. Juraría que su hija estaba jugando con ellas. ¿Cómo acababa siempre en los lugares más difíciles de acceder...? Aún no lo había descubierto. Las niñas se dieron la vuelta al escuchar su grito.

—Otra vez la niña salvaje esa —oyó murmurar a una de ellas.

Maldijo la primera vez en la que escuchó llamarla de aquella forma. Entonces pensó que sería casual, aislada, que no duraría más que el acaloramiento de una madre en el parque tras una disputa de niños como podría haber cientos. Pero aquel apodo se fue extendiendo hasta llegar al aula, también al patio del colegio, y de allí a todos los grupos de niños del sur de la isla. Al resto de los parques, piscinas, playas...

—A ver cómo la bajamos de allí —le dijo a su madre.

—Voy por arriba. Desde las rocas será más fácil.

—¿Y si se cae?

Ángeles resopló. No había forma de que Sofía se quedase quieta. Se conformaba con que lo hiciese solo un instante cuando ella miraba al resto de sus hijas. Pero Sofía aprovechaba justo ese momento para aparecer en el lugar más alto que encontraba.

Llegó hasta la pared de roca. La abuela llevaba razón, estaba más cerca de los árboles que del agua.

No sabía cómo había podido trepar por aquellas piedras resbaladizas con los pies descalzos, quizá por eso tenía la rodilla así. Y a juzgar por la cantidad de sangre, necesitaría puntos. Otra vez.

—Abuela, mira. —La vio dar unos pasos hacia el borde de la estrecha plataforma que formaban las rocas.

—¡No, Sofía! —El corazón le dio una punzada cuando la vio lanzarse al agua.

Fue tan solo un segundo, su propio grito duró más que la caída y retumbó por toda la cala abarrotada de gente. Tendrían que haberse quedado en casa, allí las rocas eran más difíciles de escalar.

La niña sacó la cabeza enseguida y con el voluminoso pelo enredado encogido tras su cabeza. Suspiró, sabía que debía ponerle remedio o cualquier día tendrían una desgracia.

Dio unos pasos largos, pero la abuela Almu había llegado antes hasta ella. La vio cogerla en brazos.

—¿Has visto lo que he hecho, mamá? —Inconsciente del

peligro y del susto que les había dado, Sofía estaba feliz con su hazaña. Y la miraba esperando que, encima, Ángeles estuviese orgullosa de ella.

Sus ojos se dirigieron enseguida a la pierna de Sofía. El agua había limpiado la sangre y pudo verla al completo; la brecha ocupaba toda la rodilla y tenía forma de Y.

Años después

Familia Valenti

Le gustaba la luz que entraba en el ático. A través del techo y una pared de cristal que daba a la terraza, se alcanzaba a ver la mezcla de azules que, a manchas, parecía extenderse hasta el infinito.

El arquitecto había hecho un buen trabajo en aquel paraíso a partir de un viejo hotel que su padre había adquirido año y medio atrás. Un acierto de inversión, sin ninguna duda. Una pequeña isla llamada Menorca con un clima bueno prácticamente todo el año y excepcional en verano, estación que empezaba a finales de primavera y que se alargaba hasta bien entrado el otoño. Una inversión que no se había desbordado y que conllevaría un resultado excepcional. Sería un éxito. Admiraba el buen ojo de su padre. Él mismo no habría pensado que una simple edificación en una cala de difícil acceso y poca extensión podría convertirse en un pequeño paraíso tan atractivo para el turismo europeo.

Unas pocas plantas de habitaciones selectas, terrazas escalonadas con piscinas privadas y tres áticos.

Marco se acercó al cristal de la terraza. Habían entrado en la habitación a recoger el equipaje de sus padres. Desde allí podía ver el puerto donde el barco de los Valenti estaba preparado para partir. Su familia quería visitar otros hoteles que tenían en propiedad antes de regresar a Milán. Pero él había decidido quedarse más tiempo, antes de que comenzase la temporada alta y aquel paraíso solitario dejase de ser tan sumamente exclusivo para pasar a ser tan solo exclusivo. En un primer momento había pensado dirigirse a Cerdeña, a otro hotel familiar, donde ya había acordado pasar unas semanas acompañado de varios amigos. Sin embargo, no había esperado encontrar en aquellas vistas una especie de halo que lo invitaba a quedarse. Aquella mezcla de tonos azules le recordaba a su infancia entre puertos italianos y le transmitían cierta tranquilidad. La necesitaba. Llevaba más de un mes sin separarse de su padre y su hermano por asuntos de negocios, y aquella noche un sueño intranquilo le había marcado un alto. Una pesadilla con la que su cuerpo le decía que debía parar. Aunque esta ya era una vieja conocida, en sus distintas variantes, había logrado despertarlo de un sobresalto y ahora la respiración forzada le perduraría el resto de la mañana. Aquella noche el kraken había logrado alcanzarle el cuello, se asfixiaba.

Leonardo acababa de salir del baño. La cisterna era silenciosa, pero no había nada tan avanzado que pudiese contra el hedor de los intestinos de su hermano mayor. Frunció el ceño y lo miró con ironía, gesto que Leo ignoró mientras se colocaba la chaqueta.

No importaba la temperatura, Leonardo estaba dispuesto a ser un clon de su padre y este nunca, jamás, se quitaba la chaqueta aunque hiciese calor si estaba en un viaje de negocios.

Apenas habían ocupado aquel ático reservado exclusivamente para los Valenti o sus invitados unos días. Era una manía de su madre. Las estancias de la familia eran intocables. De hecho, la decoración la supervisaba ella misma. Era como si cada habitación reservada a ellos fueran pequeñas porciones del hogar repartidas por todo el mundo. Estaba diversificado, partido en tantas partes que ya no diferenciaba lo que era su casa de cualquier otro lugar. Quizá por eso ni Leonardo ni él se habían independizado a pesar de tener posibilidades. La independencia en los Valenti no tenía nada que ver con vivir bajo el mismo techo o no.

Su madre salía del dormitorio principal; le notó un gesto extraño en el rostro, todo lo que le permitió gesticular el bótox reciente. Habría notado el olor del baño a pesar de que Leonardo había cerrado la puerta. Tuvo que contener la sonrisa. Había cosas que no iban con aquella familia, aunque fueran de lo más cotidianas.

Se volvió hacia ella. No importaba la hora que fuese, si habían dormido, si habían viajado durante doce horas, si había estado todo el día esperando a que su padre acabase de jugar al golf o si la habían tenido en una reunión aburrida. Siempre estaba impecable y andaba como si no le doliesen los pies con aquellos zapatos de tacón que ya no aguantaba como antes, aunque ella nunca lo admitiría. Si la comparaba con su padre, el tiempo pasaba más lento por ella. Era cierto que su cara iba cambiando, quizá por las continuas visitas al médico que la mantenía joven y que, al no poder preservar su belleza innata más tiempo, había comenzado a transformarla. Siempre fue hermosa y, conociéndola, lo seguiría siendo hasta el último de sus días. Se veía a sí misma como su padre veía los negocios; para ella la belleza era tan importante como para él mantener su imperio y dar un paso más. Y ambos se sacrificaban para conseguirlo.

Quizá la culpa de esa actitud exigente la tuvo su familia materna, también inversores, pero en el sector de la construcción. Su abuelo fue un arquitecto famoso de Italia. Luego aquella exigencia se afianzó al casarse con Vicenzo Valenti. Mónica no intervenía en los negocios, a pesar de que siempre estaba allí, a la sombra de un hombre de éxito, un acompañamiento que a la vista pudiese parecer meramente superficial. Y a veces dudaba que lo fuera. Marco recordaba que, en su infancia, ella sí solía quedarse en casa, o en alguna de ellas, cuando su marido viajaba y él y su hermano no estaban en el colegio de Inglaterra. Otras veces toda la familia lo acompañaba. Para el líder de los Valenti su familia solía ser como uno de sus hoteles más sublimes, un logro más de su vida que mostraba orgulloso al resto de los inversores.

Mónica se acercó a él para mirar a través del cristal, como si intentara ver qué le llamaba tanto la atención.

—Marco, ¿seguro que no quieres venir? —preguntó.

Después de aquel último mes, se habría quedado en cualquier parte; solo quería que lo dejasen tranquilo. Pero el destino quiso que fuese en un lugar que, además, le gustaba.

—Salvatore ha visto las fotos y quiere venir —respondió.

A Salvatore le daba igual donde lo llevase, él también quería evadirse. Trabajar con la familia era tenso y, aunque el trabajo de su amigo era bien distinto al suyo, supuso que estaba tan agotado como él.

La desventaja era siempre la intensidad de las jornadas: no terminaban nunca ni fuera ni dentro de casa y se alargaban a tantas horas como estuviese junto a su padre. La parte buena, poder huir cuando quisiera siempre y cuando sus vacaciones no se extendiesen demasiado.

Necesitaba un reseteo absoluto, como si fuera un ordenador colapsado. Algo que al parecer nunca necesitaban Leonardo ni su madre. Marco era el que menos aguante tenía de toda la familia, y eso su padre solía confundirlo con la vaguedad, con las ansias de diversión o con la inmadurez superlativa a pesar de su edad. Leonardo era el mayor, solo por un poco. Sus padres no querían más que un hijo único y, quizá por esa razón, el destino les dio un latigazo cuando Mónica se quedó embarazada en la cuarentena. No podía planearse todo en la vida, aunque su padre se empeñase en intentarlo continuamente.

Desvió la vista hacia la piscina. El cristal que compartía con el resto de la terraza hacía que pareciese flotar entre las rocas que bajaban hasta la arena. En cuanto todos cruzasen la puerta, se quitaría el cinturón que ajustaba demasiado la cinturilla del pantalón, se desnudaría y se lanzaría al agua. Ni siquiera bajo la superficie se sentiría tan asfixiado como junto a la familia.

Los tres se volvieron en dirección a la puerta principal; Vicenzo acababa de entrar. Marco contuvo la respiración y sintió que aquel lugar sería un auténtico paraíso cuando el barco de los Valenti zarpase.

Los pequeños ojos de su padre apuntaron directamente hacia él.

Familia Román

Sofía miraba los muros de piedra que bordeaban la carretera a través del cristal del taxi que la llevaba hasta la cala donde estaba la casa Román. Se sobresaltó con un sonido en el teléfono.

«Vas a flipar cuando veas la cala ahora», había puesto Diana en Las sirenitas, aquel chat grupal donde estaban ella, Alicia y, a ratos, la abuela Almu.

«Lo vas a flipar con muchas más cosas», añadió su hermana. «Pero no digas nada delante de mamá, que se pone nerviosa. Los Valenti han estado aquí y lleva unos días con mucha tensión en el trabajo».

Los nuevos dueños del hotel, una familia italiana. Los nuevos jefes de la familia Román.

«Los Valenti siguen por aquí», escribió Diana y lo acompañó con unas llamas.

«Solo uno. El resto ya no estaba cuando comencé las prácticas».

«Sí, solo uno, pero nos está dando para entretenernos».

Alicia puso una señal de stop.

«Sofi, a mamá ni una palabra, que no quiere que entremos en estas cosas».

«La Sofi no se va a enterar ni de la mitad, como siempre. Parece mentira que no la conozcas».

Negó con la cabeza riendo al leer a Diana. Lo peor era que seguramente tenía razón.

«Ya te encargarás tú de que se entere. No paras de largar todos los chismes de este trozo de isla».

El taxi se detuvo y se apresuró a pagar y a sacar sus maletas. Eso de que todo era diferente ahora era literal. Miró de reojo la entrada del hotel antes de encaminarse hacia las escaleras de madera que bajaban a la cala. Allí había una pequeña portería de seguridad con un joven en su interior. Sofía buscó en su bolso. Haber pasado un año fuera era suficiente para ser una desconocida para todos. Su móvil no dejaba de vibrar, sus hermanas seguían hablando.

—Sofía Román —dijo el joven antes de que ella pudiese sacar la cartera. Alzó las cejas mientras levantaba la barbilla para mirarlo. No tenía ni idea de quién sería, pero sí la conocía a ella—. Pasa.

La baranda se abrió y llegó hasta el primer escalón. Hasta la vieja barandilla repleta de astillas había sido sustituida. Entendió el temor de su madre y abuela de que los nuevos dueños hiciesen lo mismo con todo lo demás.

1

Sofía

Desde el camino de madera sobre la arena que llegaba hasta la casa se podía ver la parte trasera del hotel; el paisaje había cambiado por completo. El antiguo edificio era recto; en cambio, la nueva estructura había aprovechado la media luna que formaba la cala para que ningún ángulo rompiese la privacidad de los nuevos inquilinos. El viejo mirador sobre el agua ahora era un pequeño puerto de barcos privados, la parte más cercana a la vida del lugar que podía apreciarse desde la casa. El resto era tan solo una estructura revestida de un tono grisáceo similar al de las rocas que lo rodeaban.

Con las obras del hotel y los preparativos para la temporada de verano, su madre tampoco habría tenido que pintar la valla de la casa aquel año. Entre los trozos descascarillados del esmalte blanco, estaban las señales de las zarpas de Ulises en la portezuela, un cachorro eterno de setenta kilos, el único que había salido a recibirla.

Recordaba cuando la valla le parecía el muro de un castillo que le impedía salir a correr por la playa a su antojo. A su madre siempre le dio miedo que se adentrasen en el agua sin vigilancia, por eso encargó construirla. Pero la valla no era más alta que la de un parque infantil; apenas eran unas láminas de madera que ahora le llegaban a la altura de la cintura y que Ulises podía saltar si la portezuela tenía echado el pestillo.

Diana estaba sentada en una de las sillas blancas de plástico del porche y Sofía tuvo que reír al verla.

No me vería ni aunque me pusiese a medio metro de ella.

Nunca levantaba la vista del móvil más de dos segundos. Diana estaba descalza en la arpillera verde. En aquellas fechas el suelo ya tomaba cierta temperatura, así que después de tantos meses en un país tan frío estaba convencida de que iba a ser un auténtico placer quemarse la planta de los pies. De hecho, era lo primero que haría en cuanto atravesase la puerta de la valla.

Las ruedas de la maleta se atascaron en otro desnivel de las láminas de madera. Estaba comprobando que todas las reformas se las había llevado el hotel; el resto de la cala estaba completamente igual.

Tiró para sacar las ruedas de entre las tablas y abrió los orificios de la nariz al llegarle el olor a comida. No había nada, en ningún lugar del mundo, que oliese mejor que la comida de la abuela. Había una conexión automática, inmediata y sobrenatural entre aquel olor, el estómago y las glándulas salivales de Sofía que no se perdía con los años.

La puerta de la valla chirrió al abrirse y aun así Diana no levantó la cabeza. Cuando sus ojos se dirigían a la pantalla del móvil, hasta sus oídos dejaban de funcionar.

Esto es verdadero amor de hermana.

Tampoco parecía oír los gemidos de Ulises ni el sonido de sus patas en la arpillera.

Sofía sonrió al verlo. Por mucho que creciera a lo alto o a lo ancho, movía el rabo tan rápido cuando estaba feliz que parecía que levantaría las patas del suelo y saldría volando. Se inclinó para acariciarlo antes de que saltase sobre ella; ya no era un cachorro y la dejaría caer de espaldas.

Diana levantó la cabeza al fin; hizo falta que los llantos de Ulises tomasen más intensidad para que fuese consciente de que había llegado. Sonrió y se levantó de la silla con una rapidez inusual en ella. Su madre solía decir que su hermana menor parecía estar perennemente cansada. Siempre y cuando, claro está, estuviese de la valla para dentro.

Al final va a ser verdad que soy su hermana preferida.

—Sofía está aquí —dijo levantando la voz para que la escuchasen desde dentro.

No, no soy tan preferida.

No había conseguido que recorriese el escaso trayecto desde la silla hasta ella sin echar un vistazo a la pantalla del móvil. Se tuvo que reír. Por mucho que su madre se sofocase, los dieciocho años de Diana no tenían remedio.

La abrazó con fuerza.

—Qué ganas de que llegaras, loca —le dijo Diana y le dio un beso sonoro que le pitó en los oídos.

Sofía, aún abrazada a su hermana, miró la puerta de la casa de chapa azul claro que siempre solía estar abierta. Alicia se había asomado; todavía no se habría acostumbrado a las lentillas y seguía empeñada en ponerse las gafas.

No parece enterarse de que tiene los ojos más bonitos de toda la familia y que no se le ven bien tras esas gafas.

Su madre atravesó la puerta corriendo; rebasó a Alicia y le dio un empujón en el hombro al pasar. Se limpió las manos en un paño de cocina mientras le lanzaba una mirada de reproche a Diana. A Sofía se le despejaron todas las dudas.

Diana no les ha dicho absolutamente nada de la hora.

Pero ella ni siquiera fue consciente de la mirada de su madre, ya estaba otra vez escribiendo por el móvil.

Su madre y Alicia le formaron un cepo alrededor del cuerpo. Odiaba que pelos ajenos se le metiesen por la nariz, pero después de tanto tiempo sin verlas, que fuese el pelo de su hermana mayor no le importaba.

Hasta a través de las suelas pudo notar el calor que desprendía el suelo de arpillera. Otra vez habían podado el árbol demasiado, no sabía dónde buscaba su madre a los jardineros que siempre las dejaban sin sombra en verano. Si eran los mismos del hotel, no le extrañaba que todos los años fuesen distintos.

Dejó que su madre terminase de darle besos, supuso que sería uno por día que no la hubiese visto. Alicia tampoco la soltaba y Ulises no dejaba de empujarle el culo con el hocico, dejándola caer en ellas.

Alicia gritó sujetándola.

—¡Uli! —Diana había vuelto a levantar la cabeza de la pantalla—. No seas pesado.

Sofía volvió a enderezarse sin soltar a Alicia, presionó con el talón la zapatilla del otro pie para sacársela. Necesitaba quemarse los pies tanto como quitarse los vaqueros y la camiseta y ponerse un vestido suelto de algodón como el que llevaba su hermana. No sabía cuánto lo había echado de menos hasta que su piel volvió a rozar la tela en aquel abrazo. Solo un segundo de contacto había sido suficiente para que la ropa que llevaba comenzase a pesarle, a picarle con el calor, a hacerse incómoda.

—¿No te han dado bien de comer por allí? —Alicia le dio unas palmadas en la barriga, riendo.

Cuatro kilos a los que la abuela le pondría remedio con rapidez, para su desgracia, aunque según el olor que salía por las ventanas, merecerían mucho la pena.

Comenzó a oír las primeras notas de una canción que conocía demasiado bien, la había oído durante toda la vida y sin duda era la banda sonora oficial de la familia Román.

A la abuela le encantaba ponerla a toda voz cada vez que había que celebrar algo importante y supuso que su llegada lo era: «Sugar baby love», del grupo The Rubettes. Su abuela aún no había salido de la casa, pero Sofía ya estaba riendo mientras miraba hacia la puerta. Estaba deseando verla y deseaba echar a correr hacia dentro y abrazarla, pero sabía muy bien que a ella le encantaba hacer su salida estelar, consciente de sobra que era la persona especial de la familia.

Miró de reojo a su madre, que prefería no darle carrete a sus excentricidades, y se fue a poner la mesa. Sofía oyó a Diana protestar cuando le pidió ayuda.

Esta niña es como si se hubiese quedado en los quince de manera permanente, en los mismos que tiene la abuela Almu, aunque dentro de un tiempo se jubile.

Aumentó la sonrisa al verla salir. Venía al ritmo de la música mientras la miraba de reojo. Le encantaban sus camisas de volantes y sus faldas boho que marcaron el estilo en toda la familia. Llevaba las manos llenas de anillos, desde el dedo índice hasta el anular, de plata envejecida y piedras gruesas que cada vez le quedaban más grandes.

La abuela Almu envejece pero nunca engorda, podría ponerse mi ropa si quisiera. Ya podría haber heredado yo su genética.

Sofía reconocía sus mismas ondas en el pelo cano, posiblemente tuvo hasta el mismo color rubio en su juventud. Sin embargo, lamentaba no haber tenido la suerte de heredar sus ojos; la abuela Almu los tenía azules, como Alicia.

Y yo de un color verdoso similar al del fango.

Le dio un abrazo, rara vez no la arañaba con alguna de sus pulseras cuando lo hacía.

—Mi niña bonita. Qué ganas tenía de tenerte aquí —le dijo mirándola como si comprobase que cada elemento de su cara estuviese en su lugar.

Le dio un beso sonoro en la mejilla y la apretó en el abrazo. Sofía se dejó balancear con ella al ritmo de aquella música que nunca le dejaría de encantar.

Miró de reojo al resto entre el pelo frondoso de la abuela. Mamá ya sacaba vasos de la casa y los lleva a la mesa. Sofía se rio con las miradas que su madre le echaba a la abuela mientras negaba con la cabeza. Diana seguía atareada con el móvil y era Alicia la que ayudaba a su madre. Con la comida cerca, el interés de Ulises en ella y sus olores desconocidos había desaparecido.

A pesar del deslumbrante cambio del paisaje de la cala, en aquella parte lateral todo seguía igual. La casa blanca de una planta con la pintura desconchada por el aire húmedo y con sal, las persianas turquesas enrolladas hasta la mitad de las ventanas, la arpillera ardiendo y aquella música a toda voz. El agua y la arena que las rodeaban tampoco parecían haber cambiado mucho. Sofía dio un paso atrás para contemplarlas a las cuatro.

—¡Ulises! —oyó decir a su madre, que alejaba un plato del hocico del perro—. Niña, mete al perro dentro, que no nos va a dejar comer.

Estoy en casa.

Sonrió observando a la abuela Almu mientras daba otro paso atrás hacia la puerta de la valla. Se mordió el labio inferior. Claro que lo había echado de menos todo, tanto como para prometerse no volver a alejarse de allí.

—¿Sofía? —Su madre se volvió para mirarla y en su expresión vio que conocía sus intenciones. Eran claras. Atravesó la puerta y echó a correr por la arena mientras oía la risa de Diana—. ¡Sofía!

Se quitó la camiseta antes de subirse a la primera roca y saltar a la segunda. Al lanzar el pantalón no fue tan certera y este cayó al agua. Oyó el grito de su madre y la risa de sus hermanas cuando se quitó el sujetador.

—Sofía, ya no puedes hacer eso. —Vio que las Román también habían salido a la arena. Después de esos años, la cara de susto de su madre seguía siendo la misma. Diana intentó seguirla, pero su madre la sujetó—. Cualquier día os ve algún cliente del hotel.

Sofía siguió subiendo por las rocas salteadas que bordeaban el lateral de la cala y se alejó de la orilla hasta un saliente a unos tres metros sobre el agua. Miró el hotel. A aquella distancia y con la forma que tenía, no podían verla desde ninguna ventana. Y no había barcos cerca.

Se puso en pie en la piedra y respiró profundo. Aquel aire era capaz de llenar sus pulmones mejor que cualquier otro. No era consciente de lo que lo había echado de menos. Dejó caer las bragas en la roca, más tarde regresaría a por ellas. Seguramente se habría oído otro grito en la arena, aunque desde allí no podía escucharlo.

—Claro que estoy en casa. —Sonrió.

Se lanzó al agua.

2

Marco

Desvió la dirección del barco para separarlo más de la parte de rocas que sobresalían traicioneras hasta la orilla. Su mirada se dirigió hacia aquella parte de la cala algo desconocida para él a pesar de que solo estaba a unos metros más allá de los tótems que delimitaban la playa del hotel. Era apenas un recodo donde estaban las rocas a las que tanto temía con el barco o la moto de agua y la razón por la que no habían podido ampliar más el edificio ni el puerto privado para los clientes.

Entornó los ojos hacia la pequeña construcción blanca de estructura simple. Hizo una señal a Salvatore con la mano para que bajase la música.

—¡Andrea! —llamó a la joven y ella le sonrió enseguida acercándose a él, pero uno de sus pies se enganchó con una cuerda y dio un traspié.

Salvatore la sujetó enseguida.

—Lo de las cuerdas se te ha ido de las manos. No se puede andar por el barco —rio su amigo—. ¿Qué piensas cazar? ¿Un cachalote? Desde que te entró esa neura de estudiar biología marina a estas alturas, me lo espero todo. —Salvatore las apartó y las echó a un lado mientras la chica llegaba hasta Marco.

Oyó un coro de risas. Andrea ya estaba frente a él observándolo con aquellos ojos enormes.

—¿Sabes quién vive en esa casa? —preguntó Marco y la

joven giró la cabeza para mirar hacia la cala. La distancia ya la hacía del tamaño de un paquete de pañuelos de papel.

—Las Román —respondió—. Además, casi todas son empleadas tuyas. —Andrea le echó un vistazo por el rabillo del ojo—. ¿No conoces a todos tus empleados? —le preguntó con ironía y rio.

—Seguro que tengo tiempo de conocerlos a todos. —Marco volvió a contemplar la cala; la lejanía hizo que la casa se difuminase. Siempre le había llamado la atención que, en la compra de aquel terreno, el antiguo dueño les hubiera exigido continuar con la extraña cesión de la casa que tenía una familia que vivía allí. Algo que los Valenti aceptaron, pues aquella parte de la casa era inútil en términos comerciales. Aunque no dejaba de ser llamativo que alguien siguiera viviendo allí, en un recodo de rocas apartado, entre arena y piedra.

—Las Román, ¿solo mujeres? —Lo último que imaginaba era que en aquella casa de pescadores viviesen únicamente mujeres.

—Tres generaciones, sí —rio Andrea—. Una abuela, una madre y sus tres hijas.

Otra joven, que siempre acompañaba a Andrea, se acercó a ellos.

—La abuela y la madre trabajan en tu hotel, también Alicia Román, la mayor de las hermanas. Está haciendo las prácticas en recepción. Es amiga nuestra. A Diana la conocemos menos, era una niña hasta hace dos días —dijo la joven. Luego miró a su amiga Andrea y las dos rieron—. Y luego está la rara.

Marco desvió la mirada de la cala para mirarlas a ellas dos. Andrea ladeó la cabeza, tampoco contemplaba ya la casa.

—Aunque esa ya no se ve por aquí, creo que está fuera —dijo dejando caer la cadera en el sofá que había junto al timón.

—Tampoco es que se dejase ver mucho cuando estaba en casa —añadió la amiga de Andrea y las dos volvieron a reír—. Mi hermana coincidió con ella en el colegio y en el instituto y la verdad es que siempre ha sido...

La chica no acabó la frase, lo que hizo que Marco la mirase un instante. Una palabra que no se atrevió a decir y que atrajo su atención y su curiosidad más que todo lo demás que le habían contado.

—Su hermana intenta integrarla —intervino Andrea, haciendo que su atención se desviase a ella—, pero el resultado es... —Arrugó la nariz sonriendo—. Que es mejor que no salga de la cala. No le gusta el mundo.

Marco rio al oírlo.

—A mí tampoco me gusta —dijo él con cierta ironía y se centró de nuevo en el agua. Había algunos barcos alrededor y ellas rieron.

—Tú lo disimulas muy bien, nada que ver. —La amiga de Andrea se colocó a su otro lado, tan cerca que el olor floral de su perfume le llegó mezclado con el del mar—. ¿Puedo llevarlo? —preguntó entremetiéndose entre él y los mandos.

—Todo tuyo —respondió él retirándose y sentándose en el sofá.

—¿Por qué tantas redes y cuerdas? —Andrea apartó un rollo de cuerdas que había en el sofá para sentarse a su lado—. ¿Es verdad que quieres cazar algo en el mar?

Andrea pegó tanto su cadera que podía sentir la presión en la suya.

—Solo si es lo suficientemente glorioso —respondió y la chica rio.

Andrea entornó los ojos sin dejar de mirarlo.

—No te vale cualquier criatura —dijo sin dejar de reír y Marco negó con la cabeza—. Pues creo que Menorca y sus criaturas pueden sorprenderte.

Salvatore subía con una cubeta de hielo. Se escuchaban risas en la parte de abajo.

—Marco es especialista en criaturas marinas, es muy difícil que alguna le sorprenda —le respondió a Andrea riendo.

—¡Cuidado ahí! —Marco se levantó de un salto.

La amiga de Andrea desvió la dirección del barco que, por

suerte, no iba a mucha velocidad. Por un momento, Marco pensó que era una de las numerosas rocas salientes que bordeaban las últimas curvas de la cala, pero había desaparecido de la superficie.

Se inclinó sobre la barandilla sin dejar de observar el agua mientras el barco cogía distancia de la pared rocosa. Salvatore y Andrea también se apoyaron junto a él.

—Ahí —dijo su amigo, pero Marco ya la había visto; a aquella distancia era apenas una bola que se perdía tras una de las rocas que parecían flotar en el agua.

—¿No estabas preguntando quién vivía en esa casa? —oyó la voz de la chica que iba conduciendo el barco. Él no dejaba de mirar el punto exacto donde acababa de desaparecer—. Pues ahí tienes a la mediana de las Román.

Salvatore se retiró de la barandilla.

—Y ¿qué hace fuera de la cala sola, sin barco y sin kayak? —Su amigo negaba con la cabeza.

—No le busques mucha coherencia a esa niña —dijo Andrea retirándose también de la barandilla—. Siempre ha sido una salvaje, es bien conocida en la isla por eso.

Marco seguía mirando las primeras piedras, aunque ya se emborronaban en la lejanía.

El mar y sus criaturas; las reales, las actuales, las imaginarias, las extinguidas y las mitológicas, su mayor debilidad y la más grande de sus pasiones, ¿qué podría sorprenderlo?

3

Sofía

La temporada alta no había comenzado aún y la playa junto a la casa solía estar solitaria. Quizá por ser un lugar por el que no se podía acceder más que por el mar o a través del hotel.

Se había puesto un vestido de algodón de los que confeccionaba y tintaba tía Julia, una mujer del pueblo, amiga de la juventud de su abuela y la única familia que tuvieron ella y su madre en la isla.

Lo recogió con la mano para poder sentarse en la arena que, a esa hora, comenzaba a enfriarse. Si se acercaba al agua, podía ver aquellos caminos flotantes que salían desde la arena y se adentraban en el mar. Habían construido tres acabados en unas pequeñas chozas que, por lo que le contó la abuela Almu, eran unos salones privados con camas donde los huéspedes podían pasar el día, tomar el sol o bañarse. Eran una alternativa a las sombrillas, hamacas o tumbonas de la playa, previa reserva. La exclusividad se pagaba y esta era tremendamente cara.

Sonrió al ver a la abuela acercarse. Era una suerte que en el traspaso del hotel se conservasen los contratos de su madre y su abuela, al menos en temporada alta; el resto del año rotarían la mitad de la plantilla y no sabía qué criterio utilizarían.

Sofía giró la cabeza para mirar la casa de su familia. Todo se lo debían a don Braulio, el antiguo propietario del hotel; aún le resultaba extraño que él ya no fuese el dueño de aquel terreno y ahora estuviese en manos desconocidas. En mayor parte porque aquella casa estaba en los límites del hotel y lo único que la abuela tenía era un papel amarillento firmado por él en el que les cedía el usufructo.

Solas.

Aquel podría ser el título que acompañaría a la familia Román. Cuando firmó el cambio de apellido junto a sus hermanas para llevar únicamente el de su madre y abuela, no le dio la más mínima pena.

La mujer enseguida bajó los ojos hacia la axila de Sofía; el vestido dejaba libre el espacio suficiente como para que se viese el tatuaje que llevaban las tres hermanas y la propia abuela. La única que se había negado a hacérselo era su madre.

—Alas. —Su abuela sonrió.

La palabra *alas*, única y solitaria en el torso bajo el brazo izquierdo.

La mujer miró al mar.

Sofía sintió una palmada en la cabeza mientras su abuela se sentaba a su lado. Ladeó la cara para apoyarla en su hombro un instante. La abuela olía a frutas, quizá por aquellas mantecas que utilizaba para suavizar una piel ennegrecida por el sol y la brisa del mar durante años, la que tendría un marinero o un pescador.

—Ahora que no escucha mi madre, ¿cómo es trabajar en el nuevo hotel? —preguntó Sofía arrugando la nariz.

La abuela hizo una mueca y negó levemente con la cabeza.

—Me han puesto a un niño como jefe de cocina que usa unas palabras que no entiendo y que me trata como si yo hubiese aprendido a cocinar en pucheros de barro colgados en una chimenea. —Sofía rio al oírla—. Esta semana ha sido más tensa. Hemos tenido la visita de los Valenti. —Hizo otra mueca—. Y el director ha estado muy encima de todos nosotros. Tu madre ha discutido dos veces con la gobernanta.

Sofía frunció el ceño. El hotel que recordaba, cuando pertenecía a don Braulio, era como una familia política grande con sus rifirrafes, pero al fin y al cabo soportable. Ahora habían traído a directores con experiencia en hoteles de lujo, a un jefe de cocina más acorde con los nuevos huéspedes y supuso que lo mismo ocurriría con el resto de los cargos. El hotel no había cambiado solo por fuera.

—¿Cómo son los Valenti? —Su madre los había nombrado hasta diez veces durante la comida. Imaginó que lo escucharía hasta el hartazgo el resto del verano.

La abuela Almu se encogió de hombros.

—Ese tipo de gente vive en una realidad un tanto diferente a la nuestra. Más o menos como nuestros nuevos huéspedes. —Alzó un dedo hacia la nariz de su nieta—. De todos modos, intentaremos que puedas trabajar este verano. Tu inglés habrá mejorado, ¿no?

Sofía sonrió. Había pasado un año en Edimburgo, claro que había mejorado.

—Aunque yo pienso que después del año que llevas, deberías descansar y disfrutar del verano. Te lo mereces.

Sofía negó enseguida. Sabía que después del paro por las obras, su madre y su abuela habían estado un tiempo cobrando únicamente el desempleo. Su beca no había sido suficiente y su estancia en el extranjero había sido otro escape para los ahorros de las Román. A eso se le sumaba que Alicia, como becaria, tendría una retribución de risa. Y con Diana, aunque tuviese los dieciocho, no podían contar. Su madre se negaría a que trabajase en el hotel, pero Sofía sabía que no le quedaba más remedio que colaborar con la familia y aquel era el mejor lugar para hacerlo.

—Y ¿a ti? Ahora que te tengo delante, cuéntame la verdad. ¿Cómo te ha ido? No me digas las notas, esas las conozco, tu madre se las ha enseñado a todo el mundo —rio la abuela Almu.

Sofía se mordió el labio. Su madre solía estar orgullosa de las notas de Alicia; ella nunca había sido tan brillante, aunque comparadas con las notas de Diana había subido de nivel. Sin embargo, el año en Edimburgo había sido muy bueno.

—Se me da bien, pero me he dado cuenta de que eso no es suficiente —respondió.

Su madre le había aconsejado que siguiese los pasos de su hermana para asegurarse un trabajo en la isla, pero ella se decidió por el diseño gráfico y la ilustración. Suspiró.

Encogió los hombros, su abuela le había tocado el tatuaje y le había hecho cosquillas al hacerlo.

—Alas —dijo y ya sabía lo que significaba. Sofía asintió con la cabeza.

—Necesitaría más alas. —Intentó sonreír, pero hasta ella dudaba si de verdad se había confundido en su arrebato de perseguir sus sueños y todas esas cosas que se prometía cuando acababa de dejar atrás la adolescencia. Y ahora sentía que era tarde para cambiar de opinión. Había agotado la única beca en algo que seguramente no la llevaría a ninguna parte—. Creo que la he cagado, abuela —la miró de reojo—, pero no se lo digas a mi madre.

—Ni siquiera has acabado tus estudios y ya piensas que vas a fracasar. —Su abuela negó con la cabeza.

—Una compañera ya va a ilustrar un libro este verano. Y yo aún no sé qué hacer con mi vida.

Sofía alargó la mano para coger una rama del suelo y empezó a hacer rayas en la arena.

—No tengo un talento sobresaliente, lo únicos trabajos brillantes que he hecho durante el curso han sido ilustraciones marinas y es porque echaba de menos todo esto.

—O porque realmente eres brillante en esa porción creativa —dijo la mujer. Sofía hundió la rama en la arena y levantó la mirada hacia su abuela. No estaba muy de acuerdo, aunque la idea de estampar todas esas imágenes aleatorias en prendas de ropa le atraía sobremanera.

—De momento, intenta que me contraten este verano para lo que sea. Seguramente necesite estudiar fuera otro año antes de fracasar del todo. —Hizo una mueca y su abuela rio—. Y Alicia necesita ya el carnet de conducir. No creo que con el sueldo de becaria pueda pagarlo. —Volvió a hacer otra mueca—. Dejaremos el mío para el verano que viene.

La abuela rio y le pasó el brazo por los hombros.

—Sabes que la norma de las Román es no hacer planes a largo plazo —dijo—. Suelen ser un desastre.

La joven alzó las cejas observando a su abuela.

—¿Piensas que no duraría trabajando en el hotel? ¿Es eso?

Su abuela rompió en carcajadas.

—Son unos estirados, los de dentro y los de fuera, y no voy a durar un suspiro, ¿verdad? Por eso mamá no quiere que me contraten.

La risa de la abuela aumentó.

—No le eches cuenta a tu madre. Hasta a mí me tiene hasta los cojones con el trabajo. Piensa que podemos perderlo o que nos acabarán echando de la casa. A esa mujer le va a dar un infarto un día de estos.

—Ostras. —Sofía dio un bote en el suelo—. ¿Pueden echarnos de la casa?

Su abuela se inclinó y bajó la barbilla para mirarla desde abajo.

—Ya tenemos bastante con una Román histérica. —Levantó la mano.

—Entonces es mejor que no me busquéis trabajo, ya lo encontraré yo por otro lado. —Dobló la rodilla para apoyar el brazo en ella.

—No piensas cambiar un ápice, prefieres trabajar en otra parte. —La abuela le puso una mano en el hombro sin dejar de reír.

Sofía suspiró.

—Creo que sí deberías trabajar en el hotel, te vendría bien —añadió su abuela y le dio un pequeño empujón—. Te limitas a este trozo de mundo y a nosotras. —Negó con la cabeza—. Y no es así. Pensaba que pasar un año fuera te cambiaría, pero sigues igual por lo que veo.

Su nieta se puso una mano en el pecho.

—Prometo no liarla. —Su abuela negaba con la cabeza con ironía.

—Te conozco y sé cómo funciona el hotel ahora. —La risa de la mujer regresó. Luego hizo una mueca—. Prometes demasiado.

La joven se unió a sus risas. Se sobresaltó cuando un chorro de agua le cayó sobre la cabeza. Le dio un manotazo a Diana.

—La madre que te parió, Diana. —El segundo manotazo la alcanzó y tiró de ella. Se le erizó todo el vello de los brazos y la espalda cuando su hermana mojada le cayó encima.

—Sigue teniendo la misma fuerza —reía Diana en el suelo con medio brazo rebozado de arena.

—¿Y Alicia? —preguntó la abuela Almu.

—Con el australiano —respondió Diana poniéndose en pie.

—¿Sigue con ese tío? Pero si me dijo que no. —Sofía se sentó otra vez sacudiéndose la arena pegada a la parte que le mojó Diana.

La abuela agitó la mano para restarle importancia.

—Eso dice para no escuchar protestar a tu madre, pero lo ve de cuando en cuando. —La mujer sacudió la mano con algo de más velocidad y frunció los labios.

—Es un sinvergüenza, ¿por qué lo sigue viendo? —dijo Sofía esquivando el nuevo chorro de agua que Diana le echaba encima al retorcerse el pelo.

Su abuela no respondió y ella resopló.

—Como me lo cruce, lo va a flipar —soltó Sofía y su abuela y Diana rompieron en carcajadas.

—Llegó la bruta de la Román —dijo Diana esquivando la pierna de su hermana, que intentaba volver a tirarla al suelo.

—Si estás a favor de que Alicia siga con ese golfo, que sepas que no va a terminar el verano sin que le diga cuatro cosas otra vez. Va a ir a vacilarse a su p... —A Sofía no le dio tiempo a terminar. Diana se le tiró encima.

—La hermana salvaje —reía—. Después me preguntan por qué no tienes amigos.

No le gustaba aquella forma de llamarla, un nombre peyorativo en su infancia que usaban las madres y los niños de la escuela y que había seguido acompañándola en el tiempo para referirse a la mediana de las Román. Un apodo que continuaba siendo negativo a veces y otras conllevaba una estela misteriosa que provocaba cierto recelo en algunas amigas de su hermana.

—A ver si os lastimáis con las tonterías. —La abuela tiró del vestido de Sofía mientras las dos hermanas forcejeaban—. Con lo grandes que sois ya.

—No necesito amigos. —Sofía volvió a inmovilizar a Diana en el suelo y, esta vez, se puso de rodillas—. Mi casa, mi familia y mi porción de mar. —Encogió el cuello para levantar la barbilla y aspirar la brisa—. Y me gusta aún más de lo que recordaba.

—Eso es porque acabas de llegar, cuando empieces a discutir con tus hermanas correrás al aeropuerto de nuevo —respondió su abuela dejándolas por imposible. Se puso en pie y se inclinó hacia la cabeza de Sofía, que seguía sin dejar que Diana se moviese en la arena, y le apartó algunos mechones del lado de la cara. El pelo de Sofía, apelmazado por el aire del mar, regresó a su lugar—. Este verano deberías proponerte salir más.

—Para nada. —Sofía dejó libre a su hermana y también se levantó—. Tengo una reputación que mantener en la isla —dijo con ironía. Diana la miraba desternillada desde el suelo.

Su abuela tocó una de las numerosas cicatrices de su muslo.

—Cada vez que te llamábamos y no contestabas, malo. ¿Sabes lo que tuvimos que hacer para bajarte de allí? —La mujer señaló la pared alta del lateral de la cala.

Sofía hizo una mueca y alzó la vista hacia las rocas. Para una mente infantil, las historias de piratas que escondían tesoros en grutas eran tremendamente reales y, en ellas, aquel agujero profundo de la cala tomaba sentido. La aventura acabó con bomberos, policías, la guardia costera, varios cortes y un castigo. Subir era más fácil que bajar. Eso le había quedado claro para el resto de su vida. Esa hazaña y muchas más hicieron que se ganara el apodo con creces. Y su madre debía de tener el corazón blindado a los infartos.

—Niñas, voy a preparar la comida para mañana —dijo su abuela y Sofía alzó las cejas. En verano su abuela solía traer la comida del propio hotel. Pero claro, la ausencia de don Braulio se notaría en todos los sentidos.

Diana se incorporó para sentarse, completamente cubierta de arena.

—¿Te gusta el cambio? —le preguntó su hermana contemplando el edificio.

—No. —Sofía también lo miró.

—Es una pasada, Sofi. —Diana encogió una de sus piernas para apoyarse en la rodilla—. ¿De verdad quieres trabajar ahí?

—Otra. —Negó con la cabeza.

—Mamá no lo va a permitir —dijo su hermana entre risas, balanceando su dedo índice de lado a lado.

Sofía la miró de reojo.

—¿Te vienes a trabajar conmigo? —preguntó y la risa de su hermana aumentó.

—Mamá lo va a permitir aún menos —respondió Diana y Sofía tuvo que reñir también al oír aquello.

Diana se levantó del suelo y se acercó a la orilla. No le quedaba más remedio que volver al agua para quitarse aquella masa sobre la piel.

—Andreíta, Fani y toda la pandillita esa de tu hermana anda detrás del Valenti. —Diana hizo una mueca—. Mamá le ha dicho a Alicia que ni se le ocurra acercarse siquiera —añadió y Sofía se echó a reír—. Y a mí que me deje de chismes de uno de los jefes grandes.

Sofía metió los pies en el agua mientras Diana se sumergía al completo dejando solo la cara fuera. Su hermana torció otra vez el gesto.

—Lo vas a flipar cuando lo veas —añadió Diana en un susurro.

Sofía entornó los ojos.

—Me lo puedo imaginar. —Conociendo la pandilla de Alicia, no esperaba menos.

—Las muchachitas del sur de la isla buscan cualquier excusa para pegarse a él de cualquier manera. —Su hermana separó los labios dejando los dientes a la vista.

—Menudo baño de vanidad diario para el señor Valenti —dijo Sofía con ironía—. Y tú estarás feliz de que una novedad así las aleje de Jakob Sigurdsson. —Diana metió la cabeza en el agua al oír aquel nombre.

La risa de Sofía afloró de nuevo. Estaba a dos saltos de meterse en el agua con vestido incluido. Ya se le comenzaban a mojar los bordes. Tuvo que recogerlo con la mano.

Diana tardó en volver a sacar la cabeza y miró enseguida a su hermana para ver si era capaz de decir algo más. La duda la hizo zambullirse de nuevo y alejarse de la orilla. Diana tenía amistades y novietes que rondaban su edad, pero siempre sintió debilidad por cierto joven que vivía entre dos islas, uno que ya era adulto cuando ella comenzaba la adolescencia. Diana ya no era una niña, pero Jakob rondaba los veintiséis. Nunca había puesto los ojos en Diana lo más mínimo.

Sofía alzó la mirada hacia la linde del mar. Demasiados barcos pequeños cercanos; la mayoría de ellos, supuso, de los propios huéspedes del hotel. Más alejados estaban los barcos grandes, alguno de ellos trasatlánticos vacacionales, aunque la mayor parte eran barcos pesqueros.

Se dio la vuelta y soltó su vestido antes de salir del agua. La parte trasera se había mojado y la sensación en los talones al andar se le hizo desagradable.

Durante las últimas semanas repletas de exámenes solo había deseado que corriese el tiempo para regresar a casa. Su familia, su hogar y su porción de mar. Felicidad absoluta.

Se inclinó en el suelo y cogió un palo pequeño.

Alas.

Escribió con él el lema de las Román.

Dejó caer la rama mientras se ponía en pie y dio unos pasos atrás para verlo.

Alzó los ojos hacia su casa. Su familia, su hogar y su porción de mar no podían hacerla sentir mejor.

4
Marco

Las chicas habían ido a cambiarse de ropa y se había quedado solo con Salvatore. Fabio, después de una mañana de buceo, cojeaba de una pierna y lo habían dejado con el masajista del hotel.

El suelo de la terraza principal era de madera color cerezo, que brillaba impoluta con la luz a pesar de estar construida al aire libre. Su padre le había dejado el cuaderno de notas en la que ellos mismos solían valorar sus negocios.

Las mesas y los sofás combinaban formas rectas y circulares de madera y cojines blanco roto. Se sentó en uno de ellos, el último, el que parecía flotar sobre la playa a una altura en la que la brisa compensaba el calor que desprendía la arena.

Los cojines eran cómodos, tanto que Salvatore apoyó la espalda y estiró las piernas en el suelo, frente a él, raspándole con la suela en el hueso del tobillo.

—Perdona —dijo retirando los pies.

Marco se inclinó para limpiarse el tobillo. Enseguida vio a alguien de pie junto a ellos.

—Señor, Valenti —se apresuró a decir. Ya lo conocía, era el encargado de las terrazas. Un hombre que, por lo que había podido apreciar durante los escasos momentos que lo había visto trabajar, tenía ambición por escalar. A su padre le encantaban aquel tipo de empleados y de personas en general. A él no siempre. Por un lado, estaban los que esa ambición los hacía volcarse en el trabajo y emplearse a fondo. Por otro, estaban quienes no les importaba cortar cabezas en el proceso. Para Vicenzo Valenti ambos caminos eran válidos si el fin era el bueno.

El empleado les dejó sobre la mesa las carpetas con el sello de los Valenti. Serían las cartas de los cócteles. Salvatore se apresuró a abrir una. Su amigo era de gran ayuda con el libro de notas, no se le pasaría por alto ni una de aquellas copas exageradas de licor y helado que solían servir por las tardes.

El encargado se marchó de inmediato; regresaría en cuanto hubiesen decidido qué tomar. Ya no les quitaría el ojo de encima: un mínimo gesto o movimiento lo haría volver.

Su móvil vibró. Apretó el estómago mientras se lo sacaba del bolsillo. Miró a Salvatore en cuanto vio el nombre en la pantalla del móvil. El cielo pareció nublarse, la brisa se cortaría unos instantes y el mar se tornaría oscuro y turbulento. Sería solo un momento. Descolgó la llamada. La voz de su padre sonó al otro lado.

5

Sofía

En el hotel le habían pedido que se pusiera unos vaqueros cortos y una camiseta blanca para trabajar.

Entró por la puerta de personal. Aunque las sandalias de goma eran cómodas, cualquier calzado que se pusiese después de haberse pasado una semana descalza le causaba molestias. Esperaba ser capaz de reconocer al encargado que le presentó el señor que le hizo la escueta entrevista. Los trabajadores y la gente nueva eran tan numerosos que lo tendría difícil.

—¡Sofía! —La voz de su madre hizo que se enderezara.

Ángeles revisó que la camiseta que llevaba estuviese impoluta. No era suya, era de Diana y le quedaba un poco ajustada. Lo primero que haría la mañana siguiente sería ir a comprar al pueblo. La ropa blanca no era la mejor opción para ella, no conseguiría mantenerla impecable ni media hora. Tenía que reconocer que, para tratarse de un hotel de aquel nivel, creía que le darían un uniforme como a su madre o su abuela. Pero las camareras de los bares exteriores iban todas más informales.

Ella también se miró, esperaba no haberse manchado antes de salir. Aún no estaba del todo acostumbrada a que su piel se encaminara de nuevo a estar tostada como siempre, y el color claro de los vaqueros le gustaba mucho más que cuando los usaba en Edimburgo. También allí se dio cuenta de que lejos de Menorca era más pálida de lo que creía.

Sonrió a su madre tras comprobar que su camiseta estaba

perfecta. Sabía que estaría más nerviosa que ella. Ángeles no tenía en su nuevo trabajo la tranquilidad de antaño; desconocía si era por aquella gobernanta tremendamente exigente y que no siempre solía tener delicadeza con sus subordinadas o si de verdad temía que ahora su trabajo no tuviera la estabilidad que cuando regentaba don Braulio. Admitía que el cambio del hotel impresionaba hasta el punto de pensar que hasta las columnas podrían resultar prescindibles. Entendía su preocupación.

Por esa razón había llegado antes de su hora. Su madre le inspeccionaba la cara.

—¿Por qué no te has maquillado? —Le echó el pelo hacia atrás.

—Estoy bien, no hace falta. —Pensó que con el sol intenso de una semana era suficiente para tener un color saludable y unas mejillas sonrojadas, algo quemadas, eso sí.

—Y esos pelos... —Su madre intentaba peinarla con la mano, algo inútil. Sofía se volteó para mirarse en un espejo de pared.

—Esto no es como antes, Sofía —susurró su madre—. Te lo dije anoche. Aquí no puedes venir como estás acostumbrada.

Ella sonrió al verse. Ningún champú le quitaba aquella forma a su pelo una vez que probaba el agua del mar. Alicia se había pasado una hora con la plancha antes de ir al trabajo. Ella era incapaz de cometer aquella aberración contra el suyo. Después de haber estado lejos de casa, volver a reconocer su imagen de siempre en el espejo le encantaba.

Salvaje.

Aquel grupo selecto de Alicia que siempre la miraba por encima del hombro no serían muy diferente a los clientes que encontraría en el hotel. Claro que se fijarían en su aspecto y que no llevase más maquillaje que las rojeces del sol, y mucho más en aquellas cicatrices de sus piernas. El viaje a otro país no había hecho más que crearle la necesidad de regresar a exactamente ese estado. Estaba dispuesta a no quitarse las chanclas de goma hasta octubre.

—Déjalo ya. —Le apartó la mano—. Lo vas a poner peor.

—Parece que has metido los dedos en un enchufe —le reprendió su madre también con un susurro, pero dándole cierta fuerza a la voz. Sofía contuvo la sonrisa.

—Ángeles —dijo una voz firme y vio a su madre enderezarse de inmediato de la misma forma que lo había hecho ella antes cuando había oído la suya.

Sofía miró a la mujer. Llevaba el mismo uniforme que su madre y su pelo recogido era de un tono cobrizo que brillaba con los focos del pasillo.

—Sube al ático de los Valenti. El señor y sus amigos han salido —añadió y Sofía entendió la tensión de su madre. No porque la hubiese enviado a la habitación de los dueños, sino por el tono en que lo decía. Parecía la voz de un videojuego de terror.

Si la cagas, mueres.

Tuvo que apretar los labios y respirar por la nariz. La que mataría a su madre, pero de un infarto, sería ella si se echaba a reír delante de la gobernanta.

—Ahora mismo subo —respondió su madre enseguida.

La mujer miró a Sofía.

—¿Tu otra hija? —preguntó y Sofía ya no supo cuál de las dos inspecciones había sido peor, si la de su madre o la de la gobernanta.

—Mi hija Sofía. —Notó la mano de su madre de nuevo entre su pelo.

Me lo va a dejar para meterlo en el cubo de la fregona.

La mujer siguió mirándola sin decir nada. Su madre pilló un enredo con los dedos y su cabeza basculó en el sentido de su mano mientras apretaba los párpados, gesto que hizo que Ángeles se apartase enseguida ante la mirada de la gobernanta.

—Ve, tiene que estar acabado antes de que regresen —añadió con el mismo tono. De nuevo dirigió sus ojos a Sofía—. Y tú estarás buscando a Luis.

El nombre lo recuerdo, de lo que no me acuerdo es su cara.

—¿Dónde está? —preguntó y la mujer la observó como si hubiese dicho una idiotez.

—En la terraza —respondió, para la gobernanta era evidente—. ¿Sabes dónde es?

Con ese tono de voz no se atrevía a decir que no. Tampoco hizo falta, la gobernanta se imaginaba la respuesta.

—Sigue el pasillo, después de pasar la cocina, sal por la puerta de la izquierda. —Ya se daba la vuelta para marcharse. Aun así, le echó un vistazo a Ángeles antes de darles la espalda.

Sofía se llenó la boca de aire, pero contuvo el resoplido ante la expresión de reproche su madre, que le cazó el gesto enseguida.

—Mañana te peinas —le dijo mirando de reojo cómo la gobernanta se alejaba—. Que aún está aquí el señor Valenti.

Sofía frunció el ceño mientras observaba a aquella mujer detenerse en el ascensor.

—Vaya jefa —susurró—. Es como el ama de llaves de la peli que le gusta a la abuela. *Rebeca*, ¿no?

Su madre le empujó levemente el hombro.

—Calla y vete ya a la terraza. —Seguía con aquel susurro intenso que la hacía escupir saliva—. Como si no tuviese bastante ya con la abuela aquí y ahora tú.

Oyó el suspiro de su madre.

—Tendrías que haberte quedado en casa todo el verano. —Alargó la mano hacia su pelo, pero Sofía se apartó de ella para que no lo alcanzase.

—De eso nada, voy a sorprenderte. —Sonrió.

Y su madre asintió con ironía.

—Vete, vas a llegar tarde. —Dio unos pasos hacia el mismo ascensor que había cogido la gobernanta.

Sofía miró la hora en su móvil. Tenía casi treinta minutos de margen.

—Que vaya bien —suspiró de nuevo.

Sofía le guiñó un ojo. El ascensor emitió un sonido y su madre aceleró el paso. Sofía se asomó al pasillo que llevaba hasta la terraza. Divisó la puerta doble de la cocina, donde estaría la abuela Almu. Volvió a mirar la pantalla de su móvil.

Me da tiempo de verla.

Aceleró el paso para atravesar el pasillo y se detuvo frente a aquellas puertas grises abatibles. Empujó una de ellas; el olor la hizo arrugar la nariz. Todo aroma que mezclase la cocción de marisco la desagradaba.

—¡Abuela! —Estaba a tan solo unos metros de la puerta.

—Sofía. —Estaba vaciando una jarra sobre una olla metálica. Alzó la mano para que no pasase—. Ni se te ocurra entrar aquí.

Dos mujeres, una de ellas joven, se asomaron tras una mesa de acero.

—Mi nieta Sofía —les dijo y notó que sus palabras desbordaban orgullo.

—Qué preciosidad —dijo una de ellas mientras la contemplaba y eso llamó la atención del resto de los empleados de la cocina.

Qué vergüenza, por Dios.

Sofía le devolvió la sonrisa a la mujer, qué remedio.

—Voy a la terraza —dijo señalando a su derecha, luego comprobó si aquel era el camino y desvió el dedo hacia el otro lado.

Su abuela encogió los labios apretando los dientes en una mueca y Sofía frunció la nariz como respuesta.

Si es que esto es como un laberinto de pasillos.

Tuvo que apartarse de la puerta; un joven quería entrar con un carro con la parte superior de cristal.

Sofía bajó la mirada para ver qué había dentro de la vitrina. Era un expositor de tartas portátil. Su mirada se fijó enseguida en una de chocolate muy oscuro. Estuvo a punto de morderse el labio inferior. Era una pena que su abuela ya no pudiera llevar a casa comida del hotel.

—Luis estará allí —oyó decir a la chica joven—. No se ha movido de la terraza desde que ha bajado el señor Valenti.

La cobertura de la tarta era tan lisa que parecía de plástico brillante. Le faltaba un único trozo que dejaba ver su interior, cuyo color marrón intenso era completamente hipnótico. Siguió aquella tartera portátil hasta que la mesa de acero la ocultó a la vista.

Madre mía, esa tarta tiene que ser una locura.

—Sofía, ¿lo has escuchado? —Se sobresaltó con la voz de su abuela.

Estaba salivando de manera considerable. El azúcar le perdía sobremanera, pero cuando estaba con la regla era ya una necesidad y aquel era el peor día. Tuvo que tragar el exceso de fluido en la boca.

Miró a su abuela. No había escuchado absolutamente nada.

—Vete a la terraza ya —le dijo esta antes de volver a fijar su atención en las ollas metálicas. La miró de reojo—. Y suerte.

La abuela Almu le guiñó un ojo.

La voy a necesitar por lo que estoy viendo.

No tenía dudas. Estaba comprobando que trabajar en aquel hotel no iba a ser fácil. Y algo le decía que iba a encajar mucho menos que poco. Los temores de su madre se harían realidad y ni haciendo un agujero en la arena y metiendo la cabeza en él como un avestruz durante tres días lograría quitarse la culpa de haberla convencido de que le consiguiese el trabajo. Su madre la había intentado persuadir con otras alternativas si quería ayudar en casa. Como siempre, tendría que haberle hecho caso.

Se mordió el labio y retrocedió unos pasos para regresar al pasillo; soltó la puerta para que se cerrase con suavidad. Las gomas gruesas de los bordes no hicieron el más mínimo sonido al unirse.

Le tendría que haber hecho caso a mi madre.

Tiró de la camiseta y la metió por dentro del pantalón para quitarle las arrugas que hacía cuando se encogía bajo el pecho y siguió pasillo abajo.

Otras puertas dobles. Se asomó al cristal superior mientras repasaba en su cabeza los nombres y combinaciones de los cócteles de la carta que le habían dado.

Qué pasada.

Habían construido una terraza flotante sobre la arena. Se sorprendió al comprobar que el bar tenía el mismo techo de paja que aquellas pequeñas casas sobre el agua que se veían a lo lejos.

La combinación de colores marrón y blanco era perfecta sobre el lienzo azul del mar.

Sacudió la cabeza, tenía que volver a los cócteles.

Mierda.

No los recordaba todos. Tendría que haberlos repasado por el camino. Se rascó el comienzo de la ceja derecha. Luego se acordó de que esa zona se le solía poner demasiado roja cuando se rascaba y bajó la mano.

Mierda.

Seguía picándole. Lo intentó con los nudillos, pero el picor no se le quitaba, quería las uñas. Esta vez no pudo controlarlo y se dio con más fuerza.

Giró sobre sí misma; había espejos por todas partes, pero justo allí no. En el cristal podía ver su reflejo, pero no el color de piel. Se tocó la ceja, seguro que se la había puesto roja.

La puerta se abrió y dio un paso atrás para que no le diese en la cara.

—¿Eres Sofía?

Por desgracia, sí. Soy Sofía.

6

Marco

Una de las cosas que le gustaba de Salvatore era que sabía guardar silencio cuando lo necesitaba.

Había dejado el móvil sobre la mesa. Aún miraba la pantalla. Todavía no había vuelto el sol ni la brisa. Y aunque el elástico de la cinturilla del pantalón no le apretaba, mantenía el ombligo encogido hacia dentro, como si la hebilla de un cinturón le estuviese tensando al estar sentado.

Apoyó la espalda en los cojines y levantó la barbilla.

La armonía bicolor de la terraza vacía se había roto y eso hizo que su mirada se dirigiera enseguida hacia aquel punto diferente.

Unos vaqueros claros bordeaban la piel tostada de unos muslos de redondez musculosa y llamativa, como los de una bailarina. Despegó la espalda del asiento y se inclinó hacia delante.

Ella asentía al encargado. Tenía que ser joven, mucho. Aquellas mejillas redondas solo tenían ese aspecto a cierta edad, y de ahí el empeño de su madre en que se las rellenaran continuamente.

La joven sonrió; el blanco de sus dientes resaltaba con el color de su piel. Tenía el pelo largo de un rubio multicolor que combinaba mechas oscuras y claras sin ningún orden, muy lejos de las combinaciones perfectas de peluquería y más cercanas a lo que podría causar el efecto del agua del mar y el sol durante años.

Y ella volvió a sonreír. Las aletas de su nariz se ensanchaban con ligereza cuando lo hacía. Entonces se fijó en el encargado, no creyó que estuviese acostumbrado a que una mujer así le sonriese tan ampliamente. Observó un instante más al empleado correcto y brillante que siempre le atendía de manera impecable, claro que no le pasaría todos los días que una mujer así lo escuchase más de unos segundos. Le enseñaba la terraza tan orgulloso como si fuese suya. Y no era así. Como tampoco aquella sonrisa angelical era porque él la hubiese impresionado. Pero quizá una mente distorsionada por un cargo medio podría desviar la realidad y colgarse méritos que ni de un modo u otro tenía.

Alzó la mano, pero el empleado no lo vio.

Ella llevaba un top blanco de algodón de media manga que se pegaba a su cuerpo formando unos pequeños pliegues en el torso; la tela elástica solía hacerlo cuando el ancho no era suficiente, pero la vio tirar de la camiseta antes que el borde se separase de la cinturilla del pantalón y dejase piel al descubierto. Tampoco los botones del pecho alcanzaban a abrocharle del todo, por lo que supuso que la vista desde el ángulo de quien le hablaba tendría el mismo poder de embelesar que aquella porción de mar que enmarcaba la roca alrededor del hotel.

Ambos se dieron la vuelta del todo y le dieron la espalda.

Desordenado en color y forma, su pelo caía en cascada y los últimos mechones, menos abundantes y completamente enroscados, le bordeaban los vaqueros. Hasta a media distancia se podía apreciar la tensión en sus bolsillos traseros en un intento de adaptarse a las curvas de aquella chica. Según su madre, las mujeres con formas demasiado redondeadas no solían verse elegantes y aquellos cuerpos que de jóvenes desbordaban sensualidad solían estropearse demasiado pronto. Poco podía importarle todo eso mientras miraba a la joven, y podría seguir inspeccionando cada parte de ella hasta que se le tensara el lino del pantalón en la entrepierna.

El empleado alargó una mano hacia ella, casi rozando su

cintura. Marco entornó los ojos a la espera de si se atrevería a tocarla. Estaría deseándolo, no tenía dudas. Existían las mujeres exuberantes, otras simplemente hermosas y luego estaban aquellas que removían y sublevaban la testosterona. Y ella estaba en ese grupo exacto, posiblemente encabezándolo. No era el primer patán inexperto que veía y no sabía cómo actuar con una mujer así.

—Tu empleado... ¿te ignora? —Salvatore reía y cerró la carta.

Marco se puso en pie y se la quitó de las manos.

7

Sofía

Definitivamente no recordaba ningún cóctel al completo, pero allí, en una libreta plastificada, estaba todo lo que necesitaba saber.

—Cualquier duda, me preguntas —le dijo Luis y ella volvió a asentir.

Estoy viendo venir que este tío va a dar más calor que la tarima del suelo.

Se le veía un afán enfermizo por hacer bien su trabajo y, por ende, exigir que otros lo hiciesen bien a sus ojos, aunque nunca estaría bien del todo. Esa presión no solía funcionar. Cada vez se lamentaba más de no haber optado por trabajar para tía Julia o en cualquier otro lugar de la isla.

Distinguió un traje blanco tras el encargado y este se sobresaltó al sentir a alguien tras él. Se dio la vuelta enseguida y lo vio dar un respingo de nuevo, esta vez palideciendo.

Sofía ladeó la cabeza para echar un ojo sin que el cuerpo de Luis estuviese en medio.

Los dedos de sus pies se encogieron por reflejo, como si quisieran aferrarse a la suela de las sandalias, o como si estas no existiesen y pudiera clavarlos en el suelo.

Contuvo la respiración. Quiso desviar la mirada, dar media vuelta, dejar de observarlo de inmediato.

Llevaba un traje de lino blanco, con pantalón recto y una levita sin abrochar sobre una camiseta de cuello redondo que dejaba entrever la piel del cuello aún más tostada que la suya.

—Disculpe, señor Valenti. —Luis no pudo ocultar la desesperación en su voz.

Joder.

Seguir sin respirar, y desviar la mirada hacia cualquier otra parte no servía cuando aquel hombre era un Valenti. Ese apellido sonaba en casa demasiadas veces.

Cerró los ojos un instante.

Marco Valenti.

El hijo menor que aún quedaba en el hotel. No imaginaba que fuera tan joven, no sería mucho mayor que Alicia. El resto de lo que tenía delante aún lo esperaba menos por mucho que Diana le hubiese contado. Se percató de que sonaba «Rise Like a Poenix» en los altavoces de la terraza. La voz de Conchita Wurst en el estribillo solo contribuía a que aumentase la impresión, el drama y, por supuesto, él.

Él.

Se notó las piernas flojas de inmediato, tanto que parecía no existir de cintura para abajo.

Había oído el apellido con tanta claridad que no podría ignorarlo. Alzar la cabeza, mirarlo, sonreír y decir que era un honor conocerlo. Ese era su deber como empleada.

Expulsó el aire despacio y dio un paso a un lado para que no la tapase el encargado. Volvió a contener la respiración. No era capaz de sonreír. El traje, la edad o el color dorado de su piel no era todo lo que podría impresionarle. Había más, mucho más de lo que era capaz de asimilar así de golpe.

Marco tenía el pelo oscuro con la parte superior abultada; quizá aprovechase sus ondas naturales para levantarlo y ladearlo. Un peinado moderno y sofisticado que solía ver en los modelos publicitarios de las marquesinas del bus.

Las gafas de cristal degradado no le permitían ver bien sus ojos; tenía la barbilla más resaltada, algo pronunciada, cubierta por una barba incipiente recortada y limpia. Lo vio mover los labios. Bajó los ojos enseguida; ni sonrisa, ni cordialidad, ni honor en conocerlo. Placer, quizá esa palabra sí hubiese sido más cercana a la realidad si no se hubiese quedado fuera de lugar. No esperaba encontrarse de frente a uno de los accionistas del hotel de los que tanto temor le había transmitido su madre, y menos cuando no había comenzado su jornada el primer día.

Luis le decía al señor que regresase a la mesa. Volvió a disculparse antes y después de decirlo. Daba vergüenza ajena verlo tan desesperado.

No me he equivocado. Es un pelota de narices.

Alzó la vista y a través de los cristales degradados de Marco pudo ver que la observaba. Sofía apretó los dientes mientras separaba levemente los labios en una sonrisa de lo más forzada y tensa.

—¿Puede hacerme ella una recomendación? —Solo algún tono en algunas sílabas revelaba que era italiano, su español era tremendamente bueno. Y con una voz así, hasta la más leve disonancia sonaba bien.

—¿Ella? —oyó decir a Luis.

¿Yo?

Se había perdido tanto en el timbre y su tono grave con un toque rasgado que no fue consciente de lo que había dicho hasta que Luis habló. La reacción de sus rodillas y tobillos fue inmediata, preparados para echar a correr.

—Debe ser la experta, ¿no? —añadió.

—No. —Sofía apretó los dientes; su lengua había reaccionado tan automática como sus piernas.

—¿No? —Bajó la cabeza al escuchar la respuesta de Marco.

Luis la miró de reojo.

—Sí —se apresuró a corregirla Luis y ella alzó la vista hacia él.

—¿Sí o no? —El acento italiano se perdía en los monosílabos.

Madre mía.

—Sofía solo quería decir que es su primer día y que aún no...

—Su primer día —lo cortó él levantando la barbilla—, y «aún no» la vas a dejar sola con los clientes, ¿es lo que quieres decir?

Es eso precisamente lo que iba a hacer.

—No, estará bajo mi supervisión, señor.

Qué lástima que es mi primer día. A los más antiguos les encantaría presenciar esta bajada de pantalones del jefecito estirado.

Alicia ya le había contado algo y eso que solo lo conocía de oídas. Si el efecto «gran jefe» era igual en el resto de los empleados, daría su sueldo de la semana por verlo delante de la gobernanta.

—No lo dudo —añadió Marco antes de tenderle a ella la carta—. Aun así, aceptaré su recomendación.

Pues sí que empiezo rápido.

Sujetó la carta por el otro extremo por el que él la cogía. Una ráfaga de viento caliente le trajo la fragancia de su perfume, un aroma intenso con un fondo dulzón que eclipsaba el olor a madera de la terraza y el de las plantas que la decoraban.

Una planta. Le hubiese gustado ser una planta discreta e invisible en aquel decorado y no una empleada inexperta en sus primeros puñeteros segundos de trabajo, con los ojos de Marco Valenti contemplándola tras los cristales degradados.

Las madres siempre llevan la razón.

Si en veintiún años todavía no le había quedado claro, allí tenía la prueba.

Marcó soltó la carpeta despacio y lo vio dirigir los ojos hacia su mano, concretamente hacia el anillo que llevaba en su dedo índice. Un simple aro de plata que tenía guardado en el cajón de la mesita de noche y del que apenas se acordaba; se lo había encontrado hacía dos noches entre gomas de pelo y otras cosas inservibles. Aquella manía absurda de meter allí lo que no sabía dónde guardar. Se lo había puesto en la mano derecha porque en la izquierda le quedaba demasiado grande y se le salía en el agua. Lo había encontrado en la playa unos años atrás; quizá sería una alianza que alguien despechado lanzó al mar y este lo había devuelto. No tenía grabado alguno. No significada nada, pero le gustaba.

Miró de reojo el reloj que había en el bar de la terraza, la aguja marcaba las cuatro de la tarde en punto.

Comienza la jornada de mi primer día y la mierda ya me llega al cuello.

Dio un paso atrás y el señor Valenti se perdió parcialmente de su campo de visión. Tan solo veía la espalda del uniforme del encargado, aunque Marco era mucho más alto, así que no consiguió que despareciese por completo. Dio media vuelta y se dirigió a la choza. Allí había otro chico, supuso que sería uno de sus compañeros de turno. Por lo que le había dicho el encargado, habían contratado a varios chicos y chicas y se repartían entre la terraza y las chozas.

Entró y miró con disimulo si el señor Valenti seguía con el encargado. Pero no, este ya había regresado a su mesa, donde otro hombre lo esperaba.

Resopló hacia el recetario de cócteles.

—Hola, soy Esteban, amigo de tu hermana Alicia. Creo que nos hemos visto alguna vez.

Alzó las cejas. Según su memoria, no había visto a aquel chico en la vida. Sin embargo, asintió sin decir una palabra.

—¿Sofía? —La voz de una chica la sobresaltó y se volteó enseguida.

Menudo comienzo de jornada. La miró de reojo, con ellas solía tener mejor memoria.

—¿Quién demonios te ha metido aquí, por Dios? —murmuró la joven y, cuando la rebasó, le rozó la cadera. Hasta Esteban frunció el ceño al oírla—. Y en mi turno.

Indira se volvió para mirarla a la vez que abría una de las portezuelas de la choza bar.

—Yo también me alegro de verte. —Sofía hizo una mueca en un intento de sonreír con ironía, pero ni con esas.

Esteban miraba a una y a otra; se le notaba la tensión en el cuello. Indira pasó de nuevo junto a ella, esta vez para salir de la zona de bar.

—Ni siquiera llevas una camiseta de tu talla —respondió. Sofía bajó la cabeza hacia la cinturilla del pantalón; la tela se le había enrollado de nuevo. Se apresuró a tirar de ella.

Indira había sido una de sus compañeras de colegio y de instituto. Representaba aquellos corrillos de alumnos que no quería recordar y que hacían que su cuerpo y su cabeza volviesen atrás continuamente. Y no podía permitírselo en un momento como aquel.

Cogió aire por la nariz despacio y lo retuvo. Debía olvidar aquellos años horribles y solucionar lo que tenía encima ahora, que no era poca cosa.

—¿Qué le prepararíais al señor Valenti? —preguntó intentando mover poco la boca para que no se notara que estaba hablando.

El rostro oscuro de Esteban adquirió cierta palidez.

Aquí dices «Valenti» y la reacción de todos es la misma que la de mi madre. Deben de ser unos demonios.

Sin embargo, Indira ladeó la cabeza para reír.

—Tú. A Valenti. —Volvió a emitir un sonido nasal conteniendo la risa.

—Sofía. —Se sobresaltó al oír su nombre—. ¿Qué haces ahí quieta? Date prisa.

Miró al encargado mientras sentía que se le aceleraba el pulso. Aquel imbécil quería salvar el culo a su costa. Soltó el recetario y se irguió para mirarlo.

—Y ¿qué le hago? —preguntó y Luis le echó un vistazo al señor Valenti para comprobar si los observaba.

—No puedo decirte nada —dijo.

Pero si acabas de decirme que te pregunte lo que necesite.

—El señor Valenti no quiere que te supervise, prefiere comprobar qué proceso de selección hacemos con las personas que están en contacto con sus clientes. —Las aletas de la nariz se le redondearon al tomar aire. Luego miró a Sofía—. Y la tuya ha sido un poco a la ligera.

—Y la habéis cagado todos —respondió Indira empujando el carro que acababa de llenar de copas limpias—. Encima con Marco Valenti delante.

La mierda me llega más al cuello de lo que creía.

Indira volvió a contener la sonrisa.

—Suerte —añadió con ironía empujando el carro hacia un camino de láminas de madera que llevaba hacia las cabañas flotantes.

Su madre y el favor que pidió para ella, el director que la seleccionó y que este le pidiera a Luis que diese el visto bueno. Ahora el culo de todos estaba al aire en medio de la arena, a pleno sol a las cuatro de la tarde.

Y yo me voy a morir ahora mismo.

Mejor no pensaba lo que diría su madre si la echaban el primer día, la primera hora, quizá durante los primeros treinta minutos, cuando el jefe absoluto viese que era un completo desastre. Solo esperaba no arrastrar con ella a más personas, incluida su madre.

Luis se apartó de la barra. Marco estaba mirando. Así que Sofía se acuclilló para mirar en los muebles bajos y así ocultarse de su escrutinio. Ni siquiera le habían acabado de explicar dónde estaban las cosas.

Abrió el primero, encontró batidos de chocolate, cogió uno.

Buscar soluciones.

Cogió el recetario y fue pasando las hojas. Si elegía una receta sin saber dónde estaba nada, cuando acabase, el señor Valenti se habría marchado.

Lo haré al revés.

Tenía el batido, la vitrina de los helados a la derecha y las bebidas en la parte superior, a la vista. Solo tenía que elegir la receta que tuviese unos pocos ingredientes más.

Y la encontró.

Miró hacia la mesa de Valenti mientras su compañero atendía a los huéspedes nuevos que acababan de salir del comedor. Luis estaba en la entrada de la terraza, observando. Hasta podía verle la rojez por el calor y el brillo de quien comienza a sudar.

Dio un paso atrás mientras se daba la vuelta para abrir la vitrina. Esteban estaba pasando, lo esquivó y rozó con el culo una pirámide de copas. Estas temblaron y los dos echaron mano para sujetarlas.

Expulsó el aire despacio a medida que dejaban de temblar.

—Madre mía, si se llegan a caer... —suspiró.

—Tranquila, el otro día las tiró Jimena y sigue trabajando —respondió el chico.

¿Jimena también trabaja aquí? No voy a durar ni aunque sobreviva hoy.

Sofía resopló y abrió la vitrina.

—¿Estaba él delante? —Solo movió la cabeza hacia Valenti, no hizo falta decir el nombre. Hasta ella se había contagiado de aquella reacción que solían tener los empleados. Quizá porque empezaba a asimilar que era una de ellos, aunque algo impostora, todo había que decirlo. Y tal vez el señor Valenti, con tan solo mirarla, se había dado cuenta de que no estaba preparada para el puesto.

Con dos bolas de helado y las chorradas de adornos tan sofisticados, aquello no tendría por qué quedar mal.

Y huele que te cagas de bien.

Inconscientemente había elegido según sus preferencias. Chocolate y avellana con más trozos de chocolate, dos licores y batido. Aquello olía a Nutella; le gustaba comérsela a cucharadas hasta que se acababa el bote.

Quizá se había excedido en las dimensiones. Pero como había intentado hacer dos iguales, uno para Valenti y otro para quien fuese que lo acompañase, empezó a echar más de una cosa y aún más de otra hasta que quedaron enormes.

Le pinchó dos pájaros a cada copa; uno no era suficiente para esas cantidades. Si aquellos bichos no eran retornables, la decoración saldría tremendamente cara. Ni siquiera eran de papel, sino de una especie de cartón con algo de pelusa, realistas a pesar de tener colores llamativos.

Para foto de Instagram.

Ahora llegaba lo peor: llevarlos hasta la mesa, con lo que pesaban, y sin volcarlos en la bandeja. Pero de pronto tuvo al encargado al otro lado de la barra.

—Los llevo yo —dijo mientras los inspeccionaba despacio.

No pudo identificar por su expresión si estaban bien. Puede que estuviese tan acojonado que ni gesticulaba.

Un cliente le echó un ojo a la bandeja y le pidió uno igual en francés.

Si no me echan por torpe, lo harán por lo poco rentables que son mis cócteles.

Aquellas copas llevaban demasiado de todo. Se dio prisa en preparar una nueva. Intentó hacerla parecida a las otras, pero no le salió. Esperaba que las otras dos ya estuviesen bien lejos y destrozadas o el cliente le pondría una reclamación por la diferencia de tamaño.

Suspiró cuando él mismo la retiró de la barra tras decirle el número de habitación. El programa no era difícil. Se le había olvidado preguntar si tenía que marcar en el ordenador el servicio a Valenti, aunque supuso que el dueño estaría libre de todo pago. Miró el reloj, apenas habían pasado quince minutos. Aquella jornada se le haría terriblemente larga.

Y ya me estoy meando.

Quería haber ido al baño antes de empezar, pero los momentos previos no fueron los más indicados.

Más clientes. Esta vez sí le pidieron algo concreto, y menos mal que Esteban la guio un poco para que no se demorase. En poco tiempo se dio cuenta de que lo que más le gustaba era la decoración, quizá porque le marcaba que el trabajo complejo había terminado, o más bien porque lo artístico se le daba mejor. Se alegró de tener margen creativo en un trabajo que podría parecerle monótono. Aunque a juzgar por los comienzos, de monótono iba a tener poco mientras Valenti estuviese por allí. Nadie sabía a ciencia cierta hasta cuándo se quedaría. El ático era de su propiedad, como una casa de verano con todo tipo de servicios y comodidades. Si ella fuese Marco, se quedaría todo el verano sin pensárselo. Esperaba por el bien de todos que no fuera así, aunque seguramente se acabaría marchando. Aquella gente tendría más destinos privilegiados.

Alzó la vista hacia la mesa. En un primer momento pensó que se habían marchado y que había llegado otro grupo. Pero no, era el mismo, solo que se habían unido tres chicas. Una de ellas llevaba un camisón blanco de gasa transparente con bordados. Estaba sentada en el brazo del sillón en el lado de Valenti y se había inclinado para oler la copa. Fue el propio Valenti el que le dio a probar helado con la cuchara.

No me lo puedo creer, es Andrea.

Exhaló y se dio la vuelta para no seguir mirándolos. Que no había sido una buena idea trabajar allí lo estaba comprobando a medida que pasaban los segundos.

Había otra chica con un vestido parecido al de Andrea, pero de color rojo. Era muy alta y tenía una delgadez similar a la de sus hermanas, aunque estas fuesen más bajitas.

Estefanía.

Volvió a resoplar y las ganas de salir corriendo de allí aumentaron.

—Sofía, recoge aquella mesa —oyó la voz de Luis.

Él no apartaba ojo del Valenti; desde que estaban allí las chicas, esperaba la llamada del *amo* por si necesitaba algo más.

Sofía rodeó la barra para salir y vio que Andrea había volteado la cabeza para mirarla.

Sofía se apresuró a tirar de la camiseta. Urgía comprarse una nueva, aquella era definitivamente demasiado pequeña y cuando se moviera entre los muebles, se acabaría enrollando y dejándole fuera los riñones. Y si se la bajaba demasiado, el escote se abría y no quería llevar un escote grande en el trabajo. A Diana le encantaba esa camiseta y solía llevarla sin abrochar. Pero su hermana tenía un pecho más pequeño y le quedaba bien.

Se colocó de espaldas a la mesa de Valenti porque Andrea seguía mirándola y era inevitable que sus ojos no se desviasen hacia ellos también si los tenía de frente. En ningún momento Marco se había quitado las gafas y, no sabía por qué razón, su curiosidad por verlo sin ellas aumentaba por momentos.

Sí sé la razón, pero me niego a reconocerlo.

Y menos en sus horas de trabajo. Cogió aire despacio y lo contuvo encogiendo el estómago. Se sobresaltó, no esperaba que Luis estuviese tan cerca.

—No ha dicho nada, pero al menos no se ha quejado —le susurró inclinándose levemente hacia ella—. Creo que hemos salido de esta.

Miró con disimulo hacia la mesa de Valenti; una de las chicas probaba lo que quedaba. Entornó los ojos hacia ella, no recordaba el nombre; la joven no llevaría más de dos años en la isla y, sin embargo, la habían aceptado como a una más. Una hazaña impensable para Sofía.

No tardó en regresar al bar para soltar la bandeja.

—Tú por aquí —oyó a su espalda.

Hoy me meo encima.

No dejaba de apretar la barriga cada vez que le hablaban y parecía que todos se habían puesto de acuerdo para fastidiarle las primeras horas de trabajo.

Se volvió hacia Andrea, que entornaba sus ojos azules hacia Sofía. Su pelo rubio, de una tonalidad dorada a mechas ordenadas que nada tenía que ver con el de Sofía, brillaba con el sol.

Dejó la bandeja junto al fregadero.

—Yo por aquí, sí. —Se inclinó para coger el desinfectante del mueble bajo.

—Quien te haya metido aquí la ha cagado y... —Andrea se dejó caer en la barra mientras ladeaba la cabeza para mirar hacia la mesa de Valenti—. Creo que tu jefe se ha dado cuenta. Y no es precisamente cualquiera.

Sofía cerró la puerta con cierta inercia y el golpe sonó más de la cuenta. Miró a la chica. Podría soportar a Jimena y a Indira, pero lo de Andrea eran palabras mayores.

Sofía se puso en pie.

—Soy la invitada de Marco Valenti, así que ni se te ocurra soltarme una de las tuyas. —Andrea se alejó de la barra—. Ya veremos lo que duras aquí.

Estefanía llegó hasta ellas y le hizo un escueto saludo con la mano. Se marchaban. Y Sofía agradecía que lo hiciesen. Se apresuró a agacharse de nuevo y abrió el mueble una vez más sin saber muy bien qué estaba buscando. Solo quería desaparecer y que su pecho se calmase.

Oyó unas palabras en italiano; Marco y su amigo también se iban. Sofía resopló.

—Sofía. —La voz del encargado ya comenzaba a resultarle cansina. Además, había perdido la cuenta de las veces que la habían llamado unos y otros desde que empezó el turno. La ansiedad hacía acto de presencia—. Limpia la mesa del señor Valenti. —Lo vio asomarse por encima de la barra para mirarla. Y lo hizo como si ella fuese imbécil. Quizá lo parecía, ahí acuclillada en el suelo.

Se levantó y salió de la choza para llegar hasta la esquina flotante donde había estado el grupo. Allí la brisa era más fresca que en el resto de la terraza, ya que llegaba directa del mar, como en su casa. Bajó la mirada hacia las copas. En el ambiente aún flotaba su olor. Colocó los cojines bien. Tal vez el olor procedía de ellos, porque al moverlos se volvió más intenso.

Canela, vainilla, chocolate...

Supuso que aquel último era de los restos de las copas. Una de ellas no estaba vacía, tenía el chocolate derretido en el fondo. Tras ellas vio unas gafas de sol de cristal degradado.

Mierda.

Dudó si cogerlas. Pero no podía dejarlas ahí en la mesa.

Voy a dárselas al pelota este, seguro que le encantará llevárselas al jefe.

Lo mismo pensaría que le daba puntos en el currículum. Ahora entendía cuando la abuela Almu bromeaba en la cena con aquello de «Suma puntos para heredar el hotel» para referirse al comportamiento de ciertos superiores.

Cuando las cogió, poniendo cuidado en no tocar el cristal y ensuciarlo, sintió cierta ligereza en las muñecas. La brisa le trajo otra ráfaga de aire y el olor a él se hizo más penetrante. Se dio la vuelta para buscar al encargado y frenó en seco.

Estuvo a punto de morderse el labio, rascarse la ceja y hasta de llevarse la mano a la frente, pero se quedó completamente inmóvil. Si daba un paso atrás, tendría que montar el culo sobre la mesa y si lo daba adelante, metería la barbilla en el pecho de Marco Valenti. Había sido lenta en percatarse de que el olor no procedía de los cojines ni de las gafas, sino de él.

Él. Otra vez.

Sin gafas.

La forma recta de sus cejas enmarcaban unos ojos grandes y oscuros de pestañas espesas. Lo vio más alto que la vez anterior, quizá porque ahora estaba mucho más cerca y porque con sandalias planas, ella no era gran cosa. Aunque junto a un Valenti supuso que cualquiera podría sentirse pequeño sin importar la estatura que tuviese.

Alzó la mano con las gafas. El cosquilleo que le habían producido antes se extendió por la cara interna del antebrazo.

—Sus gafas —dijo. Ni siquiera sabía cómo dirigirse a él.

Había perdido el descaro de sus dieciocho, que habían quedado atrás hacía tres años. Tampoco estaba en la fase de madurez de Alicia para saber cómo comportarse correctamente. Nunca se había encontrado tan en medio de sus hermanas.

—Ya le he dicho a tu encargado que no es necesario que te supervise de cerca —dijo él acercando sus dedos a las patillas plegadas.

El roce de su piel con la suya hizo que tanto la mano como

las gafas perdiesen su peso por completo y que aquel cosquilleo aumentase brazo arriba.

—Algo diferente al cóctel que probé el otro día, aunque debería ser exactamente el mismo.

Ya sabía yo que ese último licor no era. Joder, es que los hacen con nombres tan parecidos...

—Pero me gusta —añadió.

No se atrevía a soltar las gafas. Él aún no las había sujetado por completo.

Cógelas de una puñetera vez.

Notó que las gafas se movieron levemente y se dispuso a apartar la mano.

—Sofía. —No esperaba oír su nombre en la voz de Marco Valenti. Aquello hizo que alzara los ojos con rapidez para mirarlo. Aquella ligereza de su brazo se contagió al resto de su cuerpo de inmediato, haciendo hincapié entre las costillas superiores. Se obligó a contener la respiración para no aspirar aquel olor cuando Marco se inclinó hacia su oído—. He comprobado que a pesar de que tu selección haya sido algo apresurada, no ha sido del todo errónea. Ahora ya no tendrás que soportar las babas de un neófito mientras te mira cómo trabajas.

Se quedó completamente petrificada.

No me puedo creer lo que me acaba de decir.

Él se irguió de nuevo y dio un paso atrás para apartarse de ella.

—Bienvenida al hotel Valenti, señorita Román —dijo antes de darse la vuelta para irse.

Ella también se volvió enseguida. Necesitaba que la brisa le diese en la cara.

No me lo puedo creer.

Marco no se había movido de la mesa en todo el tiempo. Desde el móvil tendría acceso a todos los datos del hotel y Andrea ya se habría encargado de decirle su nombre y su apellido y a saber qué cosas más. Pero no se le pasaría por alto que contaban con demasiadas Román en la plantilla como para imaginarse que su selección había sido un tanto comprometida.

Y lo otro que me ha dicho, eso del neófito, mejor ni lo pienso.

Respiró, pero no le entraba aire suficiente. Tendría que estar roja, el calor que le había sobrevenido era considerable. Notaba el efecto del bochorno hasta en las orejas.

Como mi madre se entere de esto, le va a dar algo.

No era algo por lo que pudiese culparla, pero Ángeles sufría con todo lo que se saliese de lo normal y lo correcto. Y hasta donde alcanzaba a entender, no creyó que el hecho de que un Valenti se fijase en que la supervisión de un encargado pudiese resultar babosa entrase dentro de lo normal en aquel lugar. Se habría enterado si hubiese ocurrido otras veces.

O no, lo mismo lo ha hecho con otras y se han callado como voy a hacer yo.

Se volteó para mirar la hora. Las cinco y pocos minutos.

Una hora, solo una hora.

Las madres siempre llevaban razón, tenían un sexto sentido especial y la suya no quería meterla en el hotel. Por mucho que se repitiese que ya era mayor, no lo era; era una auténtica desconocedora. Veintiún años no eran suficientes.

Las palabras de Valenti regresaron a su cabeza. Tuvo que abrir la boca para respirar.

8

Sofía

—Me has dejado loca. —Diana se tapaba la cara sin dejar de reír.

La había acompañado al pueblo a comprar camisetas. No encontró otra cosa que bodis, la mejor opción para moverse sin que se subiesen ni hiciesen pliegues. Pero mucho más incómodos cuando se le metían por abajo.

—¿Le has contado algo a la abuela? —le preguntó y Sofía negó con la cabeza.

—Y ni se te ocurra decir nada en el chat, que Alicia la ha vuelto a meter. Prefiero que no sepa nada —resopló. Cuanto más lo pensaba, más surrealista le parecía—. No tiene importancia. —Había estado parte de la noche y toda la mañana repitiéndoselo para convencerse—. Ya no somos adolescentes como para prestar atención a esas chorradas.

Diana se inclinó para mirarla a la cara. Le acercó la mano a la sisa del vestido para ponérsela bien.

—Ese tío ni mira a los empleados y se ha fijado en que el encargado babea. A los cinco minutos ya sabía que eras una Román y dedujo que te habían dado el trabajo porque mamá y la abuela trabajan allí. Es decir, perdió su tiempo en indagarte. ¿Te parece normal?

—Sí, totalmente. —Apartó la bolsa de Diana, los bordes de cartón cortaban y el brazo de su hermana ya lo había rozado dos veces.

Diana rompió en carcajadas.

—Y todo eso sin ni siquiera peinarte —dijo y Sofía negó con la cabeza—. Y con Andrea y Fani en medio. ¡Guau!

—Olvídalo. —Que ellas dos estuviesen revoloteando mientras ella trabajaba la ponía aún más nerviosa. Cruzaron la calle, hasta donde estaba el coloso y, junto a él, el camino hacia las escaleras que llevaban a su casa.

—¿Olvidarlo? ¡Qué dices! Esto se está poniendo divertido —respondió Diana y esta vez Sofía le dio con la bolsa en el muslo para que se callase.

—Mira que como se entere mamá...

Diana negó con el dedo índice y se lo llevó a la boca.

—Te veo luego, he quedado. —Sonrió con ironía mientras llevaba las manos al pelo de Sofía—. Y la sargenta le preguntó a mamá si no teníamos una plancha de pelo en casa, porque vaya pelos. —Soltó una carcajada—. Anda que si te peinaras...

Sofía le apartó las manos enseguida.

—No te tenía que haber contado nada —resopló. Ya no habría quien la parase.

—Ni se te ocurra ocultarme cotilleos, el hotel sería tremendamente aburrido sin ellos. —Diana la besó en la frente y se alejó acera abajo.

Sofía la siguió con la mirada, luego accedió a las escaleras y bajó hasta la cala.

Vio a Alicia sentada en la arena a unos metros de la valla de la casa; estaba leyendo el móvil. Su hermana había trabajado toda la mañana y no había podido hablar con ella. Aparte de su madre, era otra a la que le hubiese dado un microinfarto si se enteraba. Estaba muy orgullosa de hacer las prácticas en un superhotel de lujo y cualquier cosa que pudiese impedirle completar su brillante currículum le daba pavor.

Se dirigió hacia ella.

—Dime que no le estás escribiendo al chulo ese —le gritó a media distancia.

Alicia se volvió.

—Soy la hermana mayor —respondió y volvió a atender su móvil—. Métete en tus cosas y olvídate de las mías.

—Todo lo que tenga que ver con mi familia son mis cosas. —Se sentó junto a Alicia en la arena—. Dime solo una razón, ¡una!, por la que ese capullo merezca la pena.

Alicia alzó las cejas y abrió la boca para responder.

—Ni aunque me digas que le cuelga hasta la rodilla sería una razón —soltó Sofía mientras su hermana la observaba estupefacta como si estuviese desvariando.

—¡Voy a hacer como si no hubiese oído nada! —Ambas miraron hacia el porche al escuchar a la abuela Almu, que estaba colocando un farol. Esperaron por si su madre también lo había oído, que tendría que estar dentro de la casa preparándose para marcharse al trabajo. Sin embargo, solo hubo silencio.

Sofía sintió un manotazo de Alicia en el muslo.

—Qué bruta eres, Sofía —le dijo Alicia.

El guantazo había sonado más de lo que le picó el muslo. Sofía ni siquiera se había quejado, seguía mirando a la abuela Almu con diversión.

—Pero si esa expresión es suya, ¿ahora le parece mal? —murmuró sin apartar los ojos de su abuela, que seguía en el porche. Alicia se echó a reír y se tapó la boca.

Sofía se volvió hacia su hermana.

—Dime, ¿qué haces con ese engendro? Es guapo, OK, y ¿qué más? —Sofía bajó la voz mientras buscaba con la mirada bajo el brazo de Alicia.

—Es solo un amigo, no tiene importancia.

Sofía frunció el ceño.

—No tiene importancia —repitió con sarcasmo. Conocía bien de cerca aquella expresión, se la había grabado en las neuronas aquella mañana—. Mi hermana de oro está caminando por la cuerda floja con un miserable y no tiene importancia.

La vio esbozar una leve sonrisa. Alicia, por mucho que estuviese acostumbrada a sus elogios, siempre sonreía.

—La cuerda floja —repitió Sofía encogiendo las piernas y

apoyando los antebrazos en las rodillas. Se inclinó hacia su hermana y volvió la vista hacia el mar—. En el momento que te tambalees y pierdas el equilibrio...

—No caeré, Sofía.

—El verano pasado lo hiciste. —Sofía alzó el dedo índice para señalarla.

—Por eso te digo que no va a volver a pasar —respondió su hermana, que le agarró el dedo para apartárselo.

—Te vi llorando durante días. —La joven levantó el brazo de su hermana mayor y vio el tatuaje bajo la cinta del biquini. Alicia fue la primera de las hermanas en tatuárselo en cuanto cumplió los dieciséis—. No te acostumbres a andar. —La soltó—. Luego se te olvida.

Sofía balanceó la cadera hacia Alicia para inclinarse y rodearle el cuello.

—No sabes lo maravillosa que eres, como para perder el tiempo con un imbécil —le dijo apoyando la barbilla en su hombro.

Alicia se apartó de ella para mirarle la cara.

—¿Y tú? ¿Piensas poner de tu parte este año? —le preguntó apartándole el pelo de la cara.

—Ya estoy trabajando en el hotel. —Sofía se esforzó en sonreír mientras se ponía en pie, sacudiéndose la arena—. Clientes, compañeros, jefes... Es un comienzo.

Alicia alzó una ceja.

—Con compañeros que hacían que te escondieses para no ir a clase y clientes, dos en concreto, Andrea y su amiga, avaladas por un Valenti, con las que no eres capaz de cruzar dos palabras sin discutir. Va a ser un comienzo maravilloso. —Alicia asentía con la cabeza. Luego suspiró—. No sé en qué demonios pensaba mamá.

Sofía apretó los dientes y retrocedió un paso.

—¿Tú también? —Aceptaba que lo dijesen otros, pero no su hermana mayor.

Alicia negó con la cabeza y también se puso de pie.

—No ha sido una buena idea, reconócelo —respondió.

Sofía bajó la cabeza.

—Voy a poner de mi parte, se lo prometí a mamá cuando firmé.

—No se trata solo de que pongas de tu parte. —Alicia echó a andar hacia el porche—. Sino que los demás pongan de la suya. Y eso es lo que veo difícil.

La oyó resoplar. Tenía que reconocer que en sus problemas «con el mundo», Alicia había sido su mayor apoyo y defensora, hasta el punto de dejar de hablarse con sus amigas más de una vez. Por suerte, lograban reconciliarse. Lo último que quería era ver a Alicia como ella misma.

Sofía se sacudió la arena de los muslos. En ellos podían apreciarse con claridad las numerosas cicatrices que le recordaban cada una de sus bochornosas e inconscientes hazañas. Se habían mantenido en su piel de la misma manera que aquel rechazo a su alrededor. Como bien decía Alicia, no era solo poner de su parte, los demás nunca pondrían de la suya.

—No tienes que meterte en eso, no es tu culpa —le dijo a Alicia en un intento de liberarla de lo que creía su deber de hermana mayor.

—Ni tuya —respondió Alicia volviéndose hacia ella de nuevo—. Nadie merece lo que tú tuviste que soportar.

La tirantez de la garganta le sobrevino de inmediato al escucharla. Tragó saliva en un intento de suavizarla, pero solo consiguió que los ojos también se le aguasen.

—Eso ya pasó. —Sofía inclinó la cabeza y miró hacia el mar.

—Pero hay algo que perdura y no me gusta. —Su hermana acercó la mano hacia su hombro. Le echó el pelo hacia atrás otra vez, pero este siempre regresaba a su lugar—. Qué saben lo que te costó dejar de esconderte. Lo que aún te cuesta.

Sofía negó con la cabeza y Alicia entornó los ojos con ironía.

—Dices que te resbala lo que digan. Pero a mí no me engañas —añadió su hermana.

Sofía le sostuvo un instante la mirada. Solo un momento. Bajó la cabeza y Alicia dio un paso hacia ella dejándole caer la mano en el hombro.

—Y no te preocupes porque vaya a quedarme sin amigas. —Alicia soltó una pequeña carcajada—. Mamá me ha prohibido salir con Andrea mientras esté cerca de Valenti. Así que mucho me temo que me quedaré en casa gran parte del verano.

Vio a Ulises salir a la arena; la puerta de la valla se había abierto.

—Por supuesto que tiene prohibido salir con Andrea. —Su madre asomaba por el porche con el enorme bolso del trabajo. Sofía sonrió al oírla—. Lo último que quiero es que alguien la vea cerca del señor Valenti y comiencen los chismes en el hotel.

—Así que este verano voy a ser casi tú si ese tío sigue por aquí —añadió Alicia. Le dio un pequeño empujón con el dedo en el hombro y la sonrisa de Sofía aumentó.

Miró hacia el puerto. El barco de Marco Valenti, según Diana, era azul marino y blanco. No estaba allí. Con suerte, la terraza estaría tranquila la mayor parte del tiempo aquella tarde.

Su madre subió por el camino de las baldas de madera.

—Sofía sí está cerca del señor Valenti en la terraza. —Alicia le hizo una mueca a su hermana después de decirlo y esta se tapó la cara con la mano riendo. Sofía miró a su madre de reojo; se había dado la vuelta hacia ellas de un respingo.

—Y ya eso me va a tener sin dormir —soltó y las dos rompieron en carcajadas.

Alicia se inclinó hacia su hermana.

—Ya lo viste ayer, ¿no? —la empujó levemente.

Sofía agitó la mano en el aire sin dejar de observar a su madre, que esperaba su respuesta.

Qué incómodo esto.

—Sí, pero es como ser parte del decorado de la terraza. Ese tío ni mira a los empleados. —Al menos era lo que le había dicho Diana. Aunque ella no hubiese puesto un pie en el hotel, conocía bien todo lo que se hablaba, así que sonaba real. Tanto que hasta había funcionado. Esta vez, su madre pareció relajar la expresión un instante.

—Ni se te ocurra llegar tarde, Judit tiene un ojo puesto en ti —fue su respuesta.

¿Solo Judit?

Al menos había conseguido alejar la atención de su madre en Marco Valenti. Diana resultaba tremendamente útil dentro de sus locuras inmaduras.

—Así que la sargenta te vigila —dijo Alicia con ironía.

Sofía se llevó las manos al pecho.

—Prometo no liarla, os lo he dicho cien veces. —Levantó la mano formando un círculo con el índice y el pulgar hacia su madre—. Seré impecable. Voy a superar todas tus expectativas.

Su madre asintió levemente con la cabeza de forma similar a cuando años atrás le prometía no volver a escalar a ninguna parte. Luego les dio la espalda para seguir su camino hacia el hotel.

—Te veo luego —le dijo a Alicia cuando su madre estaba ya a unos metros de ellas.

Sus hijas la siguieron con la mirada hasta que estuvo a una distancia considerable y no las podía escuchar. Sofía notó el roce de Alicia en el hombro.

—¿Has visto qué espectáculo de tío? —Su hermana bajó la voz, aunque su madre ya estuviese lejos.

—Tampoco creas que lo he visto muy bien —se apresuró a responder.

Recibió un empujón en el culo que la hizo tambalearse hacia Alicia. Por un momento pensó que sería Ulises, hasta que el pelo oscuro de Diana cayó como una cortina frente a su cara.

Sofía echó el culo hacia atrás para empujarla y Diana rio.

—Pero ¿tú no te ibas? —dijo al tiempo que se daba la vuelta para mirarla.

—Tania dice que se va a Ciudadela, paso. —Diana se fijó que Alicia tenía el móvil en la mano—. Si le estás dando la brasa con lo del australiano, pierdes el tiempo; ya lo hice yo, que soy más pesada que tú y no lo conseguí.

—Mira quién fue a hablar, a saber con los que andas tú —protestó Alicia volviendo a mirar la pantalla de su móvil.

Diana estaba en un momento en el que no contaba nada que ocurriese fuera de la casa Román. Como si cuando atravesaba la puerta de la valla, su vida desapareciese. Supuso que iba con la edad. Se le pasaría.

¿Como a mí?

Sacudió la cabeza. Ella seguía ocultando cosas. Ni se le pasaba por la cabeza contar lo de la terraza a nadie que no fuese Diana.

—¡Sofía! —La voz de su abuela sonó desde el porche—. Come algo antes de irte al trabajo.

Miró hacia el agua, aún le daba tiempo a darse un baño rápido antes de ducharse y vestirse. Entornó los ojos y se mordió el labio.

—¿Quién se viene? —dijo Sofía pasando junto a sus hermanas y dirigiéndose hacia la orilla.

—¡Yo! —Diana echó a correr mientras se bajaba los pantalones.

Sofía se quitó el vestido por la cabeza y notó el fresco en la piel desnuda. Se quedó en bragas. Dio unos pasos más y se lanzó al agua. Solía mojarse de una vez y pasar el frío de golpe, en menos de un segundo. Sacó la cabeza y parte de los hombros.

—Hasta el tiburón y volver. —Diana lanzó las bragas a la orilla ante el grito de Alicia.

—¡Qué os gusta! —Alicia negaba con la cabeza—. Chicas, ya no estamos solas. No podéis seguir haciendo eso.

Las dos miraron a su hermana. Sofía lanzó también sus bragas a la orilla. Su hermana mayor se cruzó de brazos.

—Conmigo no contéis. —No lo habían hecho ni por un segundo. Hacía tiempo que Alicia no las seguía en aquellas cosas.

Sofía dirigió una mirada hacia la roca «aleta de tiburón». Nadar hasta ella era algo que no hacía desde el verano anterior y quizá un tornado de esfuerzo en el pecho le vendría bien.

Apenas era un pequeño pico en una mancha más oscura que se veía a lo lejos. De cerca no era más de un metro de piedra puntiaguda, y la habían llamado así porque cuando eran niñas, desde la orilla les parecía una aleta de tiburón.

Miró de reojo a Diana; intentar ganarle era absurdo, no lo hacía ni aun cuando pasaba allí todo el año y comenzaba a bañarse en primavera.

Cogió aire. Sabía que lo que venía sería intenso. Nadar mar adentro. No conocía mejor manera de disipar todo lo que le preocupaba.

—No vale volverse a la mitad —rio su hermana.

Sofía movió el brazo para salpicarle en la cara y se impulsó con los pies. Una leve ventaja sobre Diana tampoco le serviría de mucho.

Enderezó el cuerpo y sumergió la cara en el agua. La dureza del mar era totalmente distinto a nadar en una piscina como la del centro de estudiantes, y eso que en aquella cala las olas eran insignificantes.

No tardó en ver las burbujas que formaba Diana al adelantarla. Podía sentir el suelo alejarse de su cuerpo a medida que avanzaba y ganaba profundidad. Cogió aire. Su cuerpo aún no pesaba; no estaba en tan mala forma como creía. Llegaría al tiburón, aunque tendría que recobrar el aliento antes de regresar.

Lamentó no llevar gafas de buceo. La rojez de los ojos le duraría unas horas y algunas de ellas la pillarían trabajando. Volvió a coger aire. El desnivel del fondo a aquella distancia era evidente, pero aún podía ver con nitidez rocas, filamentos de plantas y, sobre todo, numerosos bancos de peces pequeños sin color.

El cuello se le tensó levemente, los músculos de la espalda se le empezaban a cansar, quizá por la velocidad, y eso que apenas acababa de comenzar; todavía le quedaban varios metros por delante antes de regresar. Tuvo que disminuir el ritmo y las burbujas que provocaba Diana se alejaron.

Llevar un ritmo menos forzado y más acorde con lo que su

cuerpo podía soportar hizo que entrase en una especie de limbo silencioso. Ya no escuchaba a su hermana, solo los sonidos del agua, los que ella formaba con cada movimiento, en armonía mientras el suelo se emborronaba. Llegaba el escalón grande, el que provocaba que el mar se viese con aquella mezcla de colores en manchas por la profundidad. Ahora solo le quedaba esperar a que la montaña que formaba la aleta de tiburón apareciese bajo ella.

Era tan solo un pico insignificante sobre el agua, sobre todo cuando subía la marea. Sin embargo, bajo ella había un coloso de varios metros.

No lo recordaba tan lejos. Se estaba agotando, las brazadas le pesaban y cada vez aguantaba el aire menos tiempo.

Volvió a ver numerosas burbujas a su alrededor y sintió un toque en la pierna. Si Diana iba de vuelta significaba que no habría mucha distancia hasta el tiburón. Dejó de bracear de inmediato. Su hermana no podía haber llegado al tiburón y regresar; era rápida, no un torpedo.

Sacó la cabeza y la sacudió para quitarse el agua. Mantenerse así a flote era más cansado que nadar. Diana ya estaba a unos metros de ella e iba en dirección a la orilla. Un sonido desagradable parecía rebotar en la pared rocosa a punto de echarla abajo. No tardó en volver a sumergirse, aquel ruido se le metía en los oídos.

Las puñeteras motos de agua.

Era una pena que la aleta de tiburón no fuera suficiente para disuadir a las motos de agua y su sonido infernal. Era extraño, solían estar más alejados de la cala, como los barcos. Pero esta vez se escuchaba demasiado cerca.

Vio al trasluz del agua la enorme base de la moto a unos metros. La rebasó formando una curva. Se asfixiaba. Por fin se había alejado lo suficiente como para salir a la superficie y, además, era mejor que la viesen a que la arrollasen.

Sacó la cabeza y agradeció que a aquella profundidad el agua cristalina no fuese tan reveladora.

Jadeaba, entre la carrera a nado y el tiempo que había pasado sumergida estaba exhausta. Diana ya estaba lejos.

Anda que me va a esperar. Ha salido por patas, la madre que la parió.

Al menos la había avisado para que regresara. Pero volver sin tomar aliento era algo con lo que no contaba.

Se sobresaltó con el motor y se dio la vuelta.

Mierda.

No acababa de salir de una y se metía en otra peor.

El Valenti de las narices.

Miró hacia la roca con desesperación; estaba más cerca que la orilla, pero en ella quedaría a la vista y estaba desnuda. Echó un vistazo hacia la arena; estaba demasiado lejos y ya jadeaba. No sabía hacia dónde tirar.

Lo que no me puedo quedar es aquí en medio y ahogarme.

El motor dejó de sonar.

La madre que me parió. Encima se para.

Y la plataforma quedó flotando mientras el vaivén del agua la arrastraba hacia ella. Su cuerpo reaccionó y braceó para alejarse, aunque lo único que deseaba era hundirse. Y ahogarse.

Se dejó sumergir la cabeza levemente, pero su respiración, mezcla del esfuerzo y lo que le acababa de entrar al verlo, no le permitía pasar ni un segundo bajo el agua. Necesitaba el aire a bocanadas.

Sacó la cabeza de golpe. Marco tenía el cuerpo inclinado hacia el manillar y la miraba en silencio.

No voy a poder volver al hotel ni hoy ni nunca.

—Creí que había encontrado a una *selkie*. —Y que encima tuviese aquella voz medio enronquecida y un ligero deje italiano no tenía nombre.

Ni bragas para que se me caigan.

Se dejó hundir de nuevo para alejarse de él.

Lo que no me pase a mí...

Bajo la superficie vio que la plataforma de la moto pareció perder la inercia hasta detenerse apenas a metro y medio de ella.

Selkie, había oído en aquella voz rasgada, una de las criaturas marinas de leyendas que su abuela solía contarles desde que eran niñas. Le encantaban las historias sobre *selkies*, aunque no tuviesen un final feliz en el sentido romántico habitual, pero sí que tenían significado para alguien que vivía unida al mar.

No podía quedarse bajo el agua más tiempo o no le quedaría aliento ni para llegar a la roca. Y él no parecía querer irse de allí.

Sacó la cabeza de nuevo y lo miró, consciente de que entre ella y la roca había una moto de agua enorme y algunos metros que nadar. Desnuda delante de él no podía hacerlo, solo le quedaba la opción de bucear. Su asfixia aumentó con la ansiedad. Habría llegado a la aleta de tiburón sin aquel contratiempo, sin estorbos, sin tensiones añadidas, sin él de por medio.

—No llegarás a la orilla, señorita Román. —Marco se inclinó y alargó la mano hacia ella—. Sube.

—No, gracias —respondió alejándose de él de nuevo y se hundió hasta la barbilla. Marco enseguida bajó los ojos hacia el agua, como si quisiera ver a través de ella. Dio gracias que a aquella distancia el agua no fuese nítida.

Los labios le temblaron en un intento de contener la sonrisa. Volvió a mirarla a los ojos.

Ahora se ha dado cuenta. Sofía, húndete y ahógate.

—Quizá sí que haya encontrado a una *selkie*. —Lo vio erguirse y tirarse del cuello de la camiseta hacia arriba para sacársela por la cabeza. Su piel relució al sol.

Sofi, muérete ya. Será más fácil que vivir después de esto.

Desvió los ojos de él, o acabaría asfixiándose hasta con la cabeza fuera.

La camiseta flotó en el aire y cayó delante de ella. El algodón azul marino se impregnaba mientras se hundía despacio.

A ver cómo salgo yo de esta.

La agarró con la mano; solo había una manera de ponérsela sin enseñarle ni un ápice de su cuerpo. Se sumergió y la arrastró con ella. Entre sus dedos, el fino algodón se hizo grueso al mojarse por completo. Giró el cuerpo bajo el agua para coger profundidad, metió las manos por los huecos de las mangas para abrirla y buceó para ponérsela. En cuanto su cabeza atravesó el agujero del escote, el algodón se pegó a su cuerpo y se hizo pesado e incómodo. Siempre le dio asco la ropa mojada bajo el agua, tal vez por aquella costumbre de bañarse sin nada.

Miró hacia la superficie, podía ver a Marco a través del cristal que parecía formar el borde del agua. Comprobó con las manos que la camiseta le tapaba hasta el comienzo del muslo. Abrió las piernas y las cerró de golpe. Su cuerpo ascendía.

Y he prometido no liarla. Pero lo estoy teniendo difícil.

Sacó la cabeza del agua y se echó el flequillo para atrás. Marco tenía un antebrazo apoyado en el manillar. Aquel color dorado de su piel brillaba con el sol de la tarde. Las formas de su cuerpo, mejor no valorarlas, como tampoco el hecho de que estuviese completamente desnuda bajo una camiseta mojada que ni siquiera era suya.

Era del innombrable.

Hay una Román que me va a matar.

Marco se inclinó y le tendió la mano de nuevo. Sofía la rodeó con una de las suyas y con la otra se agarró a su hombro para que no hiciese toda la fuerza con el brazo. Marco habría estado todo el día al sol, ya que su piel aún guardaba el calor. Estaba suave. Desconocía que le gustase tanto la piel suave en un hombre, no era habitual; de hecho era la primera vez que esta, fuera de hombre o mujer, le llamaba la atención. Notó cómo el contraste del calor con la temperatura fría de su mano mojada erizaba la piel de Marco. Y aquella suavidad desapareció de inmediato para tornarse áspera. Clavó las yemas de los dedos en él, esperando a que la alzara.

Ahora sí, mi madre me mata. Era mejor opción ahogarme.

Notó que la contemplaba de cerca; quizá por eso se demoraba al tirar de ella. Aquel olor dulzón que desprendía su piel se mezcló con el escozor salado que había impregnado sus fosas nasales. Alzó los ojos hacia él un instante, pero enseguida notó cómo se tensaba su brazo y le cambiaba la forma de los músculos. No dejó que él hiciera todo el esfuerzo, en parte porque siempre se avergonzó de su peso. Sus hermanas le decían que debía de estar rellena de cemento y a veces ella también lo pensaba, porque no era tan enorme para pesar así.

Apoyó una rodilla en la plataforma de goma y, en cuanto tuvo margen, alzó el otro pie. Le soltó su hombro para apoyar la mano en el asiento; no podía abrirse de piernas con una camiseta y sin nada debajo, así que se giró y se sentó de lado. Le soltó la mano de inmediato.

Marco se había vuelto por completo para observarla, fijándose en que ella había apurado el final del asiento para estar lo más despegada de él posible. Entre los dos aún quedaba una cuarta de asiento libre.

Sofía se apresuró a juntar las rodillas. La camiseta le cubría las caderas por completo y mojada no había mucho margen de que se le moviera. Miró a Marco.

—Claro que eres una *selkie.* —Al bajar el tono, su voz se rasgaba más.

Sofía contrajo el estómago y desvió la vista.

Con lo bonitas que son las sirenas, dice que soy una selkie, *focas que cuando se quitan la piel se convierten en mujeres hermosas, eso sí, que aparecen desnudas en las playas. Espero que lo mío no lo esté diciendo únicamente por lo de foca.*

Pensar que lo estuviese diciendo por la otra razón hizo que las mismas burbujas que formaba Diana al nadar regresasen a su piel, la atravesaran y se le metieran dentro del estómago.

—¿A dónde ibais? —preguntó y Sofía dirigió la mirada hacia la aleta de tiburón.

—Allí —respondió.

A la puñetera roca.

Y Marco recorrió el mar con la mirada hasta que la encontró.

—¿A esa roca? ¿Desde la orilla? —Tenía que reconocer que

visto así, para alguien que no estaba acostumbrado a la cala parecería una locura.

—Siempre llegamos —se apresuró a añadir Sofía—. Si no nos interrumpen.

Prefería quedar como una estúpida a parecer una imbécil que se había lanzado al mar y que había estado a punto de agotarse y morir ahogada.

—Con barcos y motos alrededor, es difícil que no os interrumpan —respondió él.

Sofía torció levemente la barbilla para mirarlo. De cerca era difícil no bajar los ojos hasta los labios gruesos de Marco.

—Tendré que acostumbrarme al cambio —respondió.

No había tantos barcos, ni motos, ni gente haciendo buceo en el antiguo hotel. Sumado a que solo se podía acceder por mar, aquella porción de playa era solo para ellas. Ahora tenían que compartirla. Y lo detestaba.

Lo dejó observar lo que fuese que le había llamado la atención de su cara. Cerró la mano en el agarre trasero para evitar la tentación de rascarse la ceja. Con el agua, aquel picor insistente aumentaba.

—Y supongo que no te gusta. —Marco no esperó su respuesta. Giró su torso y le dio la espalda.

Sofía contuvo la respiración mientras oía el motor accionarse. Bajó la vista hacia la espalda de Marco. Ya conocía su tacto, y la forma en la que se le señalaban los músculos cuando se movía invitaba a clavarle los dedos en aquella piel dorada y brillante. Soltó el aire y desvió la mirada.

Esto no me puede estar pasando.

Cerró los ojos mientras sentía que el pelo de sus patillas comenzaba a secarse, volverse ligero y a revolotear al aire. El movimiento le produjo un pequeño mareo y se apretó el estómago en un acto reflejo para compensarlo. No sabía que estando de lado la velocidad de la moto de agua se hacía incómoda. Puede que a eso se sumasen la situación, los nervios, su desnudez, la espalda descubierta de él a tan corta distancia o los ojos de gran parte de las Román en el porche de la casa.

Y prometí que no iba a liarla de ninguna manera ni a llamar la atención de nadie lo más mínimo.

Apretó los labios y desvió la mirada hacia el mar.

—¿Te llevo hasta la orilla o has dejado la piel de foca en otra parte? —lo oyó preguntar con cierta ironía.

Encima, cachondeito. Me bajo.

Soltó el agarre y volvió a cerrar la mano con fuerza. Ya no estaba tan lejos y había recuperado el aliento.

Inclinó el cuerpo hacia delante para dejarse caer.

No podía perder el tiempo, flexionó la planta de los pies y se impulsó hacia el agua. Volvió a sumergirse y la camiseta pareció pesarle toneladas de nuevo. Se alejó hacia la pared de rocas buceando mientras se la quitaba; no pensaba regresar a su casa con nada que le perteneciera a él. Sacó la cabeza. Marco había virado la moto cuando la sintió caer y se había detenido de nuevo.

Le lanzó al aire la camiseta mojada. Ni siquiera esperó a ver si la cogía. Volvió a sumergirse y, pegándose bien al fondo para que el agua distorsionase su silueta, se apresuró hacia las rocas que bordeaban la cala. Se agarró a ellas y se impulsó para volver a emerger.

Cogió aire mientras pegaba su espalda en la pared. Marco debía de haberla seguido con la mirada todo el tiempo porque sabía justo en el lugar en el que iba a salir a la superficie y seguía observándola a media distancia.

Fue consciente de que ni siquiera le había dado las gracias, pero solo quería alejarse de él cuanto antes.

Dejó caer la nuca sobre la roca. Aquel olor a humedad, a verdina y a piedra bañada por el mar le era tan sumamente familiar que consiguió transportarla muchos años atrás, cuando temía regresar a casa después de haber hecho alguna trastada, cuando esperaba una reprimenda. Después de tanto tiempo, el sentimiento volvía a ser justo el mismo.

Y, al fin, Marco volvió a poner la moto en marcha. El sonido no dejaba de ser desagradable, tanto como ver a un trasto de aquellos levantar espuma a ambos lados. Cuando cogió velocidad, el agua se abrió a su paso formando un triángulo tras él.

Sofía bajó la barbilla para expulsar el aire y cerró los ojos, el mareo del breve paseo no se disipaba. No lograba relajar el estómago. Alzó la mirada para comprobar que él estaba lejos. Así era, el sonido se había dispersado y ya era solo un run run que se mezclaba con otros tantos en la lejanía. Marco era tan pequeño como la aleta de tiburón. Lo vio rodear un barco, el azul y blanco que decía Diana, donde estaría toda aquella gente que solía acompañarlo.

Se habría quedado allí pegada durante horas hasta que oscureciera, simplemente esperando a que su cuerpo se enfriase parado, como si así pudiese borrar lo que acababa de pasar.

No tiene importancia.

Ya iban dos. Y no tendrían importancia si él no tuviese ese apellido, innombrable en casa o el hotel y si su hogar o el trabajo de toda la familia no dependiesen precisamente de él.

Se apartó despacio y nadó hasta la orilla.

Diana se encontraba en la arena envuelta en una toalla con la mano de visera mientras recorría con la mirada el mar frente a la casa. Quizá la buscaba en la lejanía y no pegada a las rocas.

El sol amarilleaba y no podía demorarse o llegaría tarde al trabajo; no quería sumar más penas a su condena. Se mojó la nuca y braceó. Diana al fin la divisó y se acercó a las rocas.

—Y esto es de lo más *random* que te puede pasar una tarde en la cala, ¿no? —le dijo su hermana con ironía subiendo a las primeras rocas—. Otra vez y van dos, Sofi. —Le lanzó el vestido para que se vistiera mientras reía—. En dos días.

Agradeció que fuese uno de los largos que la cubrían como una toalla. Aunque como no se atrevía a salir del todo del agua, lo mojó en gran parte al envolverse el cuerpo con él.

—Ni una palabra a mamá —le dijo alzando el dedo índice.

Diana entornó los ojos.

—Y mamá diciéndole a Alicia que ni se le ocurra acercarse a ese. —Rompió en carcajadas—. A Alicia. —Seguía riendo mientras Sofía se subía a las rocas junto a ella—. Y mira la hija solitaria. La que prometía no liarla.

Miró a Diana.

—Así no ayudas, ¿lo sabes?

—No, pero me estoy echando unas risas de la leche. —Diana se tapó la cara con una mano—. Dios, mira que sabía que mi hermana mediana apuntaba maneras, pero has superado mis expectativas. Te has subido desnuda a la moto de Marco Valenti, ya quisiera Andreíta.

—Chisss —la calló y saltó de la última roca hasta la arena.

—¿Estás loca? —No sabía de dónde había salido Alicia, pero enseguida la tuvo delante de su cara, pegada a ella, y tuvo que retroceder de inmediato—. Sofi. —Alicia encogió las manos en el aire, como si le estuviese agarrando de los pelos—. No.

—Pero si ella no ha hecho nada. —Diana le echó el pelo hacia atrás. Que su hermana menor le quitase importancia no la tranquilizaba en absoluto, y menos aún que lo hiciera emitiendo sonidos nasales al contener las carcajadas.

—Estabas desnuda y él... te ha visto. —Alicia separó los labios de nuevo; estaría buscando cómo continuar—. ¿Tú quieres que le dé un infarto a mamá? —Sofía pasó junto a ella sin mirarla para entrar en la casa. Alicia la estaba poniendo peor.

—Apareció de la nada, ¿qué iba a hacer? —Se detuvo y se volvió para mirarla.

—Ahogarte. —Y Alicia lo dijo tan convencida que Sofía se quedó con la boca abierta al escucharla.

Eso mismo pensaba yo.

Diana volvió a romper en aquellas carcajadas que resonaban entre las rocas.

La abuela Almu había salido al porche, llevaba las gafas puestas. Sofía esperaba que no fuesen para no perder detalle en la lejanía. Resopló mientras Ulises le olía las rodillas con curiosidad.

—Abuela, dile algo —dijo Alicia dando pasos ligeros hacia la puerta.

—¿De qué?

Bajó la barbilla cuando la abuela la miró con curiosidad. La menor de las Román manoteaba en el aire señalando al mar.

—Ah, de eso. —Almu miro un instante al mar—. Yo no he visto nada, no veo de lejos sin las gafas —respondió y se puso a colocar bien las sillas del porche.

Alicia la miró entornando levemente los ojos.

—Pero si las tenías puestas, abuela. —Por un momento, Alicia le recordó a su propia madre con la abuela Almu—. ¿Cómo que no los has visto?

La abuela arrastró otra silla.

—Tu nieta, desnuda en el agua, y Marco Valenti subiéndola a una moto de agua.

No sabía con qué cara iba a mirarlo si volvía a verlo en la terraza.

Alicia se puso al lado de la abuela. Luego le hizo un gesto con la cabeza para que le dijese algo a Sofía.

La abuela la miró.

—Yo creo... —contuvo la sonrisa— que debes darte prisa y no llegar tarde hoy.

La hora, joder.

Alicia resopló. Diana empezó a partirse de risa.

Le dio en el hombro a Alicia al entrar con rapidez, que miraba a Diana y a su abuela negando con la cabeza.

Sofía se metió en la ducha. Aún con el sonido del chorro, podía escuchar las voces de sus hermanas a través de la pequeña ventana del cuarto de baño. Tiró de la cuerda para enrollar la persiana y así poder verlas.

—Ya, se acabó la conversación —dijo la abuela Almu. Luego la miró por la ventana—. Y tú date prisa.

La abuela había interrumpido lo que fuera que estuviese diciendo Alicia en cuanto ella había subido la persiana. Con un suspiro, desvió la vista hacia su hermana. Esta había rodeado a su abuela para ponerse delante de la ventana.

—No es la primera vez que hablas con él, ¿a que no?

—Se acabó —volvió a callarla la mujer.

—Trabajo en la terraza, claro que no.

—¿No decías que eras parte del decorado? —le replicó Alicia. Y las risas de Diana resonaron de nuevo—. ¿Tú lo sabes? Ya lo estás contando.

—Alicia, déjalo ya —la regañó de nuevo la abuela Almu.

Era una pena que el chorro no fuese abundante para enjuagarse el jabón más rápido. Estaba deseando salir de allí. Alicia no solo no la estaba ayudando, sino encendiendo. Abrió el grifo al máximo, pero las tuberías antiguas de aquella casa no funcionaban bien y a más cantidad de agua, más se enfriaba la temperatura. En aquel estado le daba igual.

Le había dado tantas vueltas al grifo de rosca que se quedó con él en la mano.

Mierda.

No era su mejor día, estaba claro. Volvió a enroscarlo y rezó porque no se lo hubiese cargado. Chirrió al cerrarse.

Salió con rapidez y se secó con una toalla. Aún estaba medio mojada y cuando se subió los vaqueros, estos no resbalaban cadera arriba. Solo quería salir al porche cuanto antes.

Se puso las sandalias de camino a la puerta con el cepillo de pelo en la mano.

Alicia estaba sentada en una de las sillas blancas de plástico y abría un libro por el marcapáginas. Diana estaba en una hamaca a un lado, con las piernas en alto y ya inmersa en la pantalla del móvil. La tormenta había pasado, supuso.

La abuela Almu le acercó un bollito de leche con mantequilla y pavo. Lo agradeció, se lo comería en dos mordiscos. Cuando Sofía lo cogió, ella le quitó el cepillo.

—Tu madre te compró una mascarilla y ni siquiera te la

echas —dijo mientras empezaba a peinarla. Tuvo que tensar el cuello para que los enredos no le tirasen.

Alicia la miraba de reojo.

—No le vas a decir nada a mamá, ¿verdad? —le dijo a su hermana con cierto tono de súplica.

—¿Que te bañas desnuda? Ya lo sabe y no le gusta —respondió sin embargo la abuela y le sujetó el pelo para quitarle los nudos de abajo.

Se mordió el labio inferior. Que la abuela quisiese ignorarlo la tranquilizaba tan poco como cuando lo hacía Diana. Si Alicia estaba así, mejor no imaginar lo que diría su madre.

Bajó la cabeza y terminó de masticar.

—Ahora corre. —La abuela le dio un pequeño empujón.

Cogió su mochila y una rebeca del perchero de dentro antes de apresurarse a atravesar la puerta de la valla. Examinó la cara de Alicia una vez más antes de dirigirse al hotel.

Segundo día…

9

Sofía

Tenía unos minutos de descanso y entró en el hotel, a ver si encontraba a su madre. Aún no se había habituado a aquellos pasillos internos. La encontró en uno de ellos. Traía un carro de ropa mientras la gobernanta le iba dando indicaciones, como siempre. Aquella mujer no le permitía un segundo a nadie, como había podido comprobar. Su compañera de terraza aquella noche también era hija de una empleada y, al parecer, su madre estaba hasta el moño de ella.

No hizo falta que la llamase, Judit la vio enseguida y su madre solo tuvo que seguir su mirada. Los ojos de la gobernanta se dirigieron de inmediato al plátano que se estaba comiendo y que le acababa de dar uno de los compañeros de su abuela. La mujer lo miraba como si lo hubiese robado.

Quizá a sus ojos lo había hecho.

Sofía se detuvo en seco a un par de metros de ella. Sobre el carro, dejada caer a un lado, estaba la camiseta de Marco Valenti aún mojada.

—Le va muy bien. —La voz de su madre la sacó del bucle de pensamientos rápidos y llenos de imágenes que le provocaba volver a verla.

Clavó los ojos en Judit, supuso que habría preguntado por cómo le iba.

—Sofía, supongo que te han dicho que mientras que esté aquí el señor Valenti, debemos mostrar tanta excelencia como podamos.

Trituró el trozo de plátano entre las muelas. Bajó la mirada hacia la camiseta y asintió levemente.

Excelencia no sé, pero mostrar lo que es mostrar, más de lo que me gustaría.

Tragó el bocado de una vez. Judit le echó un vistazo a la camiseta y la tocó.

—Llévalo a la lavandería enseguida, el agua salada estropea el color —dijo antes de irse.

Como si a él le importase una estúpida camiseta.

Sería una más de tantas otras. Del mismo modo que todo lo que le rodearía. Sus pensamientos divagaron con la misma rapidez como se le habían disparado los recuerdos de aquella tarde. Sacudió la cabeza y mordió lo que le quedaba de plátano.

—Tira eso aquí —le dijo su madre y el enseñó una bolsa en la parte anterior del carrito.

Sofía se acercó a ella para tirar la cáscara.

Hasta mojada seguía desprendiendo aquel olor. Su madre la observaba con una pequeña sonrisa.

—Uno de los directores me ha dicho que el encargado está conforme contigo.

Como para no estarlo, no le queda otra. Lo estará flipando todavía con lo que le dijo el superjefe ayer.

Le devolvió el gesto. No habría llegado nada extraño a oídos de su madre. Luis no habría abierto la boca.

Bajó los ojos de nuevo hacia la camiseta.

—Es del señor Valenti —le susurró su madre.

Yaaa.

Restregó un labio con otro mientras su madre la rodeaba con un brazo.

—Ten cuidado luego al volver —le dio un beso—. Yo voy a llevar esto a la lavandería y salgo ya.

—Espero no perderme —rio con ironía. El camino a casa lo hacían por dentro de la cala. Solo tenían que atravesar la playa y estaban allí en cuestión de minutos.

Alzó la vista, el encargado de la terraza iba a paso apresurado por el pasillo. Se apartó para dejarlo pasar.

—Sofía, date prisa. Tienes que atender una cabaña.

—Ahora voy. —Miró el reloj. Le quedaban unos minutos de descanso, pero al parecer los perdería.

El encargado se detuvo frente a ella.

—Ahora es ahora —dijo y Sofía miró enseguida a su madre.

Coño, ni mi tiempo de descanso me respeta.

Miró a Luis con el ceño fruncido.

—Vete ya —murmuró su madre empujándola.

Sofía le dio la espalda y resopló levemente. Luis andaba junto a ella por el pasillo.

—Ve a las cabañas, ha llegado el señor Valenti con unos amigos —le dijo bajando el tono de voz.

Madre mía. Se me va a caer la cara a trozos.

Apoyó la mano en la puerta abatible que comunicaba el pasillo de empleados con la terraza. Empujó y esta se abrió. La brisa apaciguó el calor concentrado en la galería.

—Te toca atender una cabaña en concreto —añadió Luis y Sofía giró la cabeza para mirarlo—. Tengo al resto ocupado —se apresuró a decir cuando vio su expresión.

—¿Cuál? —Salió a la terraza.

La brisa le erizó el vello. Las noches al comienzo del verano aún eran frescas. En uno de los muebles de la choza tenía la rebeca que cogió al salir de casa, prenda que el encargado tenía que consultar si podría llevar puesta. Sin embargo, mucho se temía que ahora que estaba allí el señor Valenti, aquella cuestión se había disipado por completo.

—La seis, la otra grande —lo oyó decir mientras se adentraban en el camino de madera de las cabañas. El agua bajo el puente hacía que el frío fuese más intenso allí.

Sofía se llevó la mano a su antebrazo. En un rato estaría temblando.

—¿La rebeca? —preguntó cuando llegaron hasta la pequeña choza bar.

—De eso nada —le dijo él deteniéndose entre las dos primeras cabañas.

Menudo imbécil. O sea, a morirme de frío.

Lo vio echar una mirada a una de ellas; supuso que sería donde se encontraba Marco.

—Sofía, el señor Valenti ha pasado el primer informe sobre el servicio del hotel. —La miró—. Y no ha sido el que esperamos. No quiero ni una queja de los clientes.

Luis salió del puente y regresó de nuevo hasta la palmera junto al acceso a la terraza. El sonido de las ruedas de un carro la hizo volverse hacia el otro lado.

Eran Esteban y Jimena, que regresaban de una de las cabañas.

—Por fin, ¿dónde estabas? —preguntó ella soltando un paño en la barra.

—En mi descanso. —Miró la hora, aún tendría que estar comiendo plátanos—. Me encargo de la seis.

—Toda tuya, menuda juerga tienen. —Esteban desvió la vista hacia las cabañas—. Debe de ser una despedida de solteros o algo. Están formando una que Valenti ya se ha quejado dos veces.

—¿Se lo habéis dicho a Luis? —Le asombraba que Marco se hubiese quejado y que el encargado pelota no dijese nada.

—Ya ha entrado a hablar con ellos, pero creo que impone poco —rio Esteban y Sofía contuvo la sonrisa.

Jimena la miró de reojo.

—Y Luis te ha mandado a ti. Yo no pensaba entrar más ahí. Por una vez voy a alegrarme de que andes por aquí —le dijo la joven.

Sofía soltó el carro de la cabaña seis y miró a su compañera.

—Mientras estemos trabajando, ¿puedes dejar de hablarme como si fuera una...? —El sonido de unos tacones la hizo volver la cabeza hacia las palmeras.

—Buenas noches. —Andrea venía acompañada de dos chicas más y tres jóvenes. No recordaba ninguno de sus nombres, pero los conocía a todos.

Dio unos pasos hacia los tres.

—¿No acabas la frase? —rio Andrea mirando a Sofía—. Venimos a la cabaña del señor Valenti. ¿En cuál está?

—El señor Valenti está... —respondió Esteban enseguida.

—No te preguntaba a ti, niño. —Ni siquiera miró a su compañero al interrumpirlo. Sus ojos estaban clavados como arpones en Sofía—. Sino a la mediana de las Román.

Andrea tenía el poder de hacerle arder el pecho.

—La mediana de las Román no tiene ni idea de dónde está el señor Valenti —le respondió pasando por delante de ella—. Si no dejas que te responda *el niño*, tendrás que llamar puerta por puerta. Y no te lo aconsejo.

—¿Dos días es lo que has durado sin ser como siempre? —Oía los tacones de Andrea tras ella por el puente de madera. Estefanía y el resto de sus acompañantes las seguían.

—Si me tocan las narices, mucho menos. —Se volvió hacia ellos. Tenían una manera de mirarla que conocía demasiado bien, como si estuviesen esperando a que abriese la boca para estallar en carcajadas. Misma situación de siempre y misma sensación en su interior. Una especie de pena que se expandía hasta convertirse en un fuego que a veces la hacía soltar burradas y otras, echar a correr. Pero allí no podía hacer ni una cosa ni la otra. Notaba el brillo en los ojos—. Cabaña tres. —Y fue capaz de decirlo tranquila.

Necesitaba que se fuesen ya. Andrea sonrió satisfecha. Le dio un toque en el hombro al pasar por su lado.

—¿Ves como lo sabías? —Se mordió el labio inferior mientras se daba la vuelta para no darle la espalda—. Al final hasta vas a ser capaz de encajar aquí.

—Es solo su segundo día —oyó decir a Fani entre risas.

Notó el olor mentolado del perfume de uno de los jóvenes y levantó la cabeza para verlo al pasar.

—Le daré a Owen saludos de tu parte —le dijo—. Aunque sigue con tu hermana, ¿no?

—Vete a la mierda —susurró Sofía.

El joven rompió en carcajadas.

—Todavía muerde. —No dejaba de reír.

Andrea seguía observándola y se unió a sus risas.

—¿Pueden despedirla por eso si se lo decimos a Valenti? —oyó a otra de las chicas.

Sofía la miró y el calor en su pecho aumentó. ¿Era eso lo que buscaban? Intentar que perdurara aquel estigma sobre ella y que llegase a los oídos del dueño de todo.

Cogió aire y lo contuvo.

—Son solo dos días. —Andrea entornó los ojos y Sofía arrastró la vista hacia ella—. Vamos a darle margen.

Estefanía tiró del hombro de Andrea para que se fueran, pero la joven no se movía.

—Será hasta más divertido —añadió Andrea bajando los ojos hacia sus muslos.

Volvieron a reír mientras los demás se alejaban hacia la cabaña número tres. Estefanía volvió a tirar de Andrea y esta vez sí consiguió que ella los siguiera.

—La salvaje trabajando en el hotel Valenti. —La brisa le trajo la voz de uno de los jóvenes y más risas.

Bajó la cabeza y expulsó el aire. Reconoció la primera parte de aquella frase y aquella voz le antojó muy parecida a tantas otras. Cogió aire por la boca mientras sentía tirantes las cuerdas vocales.

Miró al grupo y la imagen se emborronó un poco. Encajar era lo de menos, ni siquiera aspiraba a ello. Se conformaba con ser transparente, invisible. Lo que siempre quiso, que nadie percibiera su presencia un ápice. Pero eso nunca ocurría desde que tenía uso de razón. Todo el mundo reparaba en ella y, sin embargo, opinaban como si no estuviese presente, como si no los estuviese escuchando, como si lo que le pudieran decir no le doliera. En la playa, los parques, el aula, el patio del colegio y, más tarde, en la calle. En cualquier lugar, salvo en aquel trozo de cala del que más de cien veces se prometió no salir.

Cerró los ojos y se llenó el pecho de nuevo. Soltó el aire de golpe. Marcharse de la isla para ir a otro lugar donde nadie la conociera no servía de mucho cuando las habilidades sociales estaban francamente perdidas. No había recibido reproches, pero tampoco brillaron las amistades.

Por suerte, con el tiempo y los años había encontrado por el camino a personas que, a pesar de haber crecido entre aquellos comentarios sobre ella, la trataban como a cualquier otro, como estaba comprobando con Esteban, alguna amiga de Alicia que no pertenecía al grupo de Andrea o la mayoría de los amigos de Diana.

Quizá no estaba todo perdido y había un hueco para ella en alguna parte. O tal vez, llegado aquel punto, el único lugar que quería estaba a unos metros de aquellas cabañas. En un rincón entre las rocas.

Esteban pasó por su lado empujando un carro.

—Los conozco desde hace mucho. —El chico miró hacia la puerta de la cabaña tres. El grupo se había metido dentro ya—. Y son imbéciles. Ni caso.

Ese «ni caso» sonaba fácil cuando no se estaba acostumbrado a recibir latigazos durante años. Pero cuando eran parte de ella, como las cicatrices, era imposible que su cuerpo no reaccionara con aquel calor inmenso.

—No es solo a ti. Ya has visto cómo tratan a todos los que no son de los suyos —añadió y Sofía negó con la cabeza. Sabía muy bien que lo suyo era diferente. De todos modos, le agradeció a Esteban su intento de quitarle importancia—. Suerte con estos.

Sofía entornó los ojos hacia la cabaña seis y resopló. La música se escuchaba desde el puente.

10

Marco

Era sorprendente la facilidad que tenía Fabio para hacer amistades. Había llenado aquello de gente que no conocía y a la que no le apetecía seguirle la conversación. Había salido al pasillo de fuera, el que daba al agua. Esperaba que no tardasen mucho en acabar la cena.

Miró la luz en el ático. La única razón por la que no se había retirado a dormir estaba a unos metros de las chozas, justo en la parte delantera del hotel. Una razón que solo hacía más emblemático aquel lugar.

Se inclinó en el borde del camino; el agua se tornaba turbia y oscura en la noche. Nada que ver con el color que adquiría de día. Se sentó y mantuvo los pies alejados de ella.

Miró la pantalla de su móvil. Este le recordaba que sus días tranquilos acabarían más temprano que tarde.

Al desbloquearlo, aún permanecía abierta una página de mitología marina. Siempre le atrajeron los animales acuáticos, las leyendas sobre criaturas sobrenaturales y toda la mitología que tuviese que ver con el mar. Y aunque pasó todos los años de su infancia con los ojos pegados a unos prismáticos cada vez que sus padres lo llevaban a navegar, hasta aquella tarde no había encontrado nunca en aquella masa de agua nada que le llamase la atención.

Recordaba la primera vez que vio la pequeña construcción junto al hotel en un plano, no era más grande que una de las chozas sobre el agua. Entonces le dijeron que en un epígrafe del contrato de compra, el vendedor insistía en que debían mantenerla en pie aunque el hotel lo echasen abajo y que una familia viviría allí. Cuando vio las fotos de aquella casa construida en los desniveles de la cala muchos años atrás, esa no era exactamente la familia que imaginó que viviría allí. Quizá rudos pescadores por lo apartado y solitario del lugar, tal vez ancianos. Pero no un grupo de mujeres solas.

Miró en la pantalla del móvil la ilustración de una mujer desnuda sobre una roca con una piel de foca a sus pies. Sofía era lo más parecido a lo que siempre imaginó que sería una criatura mitológica del mar. La imagen de su cara entre las rocas de la cala volvía a él una y otra vez.

—Marco —oyó la voz de Salvatore.

Habrían acabado la cena, pero todavía se oía el choque de los vasos de cristal. Esperaba que no quisiesen seguir la velada allí.

Se puso en pie. Si no quería que se demoraran mucho, tendría que intervenir y hacerlos cambiar de idea.

Vio a unas mujeres asomarse y una de ellas le sonrió. Su padre solía decirle que su situación privilegiada haría que nunca le faltasen. Y llevaba razón. Según los Valenti, su misión era divertirse en la juventud hasta que encontrase una esposa acorde para perpetuar el imperio. En Milán había mujeres idóneas para ello. Muchas. Quizá tantas que no sabría por cuál decantarse. Pero por suerte, aún era joven.

Una chica de pelo castaño y liso no le había quitado el ojo de encima. Notaba las intenciones de acercarse a él en cuanto tuviese oportunidad. Le gustaban las mujeres con aquel flequillo abierto que solía enmarcar la frente y los ojos, haciendo hermosa cualquier forma que tuviese su cara. Llevaba un vestido con cierto brillo que se adaptaba a sus formas como un corsé. Cualquier otro día, la habría invitado al barco y aquel vestido desaparecería para que él descubriese todo lo que había debajo.

Cualquier otro día antes de ese.

La imagen regresó a su cabeza. Sofía con la nuca apoyada en la roca, como si en cualquier momento fuese a alzar una cola de pez y golpear el agua con ella.

Vio la puerta de la cabaña abierta, varios habían salido a la pasarela flotante de madera. Y más empezaban a asomarse y salir también. Entre ellos Andrea y Estefanía. Entornó los ojos intentando deducir qué habría fuera que llamaba tanto la atención.

La música de aquella cabaña del fondo se escuchaba demasiado fuerte. Los empleados no habían puesto remedio. Negó con la cabeza y se apresuró a salir. Él mismo iría a decirles que apagasen la música y dejasen de hacer ruido. Si su padre estuviese allí, habrían rodado las cabezas de todos los empleados encargados de las cabañas.

La música se detuvo de repente y comenzaron a oírse voces a lo lejos, aunque esta vez no eran de celebración.

A unos metros de la cabaña número cinco estaba el empleado intenso y cargante que llevaba la terraza y las cabañas. Y Sofía.

Discutían, aunque no alcanzaba a escuchar qué decían. Por la puerta de la cabaña cinco se había asomado un hombre de piel rojiza demasiado quemada por el sol. La joven le dijo algo y el encargado la apartó tirando de su brazo.

—¿Qué demonios pasa? —Salvatore se asomó a su lado.

—Voy a comprobarlo. —Rodeó a su amigo para subir al puente flotante.

Andrea y Estefanía se echaron a reír. Esta le agarró de la camisa.

—¿Qué esperabas con la mediana de las Román aquí dentro? —Marco frunció el ceño al oírla.

El encargado volvía a agarrar a Sofía del brazo, quizá en un intento de que no se marchase y esta vez lo hizo de una forma un tanto fuera de lugar.

—Pues se acabó —dijo dirigiéndose hacia ellos.

11

Sofía

—No pienso quitarme la rebeca ni a volver a entrar ahí dentro. —Le apartó la mano del brazo. Luis había pasado de producirle cierto hartazgo a un asco tremendo. La música volvió a sonar con fuerza—. Ahora ve tú y se lo dices.

Luis entornó los ojos.

—Entonces coge tus cosas y vete —le replicó él.

Sofía levantó las manos.

—¿Perderte de vista? Un placer. —Lo rodeó para marcharse y él volvió a agarrarla de la rebeca—. Aparta. —Se sacudió la mano de encima mientras se encaminaba hacia la terraza.

—¡Sofía Román! —Se sobresaltó al escuchar aquella voz rígida con cierto tono ronco que se perdía entre las voces altas.

Hoy me va a tocar las narices hasta el apuntador.

Se volvió hacia Marco Valenti, que observaba al encargado a la espera de una explicación rápida de lo que acababa de pasar.

—Señor Valenti —comenzó este enseguida.

Alucinante cómo cambia de tono este tío con nosotros a como le habla a él. Menudo mindundi.

—La señorita Román se toma ciertas libertades en su trabajo —añadió Luis.

¿Cóóómo?

—Él también. —Dio unos pasos para acercarse a ellos. Sintió que su réplica llamó la atención de Marco sobremanera.

—La señorita Román ha faltado el respeto a varios clientes, desobedece órdenes de un superior, reprocha decisiones y hasta llega a insultar.

Ni ha respirado al hablar. Será capullo.

Fulminó con los ojos al encargado.

—La señorita Román es camarera de hotel y falta al respeto, insulta, reprocha y desobedece todo lo que haga falta —dio otro paso hacia Luis— cuando el hotel se confunde con un club de alterne.

Vio la cara de Luis emblanquecer por completo con el sobresalto de Marco Valenti.

—Y ve tú a decirles que bajen la música, ¿a que no hay narices? —añadió y se apartó de los dos.

—Sofía. —Se quedó inmóvil al sentir la mano de Marco en el brazo. Se dio la vuelta para mirarlo, pero tenía la vista clavada en Luis—. Tienes chicos a tu cargo para encargarse de según qué tipo de reuniones —le dijo.

Sofía fue consciente de que aún no la había soltado.

—Los señores pidieron que se encargase ella en concreto cuando la vieron en la terraza, ¿qué podía hacer? El código dice que no podemos…

—Pidieron que fuese ella —lo cortó Marco.

Y yo sin enterarme hasta última hora. Poco le he dicho al imbécil este.

—¿También te pidieron que fuese sin rebeca o eso se te ocurrió a ti? —replicó ella y sintió que la mano de Marco le apretaba ligeramente la piel. Cerró la boca.

Valenti se inclinó un tanto hacia Luis.

—En este hotel, bajo ningún concepto, se va a usar a ninguna empleada como un reclamo de clientes. El despido será inmediato. Inmediato —repitió.

Podía ver algo en el cuello de Luis vibrando, una especie de tic nervioso. Tan solo esperó que estuviese conectado con sus intestinos y pasase un buen rato en el baño después de aquello.

—Ahora ve y diles a los clientes que, para ciertos servicios, se han equivocado de lugar. Y que los invitamos a abandonar el hotel.

Con ese tono rápido y firme se le nota más el acento italiano. Y me está encantando mucho.

Desvió la mirada y tiró despacio del brazo para que Marco la soltara.

Ya se me está yendo la pinza...

Dio un paso atrás para apartarse de ellos. Comenzaba a ser consciente de que había gente en el camino de las cabañas.

—Sí, señor Valenti. —Luis se apresuró a retirarse. Estaría deseando perderse de su vista.

—Y tú, Sofía, puedes marcharte a casa ya —lo oyó decir.

Cuando movió la cabeza para mirarlo, Marco ya estaba a unos metros de ella. Regresaba a su cabaña. Sus invitados comenzaban a entrar de nuevo, quizá deseando saber a qué había venido aquello.

No tardó en dar media vuelta para salir de allí; había sido todo tan rápido que apenas lo había podido digerir. Se apartó el pelo de la cara. El olor a Marco se había quedado impregnado en aquella parte de la rebeca que había tocado.

Volvió a ser consciente de que había prometido demasiado.

12

Sofía

La rebeca de algodón no la había hecho entrar en calor. Era ancha y casi más larga que los pantalones cortos. Tenía los pies tan fríos con las sandalias que supuso que tendría que meterlos en agua caliente antes de irse a la cama. El estado de su cuerpo durante los últimos minutos no había hecho más que aumentarle el frío.

Para acceder al camino de la playa que llevaba hasta su casa, solo tenía que salir por una de las puertas de personal laterales y seguir más allá de los tótems que delimitaban el hotel.

El próximo día que salga a esta hora me traigo unos calcetines.

Desde la puerta de salida podía apreciarse que una vez pasados los tótems, la luz disminuía considerablemente. Sus hermanas le habían dicho que dejarían a Ulises en el porche para que la buscase y la acompañase de vuelta.

No era ninguna valiente. Cada noticia que veía en internet o televisión regresaba a su cabeza en cuanto se encontraba sola en un camino solitario.

Aquel pensamiento hizo que se quitase las sandalias. Si tenía que echar a correr, serían un lastre sobre la arena.

Atravesó los tótems y avanzó unos metros. La luz se difuminaba tanto que ni siquiera alcanzaba a ver la pared de roca del fondo. La farola del porche era tan solo un punto amarillento muy similar al de las estrellas lejanas. Entonces, divisó a

Ulises. El olfato de los perros rozaba lo sobrenatural, ya que traía la trufa pegada a la arena mientras andaba deprisa hacia ella. Se detuvo a unos metros y levantó la cabeza.

Sin embargo, la mirada del perro se dirigió a la izquierda de Sofía. El gruñido fue tan grave y profundo que hasta a ella se le erizó el vello.

Se volteó de un respingo al tiempo que notaba cómo su cara se endurecía del susto. Sus rodillas se flexionaron por acto reflejo, preparadas para echar a correr.

Abrió la boca un poco para expulsar el aire. La luz hacía sombra en el lado derecho de su silueta y, aun así, podía ver el hueco en el centro de la clavícula entre los bordes de la camisa.

No era un indeseable ni un ladrón, pero su cuerpo todavía seguía inmóvil. No lo esperaba allí, acababa de dejarlo en las cabañas.

Y él tampoco se movía. Seguía erguido con las manos metidas en los bolsillos, la barbilla baja y los ojos alzados en su dirección. Quizá la razón era aquel gruñido grave que, en medio del silencio absoluto, había rebotado en la pared de piedra que generaba una especie de eco intenso.

—Señor Valenti —dijo a media voz alargando la mano hacia Ulises para que se acercase a ella y dejase de mirarlo.

Casi me cago del susto.

Como Ulises atacase por error a Marco Valenti, más le valía coger el primer avión y no volver.

Marco dio unos pasos hacia ella, puede que para comprobar si el perro volvía a gruñir. Sofía sintió el hocico mojado y frío de Ulises entre los dedos.

—¿Debo temer por la seguridad de mis clientes que atraviesen el tótem? —preguntó—. Nadie me dijo que una bestia guardaba los límites de mi hotel con la arena de las Román.

—No es una bestia y nunca ha mordido a nadie —respondió ella hundiendo los dedos en el pelaje de Ulises. El animal levantó la cabeza y empujó con el hocico el centro de sus costillas, bajo su pecho. Sofía tuvo que echar un pie atrás para no perder el equilibrio.

Vio a Marco bajar los ojos hacia Ulises. Con la boca entreabierta, la penumbra hacía que la sombra de sus colmillos los hiciese tremendamente enormes, casi como los de las bestias que tanto le gustaba ilustrar.

—¿Seguro que no muerde? —Sofía apretó los labios para no reír al oírlo. Marco volvió a acercarse.

Cerró la mano bajo la mandíbula de Ulises cuando vio que Marco pretendía tocarlo. Nunca había hecho ni un solo amago de morder, pero con el bucle de altercados que llevaba delante de Valenti, ya no se fiaba ni de su propio perro.

El olor del joven la invadió mientras Ulises ladeaba la cabeza para dejarse acariciar.

Por suerte, desde que está el hotel nuevo no se ha colado ni la ha liado. Los Valenti no son don Braulio.

Prefería no pensarlo. Volvió a apretar el pelo de Ulises.

Pero por tu bien, Uli, haz buenas migas con este por si acaso.

—Siento lo que te ha pasado hoy —dijo él y Sofía lo miró de reojo mientras soltaba a su perro, que se alejó de ellos para oler una bola de algas en la arena.

—No es tu culpa. —Ya estaba harta de que todos se disculpasen por el comportamiento despreciable de otros; su hermana, su compañero de trabajo y ahora hasta Marco Valenti. Quizá el problema lo tenía ella, por mucho que se empeñaba en demostrarse que no.

—No, es de esos clientes y de tu encargado —respondió él con una rapidez que la hizo alzar la cabeza para mirarlo.

Marco contemplaba sus ojos; primero, uno, y luego se dirigió despacio al otro. No sabía qué podía llamarle la atención en ellos con aquella media luz. Sintió el arrebato de dar un paso hacia atrás y alejarse de él y, sin embargo permaneció quieta, dejándose observar. No sabía si era por el frío, pero todo el vello de su cuerpo se erizó de inmediato. Cogió aire y lo contuvo.

—Unos están a punto de salir del hotel, al otro no tendrás que verlo en un par de semanas —añadió.

Pero oír eso tampoco la hacía sentir mejor. Sofía agachó la cabeza y expulsó el aire despacio con la boca entreabierta, intentando que Marco no lo notase.

—Y ¿qué va a pasarme a mí? —Tal vez eso era lo que más la preocupaba. Todo el mundo se había enterado. Si hubiese sido cualquier otra empleada, los comentarios apenas irían a más salvo para decir que los clientes eran unos sinvergüenzas, pero se trataba de ella. Y parte de la plantilla estaba esperando a escuchar el más mínimo escándalo sobre ella para que se cumpliesen sus augurios y subirse el ego. Lo estaban deseando.

—Si hubiesen estado aquí mi padre o mi hermano, seguramente te habrían despedido, habrían ubicado a los clientes en una cabaña más lejana donde no pudiesen molestar y tu encargado seguiría en su puesto.

Tragó saliva al oírlo. Dos días, tan solo dos.

—Aunque tampoco creo que hubieses pasado del primer día —añadió él y ella lo miró de nuevo.

—Por el cóctel. —Ahora entendía la tensión en su madre y en todos los empleados cuando los Valenti estaban allí.

—Por tener las piernas repletas de cicatrices —lo dijo con firmeza, sin ningún bochorno ni cuidado de que pudiese ofenderla.

Sofía abrió la boca y retrocedió un paso.

¿En serio? Habrá que ver cómo son ellos.

Aunque a la muestra de Valenti que tenía delante no se le podía poner ni una sola pega. Pero de ahí a no admitir siquiera nada que se saliera de un patrón en sus empleados le revolvía el cuerpo.

Menuda familia de mierda.

Marco se apartó de ella en dirección a los tótems.

—Volverás a trabajar mañana. —Se dio la vuelta y le dio la espalda.

Muy bien.

—¿Con mis cicatrices? —Su réplica irónica hizo que Marco se volviese de nuevo para mirarla.

Sofía, ¿por qué no te callas? Que al final te van a echar de verdad.

Pero aún notaba aquella sensación de calor en el pecho y, por un instante, había olvidado a quién tenía delante.

Marco recorrió sus muslos con la mirada y Sofía se tensó al verlo.

—Con tus cicatrices —respondió sin ironía alguna—. A estas alturas, no creo que ninguna desaparezca ya.

Exacto, ninguna.

—Buenas noches, señorita Román —lo oyó decir mientras su silueta se perdía entre las sombras de la cala.

—Buenas noches, señor Valenti. —Ya no podía verlo, ni siquiera sabía si la había oído.

La joven resopló.

Esto está siendo peor de lo que esperaba.

Llamó a Ulises con un silbido para que la siguiera y se dirigió hacia la casa.

Sofía Román no iba a dar la nota, no iba a llamar la atención lo más mínimo. Iba a ser invisible.

Se llevó la mano a la cara. Dudaba que Marco Valenti se supiera de memoria el nombre de algún empleado que no fuesen los directivos del hotel.

Y el mío es como si lo llevase tatuado en la frente.

La luz del porche proyectaba su sombra en el suelo. Ahora sí, miró atrás, hacia los tótems, mientras dejaba caer las sandalias en la arena y ponía la mano sobre la valla de madera. Entornó los ojos, no estaba segura de si había visto una sombra entre ellos.

La respuesta de su pecho fue inmediata, aunque realmente no había sido capaz de verlo claro.

—Sofía. —Se sobresaltó al escuchar su nombre. Dio gracias que fuese Diana. Desconocía la razón por la que se le haría difícil mirar de frente a su madre.

Y no debería. Yo no he hecho nada.

—¿Qué te ha pasado? —Su hermana se asomó por encima de la valla para otear el camino hacia el hotel—. ¿Te ha seguido alguien?

Apretó los párpados y sacudió la cabeza. La abuela salió de casa. Llevaba una falda de bambula larga y un pañuelo como diadema. A aquellas horas solía llevar las gafas puestas.

—Te estábamos esperando, pero Alicia se ha quedado dormida en el sofá. —Esquivó a Ulises para que no rozase la bandeja con la trufa del hocico. La miró—. ¿Te ha pasado algo en el trabajo?

Pues menos mal que mamá no está.

—No me hables del trabajo —respondió a su hermana y esta hizo una mueca divertida.

Bajó los ojos hacia la bandeja. Había media docena de pastelitos como los que servía en la terraza, algunos de ellos de chocolate que desprendían un olor hipnótico. No sabía qué necesitada estaba de algo dulce hasta que los tuvo delante.

Su abuela rio.

—Sea lo que sea, tiene arreglo, ¿lo ves? —añadió la abuela.

—No, no lo tiene. —Levantó la mirada hacia ella—. Ya la estoy liando.

Diana estalló en carcajadas y la empujó con el culo para colocarse frente a la bandeja.

—Con lo delgadita que ha venido de Escocia..., se va a poner como una foca como siga comiendo así.

—No uses esa palabra. —Sofía alargó la mano para coger unos de los oscuros—. Cualquier palabra menos esa.

Foca. Selkie. *Marco.*

Era el orden automático de sus pensamientos encadenados. Y quería olvidarlo, al menos mientras devoraba aquel manjar.

—¿Cómo es que te han dejado traerlos? —preguntó acercando el pastel de chocolate a sus labios. El sonido al clavarle los dientes era similar a cuando mordía una cobertura helada, a pesar de no estar congelado. La boca le rebosó de saliva cuando el olor que desprendía se trasladó a su lengua.

—Son un regalo del señor Valenti —respondió su abuela.

Nooo...

Tragó aquel abanico de chocolates sin masticar, que entre dulce y amargo, le arañó su garganta con la cobertura sin derretir.

Que me ahogo, coño.

—Trae agua, abuela, que se nos muere aquí —dijo Diana mientras le apartaba el pelo de la cara sin dejar de reír.

—¿Cómo está? —Su abuela sonrió.

—Está que te cagas, ¿verdad? —Solo pudo asentir a su hermana.

—El pastel. —La abuela dejó un vaso de agua sobre la mesa.

La madre que os parió a las dos.

Sofía se bebió medio vaso de agua sin respirar, volvió a mirar el pastel y se mordió el labio inferior.

—¿Lo sabe mamá? —No se atrevía a darle otro mordisco.

Diana alzó las cejas al oírla.

—Él pidió que se los entregaran a ella, claro que lo sabe. —La joven apoyó los codos sobre la mesa y se sujetó la barbilla con la mano; se inclinó para mirarla con los ojos entornados.

Madre mía. Estas dos son un horror.

—¿Lo sabe mamá? —imitó su voz—. Debería interesarte más el porqué, ¿no?

Su hermana le dirigió la mano con el pastel hasta la boca y la obligó a comérselo entero de una vez.

—Y no, no es porque te encontrase desnuda en el agua —rio.

Hoy me ahogo.

Se bebió lo que quedaba de agua.

La abuela las miró de reojo.

—Al parecer, se ha interesado por saber quién ocupaba esta casa y nos ha enviado los pasteles —continuó la abuela y Sofía apartó la vista.

—Pues qué amable. —Hizo una mueca con la boca y se acercó a la mesa.

Agradeció que sobre la mesa siempre hubiese un botijo de barro de la época que a la abuela le dio por la alfarería. No estaba muy lleno, a juzgar por el peso. Se sirvió un vaso de nuevo. El chocolate se agolpaba en mitad de su garganta.

El móvil de Diana comenzó a emitir un sonido desagradable y su hermana se levantó enseguida para atravesar con él la puerta de la valla.

Sofía apoyó los antebrazos sobre la mesa sin dejar de mirar los pasteles.

La abuela Almu se inclinó sobre la madera y le dio unos pequeños golpes en la barbilla.

—Puedes comerlos, no son robados —rio.

No, no lo eran, pero su procedencia le resultaba un tanto incómoda. O quizá era la reacción de su pecho, similar a la que minutos antes le había producido aquella sombra en la lejanía que la incomodaba.

—No quiero más.

Solían decirle, tanto su familia como otros trabajadores, que los empleados eran invisibles para los Valenti. Y así era también para las Román, hasta que ella puso un pie en el hotel.

Maldito el día.

—Sé que te encanta. —La mujer empujó la bandeja hacia ella.

Claro que me encanta.

Se llevó la mano a la sien y desvió la mirada.

¿Qué demonios estoy diciendo? Ya se me está yendo la pinza, y mucho.

Volvió a ojear los pasteles de chocolate; no pensaba comerse ni uno más. Mirarlos de cerca y aspirar su olor intenso era suficiente. No necesitaba más. Así no corría el riesgo de convertirse en una foca. Pero no una a las que se refería Diana, sino a una con una piel de quita y pon.

Como las selkies.

Los marineros y pescadores quedaban tan prendados de ellas que les robaban la piel y la escondían para que no pudiesen regresar al mar y retenerlas con ellos como humanas en unas relaciones que los cuentos intentaban endulzar con cierto romanticismo. Uno que se hacía poco creíble cuando las *selkies* buscaban sin cesar su piel de foca hasta que la encontraban y huían.

Suspiró y se alejó de la bandeja dejando caer la espalda en el respaldo de la silla de plástico.

Ser una *selkie* no tenía nada de bueno. Salvando la parte de que Marco Valenti la considerara una mujer que pudiera embaucar a un hombre de la manera que lo hacían aquellas criaturas sin piel, ellas nunca tenían finales felices.

La abuela había entrado en la casa. La cortina que cubría la puerta cuando estaba abierta se mecía con el viento. Sofía dejó el móvil sobre la mesa y se levantó para buscar a Diana con la mirada.

Su hermana estaba en mitad de la arena. Ya había terminado de hablar con quien fuese que la hubiera llamado a aquellas horas. Podía ver el brillo de la pantalla de su móvil en la oscuridad; mostraba un juego tonto de agrupar elementos y que ella misma usaba cuando tenía que esperar en alguna parte.

Se apoyó en la valla mirándola y su hermana se dio la vuelta.

—¿Te has acabado la bandeja? —Se levantó del suelo.

Le sonrió.

—Te he dejado alguno. —No había probado ni uno más.

Diana ladeó la cabeza. Le gustaba el pelo liso y oscuro de su hermana; el viento lo levantaba al completo. Al suyo no conseguía moverlo un ápice.

La joven pasó al porche y se acercó a la mesa.

—Y hablando de Valenti. —Diana cogió un pastel y la miró.

Prefería los días cuando era un desconocido.

Su hermana se acercó y se inclinó hacia ella. Conocía ese gesto, Diana lo hacía cuando tenía algún cotilleo.

—Sara me ha dicho que la Andreíta lo persigue de manera bochornosa, ¿es verdad?

Oír aquello no mejoraba su situación. Es más, comenzaba a despertar otra sensación que creía apagada desde la adolescencia.

—Y yo qué sé —respondió y Diana la miró de reojo sin creerla.

—Tú trabajas en la terraza, claro que has visto algo —replicó su hermana.

—Llevo solo dos días. Y me importan una mierda Andreíta y toda su tropa. —Se levantó y le dio un beso a Diana—. Me voy a dormir.

Esta arqueó las cejas decepcionada. Seguro que esperaba repasar todos los detalles.

—Sois todas unas aburridas —protestó y volvió a fijar la vista en la pantalla del móvil.

La abuela Almu se asomó tras la cortina.

—¿Hablas por mí?

Diana sonrió.

—Por estas tres, no quiero crecer si es lo que me espera. —Se dirigió a una de las hamacas—. Vente, abuela, que sé que te encanta.

La abuela le guiñó un ojo a Sofía al pasar junto a ella.

—Tu hermana está cansada.

Diana sacudió la mano y le hizo una morisqueta. Sofía negó con la cabeza mientras entraba en el salón. Buscó sus auriculares en el bolso, los necesitaría hasta que consiguiera dormirse.

13

Marco

Se detuvo en el camino de madera que llevaba hasta las cabañas; el móvil le vibraba en el bolsillo. Entornó los ojos al mirar la pantalla. A aquellas horas ya nadie de su familia lo llamaría.

Sonrió al leer el nombre.

Valentina debía de haber tenido unos días muy ajetreados. No había hablado con él desde que se marchó del hotel.

—Buenas noches, mi Eros —le dijo con su tono irónico.

—*Bellissima.* —Se dirigió hasta el filo del puente flotante, justo donde la brisa llegaba directa del mar. La noche era más fresca que las anteriores.

—No me cuentes lo bien que te lo estás pasando porque te llamo para estropearte tus maravillosos días de retiro. —Escuchó su risa y Marco negó con la cabeza al oírla—. Te tengo una..., no, dos malas noticias.

—Creo que voy a colgarte. —Casi podía ver su cara de malicia al hablar—. Pero suelta.

—Vale, empiezo. —A Valentina se le cortaba la voz, le estaría entrando otra llamada. No recordaba ninguna conversación con ella en la que no les interrumpieran sin parar—. Hoy he visto a Milana —la oyó decir y Marco resopló—. Dice que ni siquiera la llamaste para contarle dónde estabas.

—¿Será porque no quiero que lo sepa?

—No era educado no decírselo. —Por el tono ya imaginaba por dónde iba su amiga.

—Y supongo que tú le habrás resuelto el enigma de mi paradero.

Valentina rio.

—Me ha dado pena. Es tan... dulce esa chica.

Marco entrecerró la mirada.

—Eres la razón por la que me ha enviado tres mensajes esta tarde, ¿lo sabes?

Se oyó un pitido en la llamada y la voz de Valentina volvió a cortarse.

—Dice que le encantará que le enseñes el hotel. —Marco negó con la cabeza.

—Piensa venir. —Bajó la mirada hacia el agua, que emitía un suave sonido mientras formaba ondas oscuras, nada que ver con su claridad durante el día.

—Ahora viene la otra mala noticia. —La ironía de Valentina regresó y Marco esbozó una mueca con los labios—. Tu padre y el suyo salen de viaje y pasan por allí. Será solo una noche. Irá con ellos.

Tuvo que coger aire y retenerlo un instante.

—Y ¿por qué no me ha dicho nada mi padre? —La brisa ya no era tan fresca ni tan abundante.

—Te lo dirá en cuanto pueda, supongo. No querrá fastidiarte las fiestas, tus redes ni tu observación del mundo marino.

—El mundo marino, precisamente —repitió. Vaciar los pulmones solo le provocó un pinchazo en el pecho. Retiró el pie del borde de las baldas de madera que lindaban con el agua—. En estos días quiero preparar la mayor parte del año que viene. Esta vez voy a ser ambicioso y matricularme en un curso completo de la carrera. Quiero terminarla antes de cumplir los sesenta, ¿sabes? —Oyó la risa de Valentina al otro lado—. Aun sabiendo que el resto del año mi padre no me dará margen ni de respirar. Administración y finanzas, viajes, reuniones y carpetas repletas de números interminables... —suspiró.

—Y ¿las pesadillas?

—Llevo unos días bien. —Se alejó del camino de las cabañas, prefería regresar al ático. Lo último que necesitaba era música o demasiada gente hablando a la vez.

De nuevo, se escuchó otro pitido.

—Me están llamando. Hablamos mañana. —Valentina no esperó a que respondiese antes de cortar la llamada. Se retiró el móvil de oído.

Tomó aire y ladeó la cabeza apoyando la barbilla en el teléfono.

Su padre, de nuevo en la cala. Volvió a expulsar todo el aire de golpe por la boca. Que viniese con su socio o con Milana ya era lo de menos.

Milana era insistente hasta el hartazgo. Poco concordaba con su carácter, como decía Valentina, dulce, excesivamente amable y permisiva, algo inusual entre los jóvenes que habían crecido con demasiados privilegios. No tardó en sentirse atraído por ella, más de lo que esperaba. Esta atracción solía disiparse a los pocos días, pero con ella perduró unas cuantas semanas. Nada más.

Ni tras decirle que no la volvería a ver había podido apartarla. Lo buscaba en cuanto tenía ocasión y se conformaba con lo que quisiera darle.

Miró la pantalla: ahí estaban los mensajes de Milana que ni siquiera había llegado a abrir.

14

Marco

El kraken.

A veces ni siquiera hacía falta dormirse con el vaivén de un barco para que él regresase.

Era de noche, el agua estaba completamente oscura y las olas se erizaban sobre su pequeña barca. La volcaría, siempre lo hacía.

Miró a lo lejos: cuatro tentáculos enormes sobresalían de la superficie. Era él el que formaba las olas enormes, el que quería inundarlo, volcar la barca y lanzarlo al mar. Un mar oscuro en el que no era capaz de ver ni respirar. Miró a su espalda, esperando ver un nuevo tentáculo más cerca.

Si caía, estaría perdido. Aquel territorio era su propiedad; allí solo él tendría el control.

Y cayó al agua.

Allí abajo nunca sabía nadar, apenas podía moverse, era lento, torpe, un inútil que no podía hacer más que sumergirse entre los otros peces que habían quedado atrapados en los tentáculos del calamar.

Se hundía despacio, no podía respirar, no le salía el grito, solo pequeños gemidos, nadie lo oiría.

Moría. No podía hacer nada.

Sintió un roce en la cara, un golpe leve sin dolor y abrió los ojos.

Una pequeña foca pasaba por su lado y alargó la mano para

alcanzarla. Se cogió fuerte a su cola y sintió cómo lo arrastraba. Desapareció aquel extraño bloqueo que le impedía moverse; se desplazaba junto al animal, se alejaba de la corriente.

El agua se fue aclarando, lejos del calamar, y ahora podía ver a través de ella, como un cristal. Y podía respirar.

Sus pies rozaron el suelo y soltó al animal. Apoyó un pie sobre la arena blanda; el agua apenas le llegaba al pecho. Quizá todo el tiempo había hecho pie y no se había dado cuenta.

Y a unos metros, delante de un pequeño monte de rocas, se sumergía lentamente la cola de la foca.

La siguió con la mirada, podía apreciar cómo su silueta oscura se desplazaba al nadar hasta que volvió a salir a la superficie.

Pero ahora era una mujer, seguro que la más hermosa que había visto nunca.

Ella estaba quieta y lo contemplaba sin decir nada.

Dio unos pasos hacia ella y la vio echarse atrás en un movimiento demasiado rápido. Había pegado su espalda a la piedra y lo observaba curiosa con unos ojos verdes tremendos.

—No me equivocaba —dijo sin dejar de avanzar hacia ella—. Sabía lo que eres.

Se detuvo y alargó su mano para tocarla. Ella levantó la barbilla buscando su tacto. Estaba desnuda, al menos hasta el pecho; bajo él empezaba la parte oscura, la piel gruesa que se abría como si fuese un mono de esquí.

Bajó la cabeza para mirarla, la cola se mantenía entre ellos.

—Tu piel de foca. —Dirigió sus ojos de nuevo hacia la joven. Ella seguía con la espalda contra la roca y la barbilla alzada, sin dejar de observarlo—. La quiero.

—¿Por qué quieres mi piel? —preguntó alzándose levemente, dejando su cuello y su pecho al aire. Las gotas resbalaban por él hasta el agua.

Marco se detuvo en los ojos de la chica. Las mechas doradas de su pelo ya seco comenzaban a caerle a los lados de la cara.

—Tú sabes por qué. —Claro que sabía por qué la quería. La vio apoyar la nuca en la roca y arqueó su espalda. Entornó los ojos hacia él. Marco agarró la aleta sin dejar de mirar a la chica.

—La quieres... —dijo ella. Marco no podía apartar la vista de su cuello, de su forma de respirar, de los labios gruesos entreabiertos y de la forma en que las gotas de agua resbalaban por ella. Cerró las manos alrededor de la punta de la cola. Los ojos de Sofía regresaron a él.

Y Marco tiró de ella. La piel salió y liberó sus piernas como una funda. Se sumergió en el mar. Abrió los muslos de Sofía y se introdujo entre ellos, alzándola y sujetándole las caderas contra la roca.

Se habría olvidado de correr la cortina antes de dormir y el sol entraba fuerte en el ático. Jadeaba y notaba las sábanas húmedas del sudor.

Se tapó los ojos y se giró en la cama. Notaba el miembro tan tirante que no sabía cómo se mantenía bajo el bóxer y no le había abierto un agujero. Estiró la pierna y bajó la mano hasta él. Lo había mojado por completo.

Suspiró. Si su respiración y sus pulsaciones aún no parecían haber salido del sueño, esa de ahí abajo, aún menos.

Resopló al tiempo que se incorporaba. Necesitaba un baño y terminar de saciar todo aquello. Miró a través del cristal, el agua brillaba azul bajo el sol.

Por primera vez, el kraken había pasado a un segundo plano, uno sin mucha relevancia y con escasas consecuencias. Comprobó que todo lo que le habían dejado aquellas secuencias rápidas y sin sentido en su cuerpo nada tenían que ver con el monstruo marino ni con aquellas olas enormes y oscuras que solían ahogarlo.

Entornó los ojos, perdidos en el brillo del mar. Su piel de foca comenzaba a atraerle sobremanera.

15

Sofía

Tenía que reconocer que trabajar sin aquel encargado cansino encima resultaba tremendamente cómodo. El turno se le había pasado volando, quizá porque la terraza estaba más solitaria que de costumbre. El clima había refrescado y los clientes salían del hotel a visitar otros pueblos.

Se había quitado la ropa del trabajo y se había puesto unos pantalones cortos de bambula y un jersey de hilo. En cuanto puso un pie en los escalones que llevaban a la carretera, se arrepintió de no haberse cubierto las piernas.

Había cogido la correa corta de Ulises, una cuerda gruesa que apenas le permitía alejarse de ella medio metro. No era un perro muy acostumbrado a la gente, a las carreteras, a los parques o ni siquiera a andar por una acera, mucho menos a otros perros y si se cruzaba con alguno, prefería tenerlo bien sujeto.

Llegó hasta la cajetilla del guarda de la entrada del hotel, salió y giró para acercarse al paso más cercano y cruzar hasta la arboleda.

La acera era tan estrecha que apenas estaba al borde de la carretera, así que rodeó a Ulises para ser ella la que estuviese más cerca de los coches.

Oyó el pitido procedente de uno y se sobresaltó. Ulises dio una sacudida para echar a correr; Sofía dio un traspiés tras él.

—¡Ulises! —Tiró de la correa y giró la cabeza para mirar el coche que se había detenido junto a ella.

El pedazo de sinvergüenza este.

—La hermana salvaje. —Había bajado la ventanilla para hablarle—. Me habían dicho que estabas de vuelta.

Sofía soltó el aire por la nariz con tanta fuerza que le recordó a un búfalo.

—¿Todavía no te has ahogado con la tabla? —Ni siquiera se había parado, seguía dejándose llevar por el enorme Ulises, que solo parecía querer huir de allí con las mismas ganas que ella.

Pero el coche se desplazaba a la par de ellos.

—Sofía, dime otra vez eso que me decías el año pasado —rio él—, ¿te acuerdas?

Ella se detuvo y se volvió para mirarlo. No recordaba el coche de Owen, sería otro nuevo. Aquella gente de recursos sobrados cambiaba de coche, barco o ligue tan rápido que apenas podía reconocerlos de una vez a otra.

—Búscate a otra. —Como no le había respondido, él se adelantó.

Sofía cogió aire y lo contuvo sin dejar de mirarlo.

—Y me busqué a otra —se burló—. Pero esa no te gusta.

Otra que no conozca, pedazo de capullo. No mi hermana.

No quería seguir escuchando. Siguió el camino, ya quedaba menos para el paso que le permitiría cruzar y alejarse de la carretera.

—¿A que no te gusta? —volvió a preguntarle.

—Qué va, estoy encantada. —Intentó aligerar el paso, pero era en vano. Owen le seguía el ritmo con el coche.

—¿Ah, sí? No me lo creo —lo oyó decir.

Dudó un segundo si detenerse, lo pensó mejor. Pasar de largo, quitarse de en medio, desaparecer. No hacer lo que siempre hacía y que llevaba a todos a querer sacar esa parte de ella a la fuerza para luego jactarse.

Owen pareció darse cuenta de su amago. Sofía lo miró de reojo. Claro que se había dado cuenta y eso pareció gustarle.

La joven resopló.

—¿Quieres que no vuelva a ver a tu hermana? —preguntó Owen y ella lo miró enseguida—. Móntate en el coche.

Los hay golfos, y luego está el impresentable este.

Estaba deseando contárselo a Alicia, a ver si así lo largaba de una vez. Se detuvo de nuevo. Owen ni siquiera le estaba mirando la cara, tenía la mirada fija en los bolsillos traseros de sus pantalones de tela fina. Accionó algo y la puerta del coche se abrió despacio.

Los cacharros estos cada vez tienen más tonterías.

Sofía puso la mano en la puerta y la cerró de un golpe.

—Ni aunque estuviese ardiendo la arboleda —le dijo retomando el camino.

Oyó el gruñido de Ulises y sujetó con fuerza la correa, tanto que hasta le picaba la palma de la mano. Exhaló despacio mientras se adelantaba al coche, pero este volvía a avanzar con lentitud. Lo miró de reojo, se había inclinado para mirarla.

Ya se está pasando.

Lo vio adelantarse y detenerse a un par de metros de ella. La puerta se abrió una vez más, esta vez cortándole el paso.

—Podemos hacer un trato.

No podía rodearla, tendría que montarse en los setos. El pecho le iba a estallar.

—Pero ¿no te enteras? —Agarró la puerta para cerrarla, pero Owen dio un acelerón que hizo que las ruedas rechinasen antes de que pudiera cerrarla. Tuvo que tener cuidado para que no pillase a Ulises ni sus pies.

De nuevo se vio con la puerta cortándole el paso. Owen se bajó y apoyó los brazos en el techo del coche para mirarla.

—Tú te vienes conmigo hoy y yo no vuelvo por aquí —lo oyó decir.

Entornó los ojos hacia Owen.

—Que te vayas de una vez a tomar por c...

No pudo acabar la frase, algo le llamó la atención tras el coche de Owen. Un vehículo negro con letras y números luminosos en la parte baja de la luna que le daba la apariencia de una nave espacial. Tras ella estaba Marco Valenti.

Una tras otra sin parar. Invisible por completo, como prometí.

No sabía en qué momento habría salido Marco del aparcamiento, no lo había oído, aunque sabía que el motor de aquel tipo de coches no era discreto. Con el de Owen pegado a su oreja, habría sido imposible.

Marco también había abierto la puerta y Owen giró la cabeza para mirarlo.

—Marco —lo oyó saludarlo.

Sofía alzó las cejas. Si Marco y Owen se conocían, solo podía haber un nexo llamado Andrea Acosta. El calor aumentó de manera considerable en su pecho. El antiguo grupo de amigas imbéciles de Alicia, si es que se las podía llamar así.

Marco había rodeado el coche, la respuesta al saludo de Owen fue solo un leve movimiento de mano sin mirarlo siquiera. Ver a alguien como Owen ninguneado por Valenti era un placer hasta en aquel estado de bochorno.

—¿Tienes algún problema con la señorita Román? —lo oyó decir con el mismo tono con el que les hablaba a los empleados.

Mierda.

Owen no tardaría en largarle a los demás que Marco Valenti se había bajado del vehículo para ver qué pasaba con el bicho raro de las Román.

El sinvergüenza aquel miró a Sofía con cierta sonrisa burlona.

—Señorita Román —repitió Owen en un tono que ya conocía—. No la conoces bien. —Su sonrisa se amplió.

—¿La conoces bien tú? —Marco se había acercado y había interpuesto una parte de su hombro entre ella y Owen. Su olor se mezcló con el del humo del tubo de escape haciendo el aire menos denso.

—¿A Sofía Román? Por supuesto. —Owen volvió a mirarla.

La tensión llegó hasta su cuerpo y quiso echar a correr—.Todos los que vivimos por aquí la conocemos bien.

La tirantez se aflojó en la base de su garganta, donde comenzaba una sensación incómoda que aumentaba con el bochorno.

Responderle delante de Marco Valenti no era una opción.

—Si la conoces bien, no entiendo por qué sigues insistiendo cuando hasta yo, que no la conozco de nada, he entendido su respuesta.

—No estoy aquí por Sofía, sino por Alicia Román. —Owen miró a Marco mientras retiraba uno de los brazos del techo y lo dejaba caer en la puerta—. Solo quería comprobar hasta dónde llega su soberbia y su amor de hermana.

No me lo puedo creer, y lo dice tan fresco. No tiene vergüenza.

—Solo era una broma. —Miró a Sofía sonriendo.

—Una broma poco acertada —replicó Marco.

Owen hizo un ademán con la cabeza sin perder el gesto.

—Entonces pido disculpas a la señorita Román —dijo antes de meterse en el coche.

Vete a tomar por culo.

Si Marco Valenti no hubiese estado delante, le habría soltado todo lo que el fuego del pecho le empujaba a escupir. Notó cierto cosquilleo en la manga, un gesto rápido casi inapreciable por parte de Marco. Ella lo miró enseguida.

—¡Sofía! —Se dio la vuelta al escuchar a Alicia; eso era lo que quería decirle.

Madre mía.

La cara de Alicia estaba tensa, casi asustada, y ya dudaba si era por Owen, por Marco Valenti o porque intentaba deducir qué había podido pasar. Alicia se detuvo entre ambos coches y hasta la vio titubear si seguir adelante y llegar hasta ella o echar a correr hacia el camino de las escaleras que llevaban a casa.

Sofía miró a su hermana. Se había prometido no meterse y dejar que ella hiciera su vida, pero no era capaz de verla montarse en el coche de aquel golfo después de lo que había pasado. Abrió la boca, pero Alicia alzó las dos manos para que se callase. Se volvió con rapidez y se alejó de ella a paso apresurado.

—¡Alicia! —Owen se asomó por la ventanilla para llamarla.

Alicia no se detuvo y una leve tranquilidad la inundó. Owen tendría un cabreo de narices, aunque volvería a insistir. No estaba acostumbrado a que las mujeres lo rechazasen e imaginó que le suponía un reto. Como lo fue ella tiempo atrás, y una vez desistió con la hermana salvaje, probó con la correcta.

No volvió a llamar a su hermana, puso en marcha el coche, que levantó polvo e hizo de nuevo incómodo el respirar. Sofía miró a Valenti de reojo mientras las ruedas chirriaban sobre la carretera. Él seguía el coche de Owen con la mirada mientras se alejaba.

—Pensaba que era alguien que no conocías. —Miró a Sofía y se quitó las gafas de sol—. Supongo que no habrá sido agradable de todos modos.

Que le diese vergüenza que él lo hubiese presenciado, que supiera que su presencia solo había empeorado lo que fuese que estuviera sufriendo Alicia, no quitaba que el gesto de Marco de detenerse por si necesitaba ayuda era algo que conseguía aligerarle el cuerpo. Y le estaba encantando aquella sensación.

—No ha sido nada, pero muchas gracias. —Desconocía que el hecho de que alguien de su clase hubiese atendido su posible inseguridad produjera aquel sentimiento en el pecho. Le bajaba la presión y el bochorno, disminuía la gravedad y llenaba de hormigueo las extremidades de su cuerpo.

Su seguridad en todos los sentidos siempre dependió de cuatro mujeres, el resto de las Román, y a menudo tan solo de ella misma. Bajó la barbilla, ella no era nada y él pertenecía a una familia con una importancia que no llegaba a imaginar. No debería haberse detenido. La gravedad seguía bajando.

—Apenas lo conozco, ni siquiera recuerdo su nombre.

—Marco miró a la carretera, otros coches pasaban veloces—. Pero seguro que le has hecho un favor a tu hermana.

—Uno enorme, sí —respondió con un suspiro.

Vio a Marco contener la sonrisa.

—Aunque ahora pueda estar enfadada, acabará agradeciéndotelo.

Sofía negó con la cabeza.

—No está enfadada. —Estaba segura de que no.

Marco bajo la mirada un instante.

—*La famiglia.* —Su voz en italiano...

Ufff.

Y la gravedad desapareció por completo.

—Exacto. —«La familia», aquella palabra tenía un significado extenso. Supuso que en los Valenti sucedería algo similar por muchos motivos, más aún quizá, ya que ellos eran la base de un imperio.

Clavó los ojos en los labios de Marco. Esperaba que no dijese ni una palabra más en italiano.

O mal lo llevo.

Él dio unos pasos hacia ella.

—¿Necesitas que te lleve? Voy a buscar a unos amigos. Seguro que está de camino.

—Gracias, pero no voy a ninguna parte —respondió. Una respuesta un tanto estúpida teniendo en cuenta que iba con un perro e intentaba cruzar hacia la arboleda. Pero él sí iba a algún lugar. Tenía amigos en la isla y una legión de admiradoras deseando acercarse a él tanto como Marco las dejase. ¿Para qué querría quedarse en el hotel?

Sofía, para. ¿Qué te importa a dónde va o lo que haga?

Tenía que dejar de pensar tonterías y poner los pies en el suelo de inmediato.

—Eso dicen —respondió él y ella alzó las cejas.

¿Cómo?

—Que no vas a ninguna parte fuera de esta cala. —Lo vio entornar levemente los ojos.

—¿Ah, sí? Y ¿qué más dicen? —replicó enseguida.

Ya me estoy dispersando y se me olvida quién es.

Contemplaba a Marco intentando visualizar esa palabra con «V» que provocaba cierta sensación de inestabilidad en las Román. A ratos conseguía olvidarla, las letras se disipaban al mismo ritmo que el peso de su cuerpo cuando seguía con la mirada el arco de su mandíbula hasta la curva de su barbilla.

La voy a terminar liando. Cuanto más coincida con él, más posibilidades habrá. Sofía, huye ya.

Lo vio contener la sonrisa mientras alargaba una mano hacia la cabeza de Ulises.

—Que se te auguraba una muerte trágica y prematura, pero que al final solo fueron cicatrices sin importancia.

Tensó los muslos al verlo bajar la mirada hacia ellos. De día era ciertamente más bochornoso que hiciese eso.

—Pueden despedirme por ellas, claro que tienen importancia.

Y Marco alzó los ojos enseguida para observarla.

—¿La tienen para ti?

Sofía dio un paso atrás para alejarse de él.

Esto está tomando un tono muy incómodo. Tengo que salir corriendo ya.

El móvil de Marco emitió un sonido. Se lo sacó del bolsillo y ella aprovechó para apartarse más de él. Estaban en la carretera, cualquiera del hotel podría verlos. Incluso su madre al tirar la basura.

Miró de reojo a Marco.

Huye ya. Ahora que está distraído.

—Iba de camino, pero me ha surgido un imprevisto —decía al teléfono, y a ella le extrañó que no lo dijese en italiano: en la terraza siempre lo había escuchado hablar con sus amigos en ese idioma.

Sofi, deja de curiosear y sal corriendo.

Lo vio mirarla de nuevo.

—Luego te llamo. —Se apartó el móvil del oído enseguida.

Perdiste la oportunidad de escapar.

Desvió la mirada mientras él guardaba de nuevo el teléfono, devolviendo su atención completamente a ella.

—No me has respondido. —No hizo por acortar la distancia que ella había interpuesto con él—. ¿Te importan?

Sofía entornó los ojos mientras la conciencia de quién era iba regresando.

No pienso responderte a eso.

Era una respuesta que nunca le daría a nadie que no habitase en la cala, en concreto, en una porción de ella. A nadie, y aún menos a un Valenti.

Qué demonios.

Dio media vuelta pasándose la correa por la espalda para alejar a Ulises de la carretera.

—Que pase una buena tarde, señor Valenti. —Tenía que irse cuanto antes.

Le dio la espalda y avanzó unos pasos hacia el lugar donde había estado el coche de Owen.

—La respuesta es sí, ¿verdad? —Su voz la hizo detenerse.

Malditos sean todos.

Cerró la mano alrededor la correa y se volteó para mirarlo.

—Representan lo que soy. A estas alturas, señor Valenti, imagino que ya lo sabe. —Dio un paso al frente sin dejar de mirarlo, rozando con el muslo el hocico mojado de Ulises.

Un puñado de imbéciles se han encargado de que sepas que soy una antisocial, una maleducada, una asalvajada que suele huir cuando está entre la gente y que no salgo de casa ni de ese trocito de mar. Esta soy yo, Sofía Román. Ya da igual lo que diga o lo que haga. Lo sabes. Que les den a todos. Y a ti con ellos.

Supuso que para alguien como él sería hasta divertido. Marco Valenti vivía en el otro lado del mundo, en medio de una estela de vanidad, adulación, aceptación y veneración absoluta por parte de todos. De ahí aquella seguridad en su mirada que arrasaba los pasillos del hotel repletos de empleados.

—Y no me importan en absoluto. —Volvía a darle la espalda. No pensaba reconocer que aun después de tantos años le seguía doliendo que no la dejasen ser transparente, invisible, no existir. No pensaba decírselo a Marco, ni aunque la ataran a un ancla y la echaran por la borda lo reconocería.

Para reírse de ella ya tenía a demasiados. No quería sumar ni uno más.

—Mañana mi padre regresa al hotel. —Ella volvió a detenerse.

Ahora sí que lo tengo negro. El verano ha comenzado de traca.

—Pero olvida lo que te dije ayer —añadió él—. Nadie va a despedirte por algo que no tiene importancia, ni siquiera para ti.

Se volvió para observar a Marco. Él se había metido las manos en los bolsillos y había dejado caer la cadera en el coche. El cielo se tornaba naranja, apenas podía ver el final de la carretera tras él.

—Ir a ninguna parte por esta carretera cuando está anocheciendo no es buena idea —dijo Valenti y ella agachó la cabeza.

—Lo hago muchas veces, no es nada. —Siguió avanzando.

—No lo sabes, no tienes ni idea —lo oyó decir y se sobresaltó.

¿Que ha dicho qué?

Lo miró de reojo, ya se había montado en el coche. El motor sonó poderoso en aquella carretera cada vez más oscura. Sofía siguió adelante, despacio, a la espera de que el coche la rebasara. Lo escuchó junto a ella sin mucho estruendo.

—Sofía. —Levantó la cabeza para mirarlo—. Regresa a casa.

El coche aceleró, hasta Ulises dio un respingo. No tardó en ser tan solo un punto en la carretera.

16

Marco

Había acompañado a su padre y a su socio Mancini hasta una de las cabañas. Salvatore se había llevado a Milena hasta otra en la que estaban ellos con las chicas de la isla. Por suerte, tan solo estarían dos días.

Se quedó en la puerta. Era mediodía y el sol daba de pleno en aquel camino de madera. Notaba la humedad por encima del cuello de la chaqueta.

—Vicenzo —dijo el socio de su padre—. Tu hijo lleva toda la mañana con nosotros, déjalo que se divierta con los jóvenes.

Su padre sonrió a su socio con ironía.

—Mi hijo lleva divirtiéndose semanas. —Se detuvo en la puerta de la cabaña. Miró a Marco—. Ni se te ocurra moverte de aquí —le susurró.

Marco bajó los ojos para observar a su padre. Vicenzo comprobó que su socio se había alejado hasta el fondo de la cabaña, donde estaba el agua y corría el aire más fresco, que solía mezclarse con el climatizador. Tan solo la puerta abierta daba una idea de la temperatura que hacía dentro.

Marco se tiró del cuello de la camisa para despegarlo de la piel.

—Bastante he consentido con dejar que estés aquí con tus amigos perdiendo el respeto de los empleados.

—No he perdido el respeto de los empleados —replicó de inmediato.

—¿No? Barcos, motos de agua, fiestas y mujeres. Lo único que sabes hacer cuando no estoy. Ha venido Milena a verte y ni siquiera le has dirigido unas palabras. Quieres que los dos nos vayamos. —Volvió a comprobar que Claudio no escuchaba—. Es la imagen que estás dando de los Valenti en la isla.

—No he dado ninguna mala imagen de los Valenti —replicó de nuevo.

Su padre le lanzó una mirada directa, de las que le hacían temblar las piernas de niño. Ya no era pequeño y le sacaba varios centímetros a su padre. Sin embargo, sus piernas aún hacían el amago de volverse ligeras y querer echar a correr.

—No importa lo que hagamos tu hermano y yo, el más inútil es el que más se hace notar a donde vayamos. Tú eres esa imagen de la familia y la empresa que detesto.

Marco dio un paso hacia el borde de las baldas de madera para separarse de Vicenzo.

—El hotel funciona bien y he hecho todo lo que me pediste. Además son mis vacaciones, las que se me niegan siempre. —Se quitó las gafas de sol para limpiarse el sudor de la sien.

—Un grupo de jóvenes con las hormonas distraídas dicen que el hotel funciona bien. —Su padre compuso una mueca—. Es justo el argumento que quería para la junta de accionistas.

—Precisamente aquí hay solo tres accionistas —respondió y Vicenzo contuvo la sonrisa.

—Si el hotel sigue dando estos números, a finales de verano entrarán más. —Ladeó la cabeza sin dejar de observarlo—. Mientras tú tomas el sol, tu hermano y yo estamos en negociaciones para vender dos quintas partes por el doble de lo que costó la reforma.

Marco entornó los ojos.

—Una auténtica jugada de la que deberías aprender. —Comprobó que Claudio no los miraba—. Solo sirves para entretener a las hijas de mis socios mientras yo negocio.

—Es lo que me mandas a hacer siempre y lo que intuyo que quieres que haga hoy. —Por eso había traído a Milena. Su padre no dejaba cabos al azar y él solía ser su peón insignificante, una mera distracción mientras los que mandaban en la familia inventaban estrategias.

—Marco —se dirigió a él—, ya estoy acostumbrado a que cada vez que te apartas de la familia, regresas con ese aire de rebeldía. Y en cada ocasión debo recordarte que si llevas esta vida, es gracias al imperio familiar, aunque te atraiga la diversión de fuera. Tu lugar es este porque ya sabemos lo que eres fuera de aquí.

El escozor en la garganta fue inmediato. Estar cerca de su padre era como retroceder dos décadas, volver a tener siete años.

—Y ¿qué es lo que soy dentro? —La sombra de Leonardo y de su padre, no hacía falta que se lo explicaran más veces.

—Dentro serás lo que estés dispuesto a dar, tienes el lugar que consigues ganarte. —Hasta la piel de su padre comenzaba a brillar. El calor era insoportable.

Marco exhaló despacio para que él no lo notase. Nunca había ningún lugar para él por mucho que se empeñase en conseguirlo. No era brillante como Leonardo, y eso su padre no lo soportaba.

—Pero tú siempre crees que mereces más de lo que tienes, un pensamiento que me encuentro en multitud de empleados. Y ¿sabes que es lo que hago con los que piensan así?

Su padre le cogió el brazo.

—Entra e intenta abrir la boca lo menos posible —le dijo.

Un sonido los hizo voltear la cabeza. El pelo de Sofía caía a ambos lados de su cara con gran volumen y Marco notó cómo su piel se había ido oscureciendo por días. Le echó un vistazo de reojo a su padre.

—Vamos dentro —le dijo, pero este seguía observando a la joven.

El ruido de las ruedas sobre la madera era intenso. El carro frigorífico donde solían llevar los pasteles era más pesado y, según había comprobado, a veces se desviaba en las baldas del puente flotante.

Su padre seguía el camino de la joven, que cada vez estaba más cerca, tanto que la multitud de colores de su pelo comenzaba a apreciarse. Sofía levantó los ojos hacia Vicenzo Valenti.

—¿Hacéis tanto ruido a estas horas? —no tardó en protestar su padre—. Es una zona de descanso.

—Señor Valenti. —La voz de Sofía se escuchaba mejor que la suya propia—. El director ha enviado una bandeja de cortesía.

Vicenzo miró la vitrina con los dulces.

—Dígale al director que si quiero cortesía, la pediré. Y que deje de molestar a los clientes con su amabilidad.

Marco tuvo que desviar la mirada para no fijarse en el rostro de la joven y la concentró en la porción de agua que se movía bajo la base de la cabaña.

Oyó el movimiento de las ruedas con ese leve chirrío al darse la vuelta. De nuevo, retumbó sobre las tablas.

—¿Quién ha comprado esas bandejas del demonio? —lo oyó protestar.

Marco alzó la vista y miró a su padre. Sofía estaba ya a unos metros, pero Vicenzo seguía observándola cuando una de las ruedas se desvió del camino y se dirigió al filo de la madera. Tragó saliva al verla frenar y tirar del carro para enderezarlo.

Volvió a echar un vistazo a su padre, que seguía prestando atención a Sofía. Y cierto calor en el pecho comenzó a competir con el fuego que el sol y el peso del traje le provocaban en la piel.

—Vamos dentro, papá —le dijo, pero Vicenzo se demoró en apartar al fin la mirada de la chica.

Entraron en la cabaña.

17

Sofía

Fue una suerte transmitir el mensaje de Vicenzo Valenti a través del telefonillo del bar de las cabañas y no en persona.

Menudo gilipollas.

Contempló el camino, Marco y él ya estaban dentro. Suspiró. El telefonillo sonó; un pedido para otra de las cabañas. Se ahorraría llevar el carro de los pasteles de vuelta, algo que agradecía porque pesaba una barbaridad.

Rezó para que el ruido no hiciese salir a Valenti y que le echase la bronca a ella. Sabía que los de mantenimiento le habían echado líquido aquella misma mañana, pero las ruedas estaban duras de la leche y chirriaban de cuando en cuando. Eso sin contar con el sonido de la madera.

Un ruido en la base de una de las palmeras la hizo girar la cabeza. El carro se le desvió.

Mierda.

Ulises movía el rabo feliz mientras ella emblanquecía.

—La madre que te parió, ¿qué haces aquí? Que nos van a colgar a los dos de un palmerón de estos.

Y encima con Vicenzo Valenti en la primera cabaña a la izquierda. Hacía calor, pero no era nada en comparación con la temperatura que alcanzó su cuerpo en un instante.

Tenía que llevar la bandeja enseguida, pero también debía quitar a Ulises de en medio. El telefonillo volvió a sonar.

Yo me muero.

Soltó el carro y empujó a Ulises tras la palmera. Como si fuera suficiente para cubrir a un perro enorme. Cogió el teléfono.

Otro pedido para otra de las cabañas. La espalda comenzó a sudarle sobremanera. Se agachó junto a uno de los muebles bajos y cogió su móvil. Buscó el chat de Las sirenitas.

—Niñas —grababa en susurros—, venid alguna a por el perro, que se me ha metido en las cabañas. Y Vicenzo Valenti está aquí. Me voy a tener que ir a Groenlandia como lo pille.

Soltó el botón y comprobó que se había enviado bien. Guardó el teléfono y corrió hacia la bandeja. Buscó a Ulises; al menos no se había movido de detrás de la palmera, pero era como querer esconder a un elefante detrás de un coche.

Se fijó en la parte baja de la cabaña: había una porción de arena antes de que comenzara el agua.

—Uli, métete ahí. —Soltó el carro y lo agarró del collar para empujarlo hacía allí. Pero Ulises clavó las patas en el suelo y ella no podía mover tremendo peso.

El sudor le caía a chorreones por la espalda.

—Uli, que la vas a liar parda. —Lo arrastró unos centímetros—. Ulises, coño, estás hecho de cemento.

No había manera. Ulises la observaba con la enorme lengua cayéndole hacia un lado.

Me van a matar.

Se volvió hacia el carro.

Comida, eso es.

Era lo que venía buscando siempre al hotel. A pesar de tener pienso de sobra en casa, el olor de la brasa lo hipnotizaba. Corrió hacia la choza bar y abrió una especie de horno donde guardaban los aperitivos de ahumados con beicon que solían pedir algunos clientes. Cogió dos con una servilleta.

El perro se puso en pie enseguida con el olor. Sofía oyó el sonido de una puerta y lanzó el papel con los snacks con rapidez bajo la cabaña. No cayó muy adentro.

Mierda.

Regreso al carro. Encima la puerta era de la cabaña de Vicenzo Valenti.

Hoy me da un infarto.

Los aperitivos eran solo medio bocado para Ulises y Sofía no sabía en qué porción estúpida de su cabeza habría deducido que el perro se quedaría bajo la cabaña una vez que se hubiese comido aquello.

Levantó un pie y frenó a Ulises para que no llegase hasta el camino de tablas. La puerta de Valenti estaba abierta, pero de allí no salía nadie. El telefonillo empezó a sonar, serían los clientes que esperaban los dulces.

Ulises se movió y Sofía perdió el equilibrio, el carro fue tras ella y una de las ruedas se salió de la madera, volcándose ligeramente con el desnivel. El cristal se abrió y cayeron dos pasteles, uno en la arena y otro junto a la rueda.

Y encima con aquel peso no lo podía poner derecho. El telefonillo dejó de sonar. Ulises se apresuró a coger el pastel que había caído en la arena y se retiró antes de que ella pudiera quitárselo.

Como si tuviese las manos libres.

Solo con que retirase una mano, el carro se volcaría por completo a los pies de la palmera. Sofía tuvo que poner uno de los pies en la arena para empujar hacia arriba y volver a subirlo a las tablas. Vio una silueta frente a ella. Marco Valenti salía de la cabaña mientras se escuchaba la voz de Vicenzo, que no estaría muy atrás.

Ahora sí que no salgo de esta.

Marco no se detuvo en ella, sino que se dirigió hacia la puerta de la cabaña hablando en italiano. La joven alzó las cejas.

Va a darme margen.

Aguantó la respiración y empujó el carro con toda su fuerza para subirlo a la madera. Las voces en italiano se oyeron más cerca, salían de la cabaña, primero de nuevo Marco, tras él su padre y luego otro hombre de la misma edad que este aunque algo más grueso de cuerpo.

Empujó el carro para hacerse a un lado y le echó un vistazo a Ulises. Se había vuelto a esconder tras la palmera y la miraba con aquellos ojos enormes y oscuros, quizá esperando más aperitivos, mientras movía el rabo con suavidad.

La gente tenía expectativas conmigo, pero esto va a superarlas seguro.

Vio a Marco un tanto distinto a las otras veces. Con un traje oscuro que a pleno sol debía ser una auténtica tortura, aunque supuso que él tampoco estaba en el mismo estado de tensión que ella.

Llegaron a su lado.

Ahora sí. Mis últimos segundos en el hotel.

Su abuela siempre decía que buscase soluciones. Supuso que en aquella situación no tenía muchas posibilidades.

El olor de Marco la invadió tan pronto él la rebasó.

—Señorita, ¿se puede saber qué hace esto en el suelo? —oyó la voz de Vicenzo.

Hostias, que no he recogido el pastel.

La cobertura crujiente de chocolate estaba rota y su interior cremoso se derramaba junto a la suela brillante del zapato de Valenti.

Marco se volvió para ver qué le había pasado a su padre y sintió el roce de su manga en el brazo. Si había alguna forma de salir de aquella, era él.

Le tiró de la tela en un movimiento rápido y el joven apartó la mirada del zapato de su padre para fijarla en ella. Sofía hizo un gesto hacia la palmera.

No quiso ver la expresión de Marco cuando descubriera a Ulises. Dio un paso hacia delante para ponerse entre él y Vicenzo. Prefería que la despidiesen por el pastel y no por el perro.

—Señor Valenti, lo siento —dijo. Podía verse en el reflejo del brillo negro de aquel zapato en la parte que no estaba manchada de chocolate.

Pero Vicenzo miró a Marco y le dijo algo en italiano que no

logró entender. Aunque por el tono y la mirada, bueno no era.

Ahora sí, mamá, lo siento.

Marco le respondió en italiano. Era un poco incómodo no entender lo que decían. Él pasó junto a ella y le cogió el brazo a su padre para empujarlo de nuevo hacia la cabaña. El hombre que los acompañaba también hablaba. Soltó el aire al verlos dar unos pasos hacia la puerta.

Quizá tras oír las voces Valenti, otra de las puertas de una cabaña se abrió. Uno de los amigos de Marco se asomó y junto a él, una joven muy alta de pelo oscuro que no había visto nunca por allí.

La chica dijo algo y el hombre grueso respondió. Vio al amigo de Marco y a la joven reír. Vicenzo se volvió hacia ella. Sofía sintió que la mirada podría atravesarla y dejarla ensartada desde los pies hasta el cuello, logró erizarle el vello y le hizo sentir que podía apartarla con un puntapié.

La voz de Marco consiguió que él apartase los ojos de ella para responder a su hijo. Un gesto que agradeció enormemente. Tragó saliva a pesar de no entender lo que decían. Alzó la mirada hacia el amigo de Marco y la joven, que seguían pendientes de ellos, y rezó para que Ulises no se moviese un ápice de detrás de la palmera, ya que desde donde estaba Vicenzo, la pared de la cabaña no le permitía verla.

Vio al amigo de Marco meterse de nuevo en la cabaña. Sin embargo, la chica seguía allí. Vicenzo le echó un último vistazo antes de darle la espalda.

—¡Marco! —oyó a la joven, tenía una voz elegante que se perdía con la brisa de aquel camino entre las cabañas. Lo siguiente que dijo no lo pudo entender tampoco.

Los dos hombres llegaron hasta la puerta de la cabaña y se metieron dentro. La joven, después de la respuesta de Marco, cruzó al otro lado y atravesó el umbral tras Vicenzo Valenti. Cuando se cerró la puerta, Sofía soltó todo el aire de golpe.

Me cago en mi puta estampa. Qué cerca ha estado.

Se volvió para mirar a Ulises, que seguía medio encogido

tras el tronco de la palmera con su cuerpo enorme sobresaliendo por todos lados.

—A ver cómo os saco de esta —oyó refunfuñar a Marco mientras se acercaba a la palmera—. Avisa para que limpien el suelo y los zapatos de mi padre.

Con aquella vestimenta, verlo dudar al aproximar la mano al collar de Ulises hizo que parte de la tensión de su cuerpo se disipara y apretó los labios para no sonreír.

—No vas a poder —le dijo en cuanto Marco tiró de él y Ulises encogió las patas para dejarse caer de lado. Dio un paso al frente. Marco había soltado el collar y observaba a Ulises, tumbado en el suelo. Ella tuvo que contener la sonrisa de nuevo—. Puedo darte aperitivos, lo mismo te sigue.

Tampoco las tenía todas consigo.

—¿Seguro que no muerde? —preguntó él.

—Seguro. —Esta vez no pudo aguantar y sonrió. Lo vio ladear la cabeza para reír también. Luego Marco cogió aire y lo soltó de golpe.

En un moviendo rápido se acuclilló y cogió al perro.

Pesa setenta kilos.

Pero él no dudó ni un segundo cuando lo levantó del suelo. Ver a Ulises encogido boca arriba sobre la chaqueta de Marco Valenti como si fuese un perro toy pero con un tamaño exagerado era una imagen que esperaba no olvidar en la vida. Estaba convencida de que si a Vicenzo le hubiese dado por asomarse en aquel momento, iban a tener que echar a correr los tres.

La joven encogió un poco la nariz.

—Gracias. —Hasta darle las gracias en aquella situación parecía ironía pura, pero no sabía qué más decirle.

Marco se dio la vuelta para pasar por debajo del resto de las palmeras y lo perdió de vista. Sofía se llevó la mano a la frente.

Mi madre me va a matar.

Corrió hasta el telefonillo para avisar a los de la limpieza. Esperaba que a Vicenzo se le hubiese pasado en enfado. De momento, parecía que iba a conservar el trabajo hasta la próxima.

Algo le llamó la atención en la arena. A Marco se le habían caído las gafas de sol.

18

Marco

En cuanto salió de la cabaña donde estaban su padre y Claudio, se tiró del nudo de la corbata para aflojar aquella presión en el cuello. Miró hacia la choza bar: otra de las chicas la ocupaba, el turno de Sofía habría terminado. Cruzó al otro lado y llamó a la puerta; podían escucharse las risas de dentro.

Salvatore le abrió.

—¿Ya te han liberado? —le dijo su amigo con ironía.

—¿Está ahí Milana? —Volvió a observar el comienzo de las cabañas.

—No te han liberado —respondió Salvatore riendo.

Marco negó con la cabeza y miró a su amigo con un suspiro.

—Date una ducha o coge la moto y lánzate al agua. La entretendremos mientras. —Salvatore le dio en el hombro—. Por cierto, la chica de las cicatrices.

Marco miró a su amigo de inmediato para escuchar qué tenía que decirle.

—Una de las veces que ha venido ha traído tus gafas y preguntó dónde podía dejarlas. Están ahí dentro, pero no es eso. —Marco frunció el ceño al escuchar a Salvatore—. No me corresponde a mí porque no es mi hotel, pero le he dicho a Andrea, a Estefanía y a esos chicos que no te hará ninguna gracia cierto trato con tus empleados.

—¿Qué le han dicho? —No le entraba el aire aunque se hubiese quitado el nudo de la corbata. Las consecuencias de la tensión que le producía su padre perduraban demasiado tiempo.

—Ha empezado con lo del pastel y el zapato de tu padre, pero luego se ha vuelto algo más personal. ¿Te acuerdas de lo que hacían los imbéciles de la clase con el chico de los Leonelli en secundaria? Pues me ha recordado a eso exactamente. Y sabes cómo acabó el chaval.

Dio un paso atrás para alejarse de la puerta de la cabaña.

—Diles que la próxima vez no volverán a pisar el hotel —dijo desabrochándose el primer botón de la camisa—. Voy a aceptar tu margen, en un rato regreso.

—Las gafas —gritó Salvatore cuando él ya estaba a unos metros.

—No las voy a necesitar.

19

Sofía

El susto de Ulises había pasado a un segundo plano cuando aquella gente comenzó con las risas.

—Que les den a todos, que se vayan al demonio —dijo la abuela Almu cuando ella soltó la taza en el fregadero—. Déjalo ahí, ahora la friego yo.

Con el sol que entraba desde la ventana podía ver su silueta en la pared, con el pelo tan abierto parecía una lámpara.

—Cualquier día me rapo y se acaba el cachondeo con mi pelo —protestó mientras abría el grifo para fregar la taza.

—Te he dicho que lo hago yo. —Pero Sofía apartó el estropajo de la mano de su abuela—. ¿Qué vas a solucionar con raparte? Si no es por el pelo o por las piernas, será por otra cosa. La gente siempre inventa algo.

—Pues por una vez podría darles por otra u otro. No siempre conmigo —resopló.

—¿Te crees que eres la única? Lo harán con más chicos, lo harán hasta entre ellos. —La abuela hizo una mueca.

—No así, me dijisteis que con los años se acabaría. Pero este verano está siendo peor que los últimos.

—No contábamos con ciertos elementos —respondió su abuela y Sofía la miró después de soltar la taza en el escurridor.

—¿Qué elementos?

La abuela Almu negó con la cabeza.

—Si hoy ha sido con tu pelo, ¿por qué no te lo planchas mañana? —le dijo la mujer y se lo echó hacia atrás.

—Porque me niego a darles el gusto de hacerlo por ellos, por sus mofas. Como si me importaran.

—Es mejor que raparte la cabeza como has dicho antes. —La mujer bajó los ojos hacia sus muslos—. Estoy esperando a ver qué solución drástica se te ocurre con lo de las piernas, ¿cortarlas también?

Sofía se echó a reír y negó con la cabeza mientras seguía a su abuela fuera de la casa.

—En los últimos años he probado a responderles, a ignorarlos, a no salir, a salir e integrarme. ¿Sabes qué he adelantado? Nada. Tendría que nacer de nuevo.

—Qué nazcan de nuevo ellos, que son los que tienen el problema —replicó la mujer y sacó un paquete de tabaco de una cesta que estaba sobre la mesa del porche.

—No pienso hacer absolutamente nada más, abuela. —Miró hacia el agua—. Esto es lo que soy.

La abuela sonrió levemente y sacudió la cabeza.

—No es esto solo. —La sonrisa de la mujer se amplió e hizo un gesto hacia la playa. Sofía le sonrió—. Corre antes de que lleguen tus hermanas. Creo que tienen algo que decirte.

Algo referente a Ulises y a Marco Valenti. Ya había visto al perro atado en el porche. Las risas de Diana habían inundado el chat, fue la que lo recogió en los tótems y lo llevó hasta casa. Alicia solo había puesto emoticonos dramáticos.

Dejó las sandalias en el porche y se adentró en la arena hasta llegar a la pared de roca. Se agarró a la primera.

20

Marco

Leonardo lo había llamado solo para repetirle todo lo que le había dicho su padre, pero de una manera más irónica y ofensiva. Supuso que el hecho de que él fuese una continua decepción sumaba puntos al hermano perfecto.

Arrancó la moto y la encauzó al frente sin rumbo. Leonardo aprovechaba lo más mínimo para arremeter contra él. De todos modos, agradeció que no estuviese allí. Cuando estaban los dos juntos contra él, era infinitamente peor.

Y lo peor de todo es que nunca le quedaba claro qué es lo que había hecho mal. Su padre estaba de acuerdo con que pasase unos días apartado, que estuviese allí con amigos, con que hiciese lo que quisiera, pero ahora regresaba y se quejaba por todo, como siempre hacía, produciéndole un sentimiento de culpabilidad y tristeza que no soportaba. Se marcharía al día siguiente, pero aquellos sentimientos perdurarían y le impedirían alejarse por completo, divertirse, desconectar o simplemente vivir sin aquella presión en el pecho que no lo dejaba respirar.

Resopló. Ni el viento del mar entraba bien en sus pulmones. Se ahogaba. Aumentó la velocidad mientras sentía que le lagrimeaban los rabillos del ojo, una mezcla de la rapidez, la ira que le producía aquella situación y la pena de no ser aceptado tal y como era, que lo dejaba a ciegas consigo mismo sin saber qué hacer para cambiarlo todo.

Salía de la cala. La pared de roca quedaba atrás y llegaba el siguiente recodo que formaba una playa diminuta cuando bajaba la marea, un lugar inaccesible si no era por mar. Más adelante había un entramado de rocas y un saliente.

Vio saltar algo en el agua, demasiado grande para ser un pez y demasiado pequeño para ser un mamífero, al menos marino.

O sí.

Aminoró la marcha y dejó que la moto se detuviese sin inercia cerca del saliente. A la izquierda estaba la pared de rocas a las que no podía acercarse con el cacharro.

Aquella mujer no solía dejar su piel en cualquier lugar y sin ella, era un auténtico espectáculo. Recordó lo que le dijo Salvatore: hasta Milana lo había oído todo. Ella fue algo más específica al contárselo cuando él le preguntó. Quizá su amigo no quería meterse en medio de sus otras amistades y los empleados. Pero a los otros no los conocía de nada y le importaban bien poco.

Giró el manillar para que el agua lo acercara algo más a las piedras.

—¿Has dejado escondida la piel entre las rocas de la cala? —preguntó mirando la piedra tras la que la había visto esconderse.

—Si te refieres a mi ropa, sí. Así que entiende que quiera que no te demores en irte. —Rio al escucharla. Sofía no se dejaba ver ni un ápice.

La mediana de las Román había dejado de tratarlo de usted y aquello le gustó. Inspeccionó las rocas. Por cómo retumbaba un poco su voz podía deducir el lugar exacto en el que se encontraba; estaría en un hueco sin agua que no alcanzaba a ver.

—No me refería a eso, pero también lo imaginaba. —Sonrió al decirlo—. Me refiero a tu piel de foca.

—No tengo ninguna piel de foca. —Debía de parecer un loco hablándole a un entramado de piedras aparentemente vacío, pero aquella voz distorsionada al rebotar en el recodo era una locura que le estaba encantando.

Entornó los ojos hacia el lugar del que provenía.

—Claro que la tienes. —Y desprendía una magia capaz de sacarlo del estado con el que había salido del hotel.

El agua acercaba despacio la moto hasta la roca más grande, que sobresalía unos veinte o treinta centímetros por encima de su cabeza.

—Siento mucho lo de hoy. Hemos amarrado a Ulises, no volverá a pasar —la oyó decir—. Y gracias.

—No ha sido nada —le respondió, aunque el perro pesara como un cañón de hierro. Dejó al animal en los tótems cuando encontró a una Román que no había visto nunca, algo más joven y descarada que Sofía, que le dijo que ella lo llevaría hasta la casa—. Salvatore me ha contado lo de la cabaña y más siento eso. Tampoco volverá a pasar. No dentro del hotel.

No se escuchó nada al otro lado. Tampoco sabía qué podría decirle ella sobre el tema, suponía que no sería fácil hablarlo. Entendía cómo se sentía, no andaba muy lejos de cómo estaba él, solo que su campo de batalla estaba del muro del castillo para adentro.

—Tienes mi palabra. Y si alguien, sea cliente o empleado, hace algo similar, puedes decírmelo.

—Gracias, pero no es necesario. No tiene importancia. —Estaría a apenas un metro de él, justo pegada al otro lado. El borde de la moto chocó contra la roca y Marco se sujetó a ella con la mano para que no se separase y lo alejase de la piedra. Y de ella.

—La tiene —le respondió—. ¿Desde cuándo, Sofía?

Se hizo el silencio, escuchaba el sonido del agua chocando contra la pared de piedra.

—¿Ha sido así siempre? —Necesitó la otra mano también para no alejarse de la roca.

—Ya da igual —la oyó de nuevo con aquel sonido distorsionado—. Tu amigo ha sido muy amable. Dale las gracias de mi parte.

Marco alzó la vista, pero la roca era demasiado alta.

—Salvatore y yo estudiamos juntos en un colegio interno de secundaria. Allí conocimos a un chico. —Se interrumpió, el agua lo había empujado con algo de más fuerza y se puso en pie para pegar la moto a la piedra. Sonó un golpe al entrechocar—. Y, bueno... No lo pasó bien. —Volvió a sentarse.

—Y ¿cómo está él ahora? —la oyó preguntar.

No podía responder a eso. No a ella precisamente.

Escuchó un rumor suave al otro lado y alzó los ojos hacia la parte superior de la roca. Sofía se había asomado por encima, apoyada en los antebrazos. Desde aquel ángulo solo podía verle la cara, el cuello y los hombros.

Qué puñetero sueño es este.

—¿Qué pasó con él? —volvió a preguntar.

Entendió que si ya de por sí ser un tanto diferente era un problema, ser una criatura completamente extraordinaria como ella tendría un peso considerable en los demás, pudiendo producir diferentes reacciones, buenas y malas. Más aún a una edad con una consciencia suficiente como para saber que como Sofía, no había otra. Solo había una y la tenía delante.

Negó con la cabeza, de ninguna manera le contaría lo del chico Leonelli. Aunque ella ya lo habría deducido, ya que ladeó la cabeza sin dejar de mirarlo. Su pelo comenzaba a secarse por las patillas y algunas partes del flequillo revoloteaban alrededor de su cara.

Parecía estar en un sueño, como tantos que solía tener, aunque esta vez no estuviese dormido. El mar, el kraken y ahora, ella.

Sofía

Marco no respondía, así que intuyó que no era nada bueno lo que fuera que hubiese pasado con aquel chico. No volvió a preguntar, aunque su interés la empujó a dejarse ver por encima de la roca.

Y no se arrepentía, tan solo por ver la expresión de Marco al mirarla, merecía la pena.

—No sabes lo que los demás ven en ti, no tienes ni idea. —Aquel olor a canela se intensificó cuando Marco se puso en pie. Cerca, tan cerca que Sofía tuvo que tensar el cuello para no girar la cabeza y desviar la mirada. Sentía cómo todo su cuerpo se llenaba de una curiosidad que la hacía querer permanecer allí más tiempo mientras él la observaba. ¿Qué más querría ver Marco en ella? Lo dejaría escrutarla tanto como necesitase.

—Por eso nadas desnuda y caminas sola y a oscuras por lugares donde si gritas, nadie te oiría. —Marco se inclinó hacia la roca y se apoyó en ella con las manos. Se había acercado tanto a su cara que tan solo con que Sofía bajase la barbilla, podría rozarle la nariz con la suya—. No lo sabes. —Bajó la voz casi en un susurro—. Desconoces lo que provocas en los hombres.

Sofía se quedó inmóvil al oírlo mientras un calor leve se abría paso en su pecho y resbalaba hasta volverse más intenso costillas abajo.

Cerró los ojos. Ya no era capaz de respirar. El olor a él se disipaba en el aire. Marco debía de haberse alejado de la roca y de ella, sentado de nuevo en la moto.

Esto no puede estar pasando.

Volvió a mirarlo. No había sido capaz de responderle. Pocas respuestas encontraba para lo que acababa de decirle.

Su madre la mataría o no, pero la curiosidad por saber más hizo que no se dejase caer roca abajo para esconderse. Además, la empujaba a huir a un plano inconsciente y lejano que tenía la habilidad de quitarle peso y gravedad a las cosas hasta el punto de querer inclinarse hacia él y descubrir en sus ojos brillantes y oscuros qué era todo eso que, según Valenti, ella desconocía.

Y ni siquiera estoy segura de querer saberlo.

Tenía que tranquilizarse, regresar a su estado normal y consciente. Fijó su vista en él. Los ojos de Marco eran capaces de taladrar su frente y llegar hasta el cerebro, haciéndolo divagar en pensamientos que provocaban que le corriera el calor hasta las orejas.

Para.

Demasiado joven, veintiún años de una vida cotidiana muy distinta a la de él. Estaban a kilómetros de distancia.

Sal corriendo. Como si fuese cualquier otro.

Pero Marco Valenti no era alguien cualquiera, desprendía algo que la obligaba a entreabrir la boca para aspirar aire hirviendo.

¿Sabía él lo que provocaba en las mujeres? Estaba segura de que sí, que lo comprobaría cada día de su vida. Esa era su ventaja. Él lo sabía y ella, no. Y sentirse en desventaja solo hacía que aquellos kilómetros que los separaban la llamaran a recorrerlos de una sentada.

Qué demonios, Sofía, por Dios.

Apretó la mano en la roca. Tenía que irse de allí, acallar la mente y quitarse de en medio. Solo tenía que lanzarse al agua y huir.

Cogió aire y lo contuvo. La consciencia regresaba y con ella su trabajo, su familia, su hogar y hasta la porción de mar que les prestaban los Valenti.

Se dejó resbalar por la roca y se escondió por completo tras ella, se dio la vuelta y apoyó la espalda.

—La realidad no es la que te hacen ver los demás, Sofía —lo oyó decir al otro lado—. Alguien debería habértelo dicho hace tiempo.

Ella giró la cabeza y miró hacia el único resquicio de agua que podía ver desde allí, donde se atisbaba una parte de la moto de Marco. La humedad de la piedra se le hizo intensa en la nariz.

El motor retumbó y la roca comenzó a vibrar. Cerró los ojos mientras el sonido y las vibraciones aminoraban.

Permaneció inmóvil sin dejar de rememorar su escueto encuentro con Marco Valenti y recriminándose todo lo que tendría que haberle dicho. Era muy fácil pensar en reacciones correctas *a posteriori.* Así no se sentía, era como estar sentada delante de la pantalla de un cine y verse a sí misma como un personaje delante de otro, llevar la batuta, cambiar frases, palabras y expresiones hasta que todo quedase como tendría que haber ocurrido. Pero la realidad era que no había sido capaz de abrir la boca.

Cogió aire y lo contuvo.

Nunca en toda su vida le habría gustado más ser invisible que en aquel momento.

21

Sofía

Bajó las rocas hasta la arena y aligeró el paso hasta el porche. Oía la voz de la abuela Almu.

Alicia estaba de pie cerca de la mesa, junto a Diana. La abuela estaba frente a ella y en medio había una silla. Sofía atravesó la puerta, como siempre, Ulises fue el primero en recibirla y empujarla con el afán de los nuevos olores de su ropa mojada.

Diana ladeó la cabeza al mirarla y se apartó para que viese lo que había en la silla.

Tela de algodón, su preferida, con manchas de colores. La abuela Almu se inclinó para coger unas cintas de la parte superior del vestido y que pudiese verlo.

—Se lo encargamos a tía Julia para ti. —Sonrió.

Diana se dio la vuelta.

—Sigues en el mismo plan aburrido de siempre. —Su hermana se cruzó de brazos—. Queremos que salgas. —Alzó su móvil.

Sofía frunció el ceño intentando leer algo en la pantalla. Supuso que eran unas entradas para ir a donde fuera.

—Yo también me apunto. —Sofía arqueó las cejas al oír a Alicia—. No me mires así, claro que voy a salir. Contigo y con la loca esta. —Empujó a Diana con el hombro.

La abuela Almu cogió el vestido riendo.

—No me lo toméis a mal, pero esta noche he quedado.

—Se lo puso a Sofía sobre el cuerpo para comprobar que era de su talla.

—¿En serio, abu? —Diana apartó la silla para pasar—. ¿Me vas a dejar sola con estas dos muermas?

Sofía negó con la cabeza mientras reía.

—Lo mismo os veo más tarde. —La mujer hizo una mueca—. El vestido está perfecto.

—El patrón lo elegí yo —dijo Diana—. ¿Te gusta?

Sofía lo extendió para mirarlo.

—Me encanta. —Miró a sus hermanas—. Gracias.

Seguía sin quitarle el ojo a Alicia, intentando ver en ella algún reflejo de frustración o lo que fuera que le hubiese provocado lo de Owen el día anterior. Aún no había podido hablar con ella. Pilló a su abuela haciéndole un gesto a Diana con la cara.

Alicia dio unos pasos en su dirección.

—¿Estás bien? —Alargó una mano hacia su brazo.

—Y ¿tú me lo preguntas?

—Yo estoy bien. ¿Tú?

Diana la miró de reojo. Abrió la boca para decir algo, pero su abuela le dio un codazo para que la cerrase.

—Claro que estoy bien. —No pensaba contarle nada y menos en aquel momento, delante de las dos más inconscientes de la familia.

Alicia le pellizcó la mejilla, iba a apartarse de ella, pero Sofía le agarró la cintura para que la abrazara.

La famiglia.

Apretó a su hermana.

—Muy bonito, ¿puedo hablar ya? —dijo Diana, y Sofía hundió la nariz en el hombro de Alicia.

—No. —La voz de la abuela la hizo sonreír.

Alzó los ojos y se encontró con la nariz chata de Diana. Le encantaba su flequillo recto y la forma en la que el pelo liso le enmarcaba la cara. Era la que tenía el pelo más oscuro de toda la familia Román, supuso que eran restos de su herencia paterna.

—Valenti ha sacado a Ulises del hotel. Qué fuerte. —Ya imaginaba que el «no» de la abuela no era suficiente.

—Ha sido muy amable. No tiene más importancia. —Se apartó de Alicia, que la miró con los ojos entornados.

—¿Que no? —Diana rodeó a Alicia para ponerse delante de ella—. Todas las de por aquí están flipándolo con ese tío. Sara me ha dicho que Andreíta se ha enfadado con la amiga porque le ha mandado fotos desnud... —Miró de reojo a la abuela—. Que sí, que no tiene importancia.

Lo de estas dos...

—Qué os gusta un chisme —protestó Alicia—. Voy primera a la ducha, que Diana lo deja todo lleno de pelos.

—Es que el aspirador está siempre sin batería. —Diana intentó adelantar a su hermana.

—Nunca lo dejáis en su sitio, cómo va a estar cargado. —La abuela retiró una silla y se sentó mientras sus dos nietas seguían discutiendo en el interior de la casa.

Sofía sabía que le tocaría la última. De todos modos, era la que menos tiempo empleaba en arreglarse.

—Sofi. —Giró la cabeza para mirar a su abuela. La mujer había levantado el pulgar de una mano y le guiñó un ojo.

Sonrió a su abuela mientras recogía el vestido de algodón. No pesaba. Le encantaba la ropa ligera, estaba harta de los vaqueros que llevaba en el trabajo.

La disputa entre sus hermanas aún se oía en el baño. Le dio unos golpes al cristal de la ventana para que se callasen.

—Al final me tocará ducharme con agua fría —murmuró y oyó a la abuela reír.

22

Sofía

El color de aquel algodón le recordaba al de los bosques y las hadas. El verde mezclado con el amarillo, el lila y una variedad de tonos pastel formaban manchas alrededor de todo el vuelo. Tía Julia se superaba con cada nueva tintada. La parte superior estaba formada por dos triángulos que iban sujetos al cuello con una cinta, una forma que tantas veces utilizaba en sus diseños de verano. Nada en la espalda, ni siquiera un espacio mínimo para el sujetador, y luego aquel vuelo absoluto hasta la rodilla. Para qué complicarse cuando era su patrón estrella. Desde que tía Julia descubrió la venta online, no daba abasto para producir vestidos veraniegos. Una combinación de colores que no tenía duda que vendería como churros ya que resaltaba el dorado de la piel tostada por el sol.

Se había puesto unas cuñas de esparto. Era una pena que los pies de sus hermanas hubiesen crecido más que los suyos, porque ahora no tenía mucho donde elegir.

Diana y Alicia aún no habían terminado de arreglarse, pero ya sabía que siempre le tocaba esperar.

Todavía había luz, los días a finales de junio eran tremendamente largos. Pronto oscurecería y la noche inundaría los alrededores de la casa.

Miró el horizonte, donde acababa el mar y comenzaba el cielo. Aún se apreciaba el corte entre ambos durante aquellos últimos minutos de luz. Entornó los ojos, de niña pensaba que allí, en ese punto donde acababa todo, era el fin del mundo. Así fue para ella hasta que hizo su primer viaje de fin de curso y comprobó que su mundo era tan solo una isla en medio del mar, pero que era tan vasto como decían los mapas del colegio.

Se abrochaba las sandalias mientras escuchaba la cantinela de siempre que su madre le echaba a la abuela Almu cada vez que esta salía con sus amigas.

Se volvió para mirarlas. Le encantaba la ropa que llevaba su abuela, era una versión avanzada de sí misma.

—Y cuidado con lo que bebes, que estás tomando las pastillas de la tensión.

La abuela sacudió la mano.

—Si solo me tomo una caipiriña cuando salgo, ni que fuese a beberme un chiringo entero.

Sofía se tapó la cara para amortiguar su risa al escucharla.

—Y no vengas tarde. Coge un taxi y cuando estés arriba, me llamas. No vaya a ser que te caigas por las escaleras a oscuras.

—Podría bajarlas hasta con los ojos cerrados. Y el móvil tiene linterna.

Rio al ver a su madre entornar los ojos.

—Ya no tienes dieciocho años, aunque te lo parezca.

La abuela se sobresaltó al escucharla.

—Por supuesto que no, cuando tenía dieciocho estaba en casa cambiando pañales. Ahora estoy mucho mejor.

Sofía negó con la cabeza sin dejar de reír. La discusión no cesaría hasta que la abuela Almu saliese. Era un clásico en casa cuando la mujer tenía un día libre. No perdonaba ni uno.

Si yo tuviese unas amigas como las suyas, lo mismo hasta me animaría a salir.

Eran una mezcla de divorciadas, solteras y viudas con ganas de ralentizar el tiempo y con el conocimiento suficiente como para no perderlo con estupideces.

Recordó una de tantas frases estrellas de su abuela: «La clave para ser tan feliz como puedas es ser consciente de que esto se acaba». Su madre quizá no lo asimilaba aún y se pasaba la mayor parte del tiempo preocupada por todo. Desde luego que era necesario tener a alguien en casa con los pies en la tierra, aunque conllevaba que nunca estuviese del todo contenta y eso la apenaba.

La abuela Almu solía decirle que su madre nunca fue feliz, ni siquiera los años de casada porque ese tiempo lo pasó temiendo que un día su padre se marchase. Y cuando lo hizo, temiendo que regresase. Y cuando no regresó, con miedo a que sola no pudiese hacerlo bien con sus hijas. Y cuando lo hizo bien, con el temor de que sus hijas se equivocasen. Un ciclo que, viendo el resultado, tenía poco sentido. Su madre era más fuerte de lo que ella misma pensaba. Y ya no sabían cómo hacérselo ver.

Al fin dejó en paz a la abuela y se volvió hacia ella con una sonrisa.

Me tocó.

—Estás guapísima. —Le echó el pelo hacia delante—. Así es como deberías ir al trabajo.

La única diferencia de su atuendo con el del trabajo era que se había puesto algo de rímel, colorete y brillo de labios. Lo de su pelo no tenía remedio. La mascarilla solo hacía que fuese más rápido de desenredar. Seco volvían a salirle aquellas ondas y a abrirse.

—¿No está mejor así? —añadió su madre hacia la abuela y Sofía alzó las cejas esperando a que respondiese.

Era extraño oír a su madre animarla a maquillarse cuando a Diana siempre la regañaba por el exceso de pintura. Eran el día y la noche. Pero su madre confundía la falta de arreglo en ella como ausencia de autoestima.

—Ella está bien siempre. —La abuela Almu metía las cosas en su bolso—. No insistas en que sea como el resto de tus hijas. —Pasó junto a ella y le dio un tirón del vestido entre risas.

Se alegraba de que alguien la entendiese en la casa. Quizá porque siempre fue como ella, con aquel estilo boho y apariencia salvaje. Los peines y el maquillaje lo emborronaba por completo. No se reconocía de otro modo. Y aunque eso mismo sumado a su comportamiento hubiesen sido siempre el objeto de mofas y desprecios en el pasado, y algo que no sabía explicar bien últimamente, no pensaba cambiarlo.

—No hay ningún problema en ser diferente. —Su abuela sonreía frente a ella—. Ninguno. —Se volvió para mirar a su hija—. Y deja de hacerle ver que es algo malo, para eso ya tiene a los que están fuera de esta casa.

Su madre dio un respingo al oírla.

—Es precisamente lo que quiero evitar —replicó.

—No puedes evitarlo. —La abuela sacudió la mano—. Ni siquiera ella. Ya puede peinarse de mil maneras, vestirse, hablar o callar. Siempre encontrarán algo. —Miró a su hija de reojo—. O ¿tú has adelantado algo con tu jefa?

—No estamos hablando de trabajo, sino de esta hija en concreto. —Notó la incomodidad en la voz de su madre.

—Esta hija en concreto no debe cambiar ni un ápice. —Su abuela cogió el bolso para salir.

Las dos mujeres se alejaban por el camino de madera. Aún oía a su madre discutir con su abuela, ahora por su actitud con ella y sus hermanas, como si no hubiesen crecido. Rio al escuchar a su madre responder que ni siquiera la abuela había crecido.

Anochecía por completo. A esas horas le costaba aún más salir de aquel trozo de isla. Tampoco le gustaba el bullicio ni el ruido. Quizá el haberse criado en un ambiente apartado y tranquilo había puesto de su parte, aunque su teoría se iba al garete cuando miraba a sus hermanas, sobre todo a la pequeña. Lo suyo era por un motivo que le costaba reconocer.

No tiene nada de malo.

Miró hacia al mar, pronto desaparecería por completo en la oscuridad.

23

Marco

El reservado estaba en el saliente de un acantilado. Ya era de noche y las vistas no podían apreciarse del todo, pero suponía que de día sería el mejor lugar para pasarse horas con la mirada perdida en ninguna parte.

Los sofás blancos con base de madera estaban preparados para ocho personas, pero solo eran seis. A Valentina le encantaría aquel lugar, la idea de ir antes de saber que tenía que marcharse fue de ella. Le gustaban aquellos lugares concurridos de gente, con música y ganas de pasarlo bien.

Desde el sofá podía ver las escaleras por las que bajaba demasiada gente para pasar al interior de la cueva, donde estaba la mayor parte del ambiente. Salvatore había regresado de allí hacía tan solo unos instantes y se quejaba de que ellos siempre se quedaban en los lugares más aburridos. Los que estaban lejos de la música y el baile.

El camarero había dejado la segunda botella de champán de la noche. No duraría mucho. Lo único que le extrañaba era que su amigo no hubiese traído a nadie que rellenase los huecos libres. A lo mejor necesitaba más champán o realmente no había encontrado ninguna compañía que le interesara.

Milana había intentado iniciar una conversación con él dos veces. La última la había continuado con Andrea, por suerte.

—¿Qué hace aquí Sofía Román? —Provenía del sofá de al lado.

Alzó la vista enseguida hacia las escaleras con tanta rapidez que hasta Andrea y Milana se voltearon para mirarlo.

Entre la barandilla de madera y la pared de roca revoloteó un vestido de muchos colores sobre una piel dorada. Se levantó y dio un paso hacia delante. Los focos le permitían ver más. Aquella mancha de colores se hacía llamativa en las tiras que se escondían tras su cuello, perdiéndose entre el pelo de ondas desordenadas.

Y Sofía miró un instante hacia la zona de reservados.

—Fuera de la cueva, es una sorpresa para todos. —Estefanía pasó por delante de él seguida de otro chico que se volvió para mirarla.

—¿Qué os pasa con ella? —preguntó el joven—. A mí siempre me ha encantado esa chica.

—Pues ve a hablar con ella —dijo Andrea y el chico alzó la mano en el aire.

—Lo intenté en su día —respondió él y Andrea emitió unas carcajadas agudas, pero ni la charla ni aquella risa desagradable lo sacaban del ensimismamiento que le provocaba su imagen.

Marco entornó los ojos hacia Sofía. Ella los había visto, estaba seguro. Pero sus pies no se detuvieron y bajaron el último escalón para atravesar el pasillo que conducía hasta el interior de la cueva. Los focos de la entrada desvirtuaron aquellos colores un instante y luego se perdió de su vista.

—Marco —oyó la voz de su amigo y ni siquiera se volvió para atenderlo. Era una voz lejana en medio de aquel ruido. Un ruido que comenzaba a tornarse agradable. Entendió que un reservado sobre un acantilado podría convertirse en el lugar más hermoso del mundo en cuestión de segundos.

Se colocó de nuevo frente al hueco por donde se había perdido Sofía. Ahora era una más entre muchas otras; no era la camarera del hotel ni tampoco la legendaria *selkie* del mar. Era como si al fin ella hubiese atravesado una dimensión fantasiosa y hubiese caído justo donde se encontraba él.

Sonrió y sintió una mano en su hombro. Milana había inclinado todo el cuerpo hacia él para hablarle. Marco ladeó la cabeza para escuchar qué quería decirle, aunque supuso que la oiría con la misma lejanía que a Salvatore y al resto. Su mente se había hecho ligera y había salido volando hacia el interior de la cueva tras el vuelo de una tela de colores llamativos.

—¿Te gusta la chica de las cicatrices? —le preguntó ella con aquella voz que tanto le gustaba a Valentina.

Milana era perfecta a ojos de los Valenti, pero por la boca de la cueva acababa de entrar otra mujer que lograba detener a su paso todo lo que lo rodeaba y lo hacía caer en un limbo en el que su mente divagaba todo el tiempo, donde no podía dejar de observarla mientras ansiaba recorrer un camino que ella no hacía por dibujarle.

—De todas las mujeres que hay por aquí y has ido a poner los ojos precisamente en la mediana de las Román.

—Y ¿qué problema tiene? —le replicó a Andrea, que no se sintió invadida en absoluto. Tenía la seguridad de los que habían crecido con privilegios.

—Que no tiene nada que ver con tu mundo. Prueba a traerla al reservado y mantenla aquí... ¿una hora? Sería suficiente para comprobarlo.

—¿Para comprobar que sois unos miserables con ella? Para eso no me hace falta una hora en el reservado —le respondió y notó cómo la joven se apartaba un tanto de él—. No quiero volver a escuchar una mala palabra sobre Sofía Román cerca de mí, ni en un reservado que yo haya pagado ni mucho menos sobre cualquier suelo que sea propiedad de los Valenti. Puedes decírselo a tus amigos.

Andrea dio otro paso atrás.

—Tú mismo. —Le dio la espalda y se alejó de él y de Milana.

Esta lo miraba como siempre que lo veía con otra mujer, aunque él estuviese allí solo y Sofía, entre la multitud, lejos de él.

—No conocía esa faceta tuya de auténtico caballero. —Sonrió—. Creo que Andrea lleva razón con eso de que está muy lejos de tu mundo. —Negó con la cabeza.

—¿Mi mundo? ¿Tú lo conoces? —Ni siquiera Milana había podido verlo con claridad el tiempo que estuvo a su lado.

—Bastante bien —respondió convencida—. Aun así también creo que puedes hacer lo de siempre: divertirte con quien quieras.

Milana se apartó de él. No dejaba de sorprenderle la tranquilidad de aquella mujer que se conformaba hasta cuando la rechazaba. Quizá por eso le gustaba tanto a Vicenzo Valenti para él, porque era demasiado parecida a su madre. Casarse con Milana sería como permanecer soltero toda la vida y a ella no le importaría en absoluto. Sería la pareja ideal de su hermano Leonardo. De hecho, no sabía por qué no se había fijado en su hermano mayor, mucho más acorde con ella. Así no le tocaría a él entretenerla cada vez que sus familias hacían viajes de negocios.

Volvió a mirar hacia la entrada de la gruta. Notaba cómo su cuerpo lo empujaba hacia la salida de los reservados para buscarla en su interior.

24

Sofía

Siempre pensó que tenía los tobillos demasiado finos para tan tremendas piernas, pero tenía que reconocer que cuando los necesitaba, ahí estaban firmes. No temblaron ni un segundo al bajar los escalones y mantuvieron el equilibrio sobre las cuñas de esparto. Habría sido un desastre de otro modo. De verdad pensó que se caería al suelo cuando vio a Marco entre los sillones blancos del reservado, y aún más acompañado de «Andreíta».

Diana le dio un codazo en cuanto pasaron por delante; esperaba que Marco no se hubiese dado cuenta.

—¿Habéis visto...?

—Lo hemos visto todas, cállate, Diana. —Alicia la empujó para entrar en la cueva y se entremezcló con la gente.

Andrea tenía acceso a todas partes, cómo no iba a tenerlo a él tantas veces como quisiera. Y a pesar de que no era algo que la sorprendiese, haberlo visto delante de sus narices hizo que el pulso se le acelerara y le produjese una sensación extraña. En parte, el pecho le ardía, pero por otro lado el estómago le había hecho un amago de vértigo más similar a lo que sentía cuando estaba delante de Marco.

Joder.

Se sentía más pequeña que nunca, como si hubiese regresado a los quince años. Justo a aquel momento cuando el chico con el que fantaseaba aparecía un día con la chica popular del instituto.

Se encogió de forma imperceptible. Necesitaba aire, así que no se detuvo en la barra, sino que siguió sorteando gente hasta llegar al balcón de la cueva. El aire limpio la inundó cuando se agarró a la barandilla de madera.

No solo necesito aire.

Notó cómo le ardía la cara.

Necesito seguir mirando.

Había apartado la vista tan rápido que no lo había visto bien. No los había visto bien.

Se alegró que la Cova d'en Xoroi estuviese tan repleta de gente a aquellas horas, él no podría verla en la distancia, pues muchos se habían congregado allí buscando aire como ella. Las vistas se perdían con la oscuridad de la noche y aquel balcón no estaba tan iluminado como la zona de los reservados. En el saliente, como si flotara sobre la oscuridad de la noche, podían verse los sofás blancos entre la madera tan parecidos a los de la terraza del hotel. Iluminado como un olimpo sobre el abismo, donde un dios seguramente era adorado por muchas mujeres como Andrea.

Expulsó aire por la boca. Podía distinguir a Marco, con los puños de la camisa enrollados hasta los antebrazos. La sensación de vértigo aumentó y no era por la altura del acantilado; lo sentía pecho arriba hasta la base de su garganta en pequeños latigazos que se mezclaban con aquel calor que le escocía. Apretó las manos cerradas en torno a la madera.

No.

La otra noche vino a su mente.

Ya, Sofía.

Pero su voluntad pronunciaba palabras sordas que no conseguían detener sus pensamientos, esos a los que la llevaba la curiosidad de descubrir qué era lo que Marco Valenti buscaba en ella. Y todas las respuestas que encontraba, por fantasiosas que pudieran parecerle, habían comenzado a atraerla sobremanera.

No.

—Sofi. —La voz de Diana se oía lejana.

—Sofía, ¿estás bien? —Alicia se asomó para observar los reservados—. ¿Ha pasado algo que no nos hayas contado?

—¿Aparte de cuando te encontró desnuda en el agua? —rio Diana—. ¿Aparte de lo de la carretera? ¿Aparte de lo de hoy en las cabañas? —Su hermana soltó varias carcajadas—. Porque vas deprisa y sin frenos.

Negó con la cabeza.

—Creo que no me ha sentado bien la pizza, demasiada comida para cenar. —Sonaba absurdo porque ella misma había sido quien eligió dónde cenar.

—Y una mierda va a ser la pizza. Se te acaba de cambiar la cara. —Alicia le dio un codazo a su hermana para que se callase.

—Diana, ven conmigo a pedir. ¿Quieres una tónica? —Alicia le tendió la mano para que le diese la entrada.

—Sí, por favor. —Se la dio. Era una pena gastar la consumición en una tónica, pero una vez metida en el bucle de insistir en lo mal que le había sentado la cena, eso le daría realismo a su excusa. Para lo de su interior no había más remedio que el tiempo. El que él tardase en marcharse de allí, no volviese a verlo y lo olvidase todo. Si lo pensaba bien, tampoco era para tanto. No había pasado nada y si repasaba cada palabra que le había dicho Marco y quitando la fantasía de las respuestas que encontraba su mente, todo eran suposiciones.

Pero eso no la hacía sentirse mejor.

Necesitaba que nadie la mirase mientras recobraba el estado exacto que tenía antes de bajar las escaleras, cuando en apenas unos instantes había conseguido olvidar que él existía en una pequeña porción de su vida. Pero ni su estómago, las costillas, el pecho ni la garganta ponían de su parte. Cada vez que veía a Marco era peor, aquello aumentaba y ya estaba comprobando que no lo podía parar de ninguna manera. Su mente iba a otra velocidad y cada vez le gustaba más hacia dónde la llevaba.

Se adentró en una de las cavernas que se estrechaba con

mesas a ambos lados; no había ninguna libre. Al fondo estaba la sala de baile, así que dio la vuelta.

Fantasía, es solo una fantasía.

Como le pasaba hacía unos años con su cantante o actor preferido, de quienes solo veía en fotos en internet y sin conocer siquiera su voz real cuando hablaba, pero que tan cercano, familiar y aún más maravilloso aparecía en sus sueños.

Los sueños, esos que creaba cuando parecía no estar haciendo nada, eran increíblemente peligrosos en el momento en que la hacían más feliz que la realidad. Sin embargo, Marco no era un cantante o un actor lejano, era un hombre al que quizá tendría que ver cada día durante las próximas semanas de su vida. En la realidad, la inocencia de la fantasía se perdía. Sus actos en el mundo real tenían consecuencias.

Marco

Sofía había entrado en la gruta y no la había vuelto a ver salir. Echó un vistazo a las escaleras que accedían a un mirador sobre la zona de los reservados. Antes había comprobado que los focos de cada peldaño iluminaron las piernas de Sofía dándole una apariencia divina al bajar.

Si quería encontrarla entre tanta gente, tendría que buscarla entre las cavernas. Bajó la cabeza y sonrió al ver la entrada de la gruta iluminada por unas luces tenues.

Entre el alicatado del suelo, había dibujado un camino central blanco con unas manchas grises que con tan poca luz parecían huellas, mientras las paredes se estrechaban hasta abrirse para alojar a numerosos grupos de personas.

Una primera mesa con sillones a la derecha llena de chicas hizo que su atención se dirigiera a ellas enseguida. Pero apenas necesitó un leve vistazo para saber que no estaba allí.

Se detuvo. Desde aquel lugar podía apreciar que la cueva se

abría al fondo, donde la concentración de personas era aún mayor al intentar hacerse hueco para pedir en la barra.

Sin embargo, en el pasillo de piedra, una joven cuyo pelo absorbía a mechas las luces verdes y rojas de los pequeños focos, accedía a uno de los pasillos de la izquierda. Se apresuró a sortear a la gente para llegar hasta él.

Era estrecho y con mesas y sillones blancos a cada lado. Entornó los ojos, estaba poco iluminado, el hilo deslumbrante de aquellas luces también se reflejaba en la superficie de los muebles, camisetas, vestidos claros... y en melenas rubias.

Se apartó a un lado para dejar paso a los que accedían al interior, y apoyó la mano en la pared áspera y rocosa.

A unos metros más adelante vio a Sofía, algo más alta que el resto. Estaba sobre algún escalón y el reflejo de los haces de luz le distorsionó el color de la piel y del pelo. Tenía las manos alzadas y se sujetaba en uno de los salientes del techo, donde se estrechaba el pasillo, demasiado lleno.

Lo de las rocas tras la imagen de Sofía, en cualquier situación, era una locura.

La vio desplazarse a un lado y volverse a perder entre la muchedumbre, un atajo para salir de allí que lo hizo sonreír.

Avanzó hasta que la vio de nuevo; seguía sola. Si estaba buscando algo o alguien, tampoco es que estuviese muy atenta a su alrededor. Simplemente caminaba, sorteaba a grupos o personas y seguía adelante. Entrecerró los párpados. Le encantaba la forma en la que el elástico del vestido se ajustaba a su espalda, dejando en el vuelo margen para imaginar qué habría debajo, y en cómo los colores distorsionados por las luces resaltaban su piel oscura.

Al observar a un grupo de jóvenes, pudo comprobar que el magnetismo de aquella mujer diferente estaba a la vista de todos. Los vio mirarse y hablar entre ellos; no tardaron en seguir el camino de la joven.

Sofía no resaltaba ninguno de sus encantos, desconocía que los tenía. Pero el resto del mundo podía verlos con claridad. Lo había visto en el reservado cuando habló con aquella chica llamada Andrea, y ahora lo veía en aquellos chicos que seguro que no dudarían en robarle su piel de foca en cuanto la dejara por despiste en alguna parte.

Incluso una mujer segura y altiva como Andrea, acostumbrada a los halagos y al deseo del hombre que eligiese, había intentado denigrar a la hermana mediana de las Román. Una simple chica que, por un momento, quiso hacer desaparecer a base de ridiculizar.

Sofía no pasaba desapercibida para nadie.

La hermana salvaje. Le encantaba aquella forma de llamarla, porque aumentaba aún más el misticismo con el que su cabeza se empeñaba en envolverla. No era el único que lo había descubierto. Los que la rodeaban lo sabían desde siempre.

Y la siguió de lejos, como si su cuerpo desprendiese una estela que lo atrajera hacia ella. La brisa fresca de la noche llegó hasta su cara. Sofía había llegado a un balcón. Estaba solo a unos metros de él, agarrada a una baranda de madera.

Se detuvo para contemplarla. Después de veintisiete años, de haber recorrido medio mundo y de haber disfrutado de todos los placeres que la vida le reservaba a unos pocos, estaba descubriendo algo maravilloso.

Sofía

Acabó el recorrido de pasillos de roca, sorteando gente y a ratos casi pasándoles por encima. No había ni un solo hueco libre. Regresó al balcón del acantilado. Ya apenas se veía la estrella negra de las losas del suelo, hasta aquel rincón comenzaba a llenarse. Regresó a la barandilla de madera haciendo gran esfuerzo para no mirar la zona de los reservados.

Bajó la cabeza para probar si la oscuridad y la altura del saliente, unido al aire fresco del mar, le devolvían la estabilidad. Un intento de comprobar si aquel vértigo cambiaba su origen por otro terrenal y que la leve fatiga que le produjo el improviso y la sorpresa fuesen tan solo consecuencia de comer demasiado.

—Sofía —oyó en una voz grave y algo ronca que nunca conseguía emular perfecta en su imaginación.

Su voz es una locura.

Y escucharla fuera de su cabeza no hacía más que empeorar todo aquel remolino que la azotaba.

Se volvió para mirar a Marco sin separar las manos de la barandilla, justo en la esquina del balcón donde hacía tan solo unos instantes lo acababa de ver en el reservado del otro saliente. No sabía en qué momento había cruzado al otro lado, al de la multitud ruidosa. Quizá había estado más tiempo deambulando del que creía.

Marco dio unos pasos hacia Sofía. La tela gris antracita metalizado tenía cierto brillo en la cercanía y se abría en la parte superior de su pecho, dejando libre aquella piel morena y reluciente cuyo tacto aún recordaba a pesar de haberla tocado un solo instante. No culpaba a Andrea ni a todas aquellas mujeres que según Diana lo rondaban.

El hueco en la base de la garganta de Marco estaba muy marcado. Allí era donde comenzaban las formas redondas del pecho, tan placenteras a la vista como había podido comprobar la tarde de la moto de agua en aquel encuentro bochornoso con Marco Valenti. Y estaba segura de que estaba a punto de vivir uno nuevo que le impediría dormir durante días.

—¿Dónde iba a encontrarte si no es en una cueva? —No sabía si tomarse aquel ligero movimiento de labios como una sonrisa.

Voy a acabar metiéndome en un lío de narices.

Marco miró a su alrededor y se detuvo en un punto de la barandilla. Un grupo de jóvenes estaban apoyados muy cerca, ni siquiera había sido consciente de su presencia, si ya estaban allí cuando ella regresó o si acaban de llegar. Sofía se topó con la mirada de uno de ellos, que enseguida giró la cabeza hacia el otro lado. Le echó un vistazo rápido a Marco; tampoco se había dado cuenta de que él había dado algún paso más y que ya estaba tan cerca que volvió a impregnarse del olor escandaloso de su perfume. Un escándalo lleno de potencia masculina que tan bien acompañaba a su vestimenta, al color tostado de su piel, a la forma de su barbilla y a aquel hueco en la base del cuello. Los ojos oscuros de Marco estaban clavados en ella casi sin pestañear.

—Sigues sin darte cuenta —le dijo. Sofía confirmó que su voz también estaba hecha para aumentar todo lo que él producía en su cuerpo.

Marco parecía desprender testosterona y todo lo que representaba la virilidad en su más alto nivel con la seguridad del alfa de una manada. Quizá aquel grupo de chicos lo percibía tan bien como ella y esa era la razón por la que ahora apartaban la vista. Y ella se sentía como las leonas jóvenes de los documentales que huían espantadas cuando rugía el león más poderoso.

Pero no había salido corriendo; seguía sujeta a la barandilla, mirando a Marco y a la base de su cuello, que la invitaba a curiosear qué es lo que había más abajo tras los botones de la camisa.

Él negó con la cabeza y comenzó a sentirse estúpida como tantas otras veces.

Ya me estoy hartando de sentirme estúpida.

Y de intentar imaginar qué es lo que él quería decir todo el tiempo.

—¿De qué no me doy cuenta? —preguntó, aunque se arrepintió enseguida. Tendría que haberse callado, como siempre hacía.

Pero el cuerpo y la lengua ya no le respondían. Quería saberlo.

Marco sonrió al escucharla.

—De que solo necesitas un trozo de tela suelto para que ellos te sigan desde el pasillo de los sillones blancos —respondió y Sofía contuvo la respiración. Marco señaló el grupo de chicos con un ademán de cabeza.

Ay, madre, que él también me ha seguido.

—Y ahora están esperando a que me acerque más a ti para irse a otro sitio a conformarse con unas vistas diferentes.

Ella frunció el ceño y abrió la boca para replicar.

No pensarás acercarte más a mí.

No entendía por qué no lo decía en voz alta. Quizá porque no era la mujer que creía que era. Era fácil sentirse fuerte, enorme, inmensa ante la mayoría de los hombres, pero con Marco estaba descubriendo que era poseedora de demasiados miedos e inseguridades. Puede que eso es lo que significaba la juventud y la falta de experiencia, y con Valenti era como empezar de nuevo, en la niñez, al comienzo de la adolescencia. Como si nunca hubiese hablado con un hombre, como si fuese el primero que conocía y le dirigía la palabra. Ni siquiera recordaba el primer chico que le habló en el instituto, tampoco durante el curso en Escocia. Pero estaba segura de que ninguna de esas veces actuó como si fuese imbécil.

Lo vio bajar los ojos hacia su costado. El vestido lo dejaba completamente al aire y al tener los brazos en la barandilla, podía leerse al completo en dirección a sus costillas: «Alas».

Las que necesito para tirarme por el acantilado y no estrellarme.

Las suyas aún eran pequeñas para lidiar con situaciones como aquella.

Si fuera cualquier otro...

Si fuera cualquier otro no estaría en aquel estado, estaba segura.

Bajó la cabeza hacia la oscuridad del fondo, donde se podía apreciar el agua al chocar contra la roca.

—Puedo acercarme a ti ahora o puedo irme y que se acerquen otros —lo oyó decir a su lado—. ¿Qué es lo que quieres?

Madre mía, esto es de locos.

Giró la cabeza hacia él. Las pestañas de Marco bordeaban

sus ojos, tan espesas que proyectaban una sombra bajo ellos. Observaba su costado de nuevo, donde estaba el tatuaje. Pero los alzó hacia su cara de forma tan brusca que Sofía se volteó tras soltar la barandilla. Por un momento pensó que su cuerpo se escabulliría de él, pero solo se había puesto de frente, sin alejarse ni un ápice.

No obedece. Cada vez menos.

Entonces sintió la mano de Marco justo donde terminaba la goma del vestido y comenzaba el vuelo, en la parte más alta de la cintura, donde no había tela que cubriese su piel. No tardó en recibir el calor que desprendía y notó cómo se le fue erizando el vello poco a poco hasta su nuca. Encogió el hombro lo más mínimo y con cuidado para que él no lo notase.

Marco se había acercado de nuevo a ella, esta vez de frente. Su olor la envolvió por completo mientras intentaba no dirigir la mirada hacia aquel hueco bajo su cuello, mucho menos a aquellos ojos cuya oscuridad albergaba todo eso que él le repetía que no sabía.

O no quisiera saber.

O sí, y por eso parte de su espalda estaba invadida con el calor que desprendían los dedos de Marco.

—Sofía, mírame —le pidió él y tuvo que levantar la cabeza. Con zapatos altos podía examinar su cara más de cerca, comprobar detalles que aún desconocía. Su creatividad no había sido lo suficientemente buena cuando lo imaginaba. Tenerlo delante hacía desaparecer la barandilla y que cayera por el acantilado.

Aquello que tenía entre las costillas se intensificó. Estaba cayendo sin parar.

Ya está bien. Quiero acabar con esto.

—¿Qué es lo que quieres de mí? —Se acabaron las suposiciones y el divagar. Quería saberlo, quería dejar de caer o estrellarse contra el suelo.

La respuesta ya la tenía en aquella mirada y sabía que no estaba preparada para escucharla de su voz. Era mejor las suposiciones, la fantasía, que no tenían consecuencias en el mundo real. Pero ya no había marcha atrás. Marco estaba a punto de decirlo en voz alta, cerca de su oído.

Sintió la camisa rozar su hombro desnudo. De cerca su olor dulce se mezclaba con algún incienso. Aspiró aquel aroma despacio mientras se mantenía inmóvil.

—Quiero robar tu piel de foca. —Su voz grave sonó más ronca que otras veces.

No sabía si fue por el tono o por aquellas palabras que no eran exactamente las que esperaba oír, pero que tenían un significado tan extenso y explícito que la velocidad de su descenso hacia el acantilado aumentó aún más.

Robar mi piel de foca.

Cuanto más lo analizaba más caía por el acantilado, tan rápido que hasta oyó el crujir de sus alas. Se rompían. Con aquel hombre cerca y lo que acababa de decirle, no podía ser de otra manera.

Sofía bajó la barbilla y abrió la boca para respirar.

—Pero aún estoy buscando la manera de hacerlo —continuó él irguiéndose y ella no fue capaz de levantar la cabeza para mirarlo—. Creo que no sueles dejarla en cualquier parte.

Y ahora sí que alzó los ojos hacia él.

—Roba la piel de otra —dijo en un último intento de escabullirse de aquel charco de barro en el que ya había metido el primer pie. Y lo había metido hasta el fondo, porque le ardía el pecho al pensar que él pudiese regresar al reservado y robar la piel de Andrea o de cualquiera a la que no le pudiese poner cara ni nombre.

—No quiero la de otra.

Fue como subir y volver a caer.

—Pero los cuentos dicen que vuelven a aparecer en el mismo lugar. —Sintió cómo retiraba su mano de ella y la brisa fresca regresó a su espalda erizándole el vello—. Así que no me alejaré de las rocas.

Marco dio un paso atrás y Sofía volvió a observarlo. Negó

ligeramente con la cabeza, aunque ya no sabía si se lo hacía a él o a sí misma.

Lo observó darse la vuelta tras comprobar que donde estaba el grupo de jóvenes ahora había un hueco en el que corría el aire y que parecía enfriar su cuerpo por momentos desde que Marco rompiera el contacto con su espalda. Él giró la cabeza hacia ella de nuevo.

—La hermana salvaje. —Sus labios contuvieron la sonrisa—. No tienes ni idea, Sofía.

Marco se alejó y su olor pareció quedar suspendido unos instantes antes de que el viento se llevase las notas de canela, las que siempre quedaban atrás cuando él se movía.

Fantasía, ¿no?

Agachó la cabeza y volvió a negar con ella. Su piel de foca superaba a todo lo que imaginó. El aire no era suficiente a pesar de estar en un balcón sobre el mar.

Volvió a apretar las manos contra la madera de la barandilla, como si intentara impedir que su cuerpo se lanzase al vacío oscuro. Quizá era eso, saltar sabiendo que sus alas no serían suficiente para evitar la caída. Pero ni el abismo conseguía hacerla entrar en razón. La idea de entregarle su piel de foca removía en ella instintos que desconocía que tuviera. Y el calor le llegó hasta la garganta.

Tu madre, Sofía, piensa en tu madre.

—Sofía. —Alicia la miraba con el ceño fruncido—. Os he visto y... —Alzó la mano hacia el pasillo por el que se salía de la cueva y las escaleras que llevaban al reservado—. ¿Qué demonios está pasando? Y no vuelvas a decirme que nada. Que es Marco Valenti... —Le pellizcó el brazo. Alicia había entornado los ojos, tenía la mandíbula tensa, algo confusa, hasta asustada incluso—. ¿Sabes la que puedes liar? Esto no es discutir con los amigos de tus hermanas, escalar una ladera o esconderte en las cuevas de los acantilados.

Alicia se llevó la mano a la frente.

—Con los problemas que está teniendo mamá. —Su hermana entreabrió la boca para expulsar el aire. Supuso que este le faltaba tanto como a ella.

Sofía bajó la barbilla; sintió un pequeño calambre en el estómago. Se tocó la barriga bajo el vuelo del vestido. A aquellas horas, después de comer media pizza familiar, debería estar hinchada, pero la notaba vacía, una sensación similar al hambre, un hambre de tarta de chocolate, de helado de cinco bolas o de los combinados que preparaba en la barra del hotel con esas copas enormes decoradas con pájaros de colores. Y estaba segura de que nada de ello saciaría aquel vacío repleto de ovillos. Lo último que necesitaba era que su hermana mayor le echase la bronca.

Soltó su pecho al completo para que respirase tan acelerado como quisiera. Alicia se fijó en aquella forma de moverse.

Y sus ojos entornados se redondearon y la expresión de reproche se difuminó un tanto. Tras ella aún podía verse cómo las luces iluminaban aquel saliente haciendo que pareciese flotar en el aire. Vio a Marco entrando en la zona de reservados.

Alicia se volvió un instante para mirar también. La sintió coger aire despacio, quizá en un intento de calmarse. Comenzó a sentir una tirantez en la garganta, como si las cuerdas vocales le tirasen hacia abajo. El gesto de su hermana por tranquilizarse y no decirle todo lo que pensaba hizo que los focos se desdibujaran con destellos.

Sintió la mano de Alicia en la nuca.

—Sofía. —Su contacto era más efectivo que la brisa—. ¿Qué pasa con él? —Se había inclinado para hablarle al oído.

A pesar de que con la mirada borrosa todo lo demás también se diluía, no dejaba de observar el reservado. Ladeó la cabeza para apoyarla en la sien de Alicia y cerró los ojos.

—No tengo ni idea.

Era la verdad, Marco tenía razón.

Y una parte de ella quería descubrirlo todo.

25

Sofía

No se atrevía a traspasar el porche, como si al hacerlo, él, desde algún lugar en el agua, pudiese verla dudar. Así que se había sentado a dibujar en la tablet en una de las sillas de plástico.

Retiró el lápiz digital de la pantalla mientras vigilaba de reojo la aleta de tiburón. Había varios barcos parados, contó hasta cinco medianos en la lejanía que combinaban el blanco y el azul, uno de ellos de vela del que colgaba lo que parecía un donut o colchoneta donde alguien tomaba el sol con el rumor del agua.

Cerca de la orilla no había nada, era lo que tenía vivir en un lugar en donde no se podía acceder más que por mar. Una tranquilidad ahora rota por la afluencia de los turistas procedentes del hotel.

El barco de Marco no estaba por ninguna parte, ni siquiera en el puerto. Podía sentir sus propios latidos; no había encontrado la forma de calmarlos desde que hablase con él la otra noche. Apartó la mirada de la playa y la dirigió de nuevo hacia la tablet. Allí tenía a una joven enredada en una red, completamente desnuda, con la piel de foca abierta como si fuese una prenda enteriza y que le colgaba de cintura para abajo.

«Quiero robar tu piel de foca».

En una mente joven como la suya podía sonar como una fantasía romántica en su máximo nivel. Marco quería robar la suya.

Pero después de la euforia del primer día, era consciente de que las leyendas irlandesas y escocesas sobre *selkies* le transmitían algo bien diferente: robar la piel a una de estas criaturas significaba apoderarse de ella.

Quizá por eso le había dado a aquella muchacha una expresión aterrada, de verdadera angustia al verse atrapada en la red. No podía escapar.

Ni siquiera con alas.

Se llevó una mano al costado y rozó con los dedos el tatuaje, que podía verse a través de la sisa del vestido. Una palabra que Marco había visto claramente y de la que no dijo absolutamente nada a pesar de haber estado mirándola unos instantes.

Se detuvo en seco. Entre las ondas que pintaban las suaves corrientes en la masa zafiro se abría una raya de espuma. Estaba tan lejos que apenas podía apreciarse nada más allá.

Bajó la cabeza con rapidez y apretó la tablet con la mano mientras miraba hacia la cortina de la puerta de la casa. Entrar y disipar la tentación de dejar caer el vestido en la playa para echar a nadar hasta la roca donde él volvería a recogerla. Dejarse atrapar en una red y a partir de ahí caer en la inconsciencia que a veces era necesaria para ser feliz.

Soltar la piel de foca y nadar, no hacía falta nada más para descubrir qué quería realmente Marco de ella. Su interior lo sabía y por eso su mitad arriesgada alentaba a sus piernas a levantarse y a mover un pie tras otro hasta la orilla. El hormigueo en sus extremidades se hizo intenso. Dudaban.

Apoyó la planta de los pies en la arpillera caliente y ejerció presión con ellos en un intento de impedir que la alzasen y echara a correr hacia el mar. Tenía que detener aquella fuerza sobrenatural antes de que se descontrolara.

No es solo soltar la piel de foca.

Ella no era solo una *selkie*, de la misma manera que él no era un marinero cualquiera.

Alzó la vista; Marco seguía dibujando rayas blancas en el mar a base de romper la tranquilidad del agua. Si echaba a correr y luego nadaba hasta el tiburón, él la vería. Sería fácil, tan rápido que apenas tendría margen de arrepentirse. Se puso en pie sin apartar los ojos de aquel punto.

Tendría que estar loca.

Exhaló aire en un suspiro y dio un paso hacia la casa, luego un segundo y un tercero hasta que la cortina de la puerta le rozó el hombro. Levantó la mano para apartarla y entrar.

Entonces entornó los ojos hacia él, intentando verlo en la distancia. Agachó la cabeza de inmediato para romper el contacto visual. Claro que habría que estar loca.

Entró en la casa.

26

Marco

El ancla estaba echada, era como la punta de un compás desde la que el barco dibujaba un cuarto de círculo sin parar en un suave vaivén.

Tenía unos metros de cuerda aún enrollada en el suelo; había dudado si eran suficientes, pero comprobó que sí, que tal vez hasta le sobraría. Había puesto el teléfono en manos libres para no detenerse ni un momento.

Había dejado que su padre hablara durante más de veinte minutos mientras él comprobaba que cada cuadro de la red medía exactamente lo mismo. Siguió anudando la cuerda para tejerla. Los nudos habían pasado de llamarle la atención de niño a convertirse en una afición a la que le fue sumando conocimiento y habilidad con el paso de los años. Formar figuras geométricas o dibujos a base de enredar los cabos. Aquel arte que tan extendido estaba para hacer complementos o ropa de hilo o lana, pero que con cuerdas no era tan conocido, tenía el mismo poder relajante o quizá mayor. Anudaba despacio mientras comprobaba que no se soltarían con el peso de un cuerpo. Una red con la que podría tumbarse a tomar el sol sin caerse. Tiró del extremo.

—¿Cuándo piensas volver? —Su padre había acabado con el monólogo. Puede que la pregunta fuera para comprobar que seguía escuchándolo. Era agradable tenerlo de nuevo únicamente al otro lado del teléfono.

—Voy a quedarme un tiempo más —respondió dándole la vuelta a la red.

No se oía nada más que el sonido del agua al chocar ligeramente contra la cubierta. Estaba solo, al resto los había dejado en el hotel.

—Cuando me enteré de que Salvatore estaba allí, me temí que sucediera eso. —El tono irónico de su padre hizo que levantase la mirada de las cuerdas.

—Quiero quedarme. —Volvió a bajar la vista.

—¿No has tenido bastante? Si quieres fiestas, no tienes problemas para encontrarlas en sitios más cercanos a donde yo esté. —Su padre y aquella obsesión de siempre por el control de todo, fuese un hotel, un imperio o su propia familia.

Marco alzó las cuerdas para estudiar uno de los nudos de cerca.

—No quiero fiestas. —Tiró de los dos extremos para ajustarlo en un punto exacto, luego le dio una vuelta con el cabo—. Quiero pescar.

Sonrió al decirlo.

—¿Pescar? Llevo años pidiéndote que vengas conmigo y has dicho que no.

Su sonrisa se ensanchó.

Pescar con él y sus socios no le interesaba en absoluto. Ciñó las cuerdas de nuevo, esta vez por otro lado. Volvió a ponerla del revés para comprobar que todo estaba en su lugar.

—No me interesa ese tipo de pesca. —Dejó caer la red sobre sus rodillas y echó un vistazo a la parte trasera del barco. Desde allí no se veía aquella roca puntiaguda, pero aun así ya era capaz de localizar el lugar exacto. Se encontraba a tan solo unos metros más adelante de donde terminaba la pared de la cala.

Sofía no había aparecido por el mar en toda la semana los días que él había estado cerca. Solo la había visto en el hotel durante sus turnos de trabajo, en los que había decidido no acercarse a ella.

—Pues dime qué tipo de pesca te interesa y lo preparo donde quieras —añadió su padre y Marco entornó los ojos; por un momento el movimiento del agua hizo que apareciera un punto oscuro cerca de la roca. Sin embargo, la presencia de dos gaviotas le indicaron que había sido un salto de algún pez. Una de ellas bajó hasta el agua y se dejó flotar.

—No la hay en otra parte. —Espiró al responder.

Oyó de fondo otro de los teléfonos de su padre y agradeció no tenerlo que cortar él como había venido haciendo las últimas veces.

—Tengo que dejarte, luego te llamará tu hermano.

Colgó antes de que pudiese responderle. Con la mirada seguía la gaviota posada en la superficie. Algo le decía que aquel día tampoco encontraría nada más en el mar.

27

Sofía

Luis estaba de vuelta y le pidió que llevase uno de los carros a la choza bar antes de marcharse a casa. Apoyó el pie en la barra inferior para ayudarse a levantarlo del escalón. Indira tendría que estar por allí.

Su compañera salía de una de las cabañas más cercana al bar.

—¿Dónde te lo dejo? —Ella le respondió con una mueca y un gesto de cabeza.

Sofía miró hacia el camino que llevaba a las cabañas. Marco también salía de una de ellas con una de sus camisas blancas de tela arrugada y fina y un pantalón corto, esta vez azul claro.

Fue una suerte que no me enviaran hoy allí.

Dejó el carro.

—Llévate este de vuelta. —Indira le trajo otro igual, supuso que con el menaje sucio.

Lo empujó mientras miraba de reojo el camino. Tras Marco habían salido más personas. Aquellos amigos que siempre solían estar con él en la terraza.

¿Otra vez Andrea aquí?

Tenía que alejarse pronto o se cruzaría con el grupo. El calor que le subía pecho arriba le activó cierta energía que hizo que esta vez los escalones no fuesen un problema.

—Sofía. —Apretó las manos en los agarres del carro.

Tiene suerte de que aquí no pueda hablarle claro.

Se dio la vuelta para mirar a Andrea. Había perdido la cuenta de las veces que había discutido con ella. Nunca fueron capaces de intercambiar más de dos frases cordiales, por eso solían limitarse a un «hola» escueto cuando se encontraban.

La muchacha la miraba como siempre, eso no había cambiado con el tiempo. Cuando era niña, simplemente la ignoraba, lo prefería así. Porque la primera vez que Andrea fue consciente de su existencia, aproximadamente cuando Sofía tenía diecisiete años, comenzó la tensión entre ellas. Como si el simple hecho de haber crecido fuese una ofensa para ella, como si la mediana de las Román no tuviese derecho de estar ahí; las razones las desconocía.

—No estoy en mi hora de trabajo, lo siento. —Retomó la marcha.

Andrea se puso las gafas de sol.

—Eso me da exactamente igual, quiero hablar contigo. —La siguió.

Pufff.

—Aquí no puedo. —Tenía que llegar hasta la terraza cuanto antes.

Pero Andrea le cogió el brazo y le dio un pellizco incómodo. No tuvo más remedio que detenerse.

Andrea le echó un vistazo a su cara en una especie de repaso similar al que solía hacerle la gobernanta Judit cuando se la cruzaba por el pasillo. Ambas callaban lo que pensaban al respecto de la misma manera.

—Todos los veranos hay hombres con cierto interés por la mediana de las Román, eso no es ninguna sorpresa —comenzó—. Lo extraño es que el interés venga de alguien como Marco Valenti.

Hala, y lo suelta aquí en medio, que puede pasar cualquiera y escucharlo. Lo de esta tía es de traca.

—Con la mayoría de los hombres no sueles ser más agradable que un chihuahua mimado cuando se le acerca un desconocido a tocarlo. Y con los que has sido más permisiva —arrastró las sílabas con ironía—, el chihuahua ha acabado convirtiéndose en un perro de presa —continuó entornando los ojos—. Tengo curiosidad por saber qué pasará con el dueño de todo esto. —La rebasó a paso lento y ladeó la cabeza—. Porque esta vez puedes perderlo todo.

La risa de Andrea hizo que el ardor de su pecho aumentase hasta alcanzarle la garganta.

—Eso te encantaría. —Apretó el manillar del carro con más fuerza mientras Andrea negaba con la cabeza.

—El resultado me da exactamente igual. Solo quiero mirar y disfrutar del espectáculo. —Su risa aumentó.

O se marchaba o Sofía comenzaría a soltar burradas como una metralleta. Cogió aire y lo contuvo.

—Disfrutar mirando. —Retomó la marcha, esperaba que Andrea se echase a un lado—. Es lo único que se te permite hacer por lo que veo.

Supuso que ahora a la que le ardería el pecho sería a Andrea.

—De momento, la otra noche no te vi ladrarle. La cosa se pone interesante. —Le dio la espalda para subir los escalones que accedían a la terraza, ignorando sus palabras. Se recolocó las gafas de sol—. Hasta otra, hermana ¿salvaje? —Sonrió—. Lo veremos.

Es para cagarse en su puta madre.

No podía, pero aun así abrió la boca para responderle cualquier otra cosa.

—Sofía.

Le estoy cogiendo tirria hasta a mi nombre.

Se volvió hacia el encargado. Solo esperaba que no hubiese escuchado nada de lo que había dicho Andrea.

—Es tarde, vete ya —le dijo antes de quitarle el carro—. Mañana te lo descontaré de tu horario.

—Son quince minutos, no tiene importancia. —Se apartó para subir las escaleras. Era consciente de que el encargado se había vuelto suave y amable con ella. Algo que se agradecía sobremanera.

De refilón vio a Marco en el camino de las chozas. Se despidió del encargado y accedió por la puerta del personal del hotel. El ardor del pecho perduraba como una quemadura; la cocción no se detenía hasta que no se metía en hielo.

Quiere meterme miedo por si dudo.

Pero el hecho de que Andrea quisiera influenciar en sus decisiones la enfurecía. Alicia le decía que se alejara de Marco por el bien de las Román, que en teoría era lo mismo que le había dicho la otra. Sin embargo, los motivos eran bien diferentes. Andrea quería estar en su piel.

Pero ella no tiene la piel que él quiere.

El fuego se aplacaba.

Llegó a la taquilla y cogió su bolso. Salió al pasillo y anduvo hasta la puerta que daba al lateral del hotel. Eran las ocho y cuarto de la tarde, pero aún hacía calor. Empujó la madera, pero una voz la hizo girar la cabeza.

Una parte de ella sabía a quién se dirigía Judit en cuando la escuchó alzar el tono.

No la aguanto más.

Hizo promesas, casi una por día antes de comenzar el trabajo. Pero entonces no conocía la magnitud del asunto.

—Sofía, vete a casa —le dijo su madre en cuanto la vio.

Judit la miró con la soberbia y la seguridad de alguien que sabe que no va a recibir represalias. Incluso con la misma ventaja con la que le habló Andrea a sabiendas de que no podría responderle porque estaba en el trabajo y a la vista de todos. Pero si ya le era difícil cuando se dirigían a ella, lo de su madre se le hacía insoportable.

—Cuando deje de gritarte —respondió mirando a Judit.

Sintió un pellizco en la parte interior del brazo.

—Tranquila, Ángeles —dijo la gobernanta—. Criar a tres hijas sin autoridad no es fácil. Es normal que alguna se desvíe.

Qué dice esta loca.

Su madre arqueó las cejas.

—¿Sin autoridad? —replicó.

—Si a la autoridad a la que te refieres es hablarle a las personas a tu cargo como basura en movimiento, claro que hemos crecido sin ella —se apresuró a responderle Sofía.

Vio cómo se le tensaba la mandíbula a Judit.

—¡Sofía! —Su madre le dio un codacito para que se fuera.

—No pasa nada, Ángeles. —Judit se sacudió el delantal con la mano—. Pero es un claro ejemplo de que unas niñas no pueden estar sin un referente.

Sofía se inclinó ligeramente hacia Judit.

—Claro que tengo un referente, intentas pisarlo todos los días. —Su madre giró la cabeza para mirarla. Tragó saliva al ver su expresión—. Si la única manera de sentirte mejor es faltarle el respeto a los que piensas que están en un escalafón inferior, siento decirte que tu vida seguirá siendo la misma reverendísima mierda. —Se apartó de Judit—. Yo soy demasiado joven para darte consejos, pero mi abuela estaría encantada de ayudarte si lo necesitas.

—¿Para qué voy a necesitar yo consejos de una anciana inmadura con una vida poco ejemplar? —Rio—. Ángeles, haz el favor de sacar de aquí a tu hija y considera que no vuelva por aquí. O cualquier día tendremos un espectáculo con algún cliente.

Ya me tocó las narices.

Y seguramente a su madre también, porque la soltó para dirigirse a la gobernanta.

Prefiero llevarme el despido yo, o mal vamos.

—Esa anciana es experta en no dejar que las miserias te conviertan en un espantapájaros con un palo metido por el culo. —Sabía que si era tan brusca como pudiera, su madre no tendría más remedio que reprenderla y dejar a Judit. Estaba convencida de que, a pesar de aguantarle cada desprecio, las faltas de respeto al pilar de las Román no se admitían a un kilómetro a la redonda. Ni a cien tampoco.

—Menuda maleducada que tienes por hija, Ángeles. Ahora mismo voy a hablar con el director. Esto no se puede permitir.

—¿Qué es lo que no se puede permitir? —Las tres se volvieron sobresaltadas.

Ya decía yo que llevaba unos días sin liarla.

—Una niña deslenguada en el hotel, señor Valenti, si se me permite la observación.

—Señor, es mi hija. Responderé por ella, me hago responsable.

Sofía alzó la mirada despacio y encontró los ojos oscuros de Marco, que observaba a ambas mujeres.

—Señora Román, su hija no es su responsabilidad. —Volvió a mirar a Judit—. Y no, no se permite ninguna observación, para eso está su superior. Creo que usted está a cargo de suficientes empleados como para ocuparse también del resto.

Joder, me encanta cuando usa ese tono.

Tenía delante a otro Marco más similar a lo que imaginaba que era un Valenti antes de empezar a trabajar en el hotel. Altivo, soberbio, autoritario. Vio una parte el primer día con Luis en la terraza, pero ahora se había multiplicado por diez.

Y sin dar un solo grito, toma nota, Judit.

—Aun así, señor, lo siento mucho. No volverá a ocurrir —oyó decir a su madre.

Cruzó la mirada con Marco un instante tan fugaz que no creyó que fuera llamativo para Judit ni para su madre. Él dio media vuelta para marcharse camino a las cocinas.

—Qué vergüenza, por Dios. Delante de Marco Valenti. —Notó cómo la mirada de desprecio de Judit le resbalaba hombro abajo mientras Marco se alejaba. Aquel hombre altivo con el que todos los empleados del hotel se enderezaban, se ponían nerviosos o se mataban por agradarlo a ella comenzaba a resultarle familiar y cercano.

Estaba segura de que si no hubiera estado en medio del conflicto, no se habría detenido. Había dado la cara por ella al igual que lo hizo la tarde en la carretera, como el primer día con el encargado de la terraza, la noche de las cabañas y cuando la ayudó con Ulises. Bajó la cabeza. Su cuerpo no estaba preparado para asimilarlo todo de una vez por mucho que lo hubiese repasado en su cabeza aquella semana.

—¿Te das cuenta de la magnitud de lo que has hecho, niña? —protestaba la gobernanta.

Eso no es nada comparado con la magnitud de lo que voy a hacer.

Dirigió la mirada hacia la puerta de salida.

28

Sofía

Un barco. El mar. Y Marco. Eso es lo que podía ver en el horizonte.

Tenía una mano apoyada en la valla.

Huir o nadar.

Veía el barco a media distancia entre la roca y el horizonte.

Seguir sin saberlo o descubrirlo.

Ulises le metió el hocico en el costado para que lo acariciase. Lo miró; envidió la simpleza de la mente de un perro. Ellos eran tremendamente felices.

La cortina de la puerta de hierro estaba recogida y se escuchaba el agua de la ducha. Diana se preparaba para salir.

Alicia no estaba. Si se encontrase en casa, sus dudas se habrían disipado. Su madre estaría en el hotel, quizá todavía discutiendo con Judit. Si estuviera en casa, no se atrevería a hacerlo. Pero solo estaba Diana, la única que no la frenaría.

Abrió la boca y soltó el aire. La roca se le antojaba cercana, pero aun así sabía que tardaría en llegar a nado, que estaba más lejos de lo que parecía. Eso contando con que Marco acudiese a recogerla y no fuese algún tipo de diversión macabra de un hombre que ya no sabía en qué emplear su tiempo libre.

Sentía que el tiburón ya no estaba bajo la aleta de roca, sino flotando a unos metros sobre el mar, y ella iría directa a meterse en su boca.

Entró en la casa y se asomó al baño.

—Diana, necesito un favor. —Tuvo que descorrer la cortina de la ducha para asegurarse de que la escuchaba con la música.

—¿Cuánto me vas a pagar? —rio su hermana.

—Voy a salir, dile a mamá que sea la hora que sea, no llame a la policía —dijo y Diana asintió con ironía y una mirada pícara.

—Vale.

—Un favor más. —Y este era el más complicado—. Recoge mi ropa de la orilla.

Se inclinó con un movimiento brusco sobre ella para taparle la boca.

—Ni una palabra, ¿vale? Sin preguntas. —Diana alzó las manos y Sofía la soltó enseguida.

Su hermana cerró los grifos. La miró e hizo una mueca.

—Como deduzco que no vas a suicidarte en el agua... —Entornó los ojos—. Creo que vas a ser el sueño de todas las de por aquí.

Sofía negó con la cabeza. Diana se envolvió en la toalla.

—¿Estás segura?

No era capaz de responderle. No habría sonado un sí convincente. Su hermana la miró a través del espejo empañado.

—Entonces ve. —Sonrió.

Sofía la señaló con el dedo.

—La ropa, que no se te olvide —le dijo—. Y deja alguna toalla escondida en las piedras. —Por su bien, esperaba que lo recordase.

Su hermana negó con la cabeza mientras reía. Cerró la puerta dejándola sola de nuevo. Ahora dudaba que fuese una suerte o no que la única Román que tenía cerca tuviese menos dedos de frente que ella.

Estoy loca.

Salió del porche y pisó la arena. Veía claramente aquel tiburón azul marino anclado, basculando al son del mar.

Claro que estoy loca.

Se bajó los tirantes del vestido y este cayó al suelo. Se quitó las bragas y las dejó sobre él. Esperaba que Diana no las dejase atrás. No quería ni pensar que alguna de las Román las encontrase antes de que su hermana las quitara de en medio.

Avanzó unos pasos y cuando el agua le llegó a las caderas, se lanzó de cabeza. El frío solo duró un instante y comenzó a bracear con rapidez. El esfuerzo le impediría pensar. Es lo que necesitaba. Si lo hacía, daría la vuelta sin remedio.

Atravesaba la zona de fondo rocoso que formaban las manchas en el agua, cada vez más mar adentro.

Sintió el retumbar de un motor que se había activado no muy lejos, pero sus pulsaciones ya estaban alteradas y no podían acelerarse más; no recordaba haber nadado nunca tan rápido. Llegaría a la roca exhausta, aunque quizá era lo que necesitaba, ponerse al límite para calmar su cuerpo y esa otra parte de su interior que apenas conocía.

Y alcanzó la aleta de tiburón. Rozó con el dedo del pie la parte de roca que estaba sumergida. Debía tener cuidado porque a pesar de tener una textura similar a un terciopelo rasposo, por experiencia sabía que al más mínimo movimiento la cortaría como una cuchilla.

Levantó la barbilla y se limpió el agua de los párpados. Marco había detenido el motor, pero el barco estaba más alejado de lo que esperaba. Tal vez temía lo que pudiese haber bajo la roca o puede que sus presagios más bochornosos se habían hecho realidad como una especie de broma macabra.

Lo vio bajar las escaleras de la cabina; la plataforma del baño estaba bajada y podía ver parte del interior. Era mediano comparado con el tamaño desmesurado de los barcos que se solían ver por las costas. Aunque en su exterior predominaba el azul, se apreciaba que por dentro era completamente blanco. Los cristales oscuros en la cubierta eran alargados y lo rodeaban por completo, unas ventanas interiores enormes para que aun desde dentro se pudiera ver el mar.

Esperó junto a la roca. No se atrevía a nadar hasta que no

estuviese segura de qué iba a encontrarse. Aún dudaba de que aquello fuera cierto.

Marco llevaba unas cuerdas en las manos.

Tendría que haber venido en bañador al menos.

Ninguna de las veces valoró llevarlo. Y si lo que él sujetaba era lo que parecía que era, había acertado.

La red cayó cerca de la piedra. No sabía si en la mente de alguien que creía tener el poder absoluto aquello tendría algún significado, uno cercano al triunfo. Pero para qué engañarse, una vez puesto un pie en el agua fue consciente de que en el mar solo había un tiburón azul y blanco y una foca. Y lo aceptaba con unos hilos que se enrollaban en su estómago en forma de nervios placenteros. Esos que recordaba en las noches previas a la mañana de Reyes en Navidad. Esos que en la edad adulta ya solo se experimentan unas pocas veces.

No me reconozco.

Se agarró a las cuerdas con las dos manos y las hundió para enredar un pie. Sintió la tirantez mientras Marco recogía la cuerda y arrastraba su cuerpo por el agua hacia el barco.

Clavó los ojos en Valenti. Él se había acuclillado en el suelo de la plataforma. Tenía la cuerda enredada en el gancho del ancla, tiró del trozo que quedaba y Sofía llegó a la cubierta.

Era la primera vez que lo veía sonreír de aquella manera.

Acaba de pescar una selkie.

Un trofeo más de tantos como tendría. Una razón más para aumentar su ego, ya inflado. Una diversión, un juguete con forma mitológica. Le había tocado a Sofía, aunque podría haber sido cualquier otra y quizá antes de ella hubo otra *selkie*. Nada de eso tenía importancia ya. Había acudido a él, se había enredado en la red y estaba a punto de dejarse robar la piel de foca.

Marco alargó la mano hasta su cara.

—Ahora sí —le dijo y Sofía sintió calor en la piel fría, formando un contraste que le erizaba el vello y congelaba el agua que aún rodeaba su cuerpo.

Y él bajó la mano para ayudarla a subir.

Sabe que estoy desnuda.

Pero solo le tendía la mano. Ni una toalla ni ninguna prenda como la otra vez.

Quiere mi piel y la quiere ya.

No era ningún juego y mucho menos una forma metafórica de hablar. La quería de verdad y no le iba a dar ni el más mínimo margen de duda. Pero en parte era lo que esperaba, conocía la leyenda y la había aceptado al adentrarse en el mar.

Soltó la red y agarró la mano de Marco. Hizo fuerza con uno de los pies en la cuerda para auparse. Notó el frío a medida que emergía de la superficie.

Cuando un hombre le roba la piel a una selkie, puede considerarse su dueño hasta que él se la devuelva y la libere, o ella la encuentre y pueda escapar.

Apoyó el otro pie en la cubierta y ya no le hizo falta más ayuda. De un impulso sacó el resto del cuerpo y quedó frente a Marco.

Al estar desnuda frente a un hombre que apenas conocía, comprendió lo que podría significar desprenderse de la piel de foca para una *selkie*. Un leve bochorno, una sensación de debilidad. Lo que no creía aún era que nada de ello le importaba.

Y la vergüenza y la sensación de vulnerabilidad iban desapareciendo a medida que aumentaba la curiosidad por ver la reacción de Marco. Quizá no esperaba que se hubiese atrevido a acudir desnuda y por eso había sonreído cuando la vio en la red. Un detalle que seguramente había acrecentado su sensación de triunfo.

Y el mío también.

Debía reconocer que tendría que ser bien difícil sorprender a un hombre así, más aún cuando la desnudez de una mujer no sería algo extraordinario para él.

Marco le recogió con el dedo las gotas que caían por su barbilla y lo vio recorrer el resto de su cuerpo con los ojos.

La sensación de debilidad se disipó por completo. Desconocía qué era lo que sentía desde las plantas de los pies, que llegaba hasta más allá de las rodillas y que estaba a punto de llegar a sus genitales, pasar por su pecho y hacerla salir volando hasta con las alas mojadas.

—¿Esto es lo que querías? —le preguntó. Prefirió no valorar lo que le transmitió su mirada o acabaría volando de verdad.

Marco se detuvo en una gota de agua que resbalaba por su mejilla, la había sentido cosquillearle desde el rabillo del ojo.

—Esto es lo que tú querías. —La gota acabó en su dedo—. Yo quiero más.

Puff.

El calor en el interior de su cuerpo reaccionó de inmediato a la voz ronca de Marco, tan fuerte y repentino que pensó que evaporaría las gotas que no dejaban de resbalar por su piel. El olor a mar desaparecía a medida que se iba embriagando del olor a él, que penetró de lleno cuando él le rozó la nariz con la suya.

Marco había vuelto a bajar los ojos y se apartó de ella unos centímetros. Sabía lo que le había llamado la atención. La había sentido caer desde uno de los mechones del pelo antes de resbalar hombro abajo y por el pecho izquierdo con un cosquilleo que ahora aumentaba mientras la gota pendía de la punta de su pezón.

El calor de todo su cuerpo se concentró entre sus piernas y se volvió más intenso. Miraba a Marco sin moverse, aquel temblor de la gota que no acababa de caer y que él miraba atentamente. Había visto lo que había hecho con el reguero de su cara.

Espiró aire despacio en dos veces, la segunda para vaciar del todo los pulmones. Si aquel calor se repartía por el resto de su cuerpo, se evaporaría toda el agua, no tenía dudas.

Sentía bascular la gota que la brisa enfriaba cada vez más. Las cosquillas aumentaron; podría acabar con ellas con una leve sacudida. Pero estaba inmóvil, sin apartar la vista de Marco.

Y el peso desapareció en su pezón y se perdió camino al suelo.

Lo vio entreabrir los labios y con cada reacción, aumentaba aquel remolino entre sus piernas. Bajó enseguida la mirada hacia sus pantalones. Si aquella forma no era porque Marco llevase algo en el bolsillo, se iba a meter en un lío monumental del que no podría excusarse ni quejarse de las consecuencias.

Porque he venido solita a meterme en la boca del tiburón.

Y estaba repleta de dientes. Pero eso ella ya lo imaginaba.

Los ojos de Marco se detuvieron en su brazo. Era evidente que la piel se le había erizado formando pequeños gránulos. Se alejó de Sofía para recoger una toalla cerca de donde había atado las cuerdas.

La tenía ahí mismo, será sinvergüenza.

Y la media sonrisa del joven Valenti al dársela sonó a otro triunfo. Se la acercó a la cara a pesar de que otras partes de su cuerpo pudiesen estar más mojadas. Sofía sintió el olor al jabón del hotel mezclado con el del perfume de él. Luego la envolvió con ella por completo hasta que Sofía se la quitó de las manos.

—Podrías habérmela dado antes. —La sonrisa de Marco aumentó.

Si se había disipado el bochorno de la locura que acababa de hacer, Marco se lo ponía fácil para que esa sensación volviera.

—¿Y estropearlo? —Se inclinó para sacar la red del agua mientras negaba con la cabeza y la dejó caer a un lado. Sofía la miró un instante, nunca había visto una así. Parecía más bien el enramado de una hamaca de rafia como la que tenían en casa—. Es más de lo que esperaba.

Sofía alzó levemente las cejas.

—¿Esperabas que viniese vestida? —Ya se estaba comenzando a arrepentir. Marco subió un par de escalones por los que accedía a la plataforma de arriba, donde estaba el timón, y volvió a sonreír.

—Ni siquiera esperaba que vinieras. —Le tendió la mano.

No, si al final va a resultar que es un tiburón adorable.

Se anudó la toalla con fuerza para que no se le soltase sujeta tan solo con una mano al sacar un brazo y alargarlo hacia él. No quiso hacerlo deprisa, como si quisiese ocultar que su cuerpo buscaba un contacto, el que fuese, para que no terminara de enfriarse el calor que había sentido hacía unos instantes.

En cuanto su palma estuvo sobre la de Marco la dejó caer, completamente floja, prestando atención en la sensación al tocarlo, en aquel ardor que desprendía su piel, aún tirante por el agua. Aunque por mucho que quisiese disimular, él pareció darse cuenta de algo, porque deslizó la mano hasta su muñeca y parte del antebrazo para volverla a arrastrar y, esta vez, envolverle la mano.

—¿Tienes frío? —preguntó y ella negó con la cabeza.

Tengo un calor que me muero.

Y eso que apenas se había acercado a ella.

Marco subió los escalones que le quedaban y Sofía lo siguió. Se detuvo en el último y se dio la vuelta. La brisa en la parte superior era más intensa. Marco le subió la toalla para taparle el hombro e inclinó la cabeza para acercar su cara a la de ella.

—En el momento en el que quieras irte, solo tienes que decirlo.

Y sintió la otra mano de Marco en su espalda. Sofía se alegró de que la sujetara. No sabía si por el vaivén del barco, por la cercanía, por aquella voz entre susurros, por el calor de los genitales o por todo junto, su cuerpo había basculado ligeramente hacia atrás.

¿Irme? ¿A dónde voy a querer irme?

Rozó la nariz con la de ella, esta vez empezando algo más abajo y alzándole el labio superior.

Por mí puede quedarse la piel de foca para siempre.

Ya estoy desvariando.

Sacudió la cabeza cuando él se retiró. Se le había quedado un hormigueo en los labios. Marco terminó de subir los escalones y ella se agarró a la barandilla.

Había un sofá en aquella pequeña plataforma, pero prefería quedarse en el último peldaño mientras Valenti ponía el motor en marcha. No estaba acostumbrada a aquel movimiento, solo había viajado en barco con el grupo de amigos de Alicia, el círculo selecto de Andreíta en el que nunca encajó bien.

Se inclinó y se sentó allí mismo sin soltar la barandilla. Echó un último vistazo a la cala, ya más alejada.

Pues ya está hecho.

Sabía que más tarde, quizá al día siguiente, llegarían las lamentaciones. Se había prometido no pensar. Era mayor para tomar decisiones, aunque demasiado joven para que estas no fueran absurdas. Seguía contemplando la orilla, el coloso y su casa blanca a un lado hasta que esta menguó y se hizo imperceptible.

Lejos de su hogar y de su porción de mar, sin saber siquiera cómo iba a volver. No tenía ropa ni móvil. Podía nadar de noche si Marco la dejaba cerca de la roca, pero entonces todas estarían en casa y alguien la descubriría. Suspiró. Ni siquiera se había planteado el plan de regreso.

Oyó un sonido desagradable. No era la primera vez que escuchaba el tono del teléfono de Marco, lo recordaba de haber coincidido en alguna otra ocasión en la terraza. Tenía el móvil sobre el sofá, lo vio girar la cabeza para mirarlo, incluso hizo un intento de soltar el mando para responder. Solo un gesto. Sofía se puso en pie enseguida.

—¿Te lo acerco? —preguntó.

—No. —Pero no percibió tanta seguridad en su voz como de costumbre.

Sofía frunció el ceño mirando el móvil. Si seguía vibrando a la par del sonido, se caería al suelo.

Espero que no sea una novia.

Una cosa era saber que, desde que había llegado al hotel, lo habían visto con demasiadas mujeres (y suponía que su vida en otros lugares sería exactamente igual) y otra que tuviese en alguna parte a una chica con la que tuviese algún tipo de compromiso. Contuvo el aire. No contaba con ello y, si estaba en lo cierto, se lanzaría de nuevo al agua desde donde se encontrara.

El móvil dejó de sonar, pero no tardó más de un segundo en comenzar de nuevo. Se caería al suelo con el movimiento de la vibración. Marco se volteó.

—Coge esto —le dijo y Sofía se agarró la toalla con una mano para sujetar el timón con la otra.

Y esto cómo se lleva.

Si no sabía ni conducir un coche.

Escuchó a Marco hablar en italiano a su espalda.

Una novia no, por Dios.

Ella solo entendía palabras sueltas en italiano y porque se parecían al español. Al hacerse el silencio y luego escuchar la voz de Marco más alejada, se volvió.

Pero ¿dónde vas?

Lo perdió de vista, había bajado los escalones.

¿En serio?

Resopló mirando al frente, soltó la mano con la que agarraba la toalla y la puso también sobre el timón. Aquello estaba lleno de botones y palancas que no tenía ni idea de para qué servían, solo podía limitarse a seguir adelante.

Como tarde mucho, podemos llegar a Mallorca.

Miró hacia atrás, el hotel quedaba bien lejos y le sobrevino una sensación de ligereza en las piernas. Apartó la vista y la dirigió al frente.

Solo sé ir hacia delante, espero que no se cruce nada, porque tampoco sé frenar.

La toalla se le resbalaba por los hombros, pero solo se atrevía a quitar una de las manos durante unas décimas de segundo para recolocársela. El azul zafiro del agua se abría delante de ella dejando entrever una tonalidad más clara debajo por un segundo.

Y el barco seguía alejándose de la costa. Había otros en

aquella parte, anclados seguramente para pasar la noche. La toalla volvió a resbalarse y tuvo que pegar el codo a su cuerpo para que no se le cayese del todo.

Poca cosa esto de ir sin ropa en el barco de un Valenti; estoy superando las locuras que hacía la abuela Almu en sus tiempos. Pero como me choque con alguien, mejor que no vuelva por Menorca.

—Marco. —Le era tan raro llamarlo por su nombre que sonó débil; él no habría podido escucharla ni desde la escalera.

Joder.

—¡Marco! —Viró un poco el volante, pero fue tan leve que apenas pareció moverse. No se atrevía hacer nada más.

La voz de Marco hablando italiano se escuchó más cerca, y Sofía respiró algo tranquila. Miró de reojo la escalera, él se apartó el móvil de la oreja y lo guardó en su bolsillo.

—¿Hay cobertura aquí? —En varias calas de la isla no había señal.

Marco se colocó tras ella y agachó los ojos para mirarla.

—¿Por qué no me has dicho que no sabías? —Alargó una mano y accionó una palanca para que el barco aminorase la marcha.

—No sé conducir nada que tenga motor —respondió y él sonrió.

Marco volvió a mover la palanca. Sofía intentó dejarlo a él frente a los mandos; tener delante tantos botones que no entendía le daba ansiedad, pero Marco tenía una mano sobre una de las palancas y no le dio margen para separarse. Entonces se dio cuenta de que su espalda estaba a tan solo unos milímetros de su pecho.

Ladeó la cabeza para mirarlo y comprobó que estaba más atento a la caída de su toalla que al rumbo. Se inclinó, Sofía no vio a cuál de los numerosos botones de su izquierda le dio, pero los motores dejaron de sonar. Al detenerse, el barco cambió el movimiento, un vaivén que notó con intensidad y que solía marear a mucha gente. Sin embargo, ese balanceo marcaba un son que ya conocía de hacía años. El movimiento del mar, para ella, era similar a la mecida de una cuna.

—¿Qué comerían los seres del mar si existieran? —Marco había bajado la barbilla hacia su hombro. La toalla había dejado descubierta por completo su piel, ya seca.

—No tengo ni idea.

—Mi jefe de cocina tampoco. —Alzó los ojos hacia ella. Tenía la boca de Marco tan cerca de su hombro que hasta notó la calidez de su aliento al hablar.

Esas visitas a la cocina del hotel.

El vértigo del acantilado regresó.

—Pero una de sus ayudantes dice que si existieran, es imposible que no pueda gustarles esa tarta de chocolate famosa.

Las cosas de la abuela.

Sofía arqueó las cejas.

Cerró los ojos cuando sintió los labios de Marco en el hombro. Simplemente los había apoyado y sintió el aire caliente al salir de ellos e impactar en su piel.

Luego dio un paso atrás y tiró de ella para que lo siguiera escaleras abajo.

—Entra —le dijo mientras se acercaba a la plataforma trasera.

Pero Sofía se detuvo antes de pasar, prefería esperar y ver cómo Marco anclaba el barco.

—Hay algo que tengo que explicarte. —Un ancla no era bastante, así que bajó una segunda—. Como sabes, no pertenezco a una familia normal. Y hay ciertas normas que debo seguir.

Puff. Ya empezamos.

—No es nada, solo unos segundos. —Se sacó el móvil del bolsillo y se colocó frente a Sofía para dejarla pasar delante.

—*Grazie.* —Sonrió al escucharla.

Me encanta. Solo espero que no sean raros de narices.

El olor al barco era similar al del hotel. A lo mejor era porque lo limpiaban con los mismos productos y lo hacían las mismas personas.

Desde allí se accedía directamente a un salón con otro sofá blanco enorme en forma de ele frente a una televisión plana. Después había un pasillo no muy largo con varias puertas. La que estaba al fondo permanecía abierta, desde donde entraba mucha luz a través de la pared frontal de cristal, como las que tenía el salón a ambos lados.

Acababa de descubrir que los barcos eran como el bolso de Mary Poppins: su exterior no aparentaba la cantidad de espacio que tenían dentro. Y por lo que podía apreciar, este era bastante más grande que su casa. Entre el decorado y el cristal, si no fuese por el vaivén, no daba la sensación de estar en un barco.

—El abogado de la familia nos tiene algo preparado y... —Le tendió el teléfono—. No te lo tomes a mal.

La pantalla amplia del teléfono de Marco estaba completamente llena de letras.

Qué leches hace aquí mi DNI.

Su DNI escaneado y adjuntado.

¿Esto va en serio?

Alzó los ojos hacia Marco.

—Puedes leerlo tranquila.

Venga ya. Me voy nadando a casa.

Deslizó el dedo índice para que el archivo subiese y seguir leyendo.

No puedo filmar ni grabar. No sé con qué, vengo con lo puesto. Tampoco publicar ni contar en ningún medio situaciones, conversaciones o actos íntimos. Pero ¿a quién se le ocurre hacer eso?

Si lo ponía allí, seguramente sí se le ocurriría a alguien.

Hostias. Si por algún error quedo embarazada, tengo que comunicarlo y ellos me dirigirán a la clínica que consideren para proceder con el aborto. Qué fuerte.

Volvió a arrastrar el dedo.

Consiento sexo vaginal, oral, anal y..., esto no sé qué leches es, sin reclamar daños, bla, bla, bla. Anal, paso, que no lo he hecho nunca y esa linterna militar que parece que lleva bajo los pantalones asusta. Eso último paso de marcarlo también, no vaya a ser que sea un sádico o algo.

Aceptó solo las dos primeras y siguió hacia abajo.

Si ya he mantenido relaciones sexuales antes.

Marcó y continuó.

Una declaración de que no soy prostituta, mujer de compañía retribuida...

Picó.

No tengo enfermedades.

Miró de reojo a Marco; había terminado de desabrocharse la camisa, ahora abierta al completo. La piel dorada de su cuello y del hueco que había debajo continuaba uniforme pecho abajo. De la cinturilla de los pantalones sobresalía el elástico blanco de su ropa interior, que se ajustaba a su cuerpo. También se había desabrochado aquel botón. Apartó la mirada de él y atendió al teléfono cuando lo vio girar la cabeza hacia ella.

¿Por dónde iba?

Más cláusulas sobre comprometerse a no pedir retribuciones, compensaciones, etcétera.

Pues sí que temen que les saquen pasta.

Y aquello acabó con una parrafada de protección de datos. Por un lado, estaba el nombre y la firma de un abogado; por otro, un garabato sobre el nombre de Vicenzo Valenti, el de Marco y un hueco con su nombre.

O sea, que el abogado y su padre se enteran de todas a las que se tira. Pues tienen bastante trabajo, supongo.

Para firmar tenía que dejar un garabato, su huella dactilar y una prueba de voz como comprobante de que era ella.

Sí que lo atan todo bien.

Quitó el dedo cuando la aplicación le dio el OK a su huella. Se acercó el móvil a la boca.

—Y tanto que no tienes una familia normal —grabó, Marco emblanqueció y le arrebató el teléfono.

Sofía tuvo que aguantar la sonrisa. Esperaba verlo de cualquier manera menos asustado.

Nada es lo que parece desde fuera.

—Ahí decía que dijese una frase escueta de manera clara. —Se encogió de hombros.

—Con un «Soy Sofía Román» era suficiente. —Y regresó aquella voz con la que hablaba a los empleados.

Que me encanta también.

Marco se frotaba la frente con el dedo pulgar en la sien y el índice sobre la ceja mientras comprobaba las casillas que había marcado Sofía.

¿También le suele picar?

Justo en el entrecejo del lado izquierdo.

—No lo has marcado todo —dijo él.

—No. —Acercó la mano a la de Marco. Acabaría poniéndose la piel roja y perdiendo unos cuantos pelos.

Lo oyó suspirar.

—Te llegará una copia a tu correo.

—Y otra al de tu padre, supongo. —Le sujetó el dedo con el que no dejaba de rascarse y le apartó la mano de la cara.

Sus ojos estaban muy cerca. Lo notó tirar para acercarse el dedo a la ceja de nuevo.

—Es para nada, solo te picará más. —Bajó la mano de Marco. Él había fruncido un poco el entrecejo, pero entrelazó los dedos con los suyos para que ella no rompiese el contacto.

—Siento esto. —Marco alzó el móvil y Sofía negó con la cabeza para quitarle importancia.

Podría haberle dicho montones de cosas sobre aquello, cosas que la irían calentando hasta el punto de pedirle que la llevara de vuelta o quizá lanzarse directamente al mar. Marcharse sin más. Lo lógico que haría cualquiera con dignidad suficiente cuando alguien presupone que sus intenciones tienen un interés paralelo.

Por eso había decidido firmar solo lo que consideraba aceptable. No sabía si la rebeldía generalizada que la había acompañado siempre comenzaba a disiparse. ¿Tendría razón Andrea?

No.

Por supuesto que no. De ser así, lo habría marcado todo sin rechistar en vez de a medias. Pero aun así, seguía callada sin decir todo lo que pensaba de aquel documento absurdo porque Marco no había tenido la reacción que esperaba.

Se alegraba de haber cambiado tanto como para haberse dado cuenta; si hubiese protestado, habría pasado por alto la realidad. Y en esta, durante un instante inapreciable, Marco había dejado de ser el dueño altivo de un imperio y había menguado al tamaño de un niño, aunque su cuerpo fuese enorme.

Pegó el brazo con el que agarraba la mano de Marco al cuerpo para sujetar la toalla y, con la mano libre, le colocó la yema del pulgar en el nacimiento de su ceja izquierda. Presionó aquel punto y lo vio cerrar los ojos.

—Olvídalo. —Hizo más fuerza y dejó resbalar el dedo a lo largo del vello de la ceja.

Marco abrió los ojos y la miró un instante. Lo que fuese ya había pasado. El teléfono de Marco emitió un sonido antes de apagarse y lo dejó caer en uno de los sillones sin mirarlo siquiera. Había algo en ella que le había llamado más la atención.

Sofía bajó la barbilla, ni siquiera lo había notado. La toalla se había caído levemente al levantar el brazo y tenía el pecho y parte del costado al aire.

Notó cómo Marco le apartaba la mano, despacio, y el brazo se fue alejando de su cuerpo. El peso de la toalla desapareció.

Mi piel de foca acaba de caer al suelo.

Contuvo la respiración al ver que Marco tenía la vista clavada en la toalla en el suelo. Sabía que con una huella dactilar y un mensaje de voz acababa de abrirle la jaula, y ahora estaba sola frente al tiburón.

La ropa blanca resaltaba la piel oscura de Marco. Y bajo el elástico de su ropa interior, podía apreciar la evidente reacción de su cuerpo al verla desnuda.

Sintió el dedo de Marco bajo su barbilla.

—Ahora tu piel es mía. —Lo deslizó por su garganta— ¿Sabes lo que significa?

Cerró los ojos cuando él llegó hasta su pecho.

Lo que significa suena tan bien.

Con esa voz, cualquier cosa sonaría bien, hasta lo que no firmó del contrato, aunque no supiese lo que era.

Y el dedo continuó hasta su ombligo, donde se detuvo mientras el calor volvía a concentrarse entre sus piernas.

—Mía hasta que yo decida devolvértela o tú la encuentres y escapes. —Lo volvía a subir, pero esta vez lo guio hacia su pecho izquierdo, lo sintió bordear la curva y subirse en él hasta llegar hasta el pezón. Las cosquillas la hicieron querer sacudirse.

Abrió los ojos y miró a Marco.

¿Quién querría buscarla y escapar?

Dio un paso hacia ella. Sus ojos, más que nunca, rebosaban todas esas cosas que según él, Sofía no sabía, y estaba a punto de descubrirlas todas a la vez.

Marco le alzó la barbilla y entreabrió la boca para envolver la suya. Cerró los ojos. Los labios de Marco eran gruesos y de un tacto que cosquilleaba con el roce. Fue suave, pero enseguida notó la tirantez en su labio inferior, que quedó atrapado entre los de él.

No tardó en inclinarse más y Sofía tensó el cuello, mientras lo notaba pegarse a su cuerpo. La lengua de Marco la invadió por completo con tanta destreza que no supo qué hacer con ella.

Se apartó de ella un instante.

—Y me está gustando más de lo que esperaba. —Espiró al escucharlo.

El barco se zarandeó, o eso creyó, cuando su cuerpo trastabilló hacia atrás. Lo sentía caer con aquel vértigo placentero mientras él clavaba las yemas de los dedos en sus muslos y sus pies se alzaban del suelo cuando Marco la cogió en brazos. El leve mareó se volvió intenso.

Se agarró a su hombro por inercia; si pesaba poco o mucho, a él no pareció suponerle mucho trabajo cargarla. Se detuvo al comienzo del pasillo y se inclinó hacia su boca. Quizá por la postura o porque no quiso detenerse mucho en ella, los labios de Marco resbalaron hasta su cuello. Sofía notó la presión en la piel y cómo quedaba atrapada con la succión en una mezcla de molestia placentera que la hizo levantar la cabeza y agarrarse a su cuello para que no la soltara.

Regresó el mareo, volvían a moverse. Intentó alzarse para darle más margen de espacio en su cuello, pero Marco la había soltado. Caía de nuevo, por dentro y por fuera, hasta llegar a un colchón mullido que no tardó en coger la forma de su cuerpo.

Lo miró, acababa de arrastrarla hasta su guarida. Era lo que esperaba, ¿qué si no había ido a buscar desnuda a la boca del tiburón aun sabiendo que todas las consecuencias serían malas? Por bochornoso que pudiera parecerle, eso, exactamente eso, era lo que quería. Un paso más en su media madurez, enfrentarse por primera a algo de una magnitud que la superaba, que la hiciera ver que no era tan salvaje y que sabía poco más que nada.

Marco dejó caer su camisa al suelo, apoyó una mano en el colchón y se tendió sobre Sofía. Su boca atrapó de nuevo sus labios. No se percató de la quemazón hasta que él se apartó. Sofía arqueó la espalda para acercar su pecho a los labios de Marco, buscando que la pequeña molestia que le había dejado en el cuello se repartiera por el resto de cuerpo. Y la tensión en la piel regresó mientras esta se erizaba y entraba en la boca de Marco.

Lo sintió introducir la mano en la curva donde terminaba su muslo, una caricia que no tardó en atenazarle cuando llegó hasta las nalgas. Marco se separó de ella y la miró. Había espirado con tanta fuerza que el aliento le enfrió la piel humedecida.

Su inspiración fue sonora mientras aflojaba la mano, entornó levemente los ojos sin dejar de mirarla y, de nuevo, expulsó el aire con fuerza mientras volvía a apretarla para levantarla levemente de la cama y pegarla a su pantalón, donde Sofía comprobó cómo respondía la entrepierna de Marco a su cuerpo.

Le pasó la pierna por la espalda y la apretó contra él. Los dientes de la cremallera de Marco le rasparon la piel del interior del muslo. Sofía bajó la cabeza para mirar el pantalón, abierto y tenso. Estorbaba. Desde luego, toda la ropa que él llevaba encima sobraba; era una jaula para todo lo que quería ver en él.

Metió los dedos bajo el elástico de la ropa interior de Marco y tiró de él. Lo que había dentro tenía tantas ganas de salir que el margen de la goma no era suficiente. Coló las dos manos enteras bajo la cinturilla para quitárselo y lo vio sonreír. Podría haberse sonrojado por su reacción, pero llegados a aquel estado en el que le ardían hasta los dedos de los pies, poco le importaba todo lo demás.

Y al fin logró bajarle el pantalón y la ropa interior y los apartó con el pie para que cayeran por el borde de la cama. La piel suave de Marco estaba completamente libre; le pasó la mano por la cadera.

Vine buscado al tiburón.

Su imaginación era traicionera. Desobediente. Poderosa. La había atraído una y otra vez hasta que se dejó arrastrar hasta él para comprobar qué encontraría en el mundo real. Bajó la mirada para verlo sin nada.

Lo que buscaba. Lo que quería.

Arrastró las manos por su espalda y alzó los ojos hacia los de Marco. Quería saber, y ahora tenía la oportunidad.

El tiburón era enorme y tenía la boca llena de encantos.

Hundió los dedos en su piel y ahora fue Sofía la que se lanzó a sus labios con fuerza. Se dejó caer en la cama y atrajo a Marco con ella hasta que notó el peso de su pecho. Le sujetó la nuca y le ladeó la cabeza para alcanzar su cuello. Absorbió la piel de Marco entre sus labios mientras lo oía jadear junto a su hombro, una respiración acelerada para un cuerpo que ardía por todas partes.

Desde el torso hasta la entrepierna, Marco ardía, y ese calor se traspasaba al cuerpo de ella haciendo que la humedad entre sus muslos se hiciera intensa. Al lugar donde él había bajado la mano. Sofía levantó la barbilla al notar sus dedos tantear y rozarle el clítoris para descender aún más.

Le introdujo los dedos. Sin embargo, ella le sujetó la muñeca para que se hundieran aún más. Observó a Marco; seguía respirando de aquella forma que la hacía jadear por reflejo. Si pretendía comprobar si por allí abajo estaba todo preparado, así era desde hacía rato, desde el momento en el que puso un pie en el barco.

Él retiró la mano y se alzó sobre las rodillas. No sabía en qué momento ni de dónde había sacado el preservativo. Ella alargó la mano hacia el estómago de Marco mientras él lo abría. Le acarició el vientre dudosa; quería tocarlo antes de que lo enfundara, pero no se atrevía.

Marco bajó la vista y Sofía se detuvo, justo donde debería comenzar el vello del pubis, pero que en él estaba tan suave como el resto de su cuerpo.

Sabía que él estaba esperando a que acabara, lo sintió. Apartó la mano y él se la cogió. Por un momento, pensó que él mismo la ayudaría, que la llevaría hasta allí.

—Sofía, ¿quieres parar? —Se sorprendió con la pregunta.

—No. —Y ahora Marco sí le guio la mano hasta aquello.

Si ya la piel de Marco era suave, no esperaba que la punta de su sexo la sorprendiera. Ya había sentido unas gotas cerca del ombligo que ahora sabía de dónde procedían. Pasó el dedo por ella hasta la base, que envolvió con la mano. Alzó la vista hacia la cara de Marco, quería ver su reacción. Pudo comprobar que su respiración se aceleraba aún más con cada movimiento, hasta que echó la cabeza hacia atrás y cerró los ojos. Sofía notó cómo su propio sexo vibraba a la par de Marco, a pesar de que nada lo estaba rozando.

Él le sujetó la muñeca para que se detuviese y bajó la barbilla. Sofía retiró la mano para que se pusiera el preservativo.

No tardó, supuso que en eso estaba sobrado de práctica.

Se abrió de piernas en cuanto lo tuvo colocado. Solo esperaba que no tardase en entrar, ella sí que no estaba sobrada de experiencia y llevaba meses sin hacerlo.

Marco se acercó. Lo notó rozarla mientras buscaba el hueco inclinado sobre ella.

Pegó su frente a la de él. No solo es que estuviese preparada o chorreando. Es que aquello se abría como si estuviese hecho para él.

Parpadeó y le clavó los dedos en el costado al tiempo que sentía las espiraciones de Marco. El vaivén del barco se acrecentó, no sabía si por las corrientes del anochecer o porque ellos mismo habían comenzado a tambalearlo. Sintió un ligero mareo placentero que aumentaba con cada embestida.

Contempló a Marco, los misterios por descubrir se disipaban en sus ojos, ahora entrecerrados con sus jadeos mientras su cuerpo se tensaba con un gemido. La respuesta de su interior fue inmediata y el placer se dividió entre el pecho y la entrepierna.

Marco podría tener a la mujer que quisiera sin esfuerzo, pero la había elegido a ella y no lo había hecho al azar. La deseaba de verdad. La había deseado durante días. Y ahora Sofía comenzaba a interiorizar que tenía delante el resultado de lo que él le producía.

Marco se detuvo un instante y empujó su cadera contra ella, esta vez despacio, tan profundo que Sofía hasta sintió su espalda desplazarse en la cama. La hizo gemir. Si seguía así, no duraría ni medio asalto.

Marco acercó los labios a su mejilla.

—Me encantas, Sofía —le dijo levantándole la pierna.

Por un momento pensó que le diría algo burdo que la incomodaría, pero aquello la hizo sentir como si resbalase cama abajo hasta hundirse en medio del mar.

Repitió el movimiento despacio. Con la pierna levantada tenía más margen y eso aumentaba la intensidad, la respiración y todo lo que conllevaba.

Marco buscó sus muslos con las manos. Ella gimió por la presión que le hizo en ellos y por su miembro, que volvía a entrar firme.

Marco hundió la nariz en su cuello.

—Y cuando acabe, solo desearé volverlo a hacer —añadió con aquella voz ronca.

En aquel momento podría decirle cualquier cosa que le daría igual, podría pedirle su piel para toda la eternidad que se la daría. Solo quería que no se detuviese.

Lo agarró de la nuca.

—Y yo solo desearé que lo vuelvas a hacer. —No sabía quién demonios le daba órdenes a su legua.

Deslizó la mano por su espalda y le clavó los dedos con fuerza mientras sus piernas se tensaban.

Su clítoris vibraba, produciéndole un cosquilleo intenso. Expulsó todo el aire de una vez con fuerza con un gemido que se cortó para soltar otro, y un tercero. Apoyó su frente en la de Marco y lo oyó soltar el aire con un gemido ronco mientras le apretaba la piel. Entreabrió los ojos para mirarlo, notaba su aliento en los labios. Quemaba.

Ver a Marco en aquel estado le produjo una satisfacción que no esperaba. Aún era pronto y no había tenido la oportunidad de hacer nada, pero había comenzado a saber.

29

Marco

Ni siquiera en vacaciones era capaz de levantarse tarde, y menos cuando dormía en el barco. Aquellos cristales rodeaban la habitación y el sol lo iluminaba todo desde bien temprano.

Sintió un cosquilleo en la espalda y giró la cabeza. Allí estaba Sofía, tumbada de lado. Se dio la vuelta con cuidado de no despertarla. Por un momento creyó que se había movido, pero sería el efecto vaivén del barco. Por su respiración tranquila, comprobó que estaba dormida.

En el camarote hacía calor, tal vez esa era la razón por la que la sábana permanecía enrollada a los pies de la cama. Una cama demasiado grande para dos personas pero pequeña si ambos ocupaban menos de la misma mitad. Tras la espalda de Sofía había un metro de cama vacía y, sin embargo, él estaba al filo y debía tener cuidado al moverse para no caer.

Sonrió al tocar el borde con la punta del pie. Una joven menuda había conseguido ganarle terreno hasta reducirlo a unos pocos centímetros de colchón cuando él estaba acostumbrado a ocupar una cama entera solo. Sofía era un ovillo pequeño pegada a él.

Nunca dormía acompañado, prefería hacerlo solo. Le gustaba el egoísmo en la cama, el apropiarse de todas las almohadas y de la totalidad del espacio sumado a la libertad de soñar y el poder despertarse sobresaltado si tenía pesadillas.

Apoyó el codo para incorporarse. Tras Sofía no solo estaba

la parte libre de la cama, sino también el resto de los almohadones mientras ella reposaba su cabeza tranquilamente en la suya. No sabía en qué momento le habría quitado también esa otra almohada que él necesitaba abrazar cada noche para coger la postura y que estaba en el suelo. Un vicio distorsionado de su primer oso de peluche, que le quitaron a los pocos años de edad. Le buscaron un sustituto menos bochornoso aunque igual de cómodo. Solía usarlo como muro si por alguna razón no tenía más remedio que compartir cama. Son embargo, no había muros contra Sofía, ella había desmontado la cama por completo.

Su sonrisa se ensanchó y negó con la cabeza.

Miró a la responsable de aquella batalla entre sueños. Su mujer marina era terriblemente hermosa a la luz de la mañana. Los mechones ondulados caían por su pecho y se esparcían por la cama; eran ellos los que le habían producido aquel cosquilleo en la espalda.

Le encantaba la curva de su cadera y la forma en la que los muslos se apretaban el uno con el otro sin dejar ningún hueco entre ellos.

La tirantez en su verga se intensificó. Nunca había tocado unos muslos ni un culo que lo provocasen de aquella manera. Con tan solo contemplarlos, regresaba la necesidad de apretarlos, abrirlos y perder de vista su miembro entre ellos. Bajó la barbilla y suspiró.

Se sentó en la cama, a ver si dejando de mirarlos se le pasaba. No tenía ningún reloj cerca y recordó que había apagado el móvil. Fue hacia el salón y lo buscó entre los sillones. Lo encendió, aún tendría batería suficiente. En cuanto introdujo la clave, el móvil comenzó a emitir sonidos de notificaciones.

Tenía un mensaje de Valentina. Salvatore le había preguntado por qué no había regresado con el barco. Le contestó con un escueto «Todo OK». También tenía algún mensaje de su hermano diciéndole que llamase a su padre en cuanto lo leyese. Le había llegado un correo de Ernesto, el abogado de su padre. Lo abrió enseguida.

«Si es un error, que lo vuelva a firmar».

Una de las casillas que Sofía no había marcado estaba en rojo.

Negó con la cabeza.

No hizo falta que llamara a su padre, el teléfono comenzó a sonar.

30

Sofía

Se sobresaltó al notar la pierna y medio pecho fuera de la cama. Su cuerpo basculaba, rodaba. Abrió los ojos. El ruido que había escuchado era la almohada al caer al suelo y ella iba por el mismo camino, pero se agarró con la suficiente rapidez.

El sol de la mañana alumbraba el camarote a través de los cristales oscurecidos. No sabía si Marco estaría entre aquel desorden de almohadas, sábanas y colcha esparcidos por el suelo. Supuso que no.

Qué desastre. Ni en una cama extraña me quedo quieta.

Uno de sus anhelos de toda la vida era ocupar la parte superior de la litera, algo que siempre le estuvo vetado. Y no culpaba a su madre, que había terminado por coser cremalleras alrededor del nórdico para que no se destapase en invierno.

Apoyó el codo para incorporarse. No le dolía el cuello, así que habría dormido la mayor parte del tiempo sobre alguna almohada. Solo esperaba no haberle dado patadas a Marco.

Miró a su alrededor.

Qué vergüenza, por Dios, cómo he puesto todo esto.

Tampoco entendía mucho esa moda de poner almohadones dobles y llenarlo todo de cojines. Se arrodilló.

Voy a hacer la cama antes de que vuelva.

Volvió a poner el culo en el colchón.

Y a ver con qué me tapo ahora.

Era evidente que seguía sin ropa. Y ya por la mañana iba perdiendo la gracia y aumentando el bochorno.

No tardaron en llegarle a la cabeza las imágenes de la noche anterior. Ahora llegaba la parte con más neblina del plan: regresar a casa. Porque no era solo eso, sino mirar a la cara a las Román y tener las agallas suficientes como para ir al trabajo aquella tarde.

Oía la voz de Marco de lejos, hablaba con alguien en italiano. Gateó por la cama para asomarse. Lo divisó al fondo del salón, ya casi en la cubierta. Por la puerta abierta entraba la brisa de la mañana, que apenas refrescaba el calor concentrado en el interior.

Entornó los ojos. Estaba de espaldas, únicamente con los bóxer blancos que hacían que su piel pareciese de bronce.

Pufff. Hasta recién levantado parece salido del anuncio de una revista.

Se echó el pelo para atrás y se le engancharon los dedos en él.

Y yo pareceré la niña de la curva.

Lo vio darse la vuelta, ya habría terminado de hablar, y Sofía se apresuró a echarse hacia atrás para que no pareciese que lo estaba espiando. Dobló la pierna y se sentó sobre ella, aún con las manos apoyadas en el colchón. Marco apareció en el umbral del camarote.

Se habría duchado, ya que aún tenía el pelo mojado. La observaba con los ojos entornados.

Sí, todo esto lo he liado yo.

Entonces Marco desvió la mirada hacia la cama revuelta y los cojines a ambos lados por el suelo. Sofía ladeó la cabeza, no sabía si disculparse. Los mechones le hacían cosquillas en el pecho. Era una suerte estar cubierta por algo, aunque fuese pelo enmarañado.

Y ya me ha visto desnuda, me debería dar igual.

Pues no era lo mismo.

—*Buongiorno.* —Le encantó su forma de contener la risa.

—Buenos días —respondió ella, buscando con la mirada algo con lo que taparse antes de levantarse.

Pero solo había sábanas y cojines.

Marco subió la rodilla a la cama y apoyó una mano junto a Sofía, con lo que su cuerpo se hundió hacia ese lado.

—Si tienes hambre, en esa puerta de la izquierda tienes una cocina y todo lo que necesites para hacer el desayuno. Yo no tengo ni idea. —Frunció el ceño y ella no pudo evitar sonreír.

—¿En serio? —No podía creer que con su edad no tuviese ni idea de cómo prepararse ni una tostada. Marco acercó la nariz a su costado y ella se encogió.

—Y tan en serio —rio él—. Ni te imaginas lo que pasa cuando mis amigos intentan hacer algo. —Al negar con la cabeza, le hizo más cosquillas aún.

Sofía giró la cabeza para mirarlo.

—La comodidad hace perder el instinto primitivo. —Marco había llegado al comienzo de la cadera, allí la sensación era más liviana.

—Los instintos primitivos. —Marco se detuvo y sonrió. La miró con las cejas algo enarcadas, lo que formaba algunas arrugas en su frente.

Pellizcó las sábanas; de alguna manera sabía cuál sería su acción tras aquella expresión irónica. Brusco, demasiado rápido, la hizo desplazarse en la cama mientras le clavaba los dientes en una de sus nalgas. Sofía estuvo a punto de dar un grito y le empujó el hombro por reflejo para apartarlo. Pero no hizo falta, Marco la soltó.

Pues sí que tiene peligro el tiburón.

Él continuaba mirando su culo en aquella postura encogida. Se inclinó y ocultó tras sus caderas. Cerró los ojos al sentir su nariz y luego sus labios pasar por aquella zona sensible de los muslos. El calor en su sexo fue automático.

Vaya despertar.

Y eso que no hacía tanto que acabaron. No sabía qué hora

era ni cuanto había dormido. Y no le importaba. Marco le bordeó la abertura con la lengua.

—Es una pena que tenga ciertas partes vetadas. —Se retiró justo antes de llegarle al ano.

Y ya lo estoy lamentando.

Sacudió la cabeza. Su subconsciente no dejaba de decir estupideces con Marco cerca. Volvió a sentir su lengua, aún más húmeda que antes. O ¿sería ella la que producía aquella humedad? Tendría que estar ardiendo, le temblaban hasta las piernas.

Marco se incorporó. Esperaba otro mordisco, una embestida, alguna de aquellas cosas que hacía cuando la tenía cerca y que reflejaban que le gustaba más de lo que imaginaba. Y a Sofía le encantaba que fuera así.

Alargó una mano hacia su cabeza y lo apretó contra ella mientras con la otra cogía la caja de preservativos de la mesa junto a la cama. Marco había atrapado uno de sus labios genitales, formando una pinza. Se encogió y expulsó el aire emitiendo un suspiro. La lengua regresó, esta vez bordeando el interior del agujero.

La caja cayó al suelo, pero había logrado sacar uno. El ruido seco al caer hizo que Marco alzara la cabeza. Cogió el sobre conteniendo la risa.

Claro que sabe lo que provoca en las mujeres.

Y por muchas diferencias que, al fin y al cabo, tuvieran en aquellos temas, ella era igual que las otras. Y de ahí aquel gesto de satisfacción, de seguridad, de triunfo.

De lo que quiera, pero que lo haga ya.

Movió la cadera buscando su miembro. Y lo encontró. Basculó un poco la pelvis para facilitarle la entrada.

Ufff.

Arqueó la espalda y le tendió la mano. Se agarró a él para evitar que la embestida la desplazara o, sabiendo lo que venía, acabaría en la cristalera de la pared.

Apretó la mano de Marco mientras notaba cómo él le apretaba el muslo con la otra en cada embestida. Se estaba conteniendo. Y no quería que lo hiciera.

Echó para atrás el culo y lo oyó gemir.

La hora, regresar a casa y todo lo demás dejaron de tener sentido.

31

Sofía

Era casi mediodía. Si tenía suerte, solo Alicia y Diana estarían en casa. La puerta de la valla estaba abierta, por lo demás, parecía estar desierta.

Saltó al agua de cabeza con las piernas estiradas. Dejó que su cuerpo se hundiera con la inercia de su peso y se ayudó con los brazos para no salir a flote.

No me puedo creer lo que he hecho.

Buceó para alejarse del barco. La presión la empujaba hacia la superficie a medida que se le acababa el aire.

Pero ella no quería salir. Se resistió hasta el último momento y sacó la cabeza solo para volver a sumergirse.

Sacudió la cabeza para quitarse el cosquilleo de las burbujas en la nariz. Sabía que en cuanto volviese al agua, en cuanto viera su casa en la lejanía, la azotarían todas aquellas cosas que tanto temía y que por la noche no parecieron importarle.

El aire se acababa de nuevo; en un instante regresó con más. Siguió dando brazadas. No oía el motor del barco. Marco lo había acercado más a la orilla de lo que le hubiese gustado y, por lo que podía comprobar, aún no se había marchado. Quizá el hecho de que hiciese el recorrido por debajo del agua no ayudaba a que se alejase de allí. Pero no quería salir a flote.

Vio las rocas bajo ella y alargó la mano para rozarlas mientras las rebasaba, aquellos pelillos suaves y traicioneros que escondían cuchillas de piedra. Se impulsó en una de ellas para volver a emerger.

En aquella zona de la cala sobresalían algunas rocas. Se entremetió entre ellas, más cerca de la orilla, con la esperanza de que Diana le hubiese dejado algo con que cubrirse. Apoyó la espalda en una de las más altas y miró hacia el barco.

Podía ver a Marco en la parte superior. El motor sonaba lejano a pesar de no estar a tanta distancia.

Entornó los ojos. Las consecuencias eran una pena, le encantaba Marco. Hundió la barbilla en el agua.

A mi madre le puede dar algo.

Miro la casa de reojo. No solo era por su madre, las consecuencias podrían recaer sobra todas las Román si aquello llegaba a oídos de los empleados del hotel. ¿Había sido egoísta? Podría considerarlo una forma pobre de agradecer el esfuerzo que su madre y su abuela habían hecho por ella y sus hermanas. Poner en peligro el trabajo de toda la familia y su propia casa. Andrea se lo dejó claro: esta vez podría perderlo todo.

Se llevó la mano a la sien. Inclinó el cuerpo para comprobar que el barco estaba lejos. A pesar de todo, aún perduraba la ligereza en su cuerpo. Recostó la nuca en la piedra y suspiró.

El ladrido de Ulises la sobresaltó.

Vaya perro indiscreto.

No sabía en qué medida un animal podía distinguir el tiempo que pasaba fuera. De todos modos, quizá él sí sabía que no había pasado la noche lejos gracias a aquel olfato sobrenatural y a la brisa que llegaba hasta la casa.

Diana le había dejado una toalla de algodón entre las rocas. Pero había sido tan literal que se le había mojado. Se envolvió con ella y salió del agua.

Alicia había salido al porche con el ladrido de Ulises. Vio a Diana llegar apresurada tras ella. La hermana mayor atravesó la valla.

Alicia miró su toalla y se llevó las manos a la cabeza.

—Yo no le he dicho nada —se excusó Diana con tanta rapidez que prefirió no mirar a Alicia.

La madre que la parió.

Si Alicia tenía dudas, se las había despejado todas de golpe.

—¿En qué leches estabas pensando? —Alicia estaba en medio de la valla y Sofía se detuvo porque no podía pasar.

—¿Te lo digo? —Diana se inclinó sobre el hombro de Alicia.

Esta le empujó el hombro.

—¿Y tú por qué la dejaste irse?

—¿Yo? A mí no me eches la culpa. —Diana sí se apartó de la puerta.

—Sofía, por Dios, ¿qué has hecho? —Al fin le dejó espacio.

Diana reía a carcajadas.

—¿Tiene que contártelo? No seas morbosa.

—¿Quieres dejar de decir estupideces? No es para reírse. Otra inconsciente. ¡Sofía! —La sujetó del brazo.

Miró a su hermana.

—Todas querríais que fuera como el resto, ¿no? —dijo—. Pues ya lo soy. Hago lo mismo que todas.

Alicia alzó las cejas.

—No me vengas con eso. Es un Valenti, ¿estás loca? Esta casa y las nóminas de cuatro de las cinco Román son suyas.

—Es la hermana chunga, ¿qué esperabas? —intervino Diana con una risita.

—¿Quieres callarte ya? —El pelo de Alicia revoloteó cuando se volvió hacia Diana. No le había soltado el brazo para que no se escabullera mientras reprendía a Diana. Volvió a mirar a Sofía—. Mamá se va a morir, ¿lo sabes?

—No va a enterarse.

—Claro que acabará enterándose. Y ahora si no la ascienden, si la despiden a ella o a mí o si nos invitan a abandonar esta casa, será culpa tuya.

Sofía cogió aire por la boca. Diana se colocó en medio de las dos.

—Y ¿se puede enterar también la Judit esa de los cojones? A ver si así deja de gritarle a mamá.

Alicia miró a Diana. Ya no le quedaban ganas ni de reñirle. Diana entró en la casa y Sofía se dispuso a seguirla. Pero su hermana mayor le bajó la toalla por la axila para mirar debajo.

—¿Sin ropa? —Se llevó la mano a la frente y hasta se le notó cierto rubor en las mejillas.

—¡Qué crack! —oyó decir a Diana desde dentro de la casa y Sofía tuvo que bajar la cabeza para que Alicia no la viera contener la risa.

La mayor de las Román negó con la cabeza y luego resopló y entró en la casa.

Sofía sujetó la cortina antes de que esta se cerrara. Echó un vistazo al mar; el barco de Marco estaba ya en el puerto del hotel.

No culpaba a Alicia, tenía razón en todo lo que le había dicho. Ella misma había sido consciente de ello desde que puso un pie en el agua. Era curioso cómo un solo acto podría dirigir y cambiar tantas cosas. En la orilla acabó todo tal y como lo conocía y empezó una nueva realidad.

Y estoy deseando recorrerla.

32

Sofía

Aquella tarde habían subido las temperaturas. El suelo de la terraza desprendía un calor que le traspasaba las sandalias. Tal vez esa era la razón de la ausencia de clientes, que preferían la playa, la piscina o aquellas cabañas con aire acondicionado.

Había ordenado los muebles de la choza con Leyre dos veces; el turno estaba siendo un completo aburrimiento.

—Sofía. —Era extraño no haber visto a Luis durante la jornada—. Tengo que hablar contigo.

Empezamos.

Aún estaba de cuclillas, pero se incorporó al escucharlo.

—He estado reunido con el director, al parecer ayer pasó algo con la gobernanta.

Solo con la gobernanta, sí.

A la realidad de aquella gente le faltaba cierta información. Para ellos era un día más.

—Se han barajado distintas soluciones, Judit está aquí desde el principio y no queremos que nada influya en su trabajo, además estamos en temporada alta... —Entornó los ojos—. Yo principalmente no quiero verme en una tesitura así.

Sin contar con lo otro, ya me he cargado el carnet de conducir de Alicia. Como dice Diana, soy una crack.

—Judit está muy dolida. Hay que conocerla, ella tiene tal compromiso con lo que hace que cualquier cosa puede afectarle más que a otros.

La voz de Luis se perdió en el aire. Si seguía hablando, ella ya no lo escuchaba. Encogió los dedos de los pies bajo la goma de las sandalias y entreabrió los labios.

Marco y su grupo de amigos italianos acababan de acceder a la terraza.

—Leyre, por favor, ve tú —oyó de fondo. Y volvió a atender al supervisor—. Sofía, me habría gustado que no hubiese sido así, pero ¿delante de Marco Valenti? —Negó con la cabeza—. Lo vio todo.

Ha visto tantas cosas desde ayer.

Abrió la boca para coger aire, sintió la respuesta a sus pensamientos en el pecho.

Luis miró la hora.

—Puedes irte ya por hoy, no hay mucho trabajo. El director lo tiene todo preparado para que firmes.

Pues fantástico.

—De verdad que lo siento —añadió él a modo de disculpa y ella negó con la cabeza.

Alicia y su madre trabajaban a esa hora, no sabía si se habrían enterado. Supuso que sí, en aquel hotel se sabía todo. O más bien casi todo, por suerte para ella.

Se marchó de la choza no sin antes echar un último vistazo al fondo de la terraza, donde se había acomodado el grupo de Marco. Lo vio sentado en uno de los sofás, quitándose las gafas de sol.

Apartó la mirada mientras atravesaba la puerta que la llevaba a los pasillos internos. Giró hacia la lavandería, su madre andaría por allí.

—Sofía —escuchó.

Ya estamos.

Judit estaba allí, en la puerta, con las manos entrelazadas, uniforme impoluto y aquel moño repeinado. Solo le faltaba verla en blanco y negro para salir huyendo espantada.

No sabía si estaba esperando a que fuese ella la que se acercara. Si era así, podía esperar hasta que acabase su turno porque Sofía no pensaba moverse. La mujer suspiró y dio unos pasos hacia ella.

—No pienses que me siento satisfecha —dijo.

No, supongo que hay más Román que te gustaría quitarte de en medio.

—Después de lo de ayer... —Se le movieron los orificios de la nariz—. Nada me hace sentir mejor. Estoy volcada en mi trabajo para que ahora una niña me indisponga y manche mi reputación no solo delante de los empleados, sino del dueño del hotel.

La niña y el dueño del hotel.

Claro que quería salir espantada de allí. El despido era un auténtico favor.

Bajó la cabeza. Ella se iba, pero el resto se quedaba.

—Ningún despido borrará eso —continuó.

Claro que no.

Se ahogaba.

—Sofía. —La voz de su madre la hizo levantar la cabeza.

Y aquella sensación de asfixia se hizo intensa.

Su madre miró a la gobernanta.

—Ya no trabaja aquí, Judit. Hemos dicho que lo olvidaremos. —Agarró a Sofía del hombro para apartarla de la gobernanta.

—Tú podrás olvidar esta vergüenza. Yo no —le respondió Judit.

—El señor Valenti ya ha dicho que no tiene importancia —añadió su madre y Sofía la miró.

—El señor Valenti está de acuerdo con las medidas, claro que la tiene.

¿Qué?

Sujetó a su madre y la empujó ligeramente para sacarla de la lavandería.

No, mamá.

Le temblaban las piernas. Marco, de acuerdo con su despido. ¿Por qué?

Pero sentía que el asunto ya no era entre Judit, su madre y ella. Acababa de entrar en juego otro factor que hacía que tuviese que alejar a su madre de aquello.

—Vamos fuera —le pidió.

Su madre fulminó a Judit con la mirada y, sin decir nada, la siguió por el pasillo hasta la salida. Necesitaba salir de allí cuanto antes.

Se quitó las sandalias.

—No te preocupes, apenas acaba de empezar el verano —le dijo su madre en cuanto salió.

Sofía frunció el ceño, era lo que menos le preocupaba. Le preocupaba que hubiese una disputa más entre su madre y Judit por su culpa, que su madre la defendiese cuando el asunto ya había tomado otro camino. Uno que ella no conocía.

Un pinchazo en la garganta le dejó un leve escozor que aumentaba al tragar saliva.

—Lo siento. —No sabía qué otra cosa decir. Solo quería ayudar en casa, pero había complicado las cosas a tal magnitud que su madre no tenía ni idea.

La mujer le cogió la mano.

—No tienes que sentir nada. —Nada más escucharlo, a Sofía empezaron a brillarle los ojos—. La culpa seguramente ha sido mía. Tendría que haber solucionado yo sola mis asuntos.

Sofía negó con la cabeza enseguida.

—No es tu culpa. —Apretó su mano—. Al final tenías razón. —Negó con la cabeza a la vez que sorbía por la nariz.

Y vaya si la llevabas.

—No tendría que haber puesto un pie en el hotel.

Suspiró. Sintió la mano de su madre en la mejilla.

—Sé las razones por las que lo hiciste. —Le pellizcó como solía hacer años atrás, cuando su cara era completamente redonda—. Como también sé por qué te han despedido.

No, eso no lo sabes.

—Y quiero que sepas que no puedo estar más orgullosa. —Volvió a pellizcarla. Bajó la mano hasta su hombro—. Sé que te he reprendido demasiadas veces porque... —Suspiró—. En fin.

Su madre rio y Sofía negó con la cabeza intentando no reír también. Tenía que reconocer que ella nunca estuvo cerca de ser la hija ideal. Menuda infancia le dio.

—Pero solo mirando alrededor reconozco la suerte que tengo. —Le puso la mano en el pecho—. Vosotras tres sois mi mayor orgullo, y nada de lo que digan —hizo un gesto con la cabeza señalando hacia el hotel— va a cambiar eso.

El pinchazo en la garganta regresó, esta vez tan fuerte que tuvo que abrir la boca para enfriar el ardor que le produjo. El peso en los ojos se volvió más intenso.

Y yo haciendo estupideces.

La besó en la frente.

—Ve a casa y olvídate de todo. Luego hablaremos, hoy vuelvo temprano. —Sonrió y se apartó de ella sin soltarle la mano—. Termino de arreglar el barco del señor Valenti y salgo.

El barco, por Dios.

Le pesaban las piernas y el estómago. Esto último era tan fuerte que hasta creyó que vomitaría lo que había comido unas horas antes.

Su madre le fue soltando la mano a medida que se alejaba, pero Sofía se la apretó.

—Mamá. —La mujer se volvió.

Lo siento.

Se lanzó hacia ella para darle un abrazo. Tuvo que tragar y contraer la garganta para que aquellas punzadas se detuviesen.

—Te quiero. —La besó en la sien.

Y la vio sonreír. Cogió aire despacio y se apartó de su madre. No sabía por qué sentía que lo que había hecho era una traición a las Román. Quizá porque en parte lo era; tirar por tierra tantos años de esfuerzo, que sus puestos siguieran el mismo curso que el de ella o, lo más probable, que todo se supiera y tuviesen que soportar comentarios y otras situaciones en el trabajo por su culpa.

Las Román tenían una especie de trato invisible, una norma que nunca habían verbalizado pero que se transmitía de unas a otras con un mero sentimiento: la familia era lo primero, protegerse, apoyarse, ayudarse, salvarse las unas a las otras. Ya había perdido la cuenta de las veces que reconstruyeron los trozos del corazón Diana los dos últimos veranos cada vez que volvía llorando a causa de algún desamor; luego ni siquiera solían durar mucho, pero cada uno de ellos parecía vaticinar el fin del mundo.

Hasta en lo más absurdo, las Román estaban allí.

Y ella estaba rompiendo ese círculo que las hacía fuertes al buscar problemas.

Soltó a su madre.

—Mi bolso está en las taquillas. —Dio unos pasos hacia la casa—. Si podéis, traédmelo alguna. —Su madre asintió con la cabeza. Sofía no quería seguir deambulando por el hotel.

Dio media vuelta y apresuró el paso. Las plantas de los pies le quemaban al hundirse en la arena; podía notar hasta aquellas bolas de algas que, cuando se secaban, se ponían medio duras hasta el punto de hacerla dudar si era eso o mierdas de perro.

Las punzadas aumentaban y la humedad en los ojos también.

Miedo.

Miedo porque ya no era una niña y, esta vez, las consecuencias no eran un castigo, una disculpa que debía dar su madre al objetivo de las travesuras, a los que ayudaban a buscarla o a la guardia costera.

El peligro no era un barco ni un tiburón, porque este no se quedaba en el mar. Era una ola enorme que caería sobre su casa y lo arrastraría todo a su paso. Su primer día diferente también lo era para todas las Román. Solo que parte de ellas no lo sabían.

Llegó a su hogar, lanzó las chanclas a un lado y se dirigió hacia la orilla. Marco no estaría en el mar, no habían quedado allí aquella tarde. Lo vería en otro lugar, un sitio lleno de gente que ni siquiera conocía. Podía no ir, quedarse en casa y no volver a verlo.

A lo mejor era esa la razón por la que él estuvo a favor de su despido, para que en el momento en que no la quisiese ver más, ella desapareciera del todo. Era eso lo que solían hacer ese tipo de hombres a los que se había prometido no acercarse.

Se sentó en la arena seca de granos finos y grisáceos que bordeaba la mojada, se pegaba en sus muslos y le picaba.

Encogió las piernas para apoyar la barbilla en las rodillas. Notaba el estómago apretado. Vomitaría si no conseguía detener aquella presión.

—Sofía. —Levantó la cabeza y se volvió.

Le encantaba el sonido que hacían las pulseras de la abuela Almu cuando caminaba. Venía descalza y traía un vestido despintado que reconoció como suyo. A pesar de su edad, a su abuela también le gustaba ir sin sujetador.

Hizo una mueca y Almu sonrió.

—Hace un rato tu madre me envió un mensaje. —Le puso la mano en la nuca—. Quiero que sepas que no tienes la culpa.

Tú también no, por Dios.

—Claro que la tengo. —Bajó la cabeza y hundió la barbilla en el hueco entre las piernas—. Soy la peor de las Román.

Su abuela rompió en carcajadas, se sentó a su lado.

—Lo soy. —Y sonó tan convencida como estaba—. Alicia es perfecta. Diana es una alocada, pero de ahí no pasa. Es una locura transitoria sin mayor trascendencia. Yo soy la que siempre doy disgustos.

—Ohhh, qué trágico. —La abuela se apoyó en su hombro.

—Hasta Diana dice que soy la Román chunga.

La risa de su abuela aumentó.

—Esto suma más tensión a la que ya tenía mamá. —Soltó todo el aire por la boca mientras apretaba la barbilla en el interior de las rodillas—. Y encima dice que está orgullosa de mí.

—Todas lo estamos.

—Abuela, me han despedido. —La miró de reojo.

—¿Sabes por qué? —La zarandeó.

Ya tengo mis dudas.

—Por ser tú, nada más. —Le empujó la cabeza con la sien.

Y tanto que es por ser yo.

Su abuela le pasó el brazo por los hombros.

—Cuando eras niña, estaba deseando que crecieras. —Sonrió—. Y no es porque fueras un terremoto. —Dio un manotazo al aire para restarle importancia—. Sino por saber hacia dónde se dirigiría la evolución de ese carácter. —Miró a su nieta con los ojos entornados—. La sociedad impone a su juicio normas invisibles que desvirtúan quienes somos en realidad. Así que otros que ni siquiera te han conocido han decidido lo que es correcto, el camino idóneo, lo que es normal. —Acercó la cara a la suya—. Con esto no te quiero decir que esté bien escalar hasta ahí arriba —rio su abuela.

Le acarició el brazo y le cogió la mano.

—Pero estoy convencida de que la Sofía que decidió llegar hasta esa cueva es exactamente la misma que eligió estudiar diseño gráfico, aunque tuviese trabajo asegurado en otras profesiones. Y la misma Sofía que toma decisiones ahora. Una niña, una adolescente y una mujer.

—¿Tengo la madurez de una niña de cinco años? —Sofía arqueó las cejas.

—¡No! —Las dos rieron—. Te arriesgas por todo lo que quieres. Y eso me encanta. ¿Cómo no ibas a defender a una Román?

Sonrió al escucharlo.

—Supongo que Judit estará contenta —dijo ella. Seguramente la gobernanta seguiría teniendo la misma actitud con su madre, que era lo peor.

—¿Contenta? Ni aunque le tocara la primitiva. Las personas así nunca son felices.

Sofía apoyó la cabeza en el hombro de su abuela. Parte del pánico se había disipado. Solo la presencia de la mayor de las

Román era suficiente para ahuyentar a los monstruos como lo hacía en su infancia. Ahora estos seguían siendo incorpóreos, aunque le asustaban igual.

—Gracias. —Hundió la nariz en su pelo.

—Mi trabajo en esta familia siempre ha sido no dejar que un contratiempo lo arrase todo —rio la abuela ladeando la cabeza hacia su nieta—. ¿Hoy no vas a nadar?

Sofía alzó la mirada.

—No. —Contempló el agua. Habría nadado sin dudarlo, era lo que tendría que hacer, y no correr a ducharse —. Voy a salir.

Se puso en pie y ayudó a su abuela a levantarse. Tenía que vestirse. Cada acto tenía una consecuencia, hasta ser ella misma las tenía.

Ser lo que quiero ser.

Aquello no iba a salir bien de ninguna de las maneras.

33

Sofía

No sabía de quién era la casa; había más gente de lo que esperaba. En cuanto entró divisó a Marco y a sus amigos. Y también al grupo de Andrea no muy lejos. No se detuvo con ninguno de ellos, pasó de largo hasta llegar a una barandilla de cristal que delimitaba la piscina.

Había llegado tarde, el autobús de Binibeca se había retrasado.

No pensaba acercarse a él y cuanto más recordaba lo del trabajo, más aumentaba cierto calor en el pecho. No había planeado irse de allí sin hablar con Valenti, pero tampoco pensaba correr a buscarlo. En primer lugar porque prefería tranquilizarse o la hermana salvaje acabaría con todos los trabajos de la familia.

Quizá comenzaba a ser consciente de todo eso que le decía Marco, porque tuvo que cambiar varias veces de sitio. No sabía que una mujer sola pudiese parecer interesada en tener algún tipo de compañía. No la quería. Ella solo estaba allí por una razón.

La tela de su vestido se enganchó en una palmera, lo quitó con la mano y se lo puso bien. Era engomado por arriba y con dos volantes pequeños, de un tono verde militar. Era demasiado corto e incómodo, solo le gustaba usarlo para la playa o alguna piscina, como en ese momento, con el bañador debajo. Diana decía que eso era una aberración y alguna vez lo había utilizado para salidas nocturnas. El enganche del volante la había librado de perderlo definidamente a favor de su hermana menor.

Comprobó la dimensión del agujero que le había hecho la palmera; cabían dos dedos. Se sobresaltó cuando alguien sujetó el filo de la tela. Reconocía esa mano, cómo no iba a hacerlo. Ni siquiera lo había visto levantarse.

De vigilante no me ganaría yo la vida.

Aquello la hizo recordar otra vez el trabajo. Cogió aire y lo contuvo. Marco no le soltaba el vestido.

—Ni siquiera me has mirado, ¿por qué?

Lo cierto es que sí que te he mirado. Ya quisiera no mirarte.

—Estaba esperando a que terminaras. —Le quitó el volante de la mano y él siguió su gesto con la mirada.

—¿A que terminara de escuchar conversaciones absurdas que no me interesan? —Volvió a agarrar la tela y la observó, esperando una respuesta similar—. No coges el teléfono, ni siquiera lees los mensajes.

Sofía levantó el bolso.

—No lo llevo.

Marco alzó las cejas.

—Y no pienso hablar aquí. —Lo rodeó para separarse de la barandilla.

No se fijó en si la seguía, llegó hasta la puerta del muro de la casa y pulsó el botón para salir. Echó un vistazo hacia atrás, alguien había detenido a Marco para charlar con él. Mejor, tampoco pensaba hablar en la puerta a la vista de tantísimos ojos. Mucha gente del sur ya comenzaba a saber quién era y a ella, sin saber muy bien el motivo, parecía conocerla todo el mundo.

Anduvo por la calle en dirección al puerto. Era una acera ancha y apenas había nadie, así que si no entretenían mucho tiempo a Marco, podría verla cuando saliese de la casa. En el silencio no escuchó el sonido del botón al abrir la puerta. Se detuvo en una parcela vacía entre los chalets y se volvió para mirar. Marco no salía. Siguió caminando hacia donde las casas disminuían de tamaño y se agolpaban unas junto a otras, blancas y exactas, con esas ventanas y puertas marrones que tanto le gustaban.

El suelo cambió a uno de cemento con piedras enormes incrustadas. Había un murito blanco que limitaba una hondonada con palmeras donde podría sentarse a esperar a Marco.

Volvió a detenerse, a la izquierda encontró de nuevo un terreno vacío, esta vez más pequeño y lleno de barcas. Estaba cerca del puerto y la brisa le revolvió los mechones finos de las patillas, aquellos de pelo endeble que se le emblanquecían demasiado con el agua.

Se inclinó para apoyar la mano en el murete; aquella forma redondeada no era la idónea para sentarse, ya que de caer de espaldas, el golpe sería considerable. Suspiró, Marco no se veía venir.

Tomó aire y llenó sus pulmones mientras se incorporaba. Frente a ella tenía una cuesta que llevaba al entramado de calles blancas en el que tanto le gustaba jugar de niña con sus hermanas. Allí las piedras del empedrado eran más numerosas e incluso sobresalían en algunas calles. Bajó los ojos hacia sus piernas; los volantes de la falda no cubrían ninguna de sus cicatrices. A saber cuántas de ellas las hicieron aquellas piedras.

Siguió el camino, la brisa era más fuerte a medida que avanzaba. Un nuevo muro blanco delimitaba un jardín profundo. Esta vez, entre las plantas, distinguió alguna gallina.

Estaba llegando al puerto. Era pequeño, un simple recodo entre las rocas donde a duras penas cabía el barco de Marco.

Volver a verlo de cerca le erizó el vello de los brazos, una sensación que no tardó en contagiarse por el resto del cuerpo. Se detuvo y apoyó el antebrazo en el muro de troncos.

Escrutó la calle y, al fin, divisó a Marco. Si la brisa y aquel lugar familiar habían conseguido tranquilizarla, ahora el corazón se le disparó de golpe.

Se irguió y dio unos pasos más. El muro blanco se curvaba y dejaba ver el mar, que en aquella parte era de ese azul zafiro que tanto le gustaba, el color de los ojos de Alicia y de su abuela.

Respiró hondo al detenerse.

Tranquila.

Puso las manos en uno de los troncos con cuidado de no rozar ningún clavo.

—¿Se puede saber qué te pasa? —escuchó a su espalda.

Había llegado más rápido de lo que esperaba.

—Me han despedido. —Quería saberlo cuanto antes.

No se movió ni un ápice, solo entrevió el pantalón de Marco y parte de su camisa mientras se apoyaba a su lado. Esta vez la tela fina formaba unas rayas delgadas casi imperceptibles.

Y no tuvo más remedio que alzar los ojos y mirarlo.

—¿Por eso estás así? —No le gustó su tono, le acaba de hablar como a toda esa gente que destacaba sus rarezas y las trataban como un defecto de la evolución. Extraña, tonta, infantil.

—Quiero saber por qué estabas a favor de mi despido. —Entornó los ojos.

—Cuando llegué, ya estaban barajando esa opción. —Movía los dedos sobre algo produciendo un sonido desagradable. Sofía lo miró. Marco sujetaba con la misma mano el móvil y la patilla de las gafas de sol. Si seguía jugado con ella así, la partiría.

—Me da igual lo que estuviesen barajando los demás. —Lo detuvo la mano para que lo dejara de hacer. Ese clic continuo aumentaba sus nervios y ya estaba al límite. Marco agachó también la mirada. Quizá no entendía lo que ella pretendía—. Tú, ¿por qué?

Un nuevo clic hizo que le quitase las gafas. Marco estaba demasiado cerca como para no ver media sonrisa. Un gesto al que su pecho no era inmune y Sofía comprobó que aquella sensación de caída que solía provocarle era aún más rápida y profunda desde la noche anterior.

—No se me permiten tener vínculos con ninguna empleada —dijo.

Y el vértigo cesó de inmediato dando paso a un ardor en el pecho similar al que le producían las personas como Andrea.

—¿Has apoyado mi despido, sin tener ni idea de mí, solo porque si trabajo para ti no podías...? —Cerró los ojos apretando los párpados.

Follarme, se dice follarme.

Abrió los ojos.

—¿Así? Sin importarte lo más mínimo las razones por las que acepté ese trabajo. —Se apartó unos pasos de él.

Mi curso en el extranjero, el carnet de conducir de Alicia.

Se volvió para mirarlo de frente.

—Eres imbécil y un egoísta, ¿lo sabes?

Marco le agarró el antebrazo.

—Eres la primera mujer que me llama imbécil. —Parecía divertirle—. Sofía, no tenía otra opción. Esta mañana me llamó el abogado de la familia y luego mi padre. Tenemos normas.

—Y ¿anoche no las tenías? —Sacudió el brazo para que la soltara—. O ¿es que se le han ocurrido a tu padre y a su abogado esta mañana?

Ya me estoy subiendo.

Sin embargo, Marco sonrió y desvió la mirada. Cogió las gafas de la mano de Sofía con un roce. Un breve contacto que quiso alargar tanto como pudo, a pesar de que aquel fuego le subiera por la garganta y le explotara en la lengua.

—Créeme que de vez en cuando es un placer llevarles la contraria —añadió él y se le ensanchó la sonrisa—. Y cada vez me divierte más hacerlo.

—Pues menuda mierda de diversión —respondió ella con rapidez y él se sobresaltó. Sofía le dio la espalda y volvió a alejarse de Marco—. Prueba a hacer lo que tú quieras y no lo que no quieran los demás. Te encantará.

Volvió a retenerla del brazo.

—Ya quisiera. Pero no podía hacer nada. Bastante discusión he tenido con ellos por esa cláusula que no firmaste.

Qué fuerte.

Ladeó la cabeza para mirarlo.

—¿La del culo o la de esa otra perversión? —preguntó y le dio un manotazo para que volviera a soltarla.

Esto es absurdo y una humillación constante. No debería haber pisado ese barco.

—¿Qué dices? —Él frunció el ceño.

¿No es una perversión? Cuando quise buscarlo en Google, ya no me acordaba del nombre.

—Fue por el compromiso con el aborto —añadió.

Es verdad, ya ni me acordaba de esa. Es que las otras dos me dejaron obstruida, no se me quitan de la cabeza.

—Tu padre y su abogado, que no me conocen absolutamente de nada, pretenden tomar una decisión por mí sobre algo improbable que no ha ocurrido. Y encima lo hacen según su punto de vista, exclusivamente por su beneficio, sin contar con mi opinión, mi salud o multitud de circunstancias que puedan suceder. —Negó con la cabeza—. Tengo veintiún años y en los que me queden de vida, las decisiones las tomo yo.

Volvió a alejarse de Marco y este se quedó atrás un instante. No tardó mucho en volver a sentirlo tras ella.

—Sofía, para. —Ella se apartó a un lado; sabía que volvería a agarrarla y no podía estarse quieta. Aquellos nervios hacían que no dejara de moverse, como cuando flotaba en el agua: seguir braceando o hundirse. Si se detenía un momento, se ahogaría.

Seguía avanzando.

—Por eso lo has hecho, porque estáis acostumbrados a decidir sobre el destino de los demás sin tenerlos en cuenta y sin que os importen. —Y el camino que bordeaba el mar terminó.

No necesitaba saber más sobre aquella gente. El miedo a que las palabras de Andrea se cumpliesen se hizo más real. No solo eran ricos, sino que verdaderamente se sentían en otro nivel, uno muy superior al resto.

—Puedo solucionarlo —lo volvió a oír a su espalda—. ¿Por qué estabas trabajando? ¿Qué querías comprar?

Sofía se volteó. La había agarrado de nuevo. Por un momento creyó que lo empujaría. Pero no, su mano seguía pegada a su cuerpo.

—Comprar, claro. Los que no somos como vosotros trabajamos para comprar.

—Quiero solucionar el problema. Dime qué necesitas, lo que sea, y te lo proporcionaré —dijo como si estuviera hablando del clima de aquella tarde o de cualquier otra estupidez, minucias que no tenían importancia y que se arreglaban con un soplido de nariz.

Con dinero se soluciona todo, muy bien.

—Pensaba comprar planes y proyectos, ¿de esos tienes? —Marco frunció el ceño ante la ironía de Sofía—. Mi mundo no se acaba cuando tú te vayas.

—Si lo que quieres son las nóminas del resto del verano, las tendrás —respondió él y ella dio un paso atrás. Le apartó la mano con que la tenía sujeta.

No me lo puedo creer.

Resopló con fuerza.

Me echas del trabajo para seguir teniendo sexo conmigo, y ahora me dices que puedo cobrar las nóminas de todos modos, que no hay problema.

No sabía en qué escalafón estarían los demás para ellos, pero eso de humillar no lograban graduarlo bien, o quizá directamente les daba igual. Podría responderle tantas cosas...

No soy una prostituta, qué te piensas, me acabas de tratar como a una puta... A otros, por mucho menos, ya los tendría por Alicante.

Pero no era un cualquiera, era Marco Valenti y llevaba ventaja. Demasiadas. Un físico grandioso que le permitía robar a su antojo pieles de foca a cualquier joven que no tenía más opciones que quedar eclipsada. Y un imperio que le proporcionaba aquel halo de seguridad y superioridad sobre el resto. ¿Qué podría responderle? Si lo mandaba a hacer puñetas, a él le daría exactamente igual. Era inmune a todo.

Suspiró y volvió a darle la espalda. Giró la cabeza, a su izquierda tenía una de las callejuelas estrechas que la llevaba a aquel laberinto de pasillos blancos. Ella las conocía; él, no. Si se escabullía por allí, perdería a Marco de vista.

Dio un paso en esa dirección. Marco pareció deducir sus intenciones y se apoyó en la pared. Alargó el brazo justo delante de ella para cortarle el paso.

—Los que te conocen ya me advirtieron de cómo sueles actuar. —Claro que imaginaba sus intenciones; notó la diversión en sus ojos.

Andrea y su séquito, menuda fuente.

—No me conocen bien —respondió ella y flexionó ligeramente la pierna izquierda, la de la cicatriz en forma de Y. Marco se fijó en ella.

Que me conocen, dicen.

Apoyó una mano en la pared sin dejar de mirar al interior de la calle.

—¿Me darás lo que necesite?

Marco se inclinó hacia ella y le pegó el pecho al hombro.

—Ya te he dicho que sí, ¿qué es lo que quieres? —Ya estaba cerca de su cuello.

—Quiero unas alas. —Sofía dio una palmada en la pared y el ruido detuvo a Marco—. Quiero que me permitan estar contigo cuando quiera, sin miedo a poner en peligro mi casa o mi familia. —Ladeó el cuerpo y apoyó la espalda en la pared, apartando el cuello de su nariz, gesto que Marco aprovechó para arrimarse, esta vez de frente—. Que me aseguren que mi vida no vaya a cambiar porque haya decidido acercarme a ti.

Estaba a la distancia justa para que el olor a canela se volviera más penetrante. Sus pensamientos se dispararon, ahora hacia recuerdos reales que hicieron que dentro de su pecho pareciera romperse una taza de chocolate caliente cuyo líquido caía despacio costillas abajo. Los labios de Marco ya casi rozaban los suyos.

—Y que pueda mandarte a hacer puñetas cuando hables como un imbécil o digas barbaridades como la que me acabas de proponer, y que cuando lo haga no te resbale. —El olor se disipaba, Marco se había separado un tanto de ella—. No puedes conseguirlas. Ya las tendrías para ti. —Y por primera vez desde que comenzaron a hablar, lo vio tensar la mandíbula—. Y yo no veo tus alas.

Pasó bajo su brazo, el que Marco había interpuesto para que no echase a correr, y lo rebasó para adentrarse en la calle sin que él opusiera resistencia, dejándolo atrás.

Notaba los guijarros gruesos del suelo bajo la suela de las sandalias y recordó cuando caía sobre ellas en la frenada accidental de una carrera. Pero ahora no iba corriendo, ni siquiera a paso apresurado. Era lo que Marco esperaba, que huyera, que echase a correr. No lo necesitaba.

Pasó por delante de una puerta marrón decorada con macetas y torció hacia otra calle. Era tan estrecha que no podría abrir los brazos.

Sonrió. Seguramente Andrea le habría dicho a Marco que la niña salvaje huía, pero aquella necesidad de velocidad se había apaciguado con el tiempo y ahora solo le sobrevenía cuando la incomodaban o cuando se aburría en clase y perdía el control de la rodilla.

Volvió a desviarse y pasó bajo un arco. Estaba a punto de cruzar al otro lado, a la zona donde acababan las calles estrechas y comenzaban los comercios y las terrazas, donde podría coger el autobús que la dejase en el hotel.

Más arcos, ya divisaba las escaleras para salir. Las subió algo apresurada; pronto llegaría a la calle ancha.

Alzó la mirada cuando llegó al último escalón y frenó tan en seco que creyó que se vería de nuevo en el suelo como tantas otras veces años atrás.

Marco jadeaba. Supuso que los Valenti no dirigían un imperio por ser lerdos. No la había seguido, no había hecho ni el intento, ¿cómo iba a jugar a un juego en el que no tenía más opciones que perder mientras la buscaba entre las calles? Había preferido rodear el puerto y esperarla en la salida, al menos en una de ellas.

Le dio la espalda y apretó los labios mientras clavaba la vista en el azulejo de los dos peces azules. Su hermana Alicia sabía que era su salida preferida y solía alcanzarla allí. Tendría que haber cogido otra, así no la habría alcanzado. O igual él hubiese seguido corriendo y la habría alcanzado de todos modos. Empezó a bajar los escalones, intentando alejarse de su olor.

—No las necesitas —lo oyó decir mientras recuperaba el aliento. Estaba acostumbrado a hacer ejercicio, sin embargo estaba ahogado. Al parecer, no solo las niñas salvajes corrían, sino también los niños soberbios y egoístas podridos de dinero y de excesos de todo lo palpable. Quizá no eran tan altivos ni tan inmunes. Fuera como fuera, había algo en Marco que conseguía contrariarla—. Tú ya haces todo eso.

No le resbala que lo mande a hacer puñetas.

Sofía tuvo que contener la sonrisa al escucharlo; se estaba adentrando en el arco y este se estrechaba. Escuchó las pisadas de Marco en los escalones y se detuvo justo bajo un cartel que pedía silencio. Mal sitio para hablar. Se volvió para mirarlo.

Y hasta ella llegaron él y su olor, que junto con su forma de respirar hizo que en su cuerpo se activase un calor inmediato.

—Me has pedido algo que ya tienes. —Marco deslizó los ojos hacia su costado.

Le bajó la goma del vestido. Notar sus dedos en las costillas le hizo tensar el hombro para no encogerlo, aunque se le erizó el vello enseguida. Él lo notó y le pasó el pulgar por el brazo. Las cosquillas aumentaron y también la fuerza con la que el vello tiraba de su piel.

De poco me sirven. No hacen nada contra ti.

Su contacto era como un picotazo de fuego que no dejaba de extenderse por el resto de su cuerpo. Y ya sabía, por su escueta experiencia, que cuando Marco le picaba, aunque fuese por una fracción de segundo, el efecto era imparable.

Soltó el filo del vestido y llevó la mano hasta su espalda mientras se inclinaba hacia ella. Sofía retrocedió un paso. Su espalda ya rozaba la pared y él seguía mirándola.

Marco respiraba despacio, se recuperaba de la carrera.

—Siento lo que te he dicho antes, no he sido consciente. Y siento aún más lo del trabajo. —Se detuvo antes de continuar y exhaló con suavidad. Ya no había más margen para echarse atrás. Sofía tenía la espalda apoyada por completo en la pared y el calor de su cuerpo viajaba sin pérdida a aquel lugar exacto bajo los volantes de su vestido—. Si es lo que quieres, volverás al hotel y yo me saltaré las normas. Me parece justo para los dos. Los dos arriesgamos.

Y ¿sentir aquello a la vista de todos, incluso de su familia? Ya no sabía qué era lo mejor.

—La diferencia entre el resto de las personas que conozco y tú es... —Marco sonrió y dejó caer la frente sobre la de Sofía.

Tener a Marco cerca era ver una y otra vez el interior del barco.

Le habría gustado que Marco terminara la frase, era algo que quería escuchar. En ciertos momentos, ser diferente adquiría un sentido que le llenaba pecho, aunque quien tuviese delante fuera alguien como Marco Valenti, y sabía que fuera lo que fuera a lo que se refería, era una de esas veces en las que ser ella era lo mejor que le había dado la vida en veintiún años. Pero él no quiso decirlo y ella no pensaba preguntar.

Le encantaba la forma en la que la camisa de Marco se abría en su cuello y que se cerraba antes de las formas redondas que resaltaban a través de las hebras finas y blancas a rayas.

La inspeccionó con la mirada. La tela estaba impregnada de ese olor que ya conseguía recordar aunque no lo tuviese cerca. Marco debía de haber tenido la camisa metida por dentro del pantalón parte de la tarde, ya que estaba más arrugada por la parte inferior. Agarró el lado izquierdo y tiró con suavidad. No pesaba, parecía flotar sobre su piel, aunque una leve tirantez lograba pegarla por completo a su cuerpo.

Alzó los ojos hasta los primeros botones del pecho, quizá eran los que más dificultad presentaban para mantenerse cerrados. Allí, justo a aquella altura, Marco parecía inmenso.

Aún le era extraña la sensación de poder tocarlo. Lo tenía permitido aun cuando en su cabeza estaba al nivel de un dios. Hacía apenas unos días ni siquiera sabía cómo debía hablarle, pero ahora podía acariciarlo, tal vez con pocos límites.

Ninguno.

Rodeó a Marco por la cintura y lo atrajo por su espalda para acercar más su cara a él. Cerró los ojos mientras notaba el roce de la tela en su barbilla. Tomó aire.

No tenía dudas. Era su olor favorito en el mundo.

Soltó el borde de su camisa y metió la mano debajo de la tela. Llegó hasta el cinturón de Marco y pasó por encima buscando la suavidad cerca de sus costillas.

Notó un pinchazo en el cuero cabelludo. Marco aún tendría las gafas de sol y el móvil en la mano. Intentaba cogerle la cara y algún pelo se le habría enganchado en las patillas.

Abrió los ojos para mirarlo.

A cualquier otro no le habría dado ni la oportunidad de disculparse. Pero él le encantaba. Siempre supo que tendría esa ventaja sobre ella. Marco era un tiburón acostumbrado a bucear en aguas profundas y ella apenas era capaz de nadar más allá de la roca.

Dejó caer el peso de su cuerpo en él, pegando por completo su pecho al de Marco, y levantó la barbilla para alcanzar sus labios. Y llegó hasta ellos, los entreabrió para que encajasen. Volvía a besarlo a pesar de que aquella tarde se había propuesto, sin mucho ímpetu, no volver a hacerlo. No regresar al barco. No acercarse a él.

Sintió la mano de Marco bajar por su espalda hasta los volantes del vestido, tal vez buscando lo que había debajo. Aquel filo de la tela que bordeaba sus nalgas. El contacto directo de los dedos de Marco en la piel sin tela, tal y como ella había hecho con él, aumentaba el calor constante que sentía entre las piernas. Le levantó el elástico de las bragas como si supiese dónde estaba el centro de su calor y llegó hasta él.

Pero estaban en medio de la calle, que por suerte estaba vacía.

Así que se separó de él y sintió un pellizco fuerte en la nalga derecha que la hizo ponerse de puntillas y dar un grito. Él se echó a reír.

—Sigues sin tener ni idea. —Marco le atrapó el labio inferior.

Y a Sofía le urgía que él continuara explicándole con detalle todas esas cosas que ella todavía no sabía. Marco volvió a introducir la mano bajo los volantes y la empujó al otro lado del arco hasta que pegó su espalda a la pared. Esta vez notó la tirantez en su pantalón cuando se apretó contra ella.

Sin haber dado una sola carrera, su respiración se aceleraba. Separó la cadera de la pared para apretarla contra él y se obligó a no enroscar su pierna a su alrededor.

Marco se separó y Sofía lo miró. El camino hasta el puerto, aun conociendo el atajo, se hacía lejano. Agarró la mano de Marco y tiró de él para que la siguiera. Tan solo tenían que seguir la calle y desviarse a la derecha para encontrar unas escaleras que bajaban.

Se volvió con los ojos entornados esperando a que él adivinase lo que pretendía. Él frunció el ceño con la vista fija en la salida al final de la escalinata y ella se echó a reír.

—No hacía falta dar toda la vuelta —dijo ella sin dejar de reír bajando los primeros escalones.

—Llevabas demasiada ventaja. —Marco le pegó el pecho a la espalda. Sofía creyó que se tambalearía al notar el pantalón de Marco en el culo o, más bien, lo que este guardaba—. Pero no te ha servido de nada.

La barandilla izquierda se había acabado justo a esa altura y no proseguía hasta después de la puerta marrón de una casa. Ladeó su cuerpo hacia ella. Marco la agarró, pero Sofía había alcanzado la pared con una mano.

Cerró los ojos mientras sentía la nariz de Marco en su cuello. Desconocía a qué olería, puede que al champú o a la mascarilla, o bien al jabón casero de la abuela Almu con el que se bañaba. Pero entonces se dio cuenta de que a él también le gustaba su olor simple y poco artificial que solo lograba obtener cuando estaba en casa. Había comprobado que este cambiaba en otros lugares, que dejaba de ser el de siempre, y no le quedaba más remedio que usar perfume.

Marco aflojó la presión y la liberó del todo. Sofía bajó la mirada; su pie había chocado con algo en el traspiés antes que Marco la agarrase. Le había dado a una maceta con flores rojas que había a un lado de la puerta. Suspiró y la puso donde seguramente estaba antes de su llegada.

Bajó los siguientes escalones, esta vez pendiente de los movimientos de Marco para que no volviese a cogerla desprevenida. Pero no hizo nada más y salieron a la calle del puerto a la altura de la rampa que descendía hasta los barcos.

El de Marco era el último.

—Espera aquí un momento. —Pasó por delante de ella y subió.

Sofía observó cómo entraba en el interior. No tardó más de dos minutos. Desconocía qué pudiera pasar en el barco para que él quisiera entrar antes. Si era desorden, no la conocía lo suficiente. Fuera lo que fuese, no le llevó mucho tiempo.

Marco se colocó en la plataforma y le tendió la mano. El hecho de que hubiera querido entrar solo podría parecer algo absurdo, pero algo en su interior la hizo regresar al antiguo estado de desconfianza.

Alicia le decía que acercarse a él sería partirse las alas y caer de cabeza.

Exactamente eso.

Una sensación que por mucho que quisiese apartar, volvía una y otra vez.

Aceptó su mano. Claro que se las partiría, cada vez tenía menos dudas.

Ya las reconstruiré.

Se agarró a él y subió.

—Lo más justo para los dos —lo oyó decir y ella frunció el ceño.

Tiró de su mano hacia el interior del barco antes de que pudiese preguntar. Marco cerró la puerta tras él.

Sofía retrocedió unos pasos a medida que él se acercaba a ella. Marco recorría con la mirada la goma del vestido, quizá buscando la manera de quitarlo. Le gustaba cómo la observaba en la media distancia cuando estaban solos con los ojos oscuros de un depredador con demasiada hambre. Ya la primera noche en la playa se había dado cuenta del hambre que hacía por contener, una de las razones que la atrajo a querer descubrir qué es lo que quería de ella.

Marco acababa de comprender que no había otra forma de quitarle el vestido que tirar de él y sacárselo por la cabeza. Verse liberada de la goma hizo que aspirara fuerte por la boca. Sus pechos aún parecían seguir aprisionados; tenía las marcas del nido de abeja de la tela en la piel. Marco le había agarrado uno, cubriéndolo por completo con una sola mano. Del otro solo podía ver la parte que no le cabía en la boca.

Colocó las manos en sus hombros y las deslizó por su espalda. Le clavó los dedos y lo apretó contra ella. Apenas notó el roce del elástico de las bragas. Caían muslos abajo, dejando libre aquella zona que no dejaba de palpitar.

Marco introdujo la mano entre sus piernas y retiró la boca de su pecho. Alzó la barbilla para mirarla y ella volvió a reconocerlo en sus ojos.

Todas esas cosas que no sé.

Solo que sí lo sabía, en el fondo siempre lo supo. De ahí sus ganas de buscarlo y que le mostrase con detalle una por una. Marco lograba inducirla en un estado que hacía que no se avergonzase por ello.

Levantó la pierna y apoyó la rodilla en su hombro, enredando las manos entre su pelo. Lo empujó suavemente hasta que sintió el cosquilleo de su flequillo bajo el ombligo y cómo se mojaba su entrepierna. El temblor de todo lo que había allí solo se calmaría de una manera.

Inclinó la cadera hacia su boca mientras sentía las manos

de Marco apretándole las nalgas. Y la piel fina y palpitante de su sexo alcanzó su lengua, apenas logró rozarla, un suave cosquilleo. Y eso no conseguía detener los temblores, sino aumentarlos. Cerró los ojos. La pierna que tenía apoyada en el suelo se aflojaba; caería de un momento a otro.

La lengua de Marco pasó despacio a lo largo de su abertura y se retiró un milímetro. Sofía volvió a bascular la cadera, echando el peso de su cuerpo sobre su rodilla, aún en el hombro de Marco. El roce había conseguido que aquello palpitase a una velocidad que dolía.

Arrastró sus manos por el pelo de Marco; el peinado impecable se desbarataba entre sus dedos. No sabía la razón por la que un hombre como él había sentido una atracción así por ella. Pero que lo hiciera solo hacía aumentar más el deseo de descubrir todo eso que él estaría acostumbrado a hacer con otras mujeres. Marco sabía bien dónde radicaba el placer en cada uno de los sentidos, cómo lograr arrastrarla hasta sacar una parte de ella que no conocía. Estaba convencida de que era uno de esos hombres que llevaban a las mujeres al límite hasta suplicar que las penetraran.

Cerró los puños en su pelo, movió de nuevo la cadera buscando su boca y se dejó caer sobre ella.

Gimió al sentir cómo la volvía a recorrer, esta vez con más intensidad. No pensaba apartarse de él ni soltarlo hasta que dejase de arderle.

Lo sabía, claro que también sabía todas esas cosas de Marco. Ni su intuición ni su fantasía habían fallado con él.

No mucho tiempo atrás había puesto el primer pie en el hotel con el temor de defraudar a su familia. Parecía lejano cuando todo su entorno, incluida su madre, agachaba la cabeza al verlo pasar y hacían lo posible por agradarlo. Directivos, encargados y hasta aquella mujer difícil llamada Judit arrastraban al resto de los empleados a comportarse de la misma manera. Y ella fue la última en llegar.

Lo miró. Tenía a Marco Valenti de rodillas y con la boca entre sus piernas. Acababa de sacar su lengua del interior para atraparle el clítoris con los labios; lo sorbía produciéndole un cosquilleo que se le expandió hasta los tobillos.

Se encogió, era incapaz de soltarlo y dejar que se separase de ella. Lo apretaba aún más mientras el resto de su cuerpo se aflojaba.

Abrió las manos y volvió a agarrarlo del pelo. La rodilla de la pierna que apoyaba en el suelo se le doblaba sin remedio. Cerró los ojos y arqueó la espalda.

Gritó, apenas fue capaz de coger aire antes de volver a espirar otra vez con otro gemido fuerte mientras su cuerpo se contraía en una especie de reflejo que la haría tambalearse. No tenía margen de respirar, aquello la azotaba una y otra vez aflojándole todo su ser mientras su voz retumbaba en la madera del barco. Y por un momento, se abandonó a merced de aquellos espasmos, sabiendo que eso liberaría también su garganta.

Se hizo el silencio de una vez mientras aflojaba las manos. Si había dioses entre los hombres, Marco sería uno de ellos.

Lo vio mirarla jadear con cierto halo de satisfacción. El problema en el que se había metido era monumental, mucho más considerable de lo que esperaba. Marco podría robarle la piel de foca tantas veces como él quisiera, que ella no tendría alas para impedirlo.

34

Sofía

Aparentemente la decisión había sido del director del hotel. Nadie hizo preguntas y su madre parecía satisfecha. Tres semanas de trabajo sin descanso y ya se había acostumbrado a la presencia de Marco en la terraza. Primero, rodeado de amigos y después de que se marcharan, completamente solo.

Sin embargo, a sus ojos, Marco comenzaba a ser alguien distinto al Valenti del principio. Quizá por esa razón tenerlo cerca en el trabajo no era tan difícil como pensaba que sería.

Cogió sus cosas de la taquilla y se cambió de ropa. Sacó el bolso y algo cayó al suelo. Era una tarjeta con el símbolo con la V de los Valenti, le sonaba de verlas en el hotel.

La recogió del suelo y le dio la vuelta.

«Te espero en la cabaña del fondo».

Frunció el ceño, nunca solía verlo en el hotel, no quería que ningún empleado los viera y llegase a oídos de su madre. Marco insistía en que subiese con él al ático pero, aunque por la noche había pocos empleados y nadie de su familia andaba por allí, ella no se atrevía. La cabaña estaba más apartada; además, podía entrar y salir de ella por el agua. Del ático era imposible marchase sin que la viesen.

—Sofía. —Escondió la mano con la tarjeta enseguida.

Sonrió a su madre, que se acercó a las taquillas y sacó la llave para abrir la suya.

—¿Vienes a cenar? —La miró de reojo—. Ya veo que no.

La vio hacer una mueca. Sospechaba que estaba saliendo con alguien. Su hija solitaria apenas paraba por casa y regresaba bien de madrugada. Mojada numerosas veces, aunque eso su madre no lo sabía.

Cerró la mano con la tarjeta. Lamentó ser tan olvidadiza con el móvil, aunque Marco parecía haberse acostumbrado a eso y había encontrado una alternativa.

Ladeó la cabeza mirando hacia la puerta. Judit también entraba a la sala de personal; apenas les dio las buenas noches. Desde que regresó al trabajo, no le dirigía la palabra. Sabía por Leyre y por Esteban que no le había sentado bien su readmisión.

La gobernanta salió de la habitación con tanta rapidez que la puerta quedó entreabierta. Notó un tirón suave en el pelo, esa manía de su madre de apartarle los mechones de los lados de la cara.

—Espero que te diviertas. —Dio un paso atrás para mirar su vestido. Uno más de tantos *tie-dye* que había por casa con unas borlas de flecos en la goma bajo el pecho. No estaba segura de si lo había comprado ella hacía algunos veranos o era de la abuela Almu. Se inclinaba más por lo segundo.

—Esta semana podrías ir a comprar ropa, ahora que sales más.

Ya empezamos.

Entornó los ojos hacia su madre. Esta seguía intentando peinarla.

—No necesito más ropa. —Sacudió la cabeza y los mechones volvieron a esparcirse.

Para lo que me dura puesta…

Se mordió el labio inferior. Hasta el sentimiento de culpa frente a su madre ya era tan cotidiano que no dolía. Con suerte, llegaría el momento que Marco se marchase y nadie se enteraría de lo ocurrido. Sus hermanas no habían dicho una palabra, les debía un monumento.

—O ir a la peluquería, por ejemplo —rio su madre.

Seguimos...

—No sé con quién sales, pero al principio...

—No tiene importancia. —Sofía se apartó de la mano de su madre antes que la entremetiera en su pelo de nuevo.

Su madre había fruncido el ceño.

—Si no tiene importancia prefiero no imaginarme cómo será él. —Hizo un ademán antes de coger el bolso.

No, no te imagines.

Sofía se llevó la mano a la sien.

—¿Cómo es quién? —La abuela Almu se asomó riendo a la puerta. La terminó de abrir para entrar. Se inclinó hacia Sofía—. No quiere imaginarse, dice. Está deseando de saber dónde andas estos días.

Sofía se llevó la mano a la boca. Prefería que su madre estuviera lejos de la realidad, era mucho mejor para su salud mental.

—No, no es así —respondió su madre—. No es por ser curiosa. —Se echó a reír cuando vio a su abuela asintiendo tras ella y haciendo una mueca—. Pero me gusta saber con quién estás cuando sales. Casi nunca llevas el teléfono. —Negó con la cabeza y suspiró.

Teniendo en cuenta que la mitad de los días salgo por el agua, es normal que no lo lleve. La otra mitad se me olvida.

Aunque ya estaba poniendo remedio: una mochila estanca que solía usar desde hacía unos años cuando iba a algunas calas y tenía que meterse en el agua. Al menos le permitía tener ropa seca al regresar en vez de tener que dejarla tirada en cualquier parte.

—Nunca ha llevado teléfono. —La abuela cerró su taquilla y el sonido metálico retumbó.

—Pero yo sabía dónde estaba y con quién iba —replicó su madre.

A este lo conoces también.

Su abuela la miró de reojo.

—Cuando tu tenías su edad, no existían los móviles y yo

tampoco sabía dónde estabas. —Le dio unos golpes en el hombro a su hija—. Podrás con ello.

—Tiene razón —intervino Sofía, le debía otro monumento a la abuela.

—Entones no pasaban las cosas que pasan ahora. —Su madre también cerró su taquilla.

Sofía se colgó el bolso.

—Estaré bien. —La besó en la frente. Luego se acercó a su abuela para darle también un beso—. Lo que le digas es para nada. —Su abuela sonrió.

Salió de la sala y atravesó la puerta lateral del hotel. Miró de reojo las escaleras y giró al lado contrario; no había otra forma de llegar hasta las cabañas. Tenía que darse prisa si no quería que la viesen.

35

Marco

Tenía abiertos los cristales al completo y el viento de la noche enfriaba la cabaña. Aquel día había sido caluroso y se concentraba en el interior. Estaba tumbado en una de las hamacas del porche. Su móvil sonó. Sofía ya habría salido del trabajo, pero antes de mirar la pantalla sabía que no era ella. Sofía nunca lo llamaba.

Valentina, llevaba unos días sin hablar con ella.

—El niño perdido preocupa a su padre —le dijo con ironía y Marco sonrió—. Hoy me ha llamado, creo que has logrado enfadarlo.

Y su sonrisa se ensanchó.

—Así que cuéntame el secreto, porque yo también quiero saberlo —añadió la chica.

—¿Qué te ha dicho? —Encogió las piernas para estirar la espalda.

—Que quiere que vuelvas ya.

—Eso ya lo sé.

—Y que tu comportamiento no es normal. —Valentina rio—. Y yo pienso que nos hemos gastado el dinero de nuestros padres a toneladas, hemos holgazaneado a rachas, hemos sucumbido al libertinaje delante de sus ojos y cientos de cosas más y siempre les ha dado igual. No han demostrado estar molestos lo más mínimo. ¿Qué has hecho, Marco?

Miró hacia el agua, ya oscura. La luz de la cabaña alumbraba un semicírculo en ella; el resto estaba completamente negro.

—En realidad no he hecho nada comparado con otras veces. —Se incorporó para sentarse.

—Dice que andas con una chica. ¿Es eso? ¿No le gusta?

Negó con la cabeza, como si Valentina pudiese verlo.

—La chica le da igual. Soy yo el que no le gusto. —Se fijó en el movimiento del agua—. ¿Te acuerdas de aquel cuento de la roca que leíamos de niños en el club? ¿Aquella historia simple de una piedra que se desprendía de la ladera?

—Claro que la recuerdo. —Valentina reía—. La leíamos todas las semanas. «Hace miles y miles de años, en una ladera junto a un río vivía yo, que soy una roca».

Marco sonrió al escucharla.

—Pues algo así como el comienzo es lo que he hecho yo.

—¿Desprenderte?

—Tan solo resquebrajarme. Una grieta leve, casi insignificante. —Espiró con fuerza—. Por primera vez, Valentina. Todas esas cosas llamativas que hacíamos no les molestaban porque seguíamos en el mismo lugar. Sin desprendernos.

—Pues a la roca desprendida no le fue nada bien —respondió su amiga—. Cayó y se rompió. Y continuó dando vueltas por el mundo entre lluvias y otros desastres que la desgastaron hasta hacerse pequeñita como una china de río. Inútil, invisible, a la que cualquiera podía patear o lanzar y, por último, pisar. Se acabó convirtiendo en polvo.

—Exactamente eso. —Cogió aire tranquilo—. Perdió la seguridad de la ladera. Pero por el camino vivió muchas otras cosas. Valentina, ellos nunca se enfadaban con nosotros porque nunca hemos salido del círculo que nos impusieron. Tú y yo somos amigos porque ellos decidieron que lo fuésemos. Las tardes en el club, ir a la misma clase, tener las mismas aficiones, los viajes al extranjero... Hemos pasado demasiado tiempo juntos como para que te considere de mi familia. Ellos querían que tú y yo siguiéramos cerca uno del otro sin que peligrasen el resto de los planes que tenían para nosotros. Yo no tengo hermanas y tú eres hija única. Nosotros fuimos nuestra primera lección. Salvatore y el resto eran, según su criterio, el mundo cerrado en el que debíamos movernos. Y ahí nos mantuvieron los años suficientes hasta que, según ellos, estábamos preparados para salir al exterior.

—Pero los demás no tienen el mismo valor.

La lección la tenían bien aprendida.

—No tenemos nada, Valentina. Es su imperio, su trofeo, y se nos exige llegar a un límite que de antemano se nos tiene vetado. Siempre estarán por encima. —No quería seguir hablando de eso. Era la razón por la que no llamaba a Valentina, por la que le pidió a Salvatore y al resto que se marcharan. Todos ellos le recordaban la realidad. Y necesitaba apartarse de ella un tiempo, el suficiente para seguir explorando qué había en la otra parte del cristal, la que siempre vio en escala de grises.

Llamaron a la puerta y se volvió. Escuchó una voz al otro lado. No era Sofía, sería algún camarero. Ya era hora de que se retiraran todos y siempre venían a comprobar si quería algo más. Puede que el retraso de Sofía se debiera a que aún estaban por allí. Ella siempre se negaba a acercarse al hotel o permanecer en sus instalaciones. Lo mismo ni siquiera iba. El camarero observó que la cena aún estaba intacta sobre la mesa.

—¿Me lo llevo, señor?

Negó con la cabeza y el chico cerró la puerta.

—Y ¿esa chica? No me has hablado de ella. ¿Quién es?

Volvió a sonreír y esta vez a su gesto lo acompañó cierta energía en el pecho. Tuvo que contener la risa.

—Está cerca mientras te resquebrajas de la ladera —añadió Valentina.

Escuchó un chapoteo en el agua y se incorporó entornando los ojos; algún pez había formado un surco en la superficie.

—Justo eso. —Su sonrisa se ensanchó.

Las ondas se ampliaban y Marco se inclinó hacia adelante. Bajo la red de las hamacas sobre el agua vio que algo se movía.

Se puso en pie sin separar el teléfono del oído y se acercó al filo del porche para acuclillarse, colocando la palma de la mano libre a ras del agua, sin rozarla.

Esperaba que entrase por la puerta, no se le había ocurrido que tomase otro camino.

Sofía empujó su mano hacia arriba con la nariz. Dejó caer la mano para que ella apoyase la mejilla en ella, intuyó que era lo que buscaba.

—¿Ella te gusta? —preguntó Valentina al otro lado de la línea.

—No te puedes hacer una idea. —Le pasó el pulgar por la nariz. Los rasgos de Sofía eran absolutamente perfectos—. Tengo que dejarte.

Le gustaba absorber las visitas de la mujer marina al completo, disfrutar del espectáculo visual, del halo místico que aún le producía Sofía. Pasó los dedos por la curva de su nariz y le llegó hasta los labios.

Oyó a Valentina suspirar.

—Cuídate —añadió él—. Un beso.

Dejó el teléfono en el suelo y acercó la otra mano hasta ella. Le encantaba cómo el agua era lo único que parecía apaciguar su melena. Se pegaba a su cabeza dejándole la cara totalmente libre. Era el único momento en el que podía verla al completo sin aquellos mechones enmarcándola como si fueran un seto de espinos que guardaban un tesoro; estos se negaban a moverse de su sitio aunque él se empeñase en apartarlos.

Sin embargo, en el agua se descubría. Le envolvió la cara con ambas manos. Valentina le había preguntado si Sofía le gustaba. En veintisiete años no había encontrado una mujer que le gustase tanto, ni siquiera creyó que pudiese encontrarla. Su vida había sido un pasar el tiempo entre estudios, trabajo y las diversiones que se le consentían, y entre ellas estaban las mujeres, una distracción a la que solía acudir más que a otras, pero que no tenían demasiada relevancia una vez pasaban. Sabía por experiencia que a él los juguetes se le rompían demasiado pronto, dejaban de tener interés o todas esas cosas que había sentido alguna que otra vez desaparecían de golpe. Con Sofía iban a más.

Le acariciaba la cara. El agua salada le dejaba la piel áspera cuando se iba secando, lo que le dificultaba deslizar los dedos por ella. Le gustaba retener los momentos en los que Sofía aparecía de esa manera extraordinaria, alargarlos, observar cada detalle y memorizarlos. Esperaba que esas imágenes nunca se desvanecieran.

No podían esfumarse. Recordaba cómo tantas veces había soñado desde niño que se perdía en medio del mar, completamente solo, y que pedía ayuda a gritos mientras un kraken descomunal removía el agua con sus tentáculos. Pesadillas que se fueron repitiendo a lo largo de su vida, junto con la asfixia al despertarse y aquel dolor de garganta de gemir mientras dormía. La imagen que tenía delante sería lo primero que vería cuando abriese los ojos. Cuando los sueños del mar regresasen, allí estaría ella para ahuyentarlos.

Sonrió mientras bajaba la mano hasta sus hombros y comprobó que no llevaba ropa. Sofía estaba muy lejos de lo que encontraba cuando invitaba a una mujer a cenar. Todas querían impresionarlo con una imagen impecable y sofisticada, vestidos sensuales y una ropa interior compleja. Mujeres que ansiaban marcar la diferencia con tantas ganas que acababan siendo como el resto.

Impresionarlo resultó ser mucho más sencillo. Era más, Sofía lo hacía sin querer.

Apartó las manos de ella y se levantó para coger un albornoz mientras Sofía se dirigía hacia las escaleras.

Tuvo que darse prisa en envolverla; era temporada alta y, aunque era la última cabaña del hotel, el mar se llenaba de barcos por la noche. La completa oscuridad que se había podido apreciar en él las semanas previas se había acabado.

Sostuvo el albornoz y la observó salir del agua. Ya había visto desnuda a Sofía muchas veces, varias al día, durante las últimas cinco semanas. Pero su cuerpo lo atraía tanto como la primera vez.

—Gracias —dijo Sofía. Hasta ese momento no se dio cuenta de que parecía uno de los empleados de la familia sosteniéndole el abrigo por la mañana. Salvo que él nunca daba las gracias y ella, sí.

Lo soltó cuando lo tuvo puesto. Tiró de ella para que entrase, se pegó a su espalda y apoyó la barbilla en su hombro mientras la rodeaba con el cinturón. La estatura de Sofía le permitía margen para verse los dedos.

Sofía también observaba cómo pasaba la cinta a un lado y otro para hacer la lazada hasta que la dejó caer. Apartó las manos para permitir que la inspeccionara.

La vio tirar de un extremo y el nudo se le ajustó a la cintura.

—Los nudos en las batas tienden a deshacerse. —No había levantado la barbilla de su hombro. Introdujo las manos bajo los brazos de Sofía y se agarró a la tela—. Ese no.

Ella volvió a tirar del otro lado; se ciñó aún más.

—¿Podré salir luego de aquí? —preguntó y él acercó la boca a su cuello sin dejar de reír.

—No sin mi ayuda. —Le frotó el albornoz por el cuerpo para secarla. Hasta por encima de la tela las formas del cuerpo de Sofía lograban que la ropa interior le tirase y que los pantalones le apretaran. Volvió a coger la cinta del albornoz y se lo aflojó.

El cruce de la tela se abrió ligeramente sobre su pecho; desde aquella perspectiva, podía verle hasta el comienzo de la aureola del pezón. Tiró del filo del albornoz para sacárselo al completo mientras deslizaba la otra mano para introducirla por debajo del cinturón.

Le cubrió el pecho y lo apretó; acababa de alcanzar con los dedos la zona suave entre las piernas de Sofía. A veces dudaba si aquella actitud continua con ella, y que solía embelesar a otras mujeres, y con mucho menos, volviéndolas más adeptas a él, a Sofía pudiera hacerla huir.

Pero ella abrió los muslos y apoyó la nuca en su pecho. Sofía en ese sentido no era distinta a las demás y eso le encantaba.

Resbaló el dedo separándole los labios hasta llegar al extremo. El agua de mar la había secado sobremanera también en aquella parte. Sentía el peso de su cuerpo dejado caer en él, y la miró un instante mientras bordeada su clítoris con los dedos.

Su pecho se movía al respirar a pesar de que él los había dejado quietos. Lo miraba, esperando a que siguiera. Le habían enseñado que las mujeres se movían por motivaciones muy lejanas al placer de los sentidos. Movió la mano para colar las yemas en su abertura, donde la sequedad desaparecía y le facilitaba el roce.

Sofía cerró los ojos y se apretó contra él. Volvió a humedecerse los dedos y la sintió encogerse. Acercó los labios a su cuello y presionó su verga, contenida tras la cremallera del pantalón, contra el culo de Sofía. Aceleró el movimiento de sus dedos y la sintió gemir. Le mordió la base del cuello. Se había propuesto cenar primero, pero aquella mujer conseguía enloquecerlo por completo.

Se separó de ella para cerrar los cristales y, de un tirón, corrió las cortinas. Se volvió hacia Sofía y esta se lanzó sobre él rodeándole el cuello. Le gustaban sus labios. Parecía haber un vínculo entre ellos y su piel que activaban ciertas corrientes en su cuerpo.

Se sacó un preservativo del pantalón; estaba convencido de cómo acabaría la noche, no podría ser de otra manera con Sofía cerca. Sin embargo, la velada no estaba acabando, tan solo acababa de comenzar.

Los contó, por suerte, los sobres se habían pegado unos a otros y había tres. La habilidad de Sofía para desabrocharle los pantalones y bajarle la ropa interior se había acelerado desde sus torpezas del primer día.

Separó su boca de la de Sofía y le dio la vuelta para ponerla de espaldas a él. Bajó la mano de nuevo hasta sus muslos; quería comprobar si la sequedad del agua se había disipado. Notarla empapada hizo que el pene le diese un tirón en un intento de perderse bajo sus glúteos, así que tuvo que darse prisa en enfundarlo o penetraría a su *selkie* de todos modos.

Agarró la pierna de Sofía para que la subiese a la cama balinesa y la sujetó por la cintura. No hizo falta dirigir su miembro, la punta ya estaba en el lugar exacto. La sintió entrar, aprisionada en aquel calor extremo. Sofía tenía tanta fuerza allí dentro como en el resto de su cuerpo. Seguía entrando, y él se contuvo para no embestirla de la manera que le pedía el cuerpo. Llegó hasta la mitad y se detuvo para volver a sacarla y, antes que saliera del todo, empujó despacio. Cerró los ojos al sentirla entrar al completo. Hasta en ese aspecto Sofía parecía estar hecha para él.

36

Sofía

La cena se parecía tanto a la comida que hacía la abuela Almu que no dejó ni un bocado. El calor concentrado en el interior de la cabaña se iba disipando a medida que la brisa del mar entraba directa en ella.

Sofía estaba en el porche. Las camas de red flotantes eran el mejor invento del mundo. Podía estar acostada literalmente sobre el mar sin rozarlo. Había sacado los cojines de la habitación, esperaba no dormirse o acabarían todos en el agua.

La noche estaba tranquila, mientras escuchaba el sonido suave del mar, la luna decreciente le sonreía desde arriba produciendo un reflejo plateado en el agua.

Respiraba tan tranquila que verdaderamente temió dormirse. No debería haber comido tanto. La comida le ralentizaba el cuerpo y en un rato tendría que dejarse resbalar por la red y regresar a casa. No quería ni imaginar que le diese la mañana allí; no tendría modo de salir, a plena luz la verían hasta por el agua.

Marco había sacado al pasillo la bandeja de la cena. A aquellas horas no tenía ni idea de quién la recogería, solo había algunas personas en recepción y algún que otro vigilante. El hotel estaba en silencio.

La última de las cabañas era la más grande y la única situada frente al mar. Las otras tenían apenas un salón con hamacas para tomar el sol en el porche y algunos sofás donde los clientes hacían reuniones. Pero la de Valenti tenía además una cama y un baño completo, como si fuese una habitación más.

Escuchaba a Marco hablar, quien fuese que lo hubiera llamado había insistido varias veces hasta que él lo cogió. El teléfono de Marco parecía haber salido del infierno, no dejaba de emitir sonido de todas clases. Y eso que estaba de vacaciones, no quería ni imaginar cómo sería aquel aparato del demonio cuando trabajaba.

Se giró para acostarse de lado y estiró la pierna para sacarla del albornoz y buscar el agua con la punta del pie. Era la segunda vez que escuchaba un mismo nombre en la voz de Marco entre un sinfín de palabras que no lograba entender.

Valentina.

Cerró los ojos. No sabía absolutamente nada de Marco, solo que pertenecía a la familia dueña de aquel hotel y de más de los que podía recordar, los cuales estaban marcados con un punto rojo en un mapamundi en el despacho del director. Valentina podría ser su novia, quizá su prometida.

Se llevó la mano a la sien.

A veces soy una completa imbécil.

La voz de Marco dejó de escucharse. Giró la cabeza para mirarlo, había lanzado el móvil sobre la cama. Desde allí veía a través de la camisa desabrochada cómo su pecho subía y bajaba al respirar acelerado.

Que este vaya con la camisa sin abrochar debería tener multa.

Apoyó la espalda en la red para seguir observándolo sin tener que torcer el cuello. Marco se había detenido en el borde del porche, donde comenzaba la red. Tenía la boca entreabierta, como si hubiese acabado de hacer algún esfuerzo.

No lo conocía, no sabía nada de él. Y era muy difícil ayudarlo en lo que fuera que le pasase sin parecer una curiosa. Con Marco tenía que usar únicamente la intuición. A la abuela Almu se le habría dado bastante bien.

Encogió las piernas para dejarle hueco y Marco se subió a

la red. Esta se tambaleó con ligereza con el peso añadido y Sofía siguió haciéndole hueco hasta que él se acuclilló a sus pies.

—Pensaba que te habrías dormido —dijo él metiendo la mano bajo la tela del albornoz. La sintió por la parte posterior de la rodilla, aunque no le transmitió el sentido sexual de otras veces.

—He estado cerca —respondió y lo vio sonreír.

—Siento haber tardado tanto. —Y había tardado, más de media hora entre unas llamadas y otras.

Sofía dirigió los ojos hacia su pecho, su respiración seguía dispar. Se incorporó, bajando las rodillas.

—Te echarán de menos, supongo. —Así en general era más fácil decirlo—. ¿Tienes pensado cuándo vas a volver a casa?

Podía preguntarlo, no tenía importancia. Al fin y al cabo sabía que aquello tenía fecha final y que esta no era muy lejana.

—¿Dónde está eso? —Frunció el ceño.

—En Milán, dicen. —Lo había escuchado en el hotel, o ¿fue su madre la que lo dijo en casa? Ya no lo recordaba.

Negó con la cabeza.

—Mi casa es algo parecido a esto. —Se movió y la red se balanceo. El pie de Sofía rozó el agua.

—Pues debe ser muy bonita —respondió con ironía sacudiendo el pie.

Marco le pasó la mano por el empeine para secarle las pocas gotas de agua que le quedaban.

—¿Tu familia está en Milán? —Cómo vivía aquella gente era algo que no llegaba a imaginar, se le venía una imagen completamente borrosa.

—Mi padre está en Florencia; mi madre, en Creta y mi hermano, no tengo ni idea. Mis amigos están en Milán, al menos es a donde iba su avión. —Notó su mano en la nuca—. Pero eso no tiene importancia ahora. —Inclinó la cabeza para mirarle la cara—. La próxima semana tienes varios días libres, seis exactamente —dijo y ella alzó las cejas. Ya le parecía extraño no haber tenido ni uno solo desde que volvió al trabajo.

Supuso que él tendría algo que ver—. Y quiero que los pases conmigo.

No sonó a pregunta, quizá porque sabía su respuesta o porque seguía con esa actitud de no importarle la opinión de los demás.

Sofía volvió a fijarse en su pecho; fuera lo que fuera lo que lo hacía respirar así, a Marco no se le pasaba.

—Antes de responderte necesito saber algo. —Intentaba desatarse el cinturón del albornoz, aún no sabía cómo funcionaba aquel nudo. No podía quitarlo, así que lo aflojó todo lo que pudo.

No puedo salir de aquí.

Marco dobló una de las rodillas y apoyó el antebrazo en ella.

A tomar por culo.

Apoyó las manos en la cama flotante y arrastró el culo para dejarse caer en el agua. El peso de aquella tela mojada era considerable. Se agarró a la red con una mano.

Marco entornó los ojos.

—¿Por qué no me has pedido ayuda?

Tú tampoco la pides.

—¿Me liberas? —Alargó la mano hasta la de Marco y tiró de ella. Él la retiró enseguida.

No me lo puedo creer.

Y no era precisamente el gesto de apartarse de ella como si acabara de quemarle la piel.

—Sube y te lo quito.

Sofía soltó la cuerda y se alejó de ella. Sacó los hombros del albornoz y se dejó hundir mientras se lo pasaba por las caderas; tendría que haberlo intentado primero por la cabeza, así se habría ahorrado el esfuerzo. Notó cómo le raspaba las caderas, pero logró despojarse de la cinta.

Sacó la cabeza y lanzó el albornoz a la red. Miró a Marco.

La diferencia es que yo no necesito ayuda.

Fue moviendo las manos por las cuerdas anudadas hasta detenerse frente a él.

—¿No quieres entrar? —Ladeó la cabeza sin dejar de mirarlo.

Marco negó con la cabeza y encogió las piernas para alejarlas del filo de la red.

—¿Qué es lo querías saber? —preguntó.

Mi prioridad de preguntas acaba de cambiar.

—¿Por qué no quieres bañarte? —Se sumergió hasta la nuca.

—Eso no es lo que querías preguntar antes.

—Ahora sí. —Se dejó flotar sin soltarse de la red.

—No me gusta el agua de noche. Es oscura, no se ve lo que hay debajo.

—El agua profunda también es oscura de día y tampoco se ve —respondió sacando el cuello del agua y alcanzó los tobillos de Marco.

—Tampoco me gusta. —Marco bajó la cabeza para ver cómo le recogía el dobladillo del pantalón largo.

Sofía pegó la barbilla a la red, entornó los ojos sin apartar la vista de marco. Tiró de uno de sus tobillos para acercarlo al filo. Notaba el peso de su pierna, la había dejado completamente floja. Cuando el talón hubo rebasado la red, lo bajó. Percibió cómo se tensaba en cuanto tocó el agua.

—No hay pulpos gigantes por aquí —dijo riendo.

Solo un tiburón y una foca.

Marco levantó la cabeza para mirarla. A lo mejor no le había dado el tono irónico suficiente y había sonado a falta de respeto a su miedo al agua oscura y extensa, donde sus privilegios no lo protegían de nada. Se lamentó de sus palabras, aunque por su expresión no parecía molesto exactamente. Tal vez sorprendido por aquella frase hecha al azar, una mala broma que no venía a cuento. Sintió que no tendría que haberlo dicho.

Y le sobrevinieron unas ganas terribles de pasar esos días libres con Marco.

—Iré contigo. —Sofía metió la mano en el agua y le derramó un poco sobre el empeine. Había sido miserable por su parte considerar a Marco inmune a ciertos sentimientos comunes. Estaba empezando a comprobar que no solo los de la condición de Valenti se consideraban diferentes al resto, también los del otro lado tenían prejuicios contra los privilegiados. Le soltó el tobillo y él lo subió de inmediato a la red. Sofía apoyó los antebrazos y dejó caer la barbilla sobre ellos—. Pero solo si es en el barco.

Marco alzó las cejas al oírla.

—Entonces no iremos muy lejos. —Casi lo vio esbozar una sonrisa.

—No quiero ir lejos. —Ladeó la cabeza para apoyar la cara al completo en el brazo.

Quiero saber qué te pasa.

Marco la miró un instante en silencio.

—¿Qué es lo que querías preguntar antes? —respondió y ella sacudió la cabeza en una negativa. Marco se inclinó hacia delante para acercarse.

Sofía se dejó arrastrar por el mar. Tuvo que sujetarse en las cuerdas de la red para que la corriente no la alejase.

—No sé nada de ti. —Su cuerpo quieto hacía por flotar tras ella—. Y quiero saber si en algún lugar hay una mujer pensando que estás aquí vigilando únicamente un hotel nuevo.

Le encantaba cuando Marco contenía la carcajada.

—No la hay. —Bajó la cabeza negando con la cabeza y su risa aumentó—. ¿Pensabas que sí?

Sofía introdujo la barbilla en el agua.

—Pensaba que con tanto viaje habría una en cada punto rojo del mapa del director —respondió intentando disipar el bochorno con ironía y él volvió reír.

Mentira, temía que hubiese tan solo una.

Se zambulló en el agua para que no se notase la alegría que le había dado la respuesta. Volvió a salir a la superficie y se agarró a la red. Marco se había recostado de lado con la cara sobre su mano, sin dejar de mirarla.

—Barcos y motos de agua —le dijo sacando medio cuerpo y apoyando los antebrazos en la red—. Pensaba que te gustaba el mar.

—Me encanta. —Él sonrió. Alargó la mano hacia su mejilla, cabía completamente en su palma—. Y siento debilidad por las criaturas marinas, pero eso ya lo imaginas.

Madre..., y cómo se sigue viviendo después de esto.

Se quedó quieta, sentía hasta el aliento de Marco. No esperaba ningún beso. Cuando el calor desaparecía, nunca los había. Supuso que ese detalle le hacía mantener los pies en el suelo, o en el agua, para entender lo que fuera que tuviese con él.

Aflojó los brazos que sostenían el peso de su cuerpo y se separó de la red. Tenía que volver a casa.

—¿Mirarás mañana el móvil o tendré que aprender a hacer señales de humo? —lo escuchó decir.

—Podrías aprender a hacerlas. —Ya rodeaba la esquina de la cabaña—. Y tirar al mar ese aparato que no deja de sonar.

No pudo verlo reír al completo. Se sumergió y se impulsó con los pies en una de las vigas de la cabaña flotante. En aquella parte de la cala no había rocas, la arena era fina y no tardó en palparla bajo los pies.

Si la temperatura del agua de noche era tanto o más agradable que de día, salir era un horror. Agradeció que no hubiese mucha brisa. No tenía toalla, aún no sabía dónde vería a Marco aquella noche cuando salió de casa.

Sacudió el cuerpo y recogió el bolso donde había guardado el vestido. Se lo puso por encima. No iba a entretenerse en ponerse las bragas; además, las llenaría de arena.

Cogió las chanclas y se apresuró hacia la casa. La luz se mantenía siempre encendida de noche, lista para guiar a la última Román en llegar. Ya no era Diana, como venía siendo no hacía mucho. Ulises se había asomado a la puerta de la valla, podía verle la lengua colgando a un lado del hocico. Echó a correr hacia ella.

La rodeó y la empujó con el hocico. A veces se detenía a olerla algo más de la cuenta. Era una suerte que los perros no hablaran, sabían demasiado.

Llegó hasta la portezuela y la entreabrió. Se volvió un instante hacia el hotel. Y, a lo lejos, donde estaban los tótems y las palmeras que delimitaban la porción de arena de las Román, vio una silueta. Que una sombra oscura no apartase la vista de donde se encontraba podría haberle parecido terrorífico en otros momentos, pero ya reconocía la silueta de Marco hasta en la distancia.

Ningún día había sido consciente de que, cuando regresaba a casa, no lo hacía del todo sola. Nunca había echado la vista atrás, demasiado pendiente tenía que estar de mirar al frente, a lo que a sus ojos era el mayor peligro: que la vieran las matriarcas Román.

Seis días junto a Marco pasarían volando.

37

Sofía

Las ruedas de la maleta sonaban en la acera. Pasó entre unos coches para cruzar al otro lado. Abajo las rocas delimitaban el puerto por aquel lado, y sobre ellas estaba la calle de las casas. La altura le permitía ver los numerosos barcos que encajaban en el muelle. Se detuvo para buscar el de Marco.

Las explicaciones en casa fueron más escuetas que las que esperaba, lo único que le pidió su madre fue que llevase el móvil. Le advirtió que no siempre tendría cobertura, pero ella pareció conformarse de todos modos.

Aún tenía las piernas pesadas del trayecto en el autobús, era absurdo haber quedado con Marco en Ciudadela y no en un lugar más cercano, pero ella seguía empeñada en no levantar sospechas y su madre y Alicia la habían acompañado hasta la parada.

La maleta era ligera, una pequeña de cabina con varios bañadores, camisetas y algún vestido. Bañadores, le era raro hasta nombrarlos.

Sonrió al verlo, estaba junto al club náutico, un edificio blanco al que había ido alguna vez con su hermana mayor el último verano y donde conocieron al indeseable del australiano.

Volvió a tirar de su maleta en dirección a la larga rampa que bajaba hasta allí. Era su barco, si es que no tenía una réplica con la misma bandera por allí. Pero no había rastro de Marco.

Se apartó para que pasara una pareja de señores mayores

mientras rebuscaba en su bolso. Antes de que pudiese marcar, su teléfono vibró.

—Buenos días —escuchó en cuanto descolgó. Giró sobre sí misma mirando a su alrededor, no andaba lejos—. Esperaba que tardases más.

Se volvió hacia la terraza del club náutico. Tras los cristales, vio a Marco en una de las mesas.

—Tardo un minuto en bajar. —El chico alzó la mano y la sacudió. Ella entornó los ojos sin apartar los ojos de él.

En otra vida tuve que ser una santa, porque menudo premio me ha tocado en esta.

Le devolvió el saludo. Colgó al verlo levantarse.

—Sofía. —Se sobresaltó.

Mierda.

Cuando se dio la vuelta, Andrea ni siquiera la miraba a ella, sino al barco de Marco.

Como para inventarme que estoy aquí por otra cosa.

La joven sonrió y bajó los ojos hacia su maleta.

—Junto al barco de Valenti y con una maleta. —Se llevó la mano a la cintura—. Supongo que esto no forma parte de tus funciones de trabajo.

—No. —Por un instante, se acababa el fingir. Y era tremendamente extraño. El bochorno que pensó que sentiría la primera vez que lo hiciera resultó ser calor, uno descontrolado que le subía por los tobillos.

Andrea llevaba una visera transparente, una tontería si lo que pretendía era cubrirse la cara del sol. Miró de reojo al grupo con el que venía; subían a otro barco a unos metros de ellas.

—No me equivocaba contigo. —Su sonrisa se amplió.

Y el calor de Sofía aumentaba por momentos.

Giró la cabeza.

—Marco. —Andrea había sido más rápida que ella en verlo.

Él le sonrió, algunos de los que subían al otro barco lo saludaron desde lejos. Y entonces parecieron darse cuenta de que

Sofía lo estaba esperando. Agachó la cabeza y miró hacia otro lado cuando sus miradas se dirigieron también a ella.

—Vamos a Macarella. —Andrea movió las cejas al hablarle a Marco—. Una cala gemela a la de vuestro hotel, pero más pequeña —añadió dándole un pellizco en la camiseta—. Estaremos allí todo el día. Por si queréis pasaros. —Si Marco tan solo sugería ir con ellos, se lanzaría al agua desde donde estuvieran y regresaría nadando.

Y suéltale la camiseta.

—Bueno, que lo paséis bien. —Se volvió hacia Sofía y le puso los dedos en la barbilla. Ella, en cuanto notó el contacto, movió la cabeza con brusquedad para apartarse.

No te la des de amiga mía después de todo lo que me dices...

—¡Uh! —Andrea apartó la mano.

Sofía dio un paso atrás. Tendría que haberse contenido, Marco parecía más sorprendido que la propia Andrea. Había actuado como una niña en el patio del colegio frente a la repelente de la clase, como una asalvajada inmadura que no sabía estar entre la gente menos de dos minutos. Ambos estaban frente a ella, observándola. Como siempre, ella era la diferente. Andrea miró a Marco de reojo, un «Te lo dije» expresivo que entendió aún más claro que la forma en la que le había agarrado la camiseta.

Sofía cogió la maleta por el asa y la levantó en peso. Le daba exactamente igual lo que pensara Marco sobre su educación, su carácter o sobre cómo se comportaba con la gente que no soportaba. No trataba de impresionarle, nunca había intentado lo más mínimo hacerlo. A él jamás podría impresionarlo por mucho que se empeñara, ni siquiera Andrea podría hacerlo. ¿Lo habría intentado ella? Estaba segura de que tantas veces como le fue posible. Y allí tenía el resultado.

Andrea se alejó y subió con agilidad al barco donde la esperaban sus amigos.

Sofía bajó los ojos hacia el cesto de Marco.

—¿Qué es? —En la tela de algodón fino y perfectamente planchada de su camiseta celeste, se había quedado la arruga del pliegue que había formado Andrea.

Y aunque esta ya se había ido, el calor perduraba.

—Nuestro almuerzo. —Pasó delante de ella para subir.

Se encaminó hacia el camarote para soltar el equipaje. Le encantaba el olor del interior del barco. Sabía que solo lo apreciaría unos instantes nada más entrar hasta que su olfato se acostumbrase. Se preguntó si su madre habría sido una de las que lo habían preparado; supuso que sí, a ella siempre la tenían cerca de los Valenti.

Se asomó a la primera puerta de la derecha del pasillo del camarote, donde estaba la cocina. Vio el cesto en el suelo. Parecía una nevera pequeña y ovalada, robusta y de color negro y plata. Si había comida allí, sería completamente hermética porque no olía a nada.

Entró y abrió el frigorífico. Aquello parecía un puzle, habían encajado unos recipientes con otros hasta no dejar ni un solo hueco libre. Lo cerró y abrió uno de los muebles extraíbles. La forma de colocar los botes y cajas era la misma. Podrían pasarse allí un mes sin necesitar nada.

Chocolate, ufff.

De esos con almendras grandes que tanto le gustaban. Lo habían metido en uno de los cajones y Sofía esperaba que no se hubiese echado a perder con el calor.

Tiró del envoltorio y apareció un segundo de papel de plata. Lo retiró y rompió el pico de la tableta, un triángulo imperfecto en el que sobresalían las almendras sin romper y algunos agujeros de las que quedaron en la tableta. Le recordaba al suelo de hormigón y guijarros gruesos de río.

Se lo metió en la boca, el sabor del chocolate amargo y las almendras tostadas se le mezclaron en el paladar.

Me flipa.

Se volvió hacia la puerta. Marco la miraba con una media sonrisa.

—¿No pensarías que te mataría de hambre? —Negó con la cabeza.

Había sido un atrevimiento por su parte haber ido directa a la cocina a comprobar qué tenía, pero que llevara un cesto con el almuerzo le había dado poca seguridad.

—No. —Cerró el papel de la tableta y la dejó en el cajón—. Pensaba que pescarías y lo asaríamos con leña en una cueva —respondió con ironía.

La risa de Marco aumentó.

—No lo había pensado. —No se movió del umbral mientras ella pasaba por su lado con cuidado de no pisarlo.

—No pescarías ni una anguila. —Lo miró de reojo.

Marco inclinó su pecho hacia ella.

—Que tú me digas eso... —Sofía se quedó quieta. Notó el calor de la respiración de Marco a unos milímetros de su hombro.

Cerró los ojos mientras la piel se le erizaba. No necesitaba más que saber lo que estaba por venir para hacerlo. Contuvo el aliento y abrió los ojos. Marco ni siquiera la había rozado. La había rodeado para salir al exterior. Se volvió para mirarla, ya fuera.

—¿Bañador? —volvió a reír, agarrado a la barandilla de las escaleras.

Era eso lo que estaba comprobando tan de cerca, si lo que llevaba bajo los shorts era una camiseta o un traje de baño.

Sofía salió a la cubierta y también se agarró a la barandilla metálica con una mano a unos centímetros de distancia de donde la tenía Marco.

—Claro. —Le gustaba que a Marco no se le hubiese borrado aquella sonrisa desde que pusiera un pie en el barco, aunque solo hubiera pasado un rato—. No suelo pasearme desnuda por la isla.

—Qué decepción. —Marco frunció el ceño y subió los peldaños.

Sofía miró de reojo el barco de Andrea. Ya salían, esperaba

que se adelantasen lo suficiente. Había un trayecto considerable para salir del puerto y los tendrían a poca distancia todo el tiempo. Quería perderlos de vista cuanto antes.

El barco los rebasó. Andrea estaba apoyaba en la barandilla y les dijo adiós con la mano.

Sofía giró la cabeza hacia el otro lado y apoyó la rodilla en el sofá.

—¿Sabes ya cuál es el problema entre vosotras? —preguntó Marco mientras accionaba unas palancas.

—La existencia —respondió y él sonrió.

El motor comenzó a funcionar, el barco vibraba, no tardó en moverse.

Se colocó lo más cerca que pudo de Marco, seguía sin querer sentarse. La primera marcha le daba un leve mareo, aunque su cuerpo se habituaba al movimiento enseguida.

—¿La tuya o la de los demás? —Él no apartaba la vista del frente. Iban despacio, había muchos barcos que entraban y salían de allí.

—Supongo que la mía. —A Marco ya le habían contado que Sofía no destacaba por sus habilidades sociales. No tenía que disimular nada.

—¿Sigues creyendo que el problema lo tienes tú?

Ella se encogió de hombros.

—De niña tenía ciertas... particularidades que no se vieron con buenos ojos. Y cuando esa idea se extiende, ya no hay opción a hacer muchos amigos. —Ladeó la cabeza—. No puedo quejarme. Fue culpa mía, ¿de quién si no? —Dejó caer el antebrazo en la barandilla—. Luego creces, pero todo el mundo se acostumbra a mantener la distancia, incluida yo.

Marco la miró un instante.

—Estás comenzando a entablar amistad con algunos compañeros. —Sonrió al escucharlo—. El problema no lo tienes tú.

—A Esteban y a Leyre les importa poco lo que piensan los demás.

El muelle se fue ensanchando. Le encantaba el brillo que le

daba el sol al azul zafiro del agua. Las rocas bordeaban la calle, las casas sobre el acantilado pasaban por delante de ella cada vez más rápido. Salían al mar. Y la brisa aumentó.

—¿Siempre estuvisteis solas? —Marco movía una de las palancas—. Tu familia, me refiero.

—Mi familia siempre ha sido la que ves. Cuando mi padre se fue, yo era pequeña. —Arrugó con la nariz y negó con la cabeza. Todo lo que recordaba era abstracto—. Aunque para ti no sea lo convencional, nunca he notado que mi familia fuese diferente al resto. Además, me encanta.

Notó la mirada de Marco.

—Y ¿cómo ha sido crecer sin hombres cerca? —Marco alzó las cejas compuso una especie de mueca. Sofía rio.

—No se trata de que sean hombres o mujeres. Cada familia es diferente, pero las funciones a repartir suelen ser las mismas. Y en la mía no ha faltado absolutamente de nada. —Se sujetó el pelo para que dejase de revolotear o no podría desenredarlo después—. No he echado en falta a mi padre si es a lo que te refieres. Seguramente lo que representa el tuyo para ti, yo puedo llamarlo «madre» o «abuela». —Hizo una mueca—. A ratos, «Alicia».

La risa de Marco aumentó. A veces le era extraño que reconociera a cada una de las Román por su nombre, como si el hotel no le fuese ajeno, como si las Román no fueran lejanas a los Valenti. Había comprobado que la distancia entre ellos podía recorrerse en un suspiro.

Sofía soltó la barandilla y colocó la otra rodilla en el sofá, dejando caer el pecho en el respaldo más cercano a Marco. Así lo tenía a tan solo medio metro y podría oírlo mejor.

Y verlo mejor también.

Llegaban a un recodo de las rocas y ella le señaló la dirección. La pared del acantilado se hacía más alta y su relieve, más tosco. Pronto acabarían las casas y solo quedarían las piedras y los árboles.

—¿Cómo te llevas con tu hermano? —Ladeó la cabeza para verle la cara.

Marco permaneció un instante en silencio. Percibió una especie de suspiro en su pecho.

—Tengo un hermano perfecto.

—Los hermanos mayores suelen serlo siempre. —Marco la miró cuando lo dijo—. Quizá porque se les exige más que al resto o porque ellos piensan que es su obligación. —Asintió—. Alicia es mi segunda madre y me lleva solo dos años.

Marco negó con la cabeza.

—No es solo eso. Llevo años intentando hacer algo, lo que sea, un poco mejor que él. Y nunca lo he conseguido.

—¿Por qué? —Subió el codo en el respaldo y apoyó la barbilla en la mano. Marco la miraba, no entendía la pregunta—. ¿Por qué quieres hacer algo mejor que él?

La entendía, pero no la esperaba.

Volvía a mirar al frente sin responder. Era la primera vez que lo veía meditar una respuesta.

—Supongo que por las ganas de recibir el mismo reconocimiento que él —dijo al fin.

Se le resbaló el codo con algún movimiento del barco y cayó de lado en el sofá. Se puso boca arriba. Marco se inclinó enseguida hacia ella.

En aquella postura solo podía ver el cielo sin una sola nube y a Marco.

El olimpo.

—No tienes por qué recibir el mismo reconocimiento. —Marco parecía estar pegado en el cielo. Había aminorado la marcha, el barco se detenía—. Los hermanos están al lado, no en frente.

—No conoces al mío. Leonardo sí está en frente. Me pisaría para conseguir lo que sea —habló tan rápido que Sofía dudó que hubiese querido decirlo así.

Se agarró a Marco para incorporarse.

Habían dejado atrás el faro de rayas blancas y negras y a la derecha podía ver las siluetas de la hermana mayor de la isla al otro lado.

—Supongo que con la responsabilidad que tenéis vosotros, será diferente. —Clavó la mirada en el pecho de Marco. Por un momento creyó haberlo visto moverse más de la cuenta al respirar.

Encogió las piernas para hacerse un ovillo en el sofá.

—Diana y Alicia saben dónde estoy ahora mismo. Lo saben desde el principio. —Él la observó antes de volver a poner en marcha el barco.

—Tienes suerte.

Sabía que tenía que dejar de hacer preguntas si alguien con la posición de Marco le decía que tenía suerte. Giró la cabeza hacia la pared de roca y apoyó la mejilla en las rodillas.

Las casas se dispersaban cada vez más lejos de la costa. Se cruzaron con algún barco y varios kayaks. Aquella parte, ausente de playas y calas conocidas, solía estar bastante tranquila.

Entornó los ojos. Marco iba rápido, tendría que estar atenta para que no se pasaran. El relieve se acentuaba y las rocas dibujaban formas que le encantaban, formando huecos diminutos donde chocaba el agua.

Ladeó el cuerpo para asomarse, solo tenían que seguir avanzando algo más. Marco no volvió a hablar y eso le confirmaba que había hecho bien en callarse.

Lo divisó de lejos. Bajó las piernas del sofá y se puso en pie antes de sacar medio cuerpo por la barandilla.

La aleta de tiburón no era el único animal de roca en el sur de la isla. También había una cresta que asomaba en el agua como un reptil primitivo, el lomo de un estegosaurio medio sumergido, una criatura más con la que le gustaba jugar de niña cuando la abuela las llevaba a pasear en barca.

Siguieron el camino. Sofía repasaba cada relieve de la pared, el borde la orilla entre las rocas que a veces formaban calas diminutas en las que descansar.

—Para aquí —dijo y Marco alzó las cejas.

Quizá le extrañó que le dijese que se detuviese allí en medio, donde no había nada más que una mella en la que sobresalía una roca.

Pero él no dijo nada. Viró el barco para acercarlo a la pared y lo detuvo a media distancia.

—¿Qué hay aquí? —preguntó él.

—Tu reserva para el almuerzo. —Sofía sonrió y se dispuso a bajar por las escaleras. Entró a la vez que se quitaba los pantalones y los dejó sobre uno de los sillones. Luego se asomó a la cocina a coger el cesto negro.

Espero que no se me escape.

Marco la vio salir de interior y no tardó en fijarse en el cesto. Ella lo dejó en el suelo. No esperó a que Marco bajase la plataforma y se lanzó al agua.

—¡Sofía! —Sacó medio cuerpo sobre la barandilla para ver dónde había caído—. Sube, que por aquí pasan los barcos muy rápido.

—Tan cerca de la pared, no —respondió mientras Marco bajaba la plataforma. Ella negó con la cabeza—. Ya no es de noche. —Subió los escalones y alcanzó la cesta.

—Demasiada agua. —Marco miró hacia el otro lado: el mar se extendía hasta la otra isla.

—Estás a solo unos metros de las rocas, ¿no ves el color del agua? —El zafiro oscuro se mezclaba con otro tono más claro. Un cruce de tintadas perfecto en la paleta de un pintor.

—Vas a mojar la comida —lo oyó decir.

Y la verdad es que era una ardua tarea mantenerse a flote sin ayudarse de los brazos, aunque fuese en un pequeño trayecto.

—Te vas a quedar sin comer si no bajas. —Llegó hasta las rocas. Debía tener cuidado dónde ponía los pies. Buscó los huecos de arena. Aquella playa pequeñísima no medía más de dos metros de ancho y tenía poco más de otro medio de profundidad. Se agachó para pasar bajo la piedra; el fresco que se concentraba en aquellas cuevas le encantaba.

Dejó la cesta en el suelo y salió de nuevo. Marco seguía en el mismo sitio.

—Venga ya. —Entornó los ojos hacia él—. Lo mismo haces pie.

Si midieras unos cuantos metros.

Tuvo que aguantarse la risa. Volvió a meterse en el agua y se acercó al barco. Marco se había inclinado en el principio de la escalera. Llegó hasta él.

Se fijó en su pecho, ya comenzaba a conocer su forma de respirar y el porqué no estaba muy lejos. Algo le decía que Marco no era tan complejo como parecía en un principio.

Apoyó la barbilla cerca de uno de los empeines del chico, volvía a quitarse años a sus ojos, demasiados.

—Quieres ser biólogo marino, pero no eres capaz de entrar en el agua si estás lejos de la orilla. —Se agarró y subió a la escalera, se dio media vuelta y se sentó en el primer escalón fuera del agua, a los pies de Marco. Recostó la espalda en la barandilla lateral para mirarlo—. ¿A qué le tienes miedo?

Marco soltó una carcajada y bajó la cabeza.

—Un aspirante a biólogo marino tiene miedo a los pulpos gigantes —respondió con ironía y ella sonrió.

—Ya te dije que aquí no hay, y ¿a qué más? —Apoyó la cabeza en la rodilla de Marco.

—A nada más. —Y esta vez, la ironía había desaparecido por completo.

Sofía levantó la barbilla.

—¿Me vas a hacer ir a recoger el cesto? —Hizo una mueca—. ¿Qué es?

—Arroz. —Y el estómago le rugió al oírlo. Llevaba despierta desde temprano, hacía horas que había desayunado.

Se irguió en el peldaño.

—Tardo un minuto. —Se zambulló ante la risa de Marco.

Asomó la cabeza y lo vio de pie en la escalera. Había sacado el móvil del bolsillo, que emitía aquel ruido continuo y desagradable.

Sofía se desplazó hasta las rocas por el agua. Esta vez se rozó el pulgar del pie izquierdo, el escozor fue inmediato. Se detuvo para inspeccionarlo. Logró sacarlo unos centímetros del agua. No había sido nada, solo un pequeño corte junto a la uña.

Escuchó un chapoteo y se volvió enseguida. La camiseta de Marco colgaba de la barandilla. Sonrió.

Ya sabía yo que no era miedo al agua.

Montaba motos acuáticas, era imposible que lo tuviera. La gente con miedo al agua que había conocido apenas podía pasar de mojarse los tobillos.

Marco llegó hasta ella.

—Si dices que no hay pulpos gigantes... —dijo al llegar junto a ella y Sofía rio.

—Ahora viene la parte que peor se me da. No cortarse —respondió. Dejó que Marco llegara antes a las rocas.

—Según tus piernas, ya deberías haber aprendido.

Lo de mis piernas es un horror, ya lo sé.

Sofía encontró suelo llano, apoyó la planta de un pie y salió del agua. Se acuclilló en la abertura de la cueva. Marco era más alto, pero supuso que no tendría problemas para entrar.

Tras ella vio a Marco asomar la cabeza y recorrer el techo con la mirada. Sofía se sentó junto a la cesta y la abrió. Dentro estaban los cubiertos, los platos y hasta una botella que no tenía ni idea de lo que era.

Jolín, cómo huele esto.

Levantó la vista hacia Marco, que llegaba gateando hasta ella sin dejar de reír. Se sentó y la miró.

—¿De dónde has salido tú? —Le colocó bien el tirante del bañador.

Sofía sintió un tirón en el lóbulo de la oreja; le estaría goteando y ya sabía que a Marco le gustaba atrapar las gotas de agua. Había dejado los pendientes sobre la cama junto al anillo de plata, que se le salía en el agua.

Sacó los platos y el cacharro blanco con el arroz. Los cubiertos pesaban casi más que la comida. Los odiaba, eran los mismos que usaban en el hotel.

Un nuevo tirón de lóbulo, Marco le ejercía presión con los

dedos. Cerró los ojos, aquella leve molestia podía ser placentera. Y cualquier hilo de placer tan cerca de Marco se traducía en un ardor inmediato en los genitales. Aún más si encima estaba medio desnudo.

Volvió a presionarlo y contuvo la respiración. Sintió la otra mano de Marco en la nuca. Se había inclinado y acercaba su cara a la suya. Sus ojos eran tremendamente oscuros de cerca, pero ya no era suficiente para mantener el misterio a su alrededor que le percibía al principio. Ya conseguía ir viendo partes del Marco de verdad y eso era muy peligroso. Acababa el juego del mar, el tiburón y su piel de foca y empezaba otro cuyo final podría ser difuso, un fin que no dependía de ella, sino de algo más complejo y profundo.

Lo vio bajar los párpados y ella entreabrió los labios en un acto reflejo. Notó los de Marco sobre su boca, sin atraparla, sorberla, sin buscar su lengua ni un momento. La besó mientras la sujetaba por la nuca, la retuvo unos segundos y se retiró aflojando la mano.

—Gracias por venir. —Sonrió y ella desvió la mirada mientras la inundaba un bochorno que no venía a cuento cuando no le pasaba con otras cosas que él solía hacerle.

¿Le estaba dando las gracias por aceptar pasar seis días con él? A ver si al final iba a ser Marco el que no sabía lo que provocaba en las mujeres. Sentía que era ella la que tendría que darles las gracias a los astros durante la mitad de lo que le restara de vida. La otra mitad la pasaría lamentándose de haberlo conocido. Estaba segura.

38

Marco

Pasar demasiado tiempo en un lugar concurrido y sin margen para estar solo, Sofía se lo había puesto tremendamente difícil.

El hervidor se había apagado y vertió el agua en la taza.

Cuarenta horas. Quizá había batido el récord de estar en compañía de la misma persona, sin separarse de ella más que el margen que le daba el filo de la cama, la única porción del colchón que ella le dejó la noche anterior para dormir. En un principio había pensado dormir en el sofá del salón o en el camarote pequeño, pero cerró los ojos sin darse cuenta y, cuando los abrió, ya era de día. Sofía era un ciclón potente y tenía la facultad de absorberle la energía por completo y dejarlo exhausto. Y por sorprendente que pudiera parecerle, extremadamente tranquilo.

Una mujer que no era capaz de quedarse quieta ni cuando dormía era más efectiva que la calma de una hamaca con música de fondo y algo de medicación.

Las tazas humeaban. Movió los infusionadores de acero. Supuso que darle té a una mujer así era un enorme riesgo. Rio mientras el agua se tiznaba de marrón.

Sofía estaba sentada en el suelo de la plataforma. Llevaba un biquini blanco con algunas flores de colores que resaltaba en aquella piel que parecía haberse tostado aún más el día y medio que llevaban en el barco. Tenía una pierna encogida y había apoyado la cabeza en ella. Miraba hacia el agua, donde había metido un pie y parte de la pantorrilla. Estaban a unos metros de las rocas y a media distancia de la orilla, en la que había numerosos turistas.

Cuando el pelo de Sofía se secaba se esparcía en ondas que le cubrían la espalda casi por completo. A pesar de que tenía el pelo más oscuro en la nuca, algunos mechones habían perdido el color por completo, como también los que enmarcaban su cara y todos esos picos que caían desiguales en torno a su cintura.

Dejó las tazas en el suelo y se acuclilló cerca de su hombro. A veces aquel desastre enmarañado repleto de colores le permitía verlo. Sonrió y apartó algunas mechas claras, las más ásperas y rebeldes. Era la melena de un león con todos los rayos del sol.

Ella examinaba las tazas; movió la nariz en un intento de averiguar a qué olía aquello. Cuando le daba el sol directo, aunque fuese el de media tarde, el verde de sus ojos resaltaba con la piel dorada en medio de aquella melena que terminaba haciendo juego a la perfección con la gama de colores de aquellas playas salvajes.

Pasó una pierna tras su espalda para rodearla con ella. Era un riesgo tentador tener el culo de Sofía encajado entre sus muslos, pero estaba encantado de correrlo. Acercó una mano hasta su rodilla, aquella que tenía atravesada por las cicatrices. Y pasó el dedo por ella para dibujar la que tenía forma de Y.

—Esta me la hice exactamente allí. —Señaló hacia las rocas y Marco alzó la vista. Había algunos salientes—. Tendría unos cinco años.

Marco rio negando con la cabeza.

—Te dejó un buen recuerdo. —Siguió recorriendo la línea con el dedo.

Ella despegó la espalda de su pecho y se inclinó hacia su propia rodilla; con el movimiento, también apretó el culo contra su entrepierna. Marco la sujetó por la cadera para controlarle el movimiento. No necesitaba mucho más que la presencia de Sofía cerca de él para activarlo.

—Lo es. —Le levantó el dedo para mirar la cicatriz—. Este es mi lugar favorito del mundo. —Marco alzó las cejas al escucharla.

Le recorrió la pantorrilla con la mano; al roce apenas se notaban el resto de las cicatrices, que solo se apreciaban a la vista. Poco a poco se las iba aprendiendo. Seguro que todas tenían una historia y una razón en aquel carácter fascinante. Ella le había contado su año en Escocia, pero no se imaginaba a Sofía lejos de allí, en un campus, en un aula, conviviendo con desconocidos.

Ella se puso en pie.

—¿Por qué? —Levantó la cabeza para mirarla. El borde de la parte inferior del biquini de Sofía se perdía entre sus glúteos. No era un tanga a la moda, sino común, de los de siempre, pero incapaz de adaptarse al relieve de su forma. Introdujo el dedo bajo el único trozo de tela que se dejaba ver y se lo colocó bien—. ¿Qué es lo que hay aquí para que sea tu lugar favorito?

—Yo —respondió. Era para nada ponérselo bien, un solo paso hizo que el elástico fuera resbalando hasta esconderse de nuevo. Sofía se acercó al borde sin ser consciente de que él se había perdido en aquel saliente donde acababa el muslo—. La niña salvaje.

—¿Surgió aquí? —rio él.

—No, empezó antes en un parque y continuó en el colegio —respondió. Se dio la vuelta y la risa de Marco desapareció de inmediato—. Aquí comenzaron los efectos, no en los demás, sino en mí.

Alargó la mano hacia la pantorrilla de Sofía.

—Cuanto más rechazo veía en los demás, más me gustaba ser como era.

Marco entornó los ojos.

—¿Para joderles? —Se impulsó con el talón para inclinarse hacia adelante y acercarse más a Sofía.

—No, para joderles sacudía la cabeza cuando se inventaban que tenía piojos —respondió y Marco negaba con la cabeza sin dejar de reír. Se imaginaba aquella melena en una niña pequeña, una auténtica reina león—. Nunca los tuve, por cierto. —Se toqueteó el pelo de su lado derecho—. Lo hacía porque me hacía feliz a mí.

—Hacer lo que quieres tú y no lo que no quieren los demás —recordó las palabras que le había dicho Sofía la otra tarde. Un azote, otro más, a su realidad.

Ella perdió el equilibrio y se apoyó en su hombro. Él aprovechó el movimiento para cogerla de las caderas y volver a sentarla entre sus piernas. Casi que prefería que no se tomara el té. La quería cerca y sería difícil mantenerla quieta.

Le apartó el pelo de la espalda. Tenía el nudo del sostén del biquini deshecho y las cintas colgaban con tan solo un cruce.

—Estate quieta un momento. —Tiró de ellas y el nudo se deshizo; se le había quedado la señal del elástico clavado. Volvió a cruzarlas para ajustárselo de nuevo. Sonrió al ver cómo se erizaba la piel de Sofía en miles de gránulos con tan solo un ligero roce.

Era tan solo una niña, apenas había puesto un pie en el mundo y ya había caído en una red llena de injusticias.

Resultaba absolutamente curioso que su padre y el resto de sus mentores, además de formarle en los negocios, le advirtieran sobre protegerse de las mujeres que no pertenecían a su círculo. De ahí parte de las normas y el resto de las precauciones que su familia tomaba con todas ellas.

Le enseñaron, le advirtieron, le adoctrinaron hasta el punto de que para él no fuesen más que muñecas con las que divertirse unas pocas veces hasta que se rompían. A las jóvenes como Sofía las desvistieron de sentimientos a sus ojos y obviaron que pudiesen tener una vida o una familia más allá del tiempo que pasaran con él. Y así fue su realidad durante años.

Por esa razón Valentina y él jugaron tantas veces con muñecas que se rompieron demasiado pronto.

Sofía podría ser una más. Una empleada con unos vaqueros demasiado cortos que, por determinadas circunstancias, dependía de él más que ninguna otra. Una muñeca con la que jugar a las princesas unos pocos días.

Negó con la cabeza.

Protegerse de mujeres como Sofía, y ¿quién la protegería a ella de gente como ellos? No la imaginaba en su mundo, moviéndose entre la gente que conocía con aquella sensualidad natural y condenadamente arrolladora. Mirar a Sofía era disparar los pensamientos y todos ellos iban encaminados a un mismo objetivo. Los mismos que tuvo él desde el primer día que la vio.

Ella tenía toda la vida por delante, un mar extenso repleto de criaturas de todo tipo.

Soltó las cintas y admiró su obra. Una mariposa. No sabía cuántas alas conllevaba su tatuaje, pero ahora tenía cuatro más.

Pegó el pecho a su espalda y le rodeó la cintura para dejarse caer en ella. Sofía le activaba también unos instintos de responsabilidad que no conocía, que tampoco le correspondían, pero que le estaba encantando sentirlos y que aumentaban cada una de las horas que pasaba junto a ella.

Apretó los labios en su hombro, intentando que el beso apenas sonase.

—¿Cuántas pieles de *selkie* has robado? —Sonrió con los labios aún pegados a su piel. Sofía estaba resultando ser más curiosa de lo que esperaba—. ¿Nunca has tenido una relación normal? Estable... No sé cómo lo llamarías tú, en mi realidad se llama «novia».

La sonrisa se transformó en unas carcajadas y movió la frente de lado a lado en su hombro.

—Nunca, supongo que en tu realidad estaré en el rango de miserable. —Y ahora era exactamente lo que sentía. Sofía era un azote continuo para él. ¿Cuántas veces no habría visto la realidad en otras mujeres o no le importaron?—. Hubo una, hace poco, que estuvo cerca —respondió. Luego negó con la cabeza.

Apretó el muslo de Sofía.

—Ha habido más mujeres de las que recuerdo, pero piel, solo una. —Le apartó el pelo con la nariz para llegar hasta su cuello—. La tuya.

—¿Qué diferencia hay? —Ella se había ladeado y eso hizo que su cuello se le escapara de entre los labios.

Fijó los ojos entornados en su nariz pequeña y en la forma de sus labios. La razón no era solo porque le gustase mucho más que esas muñecas con las que estaba acostumbrado a relacionarse. Ni tampoco porque le gustase infinitamente más que el resto de las mujeres que conocía.

—Porque no fue como las otras veces. El primer día en la terraza del hotel no lo entendía bien; quizá fue una sensación territorial que pagué con ese jefe tuyo. Un arrebato imbécil y soberbio por mi parte. —Se fijó en sus ojos, donde percibía cada mota de distinta tonalidad. Sofía era un espectáculo de colores la mirase por donde la mirase—. Luego te encontré en el agua y lo entendí. Tenerte en mi cama era una necesidad que me hacía perder la paciencia porque no me servía la piel de ninguna otra. Y cada día ese deseo iba a más.

—Ahora ya la tienes. —Ella bajó la vista.

Si ella supiera que, aunque ya hubiese conseguido su piel, todo lo demás seguía intacto.

—¿Quién era? —Alzó las cejas al escucharla—. Esa chica que estuvo cerca. ¿La que estuvo en el hotel?

—Es hija de uno de los socios de mi familia. Y sí, estuvo allí el día que saqué a Ulises de las cabañas. No es la mujer que dices del principio. —Entornó los ojos. Sofía no coincidió con Valentina, pero suponía que los chismes entre los empleados serían considerables. Era normal que no quisiera verse con él dentro del hotel—. La mujer de la que hablas es Valentina. Mi mejor amiga.

Había fruncido el ceño. No era la primera vez que escuchaba el nombre, él mismo la había nombrado al teléfono cerca de ella.

—Valentina y yo nunca hemos tenido nada y a la vez sí

—añadió y Sofía profundizó el gesto aún más—. Nuestras relaciones han sido puntuales, pero nunca hemos estado los dos solos.

La vio mover un pie.

—Pues conmigo no contéis —dijo y sonrió al escucharla.

—No se me ha pasado por la cabeza jamás. —Tiró del elástico de la braga del biquini de Sofía. En todos sus pensamientos ella era únicamente para él—. ¿Quieres pasar la noche aquí?

Ella le dedicó una leve sonrisa y Marco lo tomó como un sí.

—Voy a darme una ducha. —Encogió las piernas para levantarse—. ¿Vienes?

Si Sofía lo acompañaba al interior, no se ducharían hasta que anocheciera. Ella debería saberlo, la marca en su bañador era evidente.

—Ahora voy. —Ella se desplazó hasta el filo de la plataforma.

Era la primera vez que una mujer evadía acostarse con él. ¿Se sentía ofendido? Rotundamente no. Pero ya imaginaba que aquella ristra de preguntas tenía una razón y sus consecuencias. No podía saber qué podría pasar por una mente demasiado joven como la de ella.

—Sofía —la llamó y ella levantó la cabeza para mirarlo, ya sentada en el borde del barco.

Se acercó y le acunó la mejilla con la mano. Se acuclilló para tenerla de frente. Si le dijese que era la criatura más maravillosa que había conocido en los años acelerados que había vivido, seguramente no le haría ningún bien. Si dependiese solo de él, se lo diría y lo repetiría hasta que amaneciese el último día que pasasen en el barco.

Por una mujer como ella merecía la pena echar el ancla y que el tiempo pasase más despacio. La vida ajetreada era cansina y aburrida, y ahora comprendía que el hastío era por haberlo vivido todo demasiado deprisa, que apenas había tenido tiempo de disfrutar cada fase. Sus veintiún años no tuvieron nada que ver con los de Sofía. Cada una de sus etapas fueron planificadas con tanto tiempo de antelación que, cuando llegaron, ya no había nada que lo sorprendiera ni que lo hiciese disfrutar. Era parecido a leer un libro que ya le hubiesen contado.

Pero la sorpresa llegó una tarde cualquiera en la terraza de un hotel. El kraken no podía alcanzarlo todo.

Seguramente aquel lugar también sería su lugar favorito del mundo a partir de ahora gracias a ella. Porque sería a donde regresaría cada vez que quisiera recordar su imagen, absolutamente perfecta.

Le cogió una mano mientras se inclinaba para besarla, qué otra opción tenía después de haberse perdido en sus ojos. No la había con Sofía, al menos para él. Desde el primer día había dudado cuál de los dos había sido el que tendió la red.

—Te espero dentro. —Le rozó la nariz—. Ten cuidado con las rocas.

Le gusto verla reír. Si aquello que sentía en el pecho tenía nombre, prefería no ponérselo, ni siquiera para sus adentros. Hasta allí tenía miedo de los tentáculos largos de un pulpo que llevaba asfixiándolo toda la vida.

Se acercó la mano de Sofía a los labios, la besó y se puso en pie. Dio media vuelta antes de entrar en el barco, pero Sofía ya había desaparecido.

39

Sofía

Se había alejado hasta la orilla. Sacar el cuerpo del agua, cuando el sol ya calentaba poco, era desagradable. Bordeó la pared de roca, donde los árboles se abrían paso entre la piedra y las raíces enredadas caían por ellas casi rozando el agua.

Giró la cabeza hacia el barco; desde allí se podía ver la puerta entreabierta. Marco no habría salido de la ducha aún. En cala Turqueta no había cobertura, así que tampoco podría estar hablando por teléfono.

Cogió aire de manera profunda y lo expulsó de golpe. Nadie le dijo que aquello fuera a durar mucho y ya sabía de antemano que ella sería una más de muchas.

Más de las que recuerda.

¿La recordaría a ella? Seguramente en unos meses vinieran más y, con el tiempo, la suya no sería la única piel de foca que robaría.

Y yo lo sabía desde el principio.

Era más fácil cuando Marco no la besaba si no era en aquellos momentos intensos. Entonces los pensamientos no se distorsionaban con otra posibilidad. Y los suyos estaban deseando salir disparados en distintas direcciones. Apretó la lengua en el paladar y tragó saliva.

Había habido una mujer, una sola, la que estuvo cerca. ¿Qué tendría de diferente para casi haberlo conseguido? ¿Qué la diferenciaba a ella misma del resto? Luego estaba Valentina y esas cosas que no quería ni pensar.

Apoyó la mano en una piedra que sobresalía del agua cerca de la pared, donde a tanta gente le gustaba fotografiarse. Descansó el pie en una de sus protuberancias y sacó la rodilla del agua, la de la cicatriz.

Lo que soy.

Se alzó y acomodó la tibia en otra parte resbaladiza. Entornó los ojos hacia el barco, había visto algo moverse dentro.

Debo ser una neófita para él con todo eso que cuenta.

Era la palabra exacta que usó con el encargado la primera vez.

Eso es.

Con el cuerpo fuera del agua, se le había erizado el vello por todas partes. Volvió a ver algo moverse dentro y esta vez sí vio a Marco envuelto con una toalla blanca de cintura para abajo.

Y mira que me lo pone fácil.

Sonrió mientras sentía un azote en el pecho al pensar en Marco y esas otras mujeres.

Neófita.

Ladeó la cabeza sin dejar de mirarlo. Su pierna resbalaba por la aspereza de la piedra. La separó de ella y se impulsó con los brazos.

Ya veremos.

Se sumergió por completo y se sirvió de la piedra para impulsarse con el pie y nadar hacia el barco. Notaba cómo su temperatura aumentaba a medida que avanzaba. Su imaginación había entrado en un bucle de imágenes que no dejaban de provocarle punzadas en el pecho, y en todas ellas había mujeres demasiado similares a Andrea. Puede que su cabeza se hubiera empeñado en prenderle fuego. Sentía el cuerpo a punto de explotar; ni la falta de oxígeno disipaba aquella sensación.

Subió a la plataforma y, sin detenerse, cogió una toalla y se secó la cara. Cerró la puerta corredera tras ella.

Marco no estaba en el salón, así que se dirigió hacia el camarote. Y allí estaba. No sabía qué utilizaba Marco cuando se duchaba además de gel, pero le dejaba un efecto tornasolado y brillante en la piel. Y le encantaba.

Le rodeó el torso bajo el brazo y acercó su boca al comienzo de su pecho. Recordaba cuando tan solo podía imaginarlo por la abertura de la camisa.

Cuando decías que yo no sabía nada.

Se encontró con los oscuros ojos de Marco.

—Si quieres, puedo volver a la ducha. —La forma de su pecho le encantaba, colocó la palma de la mano en uno de sus pectorales.

—Volverás. —Apretó los dedos.

Y le clavó los dientes en la piel. Enseguida se vio envuelta por los brazos enormes de Marco y sintió su boca en el cuello. Aún no había entendido el juego. Esta vez, no se trataba de tocarla, de alzarla o de todas esas cosas que solía hacerle hasta hacerla gritar. Ahora era ella la que estaba dispuesta a robarle la piel de foca a él.

Pero le dio margen, el justo para quitarle la escueta ropa que llevaba y apretarla contra él hasta que notó que algo sobresalía con fuerza bajo la toalla. Se la quitó y la dejó caer al suelo. La desnudez de Marco no hizo más que aumentarle las ganas de hacerlo.

Bajó las manos hasta sus glúteos, los apretó y volvió a morderlo en el pecho. Con un cuerpo grande y más pesado que el de ella, sería una ardua tarea intentar manejarlo como él sí podía hacer con ella. Aunque había mil formas de conseguirlo.

Puso una rodilla en la cama y tiró de él, Marco no tardó en alcanzar su ombligo con los labios. Lo sujetó del pelo; la tentación de empujarlo hacia abajo se volvía intensa, pero no entraba en sus planes. Levantó el otro pie para rodear a Marco.

Ya lo tenía sentado y casi atrapado entre sus piernas. Notó su verga desnuda en la cara anterior de sus muslos y Sofía tuvo que alzarse para evitar que se dirigiera sola. Volvió a tener los labios de Marco en el estómago y no tardaron en resbalar por ella hasta su pecho derecho. Tardaría demasiado en tumbarlo en el estado en el que estaba.

No tengo por qué tumbarlo. Ya caerá por sí solo.

Se separó de él empujándolo por los hombros y bajó una pierna de la cama, pero él la inclinó para besarla. La lengua de Marco ardía y la opción de dejarlo recorrer de nuevo su cuerpo hasta sus partes más íntimas le disipó las ideas iniciales por un instante. Solo un instante.

Bajó la otra pierna de la cama y le sujetó la cara para alejarlo. Marco la miró contrariado, pero ella deslizó su otra mano hasta meterla entre sus piernas. Marco expulsó el aire de forma entrecortada.

Esto me va a encantar.

Se puso de rodillas. Miró el sexo de Marco y lo envolvió con una mano, al menos todo lo que pudo. La deslizó con cuidado y el glande apareció frente a ella.

Tú y yo.

Sintió la mano de Marco en la cara y alzó la vista hasta él. Le acariciaba la mejilla con suavidad, pero no era momento de despistarse. Sofía volvió a mirar hacia abajo, hacia su objetivo, y cada parte del elemento.

Entreabrió la boca y sacó la lengua. Notó una suavidad atrayente, algo húmeda. Apretó con la mano y siguió recorriéndola por un lateral. La piel perdía aspereza a medida que se humedecía con su boca. Llegó hasta su propia mano sin dejar de inspeccionarla. Recordaba en los documentales cuando explicaban que las serpientes tendían a medir a las presas según su propio cuerpo, tantearlas para asegurarse que les cabrían dentro de una sola pieza. Y eso era exactamente lo que ella estaba haciendo.

Se alejó un poco y se mordió el labio inferior.

Madre mía.

Llevó la mano hasta el principio. Tenía que empezar, mejor cuanto antes. Abrió la boca y se fue metiendo el sexo de Marco, despacio, reconociendo cada límite. Apretó los labios a su alrededor sin arriesgarse a ir más allá y volvió a sacarlo lentamente. Antes de que saliese del todo, se lo introdujo de nuevo, esta vez con más confianza y de manera más arriesgada. Oyó una inspiración profunda de Marco, de esas que se hacen con los dientes apretados y que se pierden en un silbido.

No se equivocaba, le estaba encantando hacer aquello.

Y solo acaba de empezar.

Apretó la mano y repitió el movimiento una vez y otra mientras su boca y su garganta se hacían a la nueva invasión, una que la obligaba a respirar por la nariz, a concentrarse en aquel tacto al roce de su lengua y en él. Principalmente en él.

Su boca se relajaba a medida que fue aumentando la velocidad, la intensidad y, a ratos, la presión. Sentía la respiración de Marco, que no tardó en sujetarle la cabeza con las manos. Su forma de respirar la empujaba a arriesgarse aún más. Notó una tirantez en su pelo y Marco soltó un gemido. Entonces aflojó la mano, retiró los labios para liberar su boca y detuvo el movimiento. Alzó los ojos hasta él. Pareció reconocerle la malicia en la sonrisa; jadeaba mientras ella movía la mano despacio.

Y es mucho mejor de lo que pensaba.

Le gustaba cómo la miraba ahora. Nada tenía que ver con la mirada de hacía unos instantes, lo había sentido en la caricia conmovida de Marco; se pensaría que ella en una niña frente a un sable enorme con el que ni siquiera sabría qué hacer. Resultaba irónico que, al final de la historia, resultara ser él quien no tenía ni idea.

Marco levantó la barbilla y ejerció cierta presión en su cabeza para acercarla a él de nuevo. Sofía volvió a sonreír antes de abrir la boca al verlo mover la cadera. Si él tenía prisa, ella no tenía ningún interés en acabar rápido con aquello.

Ahora tenía que estar atenta porque llegaba lo difícil: volver a llevar a Marco al límite una segunda vez, sin pasarse y sin adelantarse, o lo echaría todo a perder.

Pero verlo en aquel estado de éxtasis enloquecido la llenaba de seguridad. Claro que sería capaz de hacerlo otra vez.

Acercó los labios y notó su suavidad extrema. Los gemidos de Marco aumentaban, le notaba la tensión en las piernas y casi no podía mantener los talones en el suelo.

—Sofía. —Volvió a apretarle, apenas podía decir su nombre—. No pares. —Y le notó cierto tono de súplica.

Ella negó con la cabeza. Marco la acercó a la entrepierna y se dejó caer en la cama. Se le resbalaron los talones y eso le recordó a ella misma cuando el momento llegaba. Pero quizá podía arriesgarse un poco más.

Todo lo obtienes deprisa, demasiado fácil, sin trabas. Todo el mundo te da lo que quieres cuando lo quieres. Ahora te toca a ti aprender.

Lo miró un momento. Nunca pensó que uno de los mayores placeres que sentiría en la vida sería a través del cuerpo de otro. Aumentó la tensión en la mano, sabía que solo tendría unos instantes. Cogió aire despacio y le imprimió al movimiento una pizca de ansia que guardaba para el final. Esta vez no retiró la boca. El cuerpo de Marco se aflojaba de nuevo y Sofía estaba segura de que no habría aguantado aquello de pie.

Y él volvió a contemplarla de aquella manera.

Me encanta.

Ya no era una dulce *selkie* del mar a la que poner de nalgas y empotrar.

—Deja ya de hacer eso. —La última palabra se perdió en un gemido—. O acabaré en tu c…

¿Iba a decir culo?

Sus palabras volvieron a perderse, casi no las entendió, aunque no era muy difícil deducir que quería ponerla contra la pared.

Tampoco es mala idea.

Se cobraría la venganza, no esperaba menos de Marco. Solo esperaba que no tardara mucho en hacerlo, porque aquello la estaba llevando a ella también al límite. En aquel momento, aceptaría cualquier cosa.

Pareció darse por vencido. Se encogía cada vez más y no dejaba de respirar de forma agitada.

Una necesidad que te hacía perder la paciencia.

Recordaba las palabras de Marco sobre aquel deseo por robar su piel.

Tú me has dado la clave.

Y entonces aceleró; ya no temía pasar el límite si no volvía a salirle bien la jugada, Marco ya merecía un final.

Él le sujetó el cuello, parecía estar dispuesto a asegurarse que aquello terminase y arremetía las caderas contra ella una y otra vez. Los gemidos aumentaban con cada embestida y sintió cierto movimiento en su miembro.

Esto no lo esperaba.

La respuesta en sus genitales fue inmediata, aquello sí que le encantaba. Pasó una mano por debajo de él y le apretó la nalga. Las embestidas aumentaron. Lo oyó inspirar fuerte; el juego llegaba al final y no dudaba en repetirlo tantas veces como tuviese ocasión.

Los gritos de Marco resonaron por la madera del barco.

40

Marco

Abrió los ojos al percibir el ruido. Estaba en el filo de la cama; ya se estaba acostumbrando a dormir en un escueto hueco, tan rápido que no sabía qué haría cuando estuviese en una cama enorme solo.

Bajó los ojos, la almohada a la que solía abrazarse ya no estaba y, en su lugar, encontró el cuerpo encogido de Sofía. Había vuelto a tirar todos los cojines al suelo.

Levantó la cabeza, había tirado hasta la almohada y ahora se hacía hueco en la suya, dejándolo justo en el punto donde acababa el relleno y solo había funda.

—No hay forma contigo —dijo riendo.

Estaba completamente dormida. Tiró de la almohada hacia ella y le empujó el culo una vez más para pegarlo a su estómago.

Cambiar una almohada por Sofía no era del todo malo si lo valoraba bien. Su risa aumentó. Ya había pasado varias noches durmiendo con ella y hasta en eso Sofía tenía particularidades que harían que su ausencia fuese notoria. Supuso que su cuello y su espalda lo agradecerían. O lo mismo ni eso.

Enredó una pierna entre las de Sofía y acercó la nariz a su nuca. Le pasó el brazo por encima de la cadera y eso ella sí pareció notarlo. Le agarró la mano y tiró para que el brazo quedase a la altura de la cintura.

Quizá el único método que había para que no acabase echando todos los cojines ni ocupase su mermado espacio era precisamente ese, mantenerla atrapada con un abrazo. Ella no le había soltado la mano y seguía respirando tranquila.

Entonces se dio cuenta de que aquella respiración tranquila de su *selkie* durmiente iba al son de la suya. Alzó la cabeza apoyándose en su codo; en la penumbra apenas podía distinguir bien el perfil de su cara. Se inclinó para darle un beso en el brazo.

La idea de quedarse con su piel para siempre le tentaba.

41

Sofía

Ponía un pie tras otro en la red de nudos con la que Marco había construido una hamaca para la parte trasera del barco, a ras del agua, similar a las de las cabañas. Le recordaba a la que le lanzó la primera vez que subió al barco, pero entonces formaba cuadros y ahora el dibujo era romboidal.

—Te vas a romper un tobillo. —Lo miró de reojo al oírlo. Se le había resbalado el pie dos veces, así que encogió los empeines y se agarró con los pulgares a la cuerda. Era suave, le gustaba el tacto, y su peso hacía que se las clavase en el puente del pie que, si lo pensaba bien, era un dolor placentero.

—Debajo solo hay agua. —Se acuclilló y tocó las uniones de cada rombo—. Se te dan bien los nudos. —No estaban hechos al azar, cada figura tenía la misma medida.

Marco sonrió.

—Hace algunos años ni siquiera sabía atarme los zapatos. —Puso un pie en la red y Sofía notó el balanceo—. Pero mi padre le puso remedio, como suele hacer con todo, llevándolo al límite. —Rozó la cuerda con los dedos de los pies—. Comenzó como una imposición, luego empezó a interesarme. —Alzó los ojos hacia ella—. Y ahora me encanta.

El tambaleo disminuyó y Sofía volvió a ponerse en pie despacio.

—Nudos básicos y marineros, dibujos y formas geométricas... —Marco la observaba mantener el equilibrio con el leve balanceo—. O inmovilizar con ataduras.

Ostras.

Estuvo a punto de acuclillarse, pero se mantuvo en pie.

Ataduras, OK. Respira, Sofía.

Llevó un pie a un rombo algo más alejado; era más fácil no caerse si abría más las piernas. Alzó los ojos hacia Marco.

—¿Eso es lo que no firmé? ¿Que puedas atarme a la pata de la cama para follarme? —Sacudió la cabeza.

Marco arqueó las cejas al oírla.

—Olvida la imagen vulgar que tienes en la cabeza. —Cruzó los brazos en la barandilla y se inclinó hacia delante para acercarse a ella—. Sigues sin tener ni idea, Sofía.

Ufff. Cómo me pone que me diga eso.

Aguantó la respiración para no perder el equilibrio.

—¿Alguna vez has tenido la sensación de estar completamente paralizada? La anulación más absoluta de todo movimiento hasta que el cerebro deja de dar órdenes. —Sofía flexionó las piernas con ligereza para no caerse de espaldas. Miró a Marco—. Conociéndote, estoy seguro de que no. Toda esa energía que tienes... —Bajó los ojos hasta sus rodillas, que parecían inestables. Sonrió—. Calmarla no me llevaría más de veinte minutos.

Sofía se acuclilló con rapidez, apoyando una mano en uno de los nudos.

—Y ¿qué buscas, sumisión? —Lo vio inclinarse y extender una mano hacia ella.

—Confianza. —Se agarró a él para incorporarse—. Si buscara sumisión, estaría con cualquier otra.

Con esa voz hasta la predicción del tiempo sonaría sensual.

Levantó un pie sin soltar la mano de Marco y lo puso en el barco.

—¿A cuántas has atado?

—A muchas. —La respuesta que esperaba y que hacía que su curiosidad aumentase.

Apoyó el pie en la plataforma.

—Conmigo no serviría. —Y retiró el otro pie de la red—. No puedo dejar de moverme. Me ahogo, me enfado, no dejaría de gritar.

—Por esa misma razón, tus sensaciones serían más intensas. —Le soltó la mano al pasar por su lado—. Contigo sería extraordinario.

Se volvió para mirarlo.

Menudo vendedor de aspiradoras que está hecho.

Suspiró.

Y ha estado muy cerca.

Negó con la cabeza.

Vio la decepción en el rostro de Marco. Sin embargo, dio un paso hacia ella, se inclinó y le dio un beso en la parte posterior del hombro.

—Si cambias de opinión —arrastró la nariz por su hombro y volvió a besarla—, solo tienes que pedírmelo. —Llegó hasta su cuello—. Pero no te confundas, si quisiera dominarte, usaría otras opciones y con esas sí que acabarías gritando.

El vínculo entre lo que sale de esa garganta y mi vulva es sobrenatural. Ya me la tiene temblando.

—Ve a la ducha. Esta noche subiremos a cenar. —Entró en el salón del barco.

Sofía apoyó una mano en la puerta de cristal y se volteó para mirar la red. Expulsó el aire despacio por la boca. Su cuerpo sí que le hablaba claro y era mejor no escucharlo, porque ahora no solo ansiaba las cuerdas, sino también todas esas opciones con las que, según él, acabaría gritando.

Alas, me puse. Este sí que va a dejarme un tatuaje grabado.

Volvió a suspirar y entró en el barco.

42

Sofía

Notó una especie de tirón de pelo y un golpe en el brazo. Se giró hacia Marco. Estaba sentado en la cama y, aunque en la penumbra no podía verlo bien, tenía la espalda encorvada, como si le doliese el estómago. Veía su silueta agitarse al son de una respiración que no le gustaba. El barco se movía más que otras noches, pero no tanto como para que se hubiese mareado.

—Marco. —Se arrastró por la cama hasta alcanzar el interruptor de la lámpara de pared.

Se volvió enseguida para mirarlo. Él había apoyado el codo en la rodilla y se sujetaba la frente con la mano. Hasta ella tenía la boca entreabierta; se le había acelerado el corazón del susto.

—¿Qué te pasa? —Gateó y se colocó frente a él de rodillas. Le cogió la cara entre las manos para que la mirase. Él permaneció en silencio. Tenía un ligero brillo en la piel y no era de aquellos ungüentos. Había sudado.

Marco llevó la mano hasta su mejilla. Lo vio cerrar los labios y respirar hondo por la nariz.

—No es nada. Siento haberte despertado. —Volvió a bajar la cabeza.

Era extraño que tuviese las manos frías si estaba sudando. No era el pulso firme que solía tener. La seguridad se había disipado, como el primer día en el barco; había retrocedido unos años.

Le tocó el pecho y Marco levantó la cabeza.

—Era una pesadilla, pero no se te pasa —dijo y él frunció el ceño—. Yo a veces sueño que un coche atropella a Ulises. Me despierto con dolor de garganta y asustada, pero cuando me levanto y me encuentro su hocico en la cara, todo eso desaparece.

Se bajó de la cama y tiró del brazo de Marco para que se levantase. Él la siguió despacio. Sofía sabía que no era por el sueño, algo así espabilaba de inmediato. Marco tenía miedo, verdadero pánico. Y lo que fuera traspasaba el mundo onírico.

Cogió dos mantas del armario y volvió a arrastrar a Marco, no mejoraba. Atravesó el pasillo y llegaron hasta el salón. Le echó una de las mantas por los hombros y se envolvió con la otra. Estaban completamente desnudos y faltaba poco para el amanecer, la hora de más frío de la madrugada.

Habían pasado la noche en Cala en Brut, estaban terminando de rodear la isla otra vez de regreso al puerto de Ciudadela. Era la última noche de sus pequeñas vacaciones. Un suspiro hubiese durado más.

Salió fuera y bordeó el lateral del barco hasta la parte delantera, la del solárium, un suelo de colchoneta en el que solían sentarse para estar más cómodos, incluso tumbarse y dormitar hasta que amaneciese, cerca del agua oscura que tan poco le gustaba a Marco.

Dejó que primero él se sentase y ella se hizo hueco entre sus piernas para quedar de cara a él.

—La última noche lo voy a estropear todo, ahora te pareceré un imbécil —dijo Marco y ella rio. Luego negó con la cabeza—. Siempre duermo solo. Ahora sabes la razón.

—Es mucho peor dormir conmigo —respondió ella con ironía, no le sacó más que media sonrisa. Aquella otra parte de Marco le estaba despertando un nuevo sentimiento más similar al que solía tener con sus hermanas cuando necesitaban ayuda, al de la familia.

Reconocía la sensación de miedo, el dolor en el pecho, en el estómago, lo que producía en las extremidades del cuerpo. Y el cansancio que dejaba cuando se iba disipando.

—¿Mejor? —Le acarició la cara. Al menos, ya iba recuperando la temperatura.

Desvió la mirada hacia la cala. Las rocas se veían negras y en el agua no había más luz que la huella que dejaba la luna. Los párpados le pesaban ante aquella oscuridad, pero no quiso encender más luces en el barco. Marco necesitaba oscuridad para poder esconderse. Ocultarse, huir, echar a correr, las reacciones primitivas al miedo. Tras tantos años de evolución, no habían cambiado en eso.

Su respiración se normalizaba.

—No quiero que me digas a qué. —Lo miró de reojo y le cogió una mano—. Pero quiero que sepas que yo también tengo miedo a veces.

—Pues yo sí quiero saberlo. —Marco la observó con las cejas enarcadas y apoyó un brazo en la barandilla—. ¿A qué tienes miedo tú?

Ella frunció los labios a un lado y entornó un ojo, consiguiendo que Marco sonriera ligeramente.

—La última vez que pasé por ese mismo estado, fue hace unas semanas —respondió—. La tarde que me despidieron.

Marco se sobresaltó al escucharla y enseguida quitó el brazo de la barandilla para cogerle la otra mano.

—¿Por el despido? —Se había inclinado hacia ella.

Sofía inspiró despacio.

—Mi madre me dijo que no tenía importancia, que estaba muy orgullosa de mí —suspiró—. No tiene ni idea de lo que está haciendo su hija.

Bajó la cabeza, sentía aquel escozor en la garganta que le provocaba cualquier mínima cosa que pudiera doler a las Román.

—Y ¿qué está haciendo su hija? —preguntó él con cierto tono irónico. Miró a Marco, había alzado las cejas de manera desigual, una expresión que la hizo sonreír.

—Liarse con el jefe. —Sofía hizo una mueca.

—¿El encargado de la terraza? —Y acentuó aquella expresión. Ella se echó a reír otra vez—. No lo imaginaba.

La risa de Sofía aumentó. Apoyó el talón en el suelo. Marco volvió a ponerse serio sin dejar de mirarla. Había desaparecido la ironía. Se inclinó hacia delante y le rodeó el tobillo con ambas manos.

—Ni tú ni yo somos de titanio, menuda sorpresa —dijo ella con cierto sarcasmo, y Marco apoyó la barbilla en su rodilla, justo sobre la cicatriz.

—Menuda sorpresa —repitió él alargando la mano hasta su nariz—. La chica salvaje y el chico soberbio.

Sofía ladeó la cabeza para hundir la nariz en la palma de Marco.

—No seré tan salvaje, ni tú tan soberbio —respondió y él sonrió.

—Eres perfecta. —Marco depositó un beso en su rodilla. Él siempre hacía que no sonasen, quizá en un intento de que no llamasen la atención, de disimularlos—. Y yo estoy diciendo cosas que no debería. —Apoyó la mejilla para mirar al agua sin dejar de reír.

No, no deberías decirlas.

El cielo se aclaraba, cada vez podía apreciar mejor los rasgos de Marco. Sofía le entremetió la mano por el pelo hasta llegar a su nuca. Sentía que estaba llegando a aguas profundas y turbias, de esas en las que nunca había estado. Pasó los dedos por su cuello y regresó a su pelo. Empezaba a comprobar que esas aguas eran maravillosas, de esas que embelesaban y no la dejarían salir.

Marco se desplazó entre sus piernas para acercarse. Introdujo las manos por la abertura de la manta y se coló dentro con ella.

—Un día más, Sofía —le dijo rodeándole la cintura.

—Trabajo mañana. —Sentir el pecho de Marco pegado al suyo hacía que la manta comenzase a picarle.

—Trabajas por la tarde, a mediodía estarás en casa. —Ella

lo observó con los ojos entornados. La luz tenue le permitía fijarse en cómo la estaba mirando. Marco estaba cambiando demasiado a sus ojos, y tenía tantas tonalidades que ni en una ni en veinte noches más podría descubrirlas todas. Y eso le apenaba porque no tendría mucho más margen junto a él.

Dejó caer las manos por sus brazos bajo la manta, le encantaba el tacto de su piel, era como deslizarse por una sábana de satén. Escuchó su respiración cerca del oído; el ciclón había pasado para él y eso hizo que algo en su pecho se removiese con cierta alegría. El acto reflejo de sus brazos fue rodearlo y apoyar la mejilla en aquel hueco de su cuello que tantos pensamientos le había disparado en los inicios.

Cerró los ojos. Demasiados instintos que no correspondían a la relación que intentaba imponerse y demasiados sentimientos que callarse. Quizá él también se los guardaba para sí; de otro modo, no estaría en medio de ninguna parte pidiéndole un día más después de casi una semana pegado a ella.

Movió la cabeza, el olor a Marco ya no era tan intenso como antes. Su olfato se había acostumbrado a él y solo notaba las notas avainilladas adheridas a su piel cuando la rozaba con la nariz.

—Un día más —respondió.

Y los que quisieras.

Sintió su mano en la cara. Cuando Marco la abría, la cubría por completo. Otro de los nuevos sentimientos, el que no conocía junto a las Román y que pudo percibir levemente la tarde que él detuvo el coche cuando ella discutía con el miserable australiano. Le habían enseñado que, en la vida real, las princesas se salvaban solas, pero qué bien sentaba que la mano ancha de un rey de la selva le envolviese la cara, aunque a este le diesen miedo los pulpos gigantes.

Abrió los muslos para pegarse más a él y cruzó las piernas tras su espalda.

Zona peligrosa.

Sus genitales a menos de medio metro de los de Marco solían prenderse de inmediato. Sin embargo, ahora sentía que su miembro estaba en un estado de reposo tan tranquilo como su respiración. Sintió un beso en la sien y un segundo a la vez que la apretaba. Esta vez Marco dejó allí sus labios, en contacto con su piel, sin terminar de besarla.

Esto se me está yendo de las manos.

¿Qué esperaba a una edad tan corta, con un hombre que llenaba su cuerpo de ansias por saber y con todo lo que estaba descubriendo de él?

Levantó la cabeza y lo vio sonreír. Pegó sus labios a los de Marco y le rodeó el cuello. La manta resbaló por su hombro. La brisa de la mañana le erizó el vello de inmediato, o ¿era Marco que la había acariciado? Notó la respuesta de su cuerpo entre las piernas; aquel misil iba directo a su objetivo. Tuvo que desplazar la cadera. Marco la alzó para sentarla sobre sus muslos y ella le rodeó la cintura con las piernas cruzando los talones tras su espalda, la única forma para que pudiesen estar pegados de frente y que aquel inconveniente físico no los molestase. Esperaba no dejarse caer un ápice y aplastársela contra el suelo. La notaba rozarle las nalgas, un lugar con menos peligro. Encogió los empeines de los pies para controlar el arrebato de bajar el culo y probar aquella parte de Marco sin impedimentos. Sus pensamientos acabaron por producirle cierta humedad en las piernas que gotearía de un momento a otro. Incluso notaba que el clítoris le palpitaba. Tenía que concentrarse en cualquier otra cosa.

Miró a Marco.

Es imposible concentrarme en otra cosa.

Sus labios regresaron a su boca, esta vez con más intensidad, y él le apretó la cadera. El movimiento hizo que el largo de su pene le rozase sus partes. Se separó de su boca para suspirar.

—No hagas eso. —Marco volvió a mover la cadera para pegarla a él y regresó el roce. Sofía notaba cómo sus labios se abrían alrededor de su miembro firme. Arqueó la espalda y expulsó el aire produciendo un leve sonido. Marco se inclinó para apoyar la frente sobre la suya—. No me gimas.

—Pues para de hacerlo. —Todo se aclaraba a su alrededor, llenando poco a poco de color un paisaje en escala de grises. El azul zafiro del agua regresaba, también el verde de los árboles y el marrón grisáceo de las rocas; ahora podía ver en la oscuridad de los ojos de Marco las ganas de hacerle todas esas cosas que ya conocía demasiado bien.

Notó cómo le clavaba los dedos provocándole una punzada de dolor que, junto a un nuevo roce, la hizo gemir de nuevo. Y Marco aceleró el movimiento, tan brusco que los labios comenzaron a arderle para intentar calmar los latidos. De alguna forma, aquello también lo estaba acelerando a él y su mirada se dispersaba. Sofía dejó caer su peso hacía atrás para abrir más los muslos y que los labios se abriesen por completo. Llegó otro gemido.

Marco la pegó a él de nuevo.

—No hagas ese ruido. —Le buscó el cuello con la boca.

Esta vez Sofía bajó el culo y el pene de Marco se dirigió sin desviarse hacia sus genitales. En cuanto notó la punta desnuda entrar, clavó los talones en el suelo y se levantó lo justo para sacarla de su sexo. Se dejó caer de nuevo sobre los muslos de Marco, asegurándose de que esta vez su pene no estaba cerca de ningún agujero. Lo miraba jadeando.

—¿Tomas pastillas? —preguntó él y ella negó con la cabeza.

Ella miró de reojo hacia el interior del barco, no sabía si la caja más cercana estaba en el baño, en el salón o en el camarote del fondo.

—Voy yo —dijo y se puso de pie.

Dejó caer la manta al levantarse. La caja que había en el sofá estaba vacía, probó suerte con la del baño. Algo quedaba. Salió corriendo.

Marco rio al verla de vuelta. Sofía se lo dio y se sentó en el suelo con las piernas abiertas.

—Plantéatelo para cuando vuelva —dijo él y ella alzó las cejas.

¿Ha dicho cuando vuelva?

Abrió la boca para expulsar el aire y no era solo del calentón.

Piensa volver.

La alzó y se acomodó entre sus piernas.

Y piensa meterme eso sin nada.

Lo sentía entrar a medida que dejaba caer su peso y Sofía cerré los ojos.

Madre mía.

Sintió los dedos de Marco cerca de su ano.

—Y de paso te piensas esto. —Los pasó por él.

Si no sé ni cómo entra por el otro lado, cómo leches va a entrar por ahí.

Sofía volvió a gemir y Marco sonrió.

—Ahora sí. —Lo notó bascular la cadera y ella pudo apoyar los talones en el suelo—. Puedes gritar lo que quieras.

Pero fue ella la que se meció y Marco entornó los ojos a la vez que expulsaba el aire.

Y qué me gusta verlo así.

—Y tú también. —Volvió a hacerlo y la imagen de la otra noche cuando Marco se encogió en la cama se repetía en una nueva versión. Pero esta vez él estaba dentro de ella y el placer se multiplicaba.

Marco volvió a hundirle los dedos en las caderas para guiarla, pero no hacía falta, ella se adelantó y Marco gimió.

—Ya me vas conociendo. —Y cómo le gustaba aquella forma de mirarla.

Sofía le cogió la cara y sonrió.

—No ha sido muy difícil. —Apretó los músculos interiores con fuerza y aceleró el movimiento.

Si seguía así, ninguno de los dos duraría mucho. Marco se encogía al final de cada contoneo y por cada vez que lo veía hacer eso, su trayecto hacia aquel punto maravilloso menguaba a la mitad.

Marco se contrajo de nuevo y dejó caer la cara en su cuello.

Sofía se agarró a él y llegó el primer calambre. Soltó al aire todo lo que vino, un gemido, un grito. No sabía cómo definirlo, no importaba porque el segundo, y este sí que fue fuerte, lo eclipsó por completo.

Sintió a Marco exhalando con demasiada fuerza en su cuello.

Marco le había clavado los dedos en la espalda y los fue aflojando poco a poco. Ella se había sujetado a su cuello, ya no sabía la de tirones que le habría pegado en el pelo.

Se apartó de él jadeando. La luz se había hecho por completo y podía verlo con claridad en medio de aquella mezcla de azules, un fondo perfecto sin el cual no era capaz de imaginar a Marco. O quizá su mente no quería imaginarlo lejos de allí, en otro lugar, otro ambiente y rodeado de personas entre las que no estaba ella.

Pero Marco acababa de decirle que volvería. Solo esperaba que no fuese un disparate acentuado por el calentón.

Volvería.

¿Cuándo?

Le rodeó el cuello y volvió a besarlo.

43
Sofía

No se habían movido del mismo lugar. Un día más que había volado de la misma manera que los anteriores.

Lo que más le gustaba de aquella cala era la ausencia de arena. Solo rocas en las que habían construido escaleras para bañarse. Un lugar que parecía haber sido diseñado para los seres del mar que tanto le gustaban a Marco.

El sol se ponía y aún estaban entre las rocas.

—Tenemos que volver —lo oyó decir tras besarle el hombro. En cuanto oscurecía, Marco se mantenía lejos del agua.

Se volvió para mirarlo. No había retrasado el momento hasta que el sol se escondiese hasta la mitad tras el mar al azar.

Marco seguía con el dedo una de las líneas de su muslo.

—¿Qué es lo que te pasa con el agua de noche? —Sofía dejó caer la espalda en el pecho de Marco. Le encantaba cuando él apoyaba la barbilla en su hombro.

—Ya lo has visto esta mañana. —Acabó con esa cicatriz y buscó otra para hacer lo mismo—. ¿Son trece?

Sofía sonrió, estaba siendo más rápido de lo que creía.

—Te falta alguna más. —Miró sus piernas—. Tengo dieciséis. —Le señaló una—. Esta es de las primeras, casi no se ve. Han ido cambiando de lugar con el tiempo, esta estaba más lejos de la rodilla.

—¿No te molestan? —Ella encogió la pierna con el cosquilleo.

—Me las hice hace años, qué me van a molestar. —Volvió a ponerla en su sitio.

—No me refiero a eso. —Marco acercó la barbilla a su cuello.

Lo fulminó con la mirada.

—¿Me estás diciendo que son feas y que debería llevarlas tapadas por un complejo de narices? —Lo empujó con el codo.

Marco apretó los dedos en su muslo, tanto que Sofía soltó un quejido.

—Tienes las piernas más bonitas que he visto nunca. —La rodeó con las suyas. Volvió a examinarle los muslos—. La forma y todo lo que hay en ellas me encanta. —La acarició a lo largo y llegó hasta su rodilla—. Pero la mayoría de las mujeres que conozco no aceptan las marcas.

—Tú tampoco tienes ninguna. —Levantó un pie y lo pasó por encima de una de las piernas de Marco.

—Ya me gustaría. No me permitían moverme mucho. —Marco miró el sol, se escondía anaranjado—. Nos vamos.

—No has terminado. —Acercó la pierna a él.

—Se hace de noche. —Marco miró los escalones tras ellos—. Y no quiero pasarla aquí.

—Son solo unos metros.

—Sofía, no. —Se levantó con rapidez.

Ella lo miró mientras bajaba las escaleras metálicas hasta el agua. Había apurado hasta el último minuto, oscurecía por momentos. Lo vio rodear la roca y dirigirse hacia el barco. Ella no usó las escaleras, sino que se lanzó de cabeza y se apresuró a alcanzarlo. Marco ya había llegado al barco.

—¿Qué es lo que te pasa? —le preguntó de nuevo cuando él ya se subía a la plataforma.

—Esta mañana me dijiste que no hacía falta que te lo contase —respondió él dándose la vuelta.

—Pues he cambiado de opinión. Ahora quiero saberlo. —Se agarró a los hierros de la barandilla y estiró las piernas para dejarse flotar.

Dio dos palmadas al último peldaño para que Marco se sentara allí. Lo vio dudar.

—¿Y que te rías de mí? —respondió él con ironía.

Sofía ladeó la cabeza.

—Te he visto esta mañana, ¿cómo voy a reírme? —Se sentó de lado en el último escalón para dejarle a Marco el de arriba.

—Porque la razón puede parecerte absurda. —Bajó uno de sus pies para sentarse.

—La causa de todas esas marcas que te he hecho contar esta tarde es absurda. Estoy repleta de razones absurdas —dijo y Marco sonrió—. Pero para mí, en su momento, no lo fueron.

Movió el pie en el agua mientras dejaba a Marco pensar.

—Desde que era niño suelo tener pesadillas con el mar. —Se agarró al barrote de la escalera—. En ellos apenas sé nadar.

Sofía alzó las cejas.

—¿Siempre es el mismo sueño?

Marco negó con la cabeza.

—No, pero es similar. La noche, el agua oscura. —Miró la masa azulada de reojo. El sol ya no estaba, solo la luz del barco la alumbraba—. Y el kraken.

Sofía agarró el tobillo de Marco para que lo pusiera junto a su muslo, justo donde alcanzaba el agua, pegado a ella. Y lo sujetó para que no perdiese el contacto con su piel.

—La mayoría de las veces me alcanza. Es cuando me despierto y no puedo respirar —continuó—. El resto ya lo has visto.

Ella se apoyó en la barandilla.

—No me parece una razón absurda. —Alargó el pie de Marco junto a su pierna hasta sumergirlo a la mitad de la tibia. Probó en soltarlo, retirar su pierna y dejarlo solo. Marco lo recogió enseguida y lo subió al escalón.

No insistió. Se puso en pie y le dio un beso.

—¿Quién lo sabe? —Se separó de él y volvió a besarlo para alejarse una vez más y que respondiera.

—¿Lo de mis pesadillas? Mi familia y Valentina. Ya te he dicho que siempre duermo solo. —Sofía contuvo la sonrisa al escucharlo—. Lo que hay en ellas, solo tú.

Marco le había rodeado la cintura y le acercó los labios al ombligo. Sofía entrelazó los dedos en su pelo. No sabía si los malos sueños se esfumarían, pero estaba segura de que, con margen de tiempo, Marco acabaría en el agua si ella estaba cerca. Lo acababa de comprobar.

Subió otro peldaño y los labios de Marco resbalaron hasta el filo del biquini. Se encogió con el cosquilleo. Le apartó la cara con la mano y acabó de subir pasando por encima de él.

Llegó a la cubierta y se detuvo en la puerta de cristal.

Sofía miró a Marco a través del reflejo del cristal.

—Promesa, recompensa —dijo.

Marco frunció el ceño.

—Cuando regreses, te bañarás conmigo en el agua oscura. —Su cuerpo ya estaba reaccionando y lo estaba haciendo de una forma exagerada. Sonrió—. Prométselo.

Deslizó la mano por el filo del aluminio, esperando a que Marco respondiese.

—Prometido. —Contuvo el aire al escucharlo.

—Puedes atarme. —Atravesó la puerta de cristal.

Se dirigió al baño mientras las piernas se le volvían ligeras, y eso que no había visto su reacción. Se quitó la ropa de baño y la dejó caer al suelo.

No sé lo que acabo de decir, pero lo he dicho.

Su estómago se contrajo con una carcajada mientras enarcaba las cejas. No se reconocía.

El agua caliente hizo que su piel calmase el frío. Le gustaba cómo olía el gel, a él recién salido de la ducha. Un olor que hacía que todo aquel remolino que se le formaba entre las piernas cuando tenía sus labios cerca se activara de inmediato.

Se secó con una toalla y se desenredó el pelo. Suspiró. La parte curiosa de su cuerpo estaba deseando salir. Abrió la puerta del baño, todo estaba oscuro fuera.

Se dirigió hacia el salón.

Marco había encendido las velas de los faroles que solían utilizar en la cubierta cuando la luz del barco le parecía demasiado fuerte. Como las que utilizaban las Román en la playa de noche. Solo eran tres, demasiado pequeñas.

Anduvo hasta el centro de la sala. Marco había traído la colchoneta del solárium frontal y la había extendido en el suelo. Sobre ella había dos cojines.

Lo vio atravesar la puerta de cristal, ya traía las cuerdas. Sonrió al verla.

—En cuanto me digas que te suelte... —Puso en sus manos unas tijeras metálicas de un palmo.

Madre mía, en los líos que me meto.

Sofía las dejó a un lado.

Tenía a Marco frente a ella, únicamente en ropa interior. Ya tan solo con aquella visión tenía suficiente para disfrutar de cualquier cosa que pudiera hacerle.

—¿Cómo se llama esto? —Marco parecía estar midiendo las cuerdas mientras las pasaba entre sus manos y las dejaba caer al suelo.

—*Shibari.*

Joder, eso era. Mira que probé combinaciones y solo me salían muñecos manga.

—Es una técnica antigua japonesa. Al principio se utilizaba para la inmovilización y la tortura. —Con aquella voz y aquel resquicio italiano, ni siquiera eso sonaba mal.

—Y ¿tú para qué la utilizas? —Sofía miraba la cuerda mientras caía.

Marco contuvo la sonrisa y su cuerpo reaccionó con un latigazo que se extendió del pecho al estómago.

Da igual. Soy toda tuya.

—Siéntate —le dijo.

Sofía se sentó en la colchoneta con las piernas a un lado. Se apoyó con las dos manos y miró a Marco. Estaba a punto de decirle que dejara las cuerdas y se lo hiciera directamente.

Pero un trato es un trato.

Bajó la barbilla intentando disipar los pensamientos o perdería la paciencia mientras la ataba. Volvió a alzar los ojos hacia Marco; no mirarlo entre las sombras era tremendamente difícil. Y quizá a él le estaba pasando lo mismo porque hasta el movimiento de las cuerdas se había detenido un instante. Le encantaba aquella manera de observarla.

—Tu imagen es una locura, Sofía. —Lo de la voz ronca no tenía nombre.

Qué pronto voy a llegar al orgasmo.

—Atar a una criatura marina, menudo reto —dijo riendo mientras se arrodillaba frente a ella. Le cogió las manos—. Es la primera vez, así que te las ataré delante, por detrás puede angustiarte al principio y quiero llegar al final. —Rodeó una de sus muñecas tres veces.

Y yo, yo también quiero llegar hasta el final.

Miraba el pecho de Marco a media luz mientras le enrollaba la cuerda en la otra muñeca.

—No es rápido, no consiste en atarte de cualquier manera. —Le sujetó ambas manos y le pasó la cuerda bajo el pecho de forma que quedaron pegadas al esternón.

—Ya me estoy agobiando —dijo y él sonrió.

—Respira. —Se colocó a su espalda—. Las cuerdas no se colocan al azar, buscan una zona concreta. Quiero que pierdas el control del cuerpo, entonces él elegirá y te dará justo lo que necesites. Si consigues llegar a ese estado, lo buscará solo.

—¿Qué buscará? —Giró la cabeza y Marco la sujetó por la barbilla para que mirase al frente.

—Lo descubrirás en unos minutos —respondió. Le hizo cosquillas al pasarle la cuerda por las axilas de nuevo. Estas no eran lisas, sino que formaban unos nudos. Se la cruzó en mitad del pecho en diagonal para dejarle las tetas libres.

Un bonito sostén.

Continuó erguida intentando no moverse, aunque su cuerpo se lo pedía constantemente. Marco tiró de los cabos y estos se tensaron en su torso.

—Está muy apretada —protestó.

—Afloja el pecho. —Ella frunció el ceño al escucharlo—. Suelta el aire.

Exhaló despacio y las cuerdas se tensaron más.

—Voy a ahogarme —dijo—. Quítamelas, no puedo respirar.

Escuchó la risa de Marco. Se inclinó junto a su oído.

—Respira —le susurró y su cuerpo volvió a calentarse de inmediato.

Tomó aire y llenó el pecho.

—Confía en mí. —Le cogió de los hombros para tumbarla—. Y deja de hablar. —Pasó una pierna por encima de ella y se quedó encima—. Cierra los ojos —Sonrió—. También tienes que poner de tu parte.

Sofía volvió a coger aire. Era difícil implicarse. Ya no podía mover las manos y le picaba la cabeza, seguramente la razón no era otra que el hecho de no poder mover las manos. Y así sería con cada parte de su cuerpo que Marco fuese atando.

Cerró los ojos. Si lo pensaba mucho, perdería la paciencia. Intentó centrarse en otra cosa y también no pensar en nada mientras él la movía de un lado a otro y notaba presión en una parte nueva, ahora inmovilizada. Sintió el cruce de las cuerdas entre sus piernas.

Ostras.

Pensaba que sería más rápido. A ratos perdía la noción del tiempo, pero estaba segura de que llevaría más de media hora. Intentaba no abrir los ojos, el picor de la cabeza iba desapareciendo y mantener los puños en el esternón comenzaba a ser llevadero.

De lado estaba más cómoda, con la cabeza apoyada en la almohada y las piernas encogidas era la postura que solía escoger su cuerpo para dormir. Consiguió no pensar en más que en su respiración, y hasta pudo escuchar la de Marco en el silencio. La tranquilidad de Marco era más efectiva que sus pensamientos. Y ahora sí consiguió perder un tanto la conciencia mientras le cosquilleaban los nudos en el cuerpo.

Lo notó desplazarse de nuevo y Sofía intentó estirar un tobillo. Abrió los ojos enseguida, no había podido moverse un ápice, ni el pie, ni el tobillo, ni las rodillas, ni las caderas. No podía mover absolutamente nada. El pecho se le detuvo, intentó reprimir las ganas de sacudirse, de contorsionarse y de gritar.

Apretó los puños y volvió a cerrar los ojos. Lo único que esperaba ahora era que Marco no la dejase sola, porque entonces entraría en pánico. Pero volvió a sentirlo pegado a ella.

Respira, Sofía, respira.

Lo sentía tocando los nudos, ajustando algunos o cambiando los cruces en otros sitios. Estaría tirando, porque cada vez se tensaban más, y otra vez sintió la dureza de las cuerdas. Ya no cosquilleaban, ahora notaba cómo su firmeza le recorría todo el cuerpo formando líneas que enlazaban unas extremidades con otras, conectando partes que no debían tener relación.

Y comenzó a notar el cuerpo cada vez más cargado, hasta la cabeza parecía pesar toneladas. No tenía ni una sola atadura en ella ni en el cuello, pero tampoco podía moverla y no sabía por qué. Estaba cansada, como si hubiese nadado hasta la roca de tiburón diez veces y se hubiese tumbado en la arena al llegar.

Con los ojos cerrados, la oscuridad en las cuencas de los ojos comenzó a hacerse intensa. Era como caer despacio sobre la colchoneta, aumentar el peso y volver a caer.

Sin alas.

Quién las querría. No importaba que no pudiera moverse, es que no quería, ni un ápice. Era la primera vez que notaba un peso similar y comenzaba a gustarle, como si fuese capaz de saltarse la duermevela y caer en un sueño profundo directamente.

Y su pecho se llenó de aire sin pedirle permiso. Se hinchaba, pero no solo sentía sus pulmones hincharse, sino que todo su cuerpo parecía engordar ejerciendo presión en las cuerdas. Cada nudo la apretaba y la inmovilizaba aún más.

Y volvía a caer.

Comenzaba a disfrutarlo. Regresaban la hinchazón, la ligereza, flotar, la presión, la dureza, el peso, la caída despacio y el descanso. Y una vez acababa, todo volvía a comenzar.

La oscuridad era completa y el tiempo había desaparecido. Una duermevela consciente de cada parte de su cuerpo, partes que ahora entendía que nunca había sentido por sí solas. Dividirse, sentirlo cada vez, todas las veces. Y que el placer se multiplicase.

Cuando respiraba, la cuerda le presionaba el comienzo del pecho y le producía un dolor que reconocía como el efecto punzante de la ansiedad, pero completamente vuelto del revés, ya que esa sensación la tranquilizaba al mismo tiempo.

Cuando Marco la tocó, dio un pequeño respingo.

—Muy bien —lo oyó decir. Sentía su mano entre las cuerdas de su espalda. Un tacto diferente que no reconocía y que aumentaba aquella sensación de hinchazón y caída.

—Y ¿ahora? —susurró entreabriendo los ojos. Suponía que no podía estar atada mucho tiempo.

—Te desataré.

—Y ¿ya?

Escuchó la risa de Marco. Tal y como se encontraba, solo con su risa o su voz era capaz de tener un orgasmo.

—¿Qué más quieres?

Volvió a coger aire con fuerza. Cuando las cuerdas se tensaban, le presionaban las ingles haciendo que los labios se separasen suavemente entre sus piernas.

—Yo no te he dicho que hubiese nada más. —La risa de Marco aumentó.

Y como no se dé prisa, no va a hacer ni falta.

—Pensaba que el sexo iba inherente a esto de atarme. —Intentó moverse, pero era imposible ladear su cuerpo lo más mínimo. Estaba sorprendentemente tranquila, había abandonado el control por completo y le estaba encantando.

Seguía manteniendo la respiración, que se estaba convirtiendo en un placer extremo. Marco seguía en pie, contemplándola.

Volvió a perderse en la oscuridad hasta que unas pisadas la sacaron de nuevo de sus pensamientos. No sabía en qué momento la había dejado sola; su mente de verdad estaba pasando a otra dimensión.

Lo sintió acuclillarse a sus pies.

—Tienes un cuerpo realmente hermoso. —Tocaba las cuerdas en su cintura. En aquel momento le daban igual los nudos y la forma que pudieran tener las ataduras. Su cuerpo pedía algo más y estaba haciendo por conseguirlo por sí mismo tan solo con aquel roce que comenzaba a mojar las cuerdas.

Cerró los ojos de nuevo cuando notó los dedos de Marco en su abertura. Los introdujo despacio, resbalaban envueltos en algo frío. Tal vez había usado algún ungüento, aunque no lo necesitaba. Estaba lubricada de sobra desde el momento en el que le envolvió las muñecas.

Otra presión más, esta vez en el ano, y Sofía apretó los párpados.

—¿Quieres? —lo oyó preguntar.

—Sí. —Si hubiera podido moverse, lo habría buscado ella misma.

La presión se hizo intensa y su cuerpo reaccionó apretando las nalgas. Las cuerdas que pasaban por las ingles se tensaron justo donde acababa el glúteo y comenzaba el muslo.

Marco empujó de nuevo y deslizó los dedos hacia dentro algo más, provocando una tensión interna que comenzaba a dejar de ser extraña. La forma de reaccionar de sus nalgas hacía intenso el roce en las cuerdas, que le aprisionaban las ingles, le movían los labios y le dejaban el clítoris temblando.

Expulsó todo el aire que le quedaba cuando lo sintió llegar hasta el fondo. Los sacó a la vez, los de un sitio y los de otro, y sus nalgas se aflojaron. Marco las movía de sitio, las cruzaba, rozaban ahí, justo donde lo necesitaba. Sofía intentó moverse para intensificar el roce, pero las órdenes de su cerebro no servían. Las cuerdas solo se tensaban por actos reflejos, los que producía su propio cuerpo sin razón ni cordura.

Y Marco volvió a introducirle los dedos a la vez que las cuerdas se tensaron por alguna reacción que ya no reconocía. Se abandonó al placer y al impulso natural de su cuerpo. Las ataduras le apretaban y rozaban en los lugares exactos. Notaba la tirantez en el pecho cada vez que Marco repetía el movimiento, que se hizo tan rápido que parecía imposible. No gimió, los gritos llegaron directamente. Ya imaginaba que aquello sucedería muy pronto. Su respiración se volvió tan intensa al jadear y con tantas sensaciones, que el placer se alargó fracciones de segundos y más, más segundos, hasta que dejó de tener fuerzas para gritar. Dejó todo el peso de la cabeza en la almohada y continuó respirando con fuerza. Por un momento creyó marearse. El placer se disipaba despacio y su cuerpo quedó desmadejado mientras Marco sacaba los dedos.

No habría podido moverse ni aunque no estuviera atada. Estaba completamente agotada, exhausta. Cerró los ojos, sentía el roce frío las tijeras mientras la iba liberando.

Tardaría en recuperarse, estaba segura. Toda una vida.

44

Ángeles

Debía tener cuidado al subir el carro de la limpieza al barco para que no se le cayera nada al agua.

Judit estaba ya dentro. Le había pedido que se quedara unas horas más para limpiar el barco del joven Valenti. Hacía ya varios días que no lo veía por el hotel, pensaba que habría regresado a Italia.

Vio a la gobernanta entrar para revisar los camarotes y no tardó en regresar enseguida con las sábanas sucias en los brazos.

—Pon unas limpias, llevaré estas a la lavandería —le dijo antes de salir—. Enseguida vuelvo.

Empujó el carro hasta la zona del sofá y la rueda se quedó atascada con algo. Se agachó: eran unas cuerdas como las que solía ver en la parte exterior, pero llenas de nudos. Las apartó a un lado con el pie y puso el freno al carro.

Cogió unas sábanas limpias y se dirigió al camarote principal. Judit se había llevado también la colcha; esta no pertenecía al hotel y quizá por eso la había recogido la gobernanta, para asegurarse tenerla pronto de vuelta.

Estiró la funda del colchón antes de colocar las sábanas. El camarote tenía una forma algo curva, puede que por la forma de la proa del propio barco, y hasta las mesitas de noche seguían aquella línea.

Sacudió la sábana para abrirla sobre la cama y la rodeó para remeterla por el lateral. Plegó la parte interior y la superior y volvió a bordearla. Se apoyó en la madera del cabecero para alisar las arrugas que quedaron en la esquina.

Y su mirada se dirigió hacia algo que resaltaba sobre la madera de la mesita de noche.

Entreabrió la boca para expulsar el poco aire que había sido capaz de contener. Acercó la mano despacio hacia aquel aro plateado. Podría ser cualquiera, habría muchos. Los habría a montones iguales. Pero por la velocidad que habían tomado sus pulsaciones, no consideraba que aquello fuese una confusión.

Cogió el anillo y se lo puso en el dedo índice.

—No puede ser —murmuró.

El aro se le emborronó a la vista, los ojos le brillaban y el comienzo de la garganta parecía tirarle hacia abajo.

—¡Ángeles! —Se dio la vuelta sobresaltada. Judit la miraba con esos ojos saltones desde el umbral de la puerta del camarote—. ¿Qué estás haciendo?

Se apresuró a quitarse el anillo.

—¿Qué pretendías hacer con eso? —Judit se lo arrebató.

—Nada —respondió intentando recuperar la respiración—. Lo estaba mirando.

—¿Nada? —La gobernanta la fulminaba con la mirada—. Llevo más de veinte años trabajando en hoteles. ¿Sabes cuántas veces he escuchado eso? Tengo que informar al director. —Dio unos pasos hacia la puerta—. De inmediato.

—No. —No sabía cómo había podido salirle la voz tan firme cuando la garganta le picaba tanto.

Pero Judit no se detenía mientras atravesaba el salón hacia la puerta de cristal.

—Es de mi hija Sofía. —Y esta vez alzó la voz lo suficiente como para que no hubiese dudas de las palabras que acababa de decir.

La gobernanta estaba de espaldas, se había detenido, pero no podía ver ni un ápice de su cara.

—Sofía —la oyó repetir.

Ángeles entornó los ojos. Si a Judit le había cogido de sorpresa, el hervidero que ella tenía ahora mismo en la cabeza ni siquiera le permitía dar un paso. Apretó los dientes. ¿Cómo? ¿Desde cuándo? ¿Por qué no había notado nada? Aunque Sofía se había marchado los días exactos que no había visto a Marco en el hotel. Y los dos había aparecido de nuevo a la vez.

Bajó la cabeza, el día de la disputa, el despido, su readmisión.

Necesitaba salir del barco y tomar aire. Se encaminó hacia la salida. Judit la miró de reojo al pasar.

—¿No avisaste a tu hija? —la oyó decir—. Del barco, de las fiestas, de las otras chicas.

Ángeles se volvió para mirarla.

—Porque si lo que busca es un cambio en la suerte de las Román... —continuó la mujer y Ángeles dio un paso hacia ella.

—Ni se te ocurra decir una palabra sobre mi hija. —Y el aire entró de lleno en sus pulmones—. Ni siquiera insinuarlo.

Se agarró a la puerta corredera para salir.

—Y no puedo quedarme a hacer horas extras hoy —añadió.

Salió al exterior y bajó del barco. Había estado tan encerrada en sus propios problemas que no había conseguido ver más allá de la valla blanca de la casa.

Recorrió a prisa el camino de madera. Se llevó la mano a la nariz y sorbió. La humedad en sus ojos aumentaba a medida que iba asimilando que aquello no era ningún mal sueño.

Necesitaba salir del hotel cuanto antes. Jadeaba por la boca de manera entrecortada. Pasó por detrás de la choza bar de las cabañas y rodeó la terraza. Llegó hasta la puerta del personal y la abrió.

—Mamá. —Ángeles se enderezó enseguida para mirar a su hija. Sofía se fijó en sus ojos—. ¿Qué te ha pasado? —Le cogió la cara.

Ella sacudió la cabeza enseguida.

—Es ese espray desinfectante, el bote venía defectuoso. —Se restregó uno de los ojos.

—¿Te has enjuagado? —Sofía se inclinó para vérselos de cerca.

Observó el rostro de su hija y se detuvo en él. ¿Cómo no iba a fijarse en ella Marco Valenti? Había sido una completa imbécil, ni siquiera se le había pasado por la cabeza. Desde hacía tiempo ya sabía que había dejado de ser una niña y que despertaba demasiado interés en la gente. A veces se le olvidaba. A la propia Sofía se le olvidaba continuamente.

Cogió la cara de su hija con las dos manos. La piel se le había oscurecido de manera considerable durante los días que había pasado en el mar, lo que hacía que las motas verdosas de sus ojos resaltasen. Claro que se había fijado en ella, no podía ser de otra manera.

—Estoy bien. —Sonrió—. Todo está bien. No te preocupes. —Se acercó a su frente para besarla—. ¿La abuela anda por aquí?

Sofía negó con la cabeza.

—Me la he cruzado en el camino, ya estará en casa, supongo. —Se apartó para que Sofía saliese.

La observó mientras se alejaba.

Pasó por la taquilla para coger el bolso y ni siquiera se detuvo a cambiarse. Salió veloz hacia la casa. Hacía un calor intenso o, más bien, lo era para el estado en el que se encontraba.

Vio a su madre sentada a unos metros de la valla con la pamela exagerada que solía usar para que el sol no le diese en la cara.

Ángeles se encaminó hacia ella.

—Se repite la historia. —No se paró, entró en el porche para soltar el bolso.

—¿Qué historia? —La mujer se volteó para mirarla.

—¡La tuya! —Su grito sonó desesperado.

—Ya estás desvariando. —Su madre alzó la jarra de granizada azul al hablarle y luego se metió la pajita en la boca.

Sabía que hablar con ella le subiría el calor del cuerpo. Por una vez entendió aquella manía de las niñas de quitarse la ropa antes de entrar en casa y lanzarse al mar. Lo habría hecho sin dudarlo si no le urgiese hablar con la más inconsciente de las Román.

—¿Tú lo sabías? —Volvió a atravesar la puerta de la valla y llegó hasta su madre. Se puso las manos en la cintura—. Sofía y Marco Valenti.

Almu la miró con tanta tranquilidad que no hizo falta ni que le contestase.

—Seguramente lo sabía antes que la propia Sofía. —Volvió a sorber la granizada.

—Y ¿cuándo pensabas decírmelo? —Ángeles resopló. Se sentó en el suelo junto a la hamaca de su madre—. Las niñas lo sabrán también, deduzco.

—Deduces bien.

Se llevó la mano a la sien.

—La única tonta de la casa —resopló—. Esto no es ninguna tontería, mamá. ¿Por qué no me dijiste nada?

—Para que no te pusieras roja como una fresa y se te cayeran las gotas de sudor por la sien. —Almu se inclinó para coger su neceser. Le dio un espejito. Ángeles lo rechazó y negó con la cabeza.

—Habría hablado con ella. —El peso en los ojos y en la garganta regresaron.

—¿Para disuadirla? —Almu apoyó los codos en las rodillas y dejó caer la barbilla entre sus manos entrelazadas.

Ángeles la miró con el ceño fruncido.

—Soy tu hija y parece que no me conoces —respondió y la mujer sonrió. Ángeles tragó saliva, ahora era el mar lo que se le emborronaba—. Conozco a mis hijas. Sofía es intrépida cuando está decidida, pero antes de hacer lo que sea pasa por todo tipo de fases. Esta vez no es salir, estudiar, hacer amigos, pasar un año fuera de casa o subirse a unas rocas. —Apretó los labios—. Con alguien como Marco Valenti tras ella, sabiendo lo que podría significar para la familia, nuestra casa, nuestros trabajos... —Se pasó la mano por la frente—. Y lo que piensa que significa para mí. —Aspiró por la boca—. Habrá estado aterrada. Y todo eso lo ha vivido sola.

—Y ¿qué significa para ti? —Su madre le ofreció la pajita para que le diera un sorbo a la granizada. El hielo picado le refrescó de inmediato la boca. Lo masticó y tragó con rapidez.

Se inclinó para apoyar el brazo en la hamaca.

—Llevo toda la vida... —Miró a su madre de reojo—. Llevamos toda la vida —sonrieron a la vez— haciendo todo lo que podemos por ellas. —Se interrumpió, esta vez el escozor de la garganta se volvió más intenso—. A veces las miro y no me creo que haya sido capaz de sacarlas adelante. —Negó con la cabeza, notaba el calor en el borde de los ojos—. Me dan igual el trabajo y la casa, hemos salido de peores. Pero tengo tres tesoros de los que estoy tremendamente orgullosa y lo único que no quiero es que llegue un fulano, me las rompa y luego yo tenga que recoger los trozos.

Su madre se inclinó hacia ella.

—Como hice yo contigo —le dijo la mujer con una mueca y luego rio—. Ese es el trabajo de la familia, construir y reconstruir.

Volvía a ahogarse.

—¿Por qué dices que se repite mi historia? —Almu le ofreció la jarra para que la cogiese.

—Porque el tuyo también tenía barcos y hoteles, ¿no? —Ángeles le dio un sorbo largo.

Su madre torció el gesto.

—Era más guapo que este —dijo con cierta ironía presuntuosa—. ¿A quién te crees que salen mis nietas?

Se le escapó tal carcajada al escucharla que la hizo soltar la pajita. Luego miró la jarra.

—¿Qué leches le has echado a esto? —Se raspó la lengua con los dientes.

—Ron, ¿a que está bueno?

—¿Tú te crees que tienes veinte años?

—Es un chorrito de nada. —Movió la mano para quitarle importancia—. Además, te vendrá bien hoy.

Le dio otro sorbo largo; el hielo perdía el color azul poco a poco.

—¿Cómo te diste cuenta tú? —El dulce mezclado con el hielo le disipaba aquel cansancio que le sobrevino una vez que las pulsaciones se fueron calmando.

—Porque un día lo vi recoger a Sofía desnuda del agua —respondió la mujer y del sobresalto casi echó la granizada por la nariz.

Ángeles se tapó la cara con la mano.

—Madre mía. —Volvió a frotarse la frente. Su madre rompió en carcajadas. Suspiró de nuevo, esta vez soltando todo el aire que le quedaba. Sintió la mano de su madre en su hombro. Se inclinaba para sacar de la cesta un termo y otra jarra.

—Tranquila. —Abrió el tapón y lo volcó. La granizada comenzó a salir a borbotones—. Nadie ha podido tumbar a las Román en todos estos años. —Guardó el termo—. Míranos. —Su madre alzó la jarra hacia ella y Ángeles la miró de reojo—. Por las Román —añadió y los cristales sonaron al entrechocar.

Ángeles sorbió por la pajita; con el calor, el hielo se volvía líquido con rapidez.

—¿Qué vamos a hacer? —le preguntó su madre.

—Hablaremos con ella. —Removió la bebida—. Mientras, ni una palabra.

—Las mismas que he dicho hasta ahora —rio Almu—. ¿De verdad ni siquiera se te pasó por la cabeza? —Negó con la cabeza.

—Ahora que lo pienso... —Se deslizó la mano por la sien y se pasó los dedos por el pelo—. ¡Dios! Siempre se ha parecido tanto a ti.

Almu, con tranquilidad, negó con el dedo índice.

—No se parece a mí. —Ladeó la cabeza mirando al mar. Luego sonrió—. Se parece a tu padre.

—Eso no me tranquiliza. —Ángeles se terminó lo que quedaba en la jarra.

Y la risa de su madre aumentó.

45

Marco

Extraña sensación separarse de Sofía después de tantos días. Habría alargado el paseo en barco, los días en la isla y el haber desaparecido, evaporado, de su mundo unos días más.

El teléfono volvía a estar en línea, pero el silencio continuaba. Quizá era una forma de castigo. Recordó el vacío familiar de tantas otras veces cuando no seguía el sendero marcado. La angustia de no recibir noticias, llamadas y todo aquel seguimiento al que solían someterlo. Un control que lo hastiaba y lo asfixiaba, pero que cuando lo echaba en falta, corría a buscarlo de forma desesperada.

El agua de la piscina estaba templada. Puede que ahora estuviera acostumbrado a las aguas más profundas y lo notaba. Se sumergió al completo y buceó hasta el cristal que delimitaba la terraza.

Sacó la cabeza y apoyó los brazos en la barandilla. También era extraña la sensación de angustia que le producía ese silencio, pero sin el arrebato de querer romperlo en ningún momento. Esta vez, se trataba de una mera preocupación que no le aflojaba el cuerpo ni lo dejaba sin energía. Tal vez porque, esta vez, el desvío del camino no se hacía oscuro cuando era consciente de que estaba solo, y porque comenzaba a gustarle más que ningún otro.

Bajó los ojos hacia la terraza buscando una melena rubia. Las piezas del puzle que formaban su vida comenzaban a desplazarse para hacerle hueco a algo más y acabarían rompiéndolo por completo.

A ratos no le importaba.

En el cielo comenzaban a mezclarse las tonalidades naranjas, pero las puestas de sol ya solo eran extraordinarias en la cubierta del barco mientras contaba las cicatrices en las piernas de Sofía.

Si tenerla a media distancia ya le estaba resultando demasiado, le costaría retomar su vida lejos de allí hasta que pudiese regresar. Aunque también podría esconder bien su piel de foca y llevarla con él a ese mundo estricto que conocía.

Tragó saliva y sintió una punzada en el pecho. Ni siquiera en su fantasía era sencillo, pero se negaba a abandonar la idea. A lo mejor solo necesitaba tiempo para encontrar la manera.

De una forma u otra, aún no se había marchado y ya estaba planeando la forma de regresar cuanto antes. Llevaba toda la tarde mirando el calendario, donde había trazado varias combinaciones y todas le parecieron pocas.

Agachó la vista y rio. Ni siquiera había contado con que Sofía tampoco estaría allí. En su cabeza, a ratos, ella era una parte inamovible de aquel lugar que ya había empezado a convertirse en su sitio favorito del mundo. Pero si Sofía se marchaba, no tenía dudas de que este se desplazaría con ella.

Le daba igual dónde estuviera, iría a buscarla. Se negaba a devolverle la piel de foca. Se había acostumbrado demasiado pronto a tenerla y no la pensaba soltar.

Su teléfono comenzó a sonar y dio un respingo. Se apartó del cristal y se envolvió con una toalla al salir de la piscina. Cuando llego hasta él, el sonido ya se había detenido. Miró la pantalla del móvil. Valentina.

46

Sofía

—Sofía, esto a la mesa del final —le había dicho Leyre. Había ido un segundo a las taquillas para enviarle un mensaje a su madre y preguntarle por su ojo.

Miró la bandeja con una infusión humeante; eran las últimas horas de sol. Se volvió enseguida hacia la mesa; había una joven sin compañía y con una vestimenta bien lejos de la habitual playera, por muy sofisticada que esta fuera. Aquella mujer acababa de llegar al hotel.

Se acercó intentando no derramar ni una gota. La miró de reojo mientras cogía el plato con la taza de la bandeja. La mujer tenía la cabeza inclinada sobre el móvil mientras tecleaba a una velocidad al nivel de su hermana Diana.

Llevaba el flequillo recto, como una cortina curva y perfecta a la altura de las cejas; el resto del pelo, de un castaño rojizo tan brillante que parecía una peluca, apenas le llegaba a la mitad del cuello.

Con el ruido que hizo el plato al dejarlo en la mesa, levantó los ojos azul claro hacia ella; eran enormes, casi tan llamativos como sus labios gruesos pintados de color berenjena.

—Gracias —dijo con un acento tan similar al de Marco que su pecho no tardó en reaccionar.

Enseguida dio unos pasos atrás mientras aquella mujer no dejaba de mirarla y se dio la vuelta para regresar. Tan solo había dado unos pasos cuando percibió su olor.

Cruzó la mirada con él durante una fracción de segundo, sin una señal, sin un mínimo gesto de saludo, como siempre ocurría en el hotel cuando estaban a la vista de todos.

Pero por primera vez, aquella parte del trato, del juego o como quisiera llamarse la extraña relación que mantenían, le dolía.

Abrió la boca intentando que saliese el malestar que se había alojado de inmediato en su estómago. Llegó hasta la barra de la cabaña y observó la mesa de reojo. La joven se había puesto de pie y, con aquellos tacones altísimos, casi igualaba a Marco en estatura.

Respira, se acerca el momento. Solo era cuestión de tiempo.

Ya sabía que un día Marco dejaría de permanecer en ese limbo temporal y que regresaría a su verdadera vida, la que ni siquiera imaginaba, la que traería de nuevo la distancia entre los dos.

¿Estaba preparada para afrontarlo? Su cuerpo le transmitía que mucho menos de lo que pensaba.

Marco ni siquiera se había sentado con aquella mujer, sino que hablaban de pie. Luego dio media vuelta mientras ella recogía su bolso. Abandonaron la mesa; la joven ni siquiera había llegado a tocar la infusión. Los dos se marchaban hacia el interior del hotel.

—Sofía. —Apretó los dientes cuando escuchó la voz de Luis. No sabía por qué con tan solo el hecho de que pronunciase su nombre le hacía arder el pecho hasta el límite de explotar. Se volvió para mirarlo. Su expresión debía de reflejar todo eso que llevaba en su interior, como una bomba con el temporizador a punto a agotarse, porque Luis cerró la boca un instante y se calló lo que fuera a decirle.

Bajó los ojos avergonzada, aquel hombre era un idiota a ratos, pero no tenía la culpa de sus conflictos internos ni de los externos que ella misma había ido a buscar como si fuese una mujer valiente capaz de enfrentarlo todo.

Pues no era ni tan valiente ni tan capaz. Y ahora vendrían las consecuencias.

—Dime. —Aquel hombre solo estaba presente en un mal momento.

—Recoge la mesa donde estaba la amiga del señor Valenti —respondió el encargado.

Sofía no dijo nada más, cogió la misma bandeja que acababa de dejar en la barra y sacó el desinfectante y el papel del mueble. Llegó hasta la mesa, el interior de la taza aún humeaba y el vapor se perdía en el aire.

La puso en la bandeja y limpió la mesa, aunque estuviese impoluta. Se volvió para regresar a la choza y alzó los ojos hacia el edificio. Hasta la última planta exactamente. Allí, con la espalda apoyada en la barandilla de cristal, estaba la chica. No podía ver a Marco desde allí, pero si no estaba hablando sola, tendría que estar frente a ella.

Bajó la mirada y entornó los ojos hacia la taza. Su contenido acabaría por el desagüe del fregadero en unos segundos.

Suspiró.

47

Marco

—Llevas días sin dar señales. ¿Qué pensabas que iba a hacer? —Valentina abrió los brazos para apoyarlos en la barandilla. El cielo se oscurecía tras ella.

Marco había bajado la vista, los zapatos de Valentina se difuminaban en el suelo.

—He salido de Milán en cuanto tu padre me llamó para decírmelo —continuó y se mordió el labio—. Yo tampoco te encontraba. No podía avisarte.

Marco negó con la cabeza.

—Llegarán mañana. —Valentina se volvió para contemplar el mar—. El barco ya debería estar aquí. Llevas diez semanas de vacaciones, siéntete afortunado. A mí solo me permitieron dos —rio.

—La primera no cuenta, ellos también estaban aquí. —Marco se apoyó en la puerta de cristal de la terraza.

—¿Cuántas cuentan realmente para ti? —Valentina bajó la vista hasta la terraza del hotel.

—Seis. —El sol se perdía tras Valentina.

—Seis —repitió ella. Valentina giró la cabeza; Marco podía adivinar a quien seguía con la mirada—. Pobre Milana.

—¿También viene con ellos? —Su cuerpo se iba haciendo ya a la idea de que la realidad regresaba. La sorpresa inicial le produjo cierta ligereza en los músculos a la vez que se le aceleraron las pulsaciones. Pero poco a poco su cuerpo se fue endureciendo para resistir de nuevo el oleaje.

—No. Tu padre ha invitado a otros de sus socios para enseñarles el hotel, también conocerás al nuevo. De hecho, le he visto un gran interés en que conozcas a los Delucci.

Resopló, aquella manía de su padre de utilizarlo como relaciones públicas no conseguía más que hacerlo sentir el bufón de los Valenti.

—He llamado a Salvatore y Fabio.

—Menuda ayuda. —Negó con la cabeza. La sorpresa se iba, pero la sensación de tristeza se mantenía.

—Ehhh —se quejó Valentina y Marco se tuvo que reír.

Levantó las manos.

—Os lo agradezco a los tres. —Se metió las manos en los bolsillos. Resopló—. Pero cogería el barco y me perdería de nuevo.

Valentina alzó las cejas.

—¿Lo harías? —Separó la espalda de la barandilla y se acercó a él—. ¿Serías capaz?

—A veces pienso que sí —respondió y Valentina hizo una mueca. Era como cuando de niños le proponía esconderse de sus padres en la casa del lago, correr al bosque y asustarlos al no aparecer hasta el día siguiente. Era un farol, un buen susto absurdo que sin duda merecían por multitud de razones. Pero siempre temieron las terribles consecuencias.

Valentina sonrió.

—¿Piensas volver?

—Ni lo dudes. —Y la sonrisa de ella se ensanchó. Volvió a asomarse a la terraza.

—Está tan lejos de nosotros que me encanta. —Se volteó para mirarlo—. Ya me gustaría haber encontrado a un tritón salvaje con el que perderme. —Negó con la cabeza riendo—. Ya estoy harta de soportar estirados.

—Eso no irá por mí, ¿no? —rio Marco.

Valentina sacudió la mano y volvió a fijar la vista en la terraza de abajo.

—Que sepas que la odio terriblemente por haber embaucado a mi mejor amigo. —La risa de Marco aumentó. Ella apoyó los antebrazos en la barandilla y dejó caer la barbilla en ellos—. Y qué pasada de pelo. La voy odiando más por momentos.

Marco se acercó a ella, donde Valentina seguía observando a Sofía con la misma postura.

—¿Estás enamorado? —Su amiga ni siquiera apartó la vista de Sofía para preguntarle.

—Sí. —Se sorprendió de no haber dudado al responder.

Valentina ladeó la cabeza sin dejar de observarla.

—Y ¿cómo es? —la miró de reojo. Era extraño que Valentina, que solía enamorarse y desenamorarse con frecuencia y que solía ironizar con ello, le preguntase eso.

Marco cogió aire y lo contuvo. Los focos de la terraza le permitían ver el rostro de Sofía desde allí.

Entornó los ojos hacia la joven; le había pasado algo en la zapatilla.

—Es mantener la esperanza de que todo va a ir bien, aunque la realidad te asegure que es imposible. —Sonrió. No había posibilidades de que fuese bien y quizá la esperanza era una de las formas que tenía su mente para protegerse de una realidad de la que no podría huir. En cuanto llegase su familia, se estrellaría contra ella.

—Ni Milana, ni Claire, ni Beatrice, ni ¿cómo se llamaba? Sí, Cheryl. —Valentina arrugó la nariz—. Ninguna de ellas, tan sofisticadas, habilidosas y con familias similares a la tuya, lo ha conseguido. ¿Por qué ella?

Marco sonrió, la curiosidad de las mujeres era insaciable, no importaba quiénes fueran ni qué relación mantuviesen con él.

—¿Recuerdas el juego de princesa por un día? Prestábamos nuestros privilegios, los compartíamos con una mujer que no estaba acostumbrada a ellos. —Habían hecho tantas estupideces—. Pues con Sofía es así, pero al revés. Mis privilegios no valen nada y ella está repleta de posibilidades. Y cuando estoy con ella, yo también soy capaz de vivirlas.

—Todas decían que después les era más difícil regresar a la vida real.

—Exactamente eso. —Se apartó de la barandilla, el malestar que se había disipado por completo regresó de golpe—. Sofía es un azote continuo a mi realidad. Y me encantaría quedarme en la suya.

Valentina también se separó de la barandilla; le sonaba el móvil.

—Hasta a mí me gustaría quedarme —protestó antes de entrar a por su bolso.

La brisa se arreció un instante y Marco alzó la vista hacia la oscuridad. Valentina dijo que el barco de sus padres ya debería estar allí. Y así era. Un hotel flotante con habitaciones para varias familias en el que a los Valenti les gustaba organizar reuniones de negocios o familiares.

El kraken regresaba.

48

Sofía

Había recogido su bolso de la taquilla. Miró el móvil, su madre había respondido. Su ojo estaba bien y se iba a la cama temprano; entraba a primera hora.

Tenía un mensaje de Marco. Iba a salir a cenar y la vería después. Volvió a leerlo, pero no decía nada del dónde y el cuándo.

Tragó saliva mientras aquel fuego regresaba. Lo normal era reunirse desde que salía del trabajo, no más tarde. Pero eso era antes. Ahora estaba allí su amiga y, según había oído decir a los empleados, el barco colosal de los Valenti rondaba la costa. Así que supuso que el juguete de verano ya no era una prioridad.

«Me voy a casa». Ladeó la cabeza mirando la pantalla del móvil, dudando si incluir algo más.

Paso.

Le dio a enviar y apagó el teléfono. No sabía de dónde procedía su enfado si ya todo eso lo tenía asumido de antemano. Él y ella, un auténtico disparate. Siempre lo supo. Ahora solo tenía delante la realidad.

Se preguntaba quién sería aquella chica. Su intuición le decía que era Valentina, pero otra parte de ella, la más morbosa, se inclinaba por que fuese aquella otra de la que le habló. Podría ser cualquiera, daba igual. No tenía ningún compromiso con ella, era libre, podría hacer lo que le viniese en gana. De hecho, lo haría en cuanto regresase a Milán.

Cuando se dio cuenta de que había entrado en aquel bucle de pensamientos, ya corría en dirección a su casa por la arena. Ni siquiera se había cambiado de ropa y había estado a punto de dejarse las sandalias por el camino. No tenía dudas de que de no haber estado delimitada por rocas, habría continuado. Necesitaba seguir corriendo hasta que no pudiese más, lanzarse al mar y sumergir la cabeza hasta no poder aguantar más la respiración.

La luz de la casa estaba encendida, como cada noche. Ulises estaba cerca de la valla y movió el rabo contrariado cuando la vio llegar de aquella manera. Evitó su mirada, los perros tienen un instinto sobrenatural para adivinar los sentimientos y estados de ánimo. No se les puede mentir con una sonrisa ni decir que todo va bien. Ulises sabía de su decepción y su rabia, y mirarlo era enfrentarse a ellas. A que, realmente, a pesar de haberse repetido cada día que aquello acabaría, que no era posible conseguir nada más, una parte de ella había albergado la esperanza de que sí sucediese. Una fantasía que demostraba que no era más que una niña que había creído crecer.

—Sofía. —Se sobresaltó al oír la voz de su abuela.

Se volvió hacia la playa. Entornó los ojos, su abuela estaba envuelta en una toalla.

—¿Te has bañado a estas horas? —Alzó las cejas.

—La mejor hora de todas —rio la mujer—. Y tú también deberías darte un baño.

Sofía negó con la cabeza y su abuela frunció el ceño. Desplazó la hamaca de sitio y la fijó en la arena.

—Has llegado temprano hoy —dijo sentándose.

—Estoy cansada, he pasado demasiados días fuera. —Acarició a Ulises. Era una suerte que los humanos no tuviesen la intuición de un perro.

Tras su abuela, a lo lejos, se podía divisar el barco de los Valenti repleto de luces a pesar de llegar casi vacío, nada más que con el personal del servicio.

—¿Lo has visto? —preguntó su abuela.

—Es enorme, sí. —Se acuclilló mientras seguía rascando a Ulises tras la oreja.

La mujer se volvió para mirarla.

—Tu madre se ha ido pronto a la cama porque mañana entra unas horas antes para preparar los áticos libres para los invitados de los Valenti.

Sofía se puso en pie.

—Yo me voy a la cama también. —Alejó la mano de Ulises, que volvió a buscarla enseguida.

—¡Sofía Román! —Hasta Ulises dio un respingo.

Miró a su abuela. La mujer la miraba con las cejas arqueadas.

—Por un momento he pensado que la que estaba ahí no era mi nieta —añadió apoyándose en el reposabrazos de la hamaca.

Y no lo era, o quizá sí y esta era la Sofía de verdad. Soltó la mochila en el suelo y dejó las sandalias a un lado. Dio unos pasos hacia la orilla para acercarse a su abuela. Contempló el barco de los Valenti; a su lado, el de Marco no era más que la cría de un tiburón.

—La he cagado, abuela —dijo sin apartar la mirada de aquel punto lejano y notó cierto ardor en la garganta. Una vez que dejaba pasar esa piedra por el hueco de la tráquea, ya no podía detener su recorrido. Arañaba y raspaba cada rincón en la curva de su cuello y caía pesada en el estómago de tal forma que apenas la dejaba andar. Intentó respirar por la nariz—. ¿Te acuerdas cómo lloraba cuando me ponían los puntos en los cortes y mamá me decía que por qué no valoraba las consecuencias antes de hacer de las mías?

Sintió la mano de la abuela agarrar la suya y su gesto hizo que la piedra se hiciera más grande y basta. La sentía lijar sus cuerdas vocales.

—Pues sí las valoraba, lo hice cada vez, y siempre pensaba que podría soportarlas. Pero luego lloraba. —Las luces del barco se convirtieron en destellos. Su abuela le apretó la mano—.

Contaba con que tendía a resbalarme en las rocas. —Se le escapó una pequeña carcajada—. Que siempre acababa con alguna brecha. —Negó con la cabeza y suspiró.

Su abuela le dio un pequeño tirón.

—Anda, ven aquí. —La hizo sentarse en el suelo.

Luego sacó un mechero de la cesta y abrió la puerta de cristal del farol que solían usar por la noche en la playa y que estaba en el suelo, entre las dos. Cerró la portezuela antes de que la brisa apagase la llama de la vela.

—Barcos y hoteles —añadió la mujer mirando hacia el puerto, luego sonrió—. Y ¿qué más?

Sofía alzó las cejas. ¿Su abuela lo sabía? ¿Desde cuándo? Desvió la mirada y se llevó la mano a la sien. Y ¿su madre? ¿Lo sabía también?

—Tus hermanas no han dicho una palabra, pero yo tengo demasiados años. —La sonrisa de su abuela se amplió—. Tu madre ha sido la última en enterarse.

Sofía se tapó la cara con la mano. Hasta en eso había sido torpe. En unos días no quedaría de los Valenti más que un hotel. Solo unos días.

—¿Está enfadada? —Sofía encogió las piernas para apoyarse en las rodillas. En aquella postura se clavaba el botón del vaquero, así que lo desabrochó.

—¿Enfada por qué? —Al oír la voz de su madre, se volvió deprisa.

Sofía se fijó en la bandeja que su madre llevaba en las manos con un bizcocho cortado a porciones triangulares. Le encantaba que lo preparase cada domingo y antes solía llevarse un trozo cada día al colegio. Aunque entre las tres hermanas, no duraba más de dos días, uno si lo pillaban sin vigilancia.

La abuela Almu se había inclinado sobre la cesta para apartarla. Sacó un paquete de cigarrillos, de esos finos y largos que le gustaba fumar de cuando en cuando. También extendió en el suelo una tela circular.

—Ten cuidado con la ceniza, no se la vayas a echar encima —la reprendió su madre al dejar el plato sobre ella.

—No le voy a echar la ceniza encima —replicó enseguida la mujer.

—La ceniza vuela y no tienes cuidado. Lo he hecho esta tarde para Sofía. —Su madre se acuclilló en el suelo—. Y no deberías fumar.

El olor a limón llegó hasta ella, haciendo que le salivara la boca. Su abuela sacudió la mano para que la dejase en paz.

—Pensaba que ibas a acostarte temprano —le dijo.

—Y yo también. —Sofía sonrió con la misma expresión con que su abuela miraba a su madre mientras esta intentaba dispersar el humo.

—Estaba en la cama, pero te he oído. No te esperaba tan temprano aquí. —Se hizo hueco al otro lado de Sofía y se sentó.

—Lo siento, mamá. —La piedra regresaba, demasiado grande para atravesar la garganta.

—¿Qué es lo que sientes? —Su madre sonrió.

Sofía abrió la boca para responder, pero la cerró de golpe. No ver un solo gesto de reproche en su cara hizo que parte de aquella carga se disipase, pero aumentó aún más el escozor de la garganta. Cogió aire.

—Que es un Valenti y que no tendría que haberme acercado a él. —Puso una mano sobre el muslo de su madre y tuvo que tragar después de la última palabra.

La vio cruzar una mirada con su abuela.

—Y ¿qué diferencia hay en que sea un Valenti y no cualquier otro? —preguntó su abuela y Sofía se volvió para mirarla.

—Nuestros trabajos, la casa —respondió mientras la mujer asentía con la cabeza. Notó la mano de su madre sobre la suya. La joven frunció el ceño—. ¿Por qué no estás enfadada? —La miró—. ¿Por qué tú tampoco? Todo lo que habéis hecho por nosotras y yo... —Se llevó la mano a la sien.

Su abuela se inclinó para pasarle la mano por el hombro.

—Precisamente porque es un Valenti y no otro —respondió la mujer—. Por las consecuencias que según tú pudiera haber, tu madre y yo imaginamos las razones que tendrías para hacerlo a pesar de todo.

Mamá...

Su estómago se encogió al soltar el aire. Inclinó el cuerpo y dejó caer el peso en ella. Sintió un beso en la cabeza.

—Pero no hay razones suficientes. —Restregó la mejilla por la camiseta de su madre—. Sabía que nada podía salir bien. —Giró la cabeza para mirar hacia el puerto—. Y cada vez se pondrá peor.

—No, no lo sabías. —Su abuela hizo un ademán en el aire. Hacía rato que el aire había apagado su cigarrillo, pero seguía con él entre los dedos—. En el fondo, no lo sabías y sigues sin saberlo. Eso nunca se sabe.

La joven negó con la cabeza.

—Ellos no tienen nada que ver con nosotras. —Separó la cara del hombro de su madre. Las luces del barco de los Valenti comenzaron a apagarse y solo quedaron algunas encendidas en la parte alta.

—¿Que no por qué? —rio su abuela.

Sofía miró de reojo a su madre, esta le hizo una señal a su abuela para que continuase.

—Es verdad, tienen barcos y hoteles —añadió la mujer sin dejar de reír. Volvió a encender su cigarrillo y este empezó a humear—. ¿Aviones?

Sofía alzó las cejas.

—Dos —respondió. Marco le había hablado de su manera fugaz de desplazarse.

Su abuela asintió.

—Cuando tu madre te envió el billete de regreso a casa, bendije y maldije las casualidades. —Miró de reojo a su nieta—. La compañía aérea Sigurd, de Noruega.

No recordaba el de ida a Escocia, pero sí se acordaba del

avión de vuelta, enorme con un símbolo circular que formaban unas alas cruzadas.

—El apellido que tendría que haber llevado tu madre es Sigurdsson.

No me lo puedo creer.

Se llevó la mano a la boca. Sigurdsson, como Jake Sigurdsson, el *crush* eterno de Diana.

Diooos.

—Tu abuelo era el hijo mediano del dueño de un imperio aún mayor que el de los Valenti. —Su abuela bajó la cabeza—. Pero eso no quitaba que fuera un miserable.

La historia que siempre sospechó, la que nunca solían contarles ni a ella ni a sus hermanas. Su abuelo era simplemente una silueta en su mente, un extranjero que pasaba por la isla, sin nombre ni apellido, sin conocer de él más allá del color de ojos que ella había heredado. Lo único que sabía y que siempre había tenido presente era que su abuela nunca volvió a enamorarse.

—Y se marchó, ¿ves? —La joven negó con la cabeza—. Y dices que cómo puedo saber...

—Tu abuelo no era un miserable —la cortó la mujer—. El miserable era su padre, Tom Sigurdsson.

Sofía la miró.

—Tu abuelo prefería pilotar a dirigir el imperio, así que lo conocí justamente ahí. —La mujer señaló el hotel—. Aquí solían hospedarse los pilotos de la compañía. —Le echó un vistazo a su nieta—. Ya sabes de dónde viene tu gusto por las alturas. —Le dio en la nariz—. Al principio, yo también esperaba que se marchase y que no volvería a verlo. Pero regresó. —Apagó el cigarrillo en un cenicero de lata—. Y siguió haciéndolo una y otra vez. Hasta que apareció el resto de la familia. —Suspiró y oteó el barco—. Créeme que no envidio esa vida si conlleva condiciones.

Sofía también lo observó.

—No esperaban encontrar a una muchacha tan joven y

completamente sola, así que pensaron que sería fácil. Según ellos, tu abuelo era su hijo diferente, difícil, no se dejaba manejar como los otros dos. Y me consideraban algo así como el culmen de su rebeldía. Les urgía quitarme de en medio. Primero me ofrecieron dinero; los mandé al infierno. Luego presionaron a don Braulio para que me despidiera y volví a maldecirles.

—¿Don Braulio te despidió? —No podía imaginarlo, con todo lo que les ayudó aquel buen hombre.

—Entonces la compañía tenía cierto vínculo con él, suponía un porcentaje alto de su facturación. No tuvo más opciones. —La mujer movió el farol para que las alumbrase a las tres—. Hasta tu abuelo los mandó a hacer puñetas cuando le prohibieron pilotar para impedirle regresar a la isla. Lo intentaron todo. Le bloquearon las cuentas y hasta intentaron comprometerlo con otra mujer. Pero no contaban con que la diferencia entre ese carácter de tu abuelo y del resto jugaba en su beneficio. —La mujer rio y le apretó el hombro a su nieta—. Su padre no le dejaba separarse de él en ningún momento, así que fueron a Estambul en un viaje de negocios, supongo que en un barco similar a ese. —La abuela Almu frunció el ceño mientras lo contemplaba—. Cuando se acercaron al puerto, tu abuelo se lanzó al agua y su familia no lo volvió a ver. —Bajó la cabeza—. Y yo tampoco.

Sofía contuvo la respiración.

—Desde Estambul envió una especie de telegrama a don Braulio para que me dijera que embarcaría hacia las islas. —Miró a Sofía—. Pero ese barco nunca llegó, se hundió en el Mediterráneo. —Cogió aire y lo expulsó de golpe—. A veces pienso que el vínculo entre esta familia y el mar es por algo más. —Sonrió levemente—. O a lo mejor quiero pensarlo. —Su abuela volvió a coger aire con fuerza.

La mujer se giró para ponerse de frente a su nieta.

—A tu abuelo no le importaban las consecuencias cuando estaba decidido a hacer algo, ni dejaba que nadie eligiese por él, lo obligaran, lo amedrentasen, lo sometieran y mucho menos que lo acorralasen en una jaula. Nunca. Jamás. —Volvió a sonreír sin dejar de mirarla—. Era el hombre más guapo que había visto en la vida. —Le cogió la cara a su nieta—. Tenía el pelo rubio y largo. —Le dibujó una línea en el hombro a Sofía—. Y el mismo color verde de tus ojos. El hijo mediano. —Los ojos le brillaron mientras examinaba cada facción de su cara y de la emoción de su abuela, los suyos respondieron de la misma manera—. No te pareces a mí, Sofía, te pareces a él. Él también era el hermano salvaje.

Sofía abrió la boca para respirar. Qué lejos estaba la verdad a como la imaginaba. Sonrió.

—Y yo pensando que éramos un grupo de mujeres a las que habían abandonado varias veces —dijo y su madre y su abuela se echaron a reír—. ¿Sabes algo de ellos?

Su abuela asintió.

—Un día volvieron a aparecer por aquí los dos hermanos y el padre. Hacía poco que nos habíamos enterado de que tu padre había vuelto a casarse. —Miró de reojo a su hija—. ¿Sabes lo que les dijimos tu madre y yo?

Sofía se empezó a reír.

—Que se fueran al infierno —dijo la joven cogiendo otro trozo de bizcocho.

—Exactamente eso —rio su madre y se puso en pie. El barco de los Valenti quedaba justo tras ella—. ¿Que se vaya y no regrese? —Su madre se llevó las manos a los hombros para que entendiese que se refería a ella, porque era exactamente lo que le pasó—. ¿Que ellos quieran impedir que se acerque a ti? —Señaló a la abuela Almu—. Dime, Sofía, ¿a qué tienes miedo? Las Román siempre terminan en pie.

Sofía bajó la cabeza sin responder. Ahora se sentía estúpida hasta por haber apagado el móvil. Suspiró.

Su abuela se acercó a ella.

—Por cierto, ni una palabra a tus hermanas —le susurró—. Cuando lo necesiten, cuando lo entiendan, lo sabrán.

Sofía se puso en pie.

—Y ¿Diana? —Empezó a quitarse la camiseta y el pantalón.

—Ni una palabra —le dijo su abuela.

—Pero... —Tenía que saberlo. Su amor imposible llevaba su misma sangre.

—Ni una.

Suspiró mirando hacia el agua.

—Pues no estoy de acuerdo —dijo antes de alejarse y zambullirse.

No se alejó de la orilla, saldría y buscaría el bolso enseguida para hablar con Marco. Había sido una imbécil por haber dado por hecho que con la visita de aquella mujer o la presencia de su familia, ella quedaría atrás. No tenía por qué ser así o quizá sí. Fuese el que fuese el resultado no tenía más remedio que afrontarlo.

Giró la cabeza cuando una bomba de agua cayó frente a ella.

—¡Diana, joder! ¡Qué susto! —Se secó el agua de la cara.

—¿Comiendo bizcocho a traición? —Su hermana le echó agua con la mano.

Alicia fue más discreta al entrar.

—¿Ha sido muy trágico? —preguntó antes de ponerse boca arriba.

Sofía entornó los ojos; sus hermanas ya sabían que su madre la había descubierto.

—Eres una torpe, tía. —Diana se acercó a ella—. Mira que olvidarte el anillo en el barco.

¿Así ha sido? Soy una crack.

—¡Niñas! ¡Chocolate! —Las tres miraron a la orilla.

Su madre traía el cesto del picnic y otro farol. Lo colocó en el centro de aquella tela circular que usaban de mantel.

—¿En serio? ¿Qué celebramos hoy? —Diana se puso en pie, el agua le llegaba por la cadera—. Bizcocho y chocolate caliente.

Su hermana salió en dos zancadas. Sofía la miraba mientras iba directa a la cesta de la abuela a coger una toalla.

Pobre mía.

Sofía fue la última en salir. Se alegró de que aún quedase algo con lo que cubrirse, uno de esos pareos que tanto le gustaban a la abuela y que servían como toalla. Se envolvió en la tela y se sentó alrededor de la mandala donde había más bizcocho y ahora tazas que su madre rellenaba con un termo.

—Fantasía pura. —Diana se inclinó hacia delante para ver el chocolate espeso caer.

Sofía ya tenía su taza llena, cogió una porción de bizcocho, lo mojó en el chocolate y se lo acercó a la boca.

—Cuidado, que quema —le advirtió su madre.

Ya era tarde. Se llevó la mano a la boca.

Oyeron el gruñido grave de Ulises, que era capaz de hacer eco en la pared de piedra y que pareciese un lobo huargo guardando la casa.

Alicia había entornado los ojos, aún no se había puesto las gafas después de salir del agua.

—¿Ese es Marco Valenti? —preguntó.

—Qué pedazo de vestido, ¿quién es ella? —preguntó Diana apoyándose con una mano en el suelo para inclinarse a coger un trozo de bizcocho.

Y ¿qué leches hacen aquí?

—¡Ulises! —dio una voz y el perro calló enseguida.

Su abuela cogió el farol y lo alzó y bajó varias veces.

—Acercaos sin miedo —les dijo—. Esto no es un aquelarre, aunque lo parezca.

Sofía se llevó la mano a la frente.

Madre mía. Las Román en estado puro.

La joven que lo acompañaba llevaba un vestido tipo corsé pero que se abría con mucho vuelo desde la cintura hasta la rodilla en azul marino o morado, no podía distinguirlo en la noche.

—Es la señorita Valentina Benedetti. —Sonrió su abuela y la joven le devolvió la sonrisa.

Aquella chica parecía una muñeca recién sacada de la caja, un auténtico espectáculo a la vista.

Menudo azote de humildad para la Andreíta si la viese.

—Disculpen las molestias. —Qué extraño era escuchar la voz grave de Marco con aquel rasgo que tanto le gustaba y que le aflojaba los muslos en presencia de las Román. La miró a ella—. Pero necesitaba hablar con Sofía y no he encontrado otra forma.

—¿Con mi hermana? —Diana mojaba el bizcocho en el chocolate—. Señales de humo, un cuerno, si necesitas hablar con ella, busca cualquier cosa que no sea un teléfono.

Vio a Marco reír al oírla, habían llegado hasta ellas. Sofía apoyó la mano en el suelo para levantarse.

—Bienvenidos a la casa Román. Sentaos —dijo su abuela y sacó más tazas de la cesta. Sofía quitó la mano y dejó caer las nalgas de nuevo en la arena.

Valentina las recorrió con la mirada una por una y, luego, sus ojos se dirigieron hacia las tazas de chocolate.

—Gracias —dijo enseguida y se sentó a un lado de Sofía, su vestido se abrió alrededor de ella formando una estela lujosa sobre la arena. La miró de reojo—. ¿Tu abuela también se baña desnuda? —preguntó en un susurro.

—Siempre —respondió en el mismo tono.

—¿Quieres? —Su madre le enseñó el termo con el chocolate caliente a Valentina.

—Claro que quiero —respondió con rapidez—. ¿Qué fantasía es esta? —Miró a Marco entre risas.

Él se acuclilló entre Sofía y su madre.

—Señora Román —comenzó.

A ver qué va a decirle ahora, por Dios.

No quería ni mirar. Estaba contrariada.

—Quiero que sepa…

—Ahórrate lo que vayas a decir. —Su madre le dio una taza y acercó el termo para llenársela—. No se han inventado palabras que tranquilicen a una madre sobre nada de lo que respecte a una hija. —Acabó de llenarla de chocolate—. Cuidado, que quema.

Ni siquiera lo había observado más de dos segundos. Sofía arqueó las cejas. Su madre se comportaba como si Marco fuese cualquiera, hasta lo estaba tuteando.

—Gracias —respondió él. Sofía tuvo que apartarse para dejarle hueco. El olor a Valentina se cruzaba con el suyo, ya familiar, produciéndole una mezcla de sensaciones que hacía aún más surrealista la situación.

—Puedes hablar con mi hija en cuanto se vista. —Le ofreció el plato de bizcocho para que cogiese un pedazo.

Sofía alzó las cejas. Eso de que su madre no se avergonzase de la desnudez de todas las Román en presencia de un Valenti sí que no lo esperaba.

Apoyó una mano en el suelo para ponerse en pie y entrar a vestirse. Rodeó al grupo para dirigirse a la casa.

—Eres el primer hombre que entra aquí en años —escuchó decir a la abuela Almu y Marco le dedicó una sonrisa a media luz que ya se había acostumbrado a ver cada noche en la cubierta del barco, pero que ahora, dentro de su hogar, hizo que su cuerpo pareciese perder la gravedad como las primeras veces que se había encontrado con él—. Quitando a los jardineros y los técnicos, claro.

—Un paraíso de mujeres. —Valentina se mordió el labio mientras cogía una porción de bizcocho. Le dio un bocado—. ¿Tenéis hueco para una más? —preguntó con la boca llena.

Vio a Marco negar con la cabeza riendo. Tenía que reconocer que verlo en el mismo escenario que las Román al completo y que eso no pareciese un teatro con uniformes del hotel hizo que el peso que le quedaba en su interior se disipase.

Su abuela y su madre habían conseguido ahuyentar sus miedos. Ya se lo decían de pequeña: eran especialistas en cazar demonios y hacerlos desaparecer.

Y tanto que lo son.

Las dos mujeres que más admiraba estaban allí tranquilas, siendo ellas mismas, sin mostrar ningún tipo de incomodidad ni molestia, ni mucho menos de temor, delante de Marco y con el barco de los Valenti de fondo.

Bajó la cabeza mientras sentía cierto escozor en los ojos. Se cruzó con Ulises, que ya estaba tumbado en la puerta de la valla tranquilo. Pasó por encima de su cola y entró en la casa.

Fue rápida. Se puso un vestido de tantos con la sisa demasiado grande y las primeras bragas que encontró en el cesto de la ropa limpia. Salió y escuchó un coro de carcajadas. Todos miraban a la abuela Almu, así que supuso que ya había empezado con la retahíla de anécdotas antiguas del hotel en su versión primitiva.

Se mordió el labio inferior mientras se acercaba de nuevo a ellos. La miraron. Marco se puso en pie enseguida. Vio a Valentina coger otro trozo de bizcocho.

—Muchas gracias. —Marco se dirigió a su madre de nuevo—. Delicioso.

—Cuando vuelvas, no quedarán ni la migas —dijo Valentina con su acento italiano.

—Cómo lo sabes. —Diana reía y se lanzó a por otra porción.

Su madre alzó el plato hacia Marco y él negó con la cabeza.

—Ya quisiera otro. —Sonrió.

La abuela Almu movió la mano en el aire.

—Esas dietas estrictas y absurdas que hacéis los jóvenes para presumir de cuerpos fantásticos. Ya os acordaréis a mi edad, cuando no podáis comerlos y tampoco tengáis cuerpos de infarto para presumir.

No estaba preparada para oír la risa de Marco justo después de escuchar la voz de la abuela. Sofía sonrió. Lo vio coger una porción más del plato.

—Este por usted —dijo Marco y dio unos pasos atrás para alejarse del círculo que habían formado alrededor de la mandala.

Sofía comenzó a andar para poner distancia con la casa y ellas. Marco la alcanzó.

—Lo siento, pero no encontraba otra manera. —Miró hacia atrás de reojo.

La estupidez de apagar el teléfono mejor me la callo.

A medida que se alejaban, la luz disminuía. Sintió el roce de la mano de Marco sobre la suya. Él se la agarró enseguida.

Y tanto que me lo callo.

Se detuvieron a mitad de camino entre el hotel y la casa.

—¿Has visto el barco? —Marco suspiró y le acercó el trozo de bizcocho a la boca.

—Con lo que ocupa, ¿lo dudas? —respondió antes de morderlo, y lo vio sonreír en la penumbra.

Marco entremetió la mano en su pelo a la altura de la nuca, esperó que acabara de comer y le dio un beso.

—Mi familia viene mañana. —Apenas se separó para hablarle—. Pasarán aquí la noche y nos marcharemos al día siguiente.

Tenía que reconocer que había esperado tener más margen. Solo un día más y Marco se marcharía. Aguantó la respiración mientras la roca más pesada caía sobre sus pies.

—Regresaré en cuanto pueda, aquí o donde tú estés siempre que quieras. —Alejó su cara de la de ella y Sofía agradeció la media distancia, ya que su imagen se emborronaba en la cercanía.

Le cogió la cara y sonrió.

—Me encantaría. —Antes que pudiese acabar, tenía de nuevo los labios de Marco pegados a los suyos. En cuanto él ladeó la cabeza y la obligó a abrir más la boca, lo rodeó por la cintura y lo apretó contra ella. Marco tuvo que dar un paso atrás para no perder el equilibrio.

Se separó de ella.

—Pero escúchame. —Le cogió la cara con las dos manos—. A partir de mañana tienes que confiar en mí. Ya te lo dije el primer día, no tengo una familia normal. —Bajó la cabeza—. He conseguido que no tengas que ir a trabajar mañana.

Supuso que esa distancia entre los dos, que ella bien veía al principio y que se había ido acortando las últimas semanas, difícilmente se reduciría para su familia. Estaba segura de que de no haber mantenido una conversación tan necesaria con las Román veteranas, le habría dolido.

—Lo entiendo —respondió.

Marco negó con la cabeza.

—Ellos lo saben. —Cerró los ojos—. Yo soy el primero que lamenta que firmaras esa basura. —Se frotó la sien con la mano—. Y otras cosas… —Giró la cabeza mientras abría la boca para respirar. La miró de nuevo, repasando cada parte de su cara. Sonrió ligeramente—. Todo irá bien.

La apretó a él y pegó la nariz a su cuello.

—Que sepas que no tengo ninguna gana de irme. —Le clavó los dientes y Sofía encogió el hombro mientas el vello se le erizaba—. Estoy demasiado bien. —Alzó la cabeza para mirarla y le acunó la mejilla de nuevo—. Bien de verdad —añadió sonriendo. Se inclinó y la besó una y otra vez hasta que la apretó contra él.

Se separó de ella y tiró de su mano para empujarla en dirección al hotel.

—Esta noche pienso quedarme a mi *selkie* todo el tiempo. —Lo sintió a su espalda y Sofía gritó cuando sus pies se levantaron del suelo.

—¿Qué dices? —Se agarró a sus hombros. Lo miró mientras él echaba a andar.

Marco se detuvo y la miró.

—La única razón por la que no entrabas conmigo en el hotel era tu familia. —Señaló la casa con la cabeza—. Pues ya lo saben. ¿Te importan los demás?

—Nada. —Tener los labios de Marco tan cerca no le permitían mirar a otra parte— ¿Y Valentina?

—Si quiere volver, ya conoce el camino y si no quiere, se hará un hueco en vuestro sofá. —Sofía alzó las cejas. Marco emprendió el camino de nuevo—. Por cierto, le encantas.

—Ya te dije que conmigo no contarais... para esas cosas —respondió ella y Marco estalló en carcajadas.

—Ni aunque quisieras, tu piel es solo mía. —Hundió de nuevo la nariz en su cuello. Esta vez no notó el mordisco de Marco, sino cierta humedad que le produjo un calor inmediato entre las piernas. Encogió la espalda y levantó la barbilla para dejarle más espacio.

Y llegaron hasta los tótems del hotel. Marco la depositó en el suelo y dio unos pasos hacia la puerta.

—Que sepas que todos van a mirarte y cuchichearán durante días —dijo estirando el brazo para que le cogiese la mano.

Ya ves.

—Siempre lo han hecho. —La aceptó y Marco le dio un apretón.

Llevan años haciéndolo. Nunca han dejado de hacerlo. Y ya me importa una mierda.

Miró su reflejo en el cristal de la puerta. El vestido de tirantes de algodón dejaba parte de sus muslos al aire, mientras que por detrás rozaba el suelo. El pelo se le estaba secando y ya tenía su volumen de siempre y aquellas ondas que se esparcían por donde querían.

Vaya verano. He descubierto que además de ser la hermana salvaje, soy una selkie, *que tengo sangre vikinga y también de gente como los Valenti. Eso de encontrarse a una misma se me hace arduo.*

Y atravesó la puerta. Cuando sintió la suavidad fría del suelo del hotel, se dio cuenta de que no llevaba zapatos. Siguió a Marco por el pasillo del personal, atravesaron una segunda puerta a la derecha y llegaron a la recepción.

La puerta que solo solía ver desde fuera y la mesa donde trabajaba su hermana. El despacho del director, con todo apagado y vacío a aquellas horas. No sabía hasta qué punto aquel hombre había intuido lo que pasaba tras esas órdenes repentinas de despido, readmisión y cambios de horarios. Cuando

Marco se marchase, le tocaría recuperar los turnos perdidos, aunque esa era la menor de sus preocupaciones.

A aquellas horas no había muchos empleados. No importaba, con que solo hubiese uno, todo el mundo lo sabría al día siguiente.

Marco pasó una tarjeta por una pequeña pantalla junto al último ascensor y entró en cuanto este se abrió. Era un acceso especial para los áticos que tardó tan solo unos segundos en llegar arriba. Sofía alzó las cejas al comprobar que el pasillo de la última planta era completamente de cristal. Cuando Marco abrió la puerta del ático, dirigió la mirada hacia el techo. Sonrió.

Madre mía.

Desde allí se veían las estrellas y constelaciones. El salón en sí era tan grande como la casa de las Román. Marco tiró de ella y se dejó llevar hasta chocar contra su torso.

La cogió en brazos y la condujo hasta una de las habitaciones. Más cristales y una cama. Cuando la dejó caer en colchón y vio el cielo, tan amplio, a través de un cristal tan nítido que parecía no existir, hasta sintió una ligereza en el estómago similar al vértigo.

Se quitó el vestido y Marco se tumbó sobre ella. Volvió a besarla, pero no se detuvo en sus labios demasiado tiempo. Bajó hasta su pecho y continuó hacia el vientre. Sofía clavó sus talones y empujó su cuerpo hacia arriba a la vez que agarraba a Marco del pelo para que continuase su descenso.

Cerró los ojos al sentirlo agarrarle los muslos. Levantó las nalgas del colchón buscando su lengua y Marco no tardó en atraparla con ella. Se dejó caer de nuevo en la cama.

Fijó la vista en el techo de cristal; de verdad parecía estar flotando sobre la cama. Aquella sensación de vértigo que le aflojaba el cuerpo no se disipaba. Se encogió cuando la lengua de Marco le rodeó el clítoris y volvió a sorberlo entre los labios.

Abrió las rodillas y abandonó su cuerpo por completo. La

manera en que la lamía le producía un cosquilleo que le recorría los muslos y le llegaba hasta a los pies.

Había momentos en los que estaba convencida de que Marco era un dios.

49

Marco

Se habían dejado abierta la puerta de la terraza y a aquella hora del amanecer corría viento fresco. Sofía estaba dormida de cara a él demasiado encogida, quizá por el frío. Las sábanas estarían esparcidas por el suelo.

Se incorporó, logró alcanzar una y se la extendió por encima. Tenía la piel fría, así que le pasó el brazo por debajo de la almohada y le rodeó la espalda con el otro, pegándose a ella, esperando transmitirle el calor de su cuerpo.

Cuando Sofía dormía, sus facciones se relajaban y entonces era consciente de que la niña salvaje era demasiado joven. En aquella postura, parecía tan pequeña que podía envolverla al completo. Acercó el pecho a la cara de Sofía y la levantó para que la cabeza de la joven encajara en el hueco de su cuello. Pequeña y joven, dormía tranquila sin saber lo que su padre, Vicenzo Valenti, había movilizado solo por ella. Él mismo, que lo conocía, se había sorprendido. Puede que cuando su padre le quitaba importancia a las mujeres, no era del todo sincero; tal vez era mentira que las subestimara y si era así, no quería imaginar la maquinaria que estaría dispuesto a poner en marcha.

Tenía que alejar a Sofía, mantenerla al margen. Él sabía cómo calmar a su padre, que solo quería recuperar el control y que regresara su hijo obediente. Y es lo que tendría en cuanto pusiera un pie en el hotel.

Le acarició la cara. Hacer que Sofía fuera invisible a sus

ojos, quitarle importancia a su existencia, subestimar los momentos que había pasado junto a ella, degradarla al mismo nivel que al resto de las mujeres que habían pasado por su vida era lo único que podía hacer por ella. Le apenaba, no se lo merecía. Posiblemente él tampoco, era su pesca en el mar después de tantos años de tempestades, su trofeo a la esperanza de que alguna vez esas se calmasen, su mujer *selkie*.

Entreabrió los labios para coger aire, le escocía la garganta. Intentó tragar saliva, también escocía. Cerró los ojos y le acarició la espalda a Sofía. No serían los últimos momentos con ella; regresaría, aunque no tenía ni idea de cuándo podría ser.

Se había propuesto no dormirse, absorber hasta el último segundo junto a ella y guardarlos uno por uno en la maleta, lo único de ella que el kraken le permitiría llevarse.

Separó la barbilla de la cabeza de Sofía y le besó la frente con cuidado de no despertarla. El cielo se aclaraba a su alrededor; se acababa la noche y el día no le traía nada bueno. Ver cómo los rayos de sol difuminaban la luna y las estrellas hacía que aumentasen los alfileres que sentía en la garganta y las ganas de echar a correr.

Encogió las piernas bajo el cuerpo de Sofía en aquella postura que solía poner de niño cuando tenía miedo de noche en la cama. Aovillarse, cerrar los ojos, esperar a que el ciclón llegase, le arrasase el cuerpo y después se marchara, dejándolo tan cansado que solo le quedase el dormir. Años después, tampoco sabía hacerlo de otra manera.

Pegó su frente a la de ella y cerró los ojos.

Cogió aire despacio, pero este rebotó en su pecho antes de alcanzar los pulmones y volvió a salir sin saciarle ni disuadir la asfixia. Apretó los labios, el sol llegaba y el mar ya arrastraba todo lo que envolvía su vida.

Apretó a Sofía y volvió a tomar aire. Era inútil, hasta con los ojos cerrados notaba los rayos del sol y, con ellos, Sofía se desvanecería.

Dejó de esforzarse por respirar y se limpió el rabillo del ojo.

Sofía no debía notar nada. Y en eso, por suerte, lo habían adoctrinado bien.

Abrió los párpados y la luz le permitió verla con claridad. Tenía que despertarla y sacarla del hotel, no tenían mucho margen.

Frotó la mejilla contra la suya y la notó moverse. Escondió la cara bajo su cuello para rehuir de la luz. Marco sonrió. Qué diferente iba a ser volver a dormir solo.

50

Marco

Ni las nubes fueron ajenas a la llegada de los Valenti. Justo el recibimiento que merecían, un cielo grisáceo y una brisa molesta.

Levantó la cabeza al oír la voz de su padre, la reconocería en cualquier multitud. Rompía la claridad de la decoración con uno de sus trajes Brioni color azul oscuro. Su madre estaba impecable con un vestido blanco que le entallaba el cuerpo demasiado delgado, lo que le hizo ser consciente de que había vuelto a perder peso. Un ayuno tras ayuno que le haría perder la salud en su empeño por conservar la misma talla desde los veinte hasta que sus excesos se la llevasen.

Su hermano ya no ocultaba sus ansias por imitar a su padre y llevaba exactamente el mismo traje que él, aunque lo había combinado con otro color de camisa. Los acompañaban la familia de uno de sus nuevos socios, los Belucci. Era la primera vez que los veía, solo los conocía de oídas.

Rezumaban su afán por las apariencias y demasiadas ganas de ostentar lo que no poseían y que nunca podrían conseguir. Su padre sonrió y le pasó una mano por el hombro, apretándolo con fuerza. Su madre se acercó enseguida y lo besó en la mejilla. Le notó algo diferente en los labios, sobre todo en el superior. Además, había cambiado de perfume; Marco no quería estar en la piel de su diseñador, no solía dejarle una nota quieta y no hacía más que hacerle llegar frasco tras frasco que terminaban por el desagüe del lavabo.

Su hermano lo saludó de manera parecida a su padre, solo que en el otro lado.

—Marco, quiero que conozcas a los Belucci —le dijo y lo empujó suavemente por el hombro.

Marco se quitó las gafas y las dejó sobre la mesa. Los Belucci eran solo tres.

—Ezio Belucci. —Le tendió la mano—. Su esposa, Cosima, y su hija, Siena.

Las dos mujeres se acercaron para darle dos besos con tanta rapidez que se vio envuelto en una mezcla de olor a perfume, maquillaje y demasiados ungüentos como los que utilizaba su madre.

Cosima era una versión rubia de la señora Valenti, una mujer a la que no sabría ponerle edad, seguramente muchos más de los que aparentaba. Siena era un poco más joven que él. Tenía la piel clara y el pelo color chocolate con un flequillo frondoso que caía a ambos lados de su cara como las alas de una mariposa. Era hermosa, con un cuerpo delgado, alta aunque no como Valentina, y un pecho abundante que resaltaba una cintura diminuta. Quizá el diseño de su ropa hacía que esas formas fuesen aún más llamativas al formar unos aros de distinto color alrededor del talle.

—¿Cómo es vivir entre hombres? —escuchó que Cosima le preguntó a su madre y esta le respondió con un gesto de desesperación.

Sintió la mano de su padre apoyada en su hombro y no pudo evitar dirigir la mirada justo hacia ese punto.

—Espero que hayas descansado, tenemos un gran proyecto por delante —le dijo sin soltarlo—. Pero eso cuando lleguemos a Milán. Ahora, hijo, ¿podrías acompañar a Siena?

Apartó los ojos de la mano de su padre para mirarlo a la cara. Sus cejas eran como púas que el barbero tenía que recortar cada semana.

—¿Acompañarla a dónde? —preguntó y por la forma en que los dedos de su padre se clavaron en su hombro, notó incomodidad.

—Nosotros hablamos de negocios y creo que con las mujeres se aburrirá. Prefiero que pase el día contigo. Con el tiempo que llevas en la isla, seguro que conoces lugares espectaculares para llevarla. —Bajó la mano.

Le dolía el estómago de mantenerlo encogido. Cogió su móvil, Valentina aún no había regresado de casa de las Román y la necesitaba allí con desesperación.

51

Marco

Había pasado lo que quedaba de la mañana con Siena y agradeció la rapidez con la que Valentina había acudido a su llamada.

La Belucci no era una mujer tímida, tenía cierto interés por los proyectos comunes de las familias y entendía de ellos. Habían hecho un trabajo impecable con su educación, al igual que con él y su hermano. Era la segunda hija de los Belucci, pero el mayor no había podido acudir porque estaba de vacaciones. O de huida, ya que en aquellas esferas no sabía bien dónde estaba la diferencia.

Habían ido a una de las cabañas después de comer. Los padres se habían retirado. Valentina había subido un momento a la habitación y Marco ya no sabía de qué más conversar con Siena. Su amiga le había hablado de sus días en la isla y, al parecer, le había despertado cierta curiosidad que después de tantas semanas, Marco no se hubiese movido de allí. Nadie en aquel escalafón pasaba nunca demasiado tiempo en el mismo sitio. De hecho, ni él mismo lo hacía, ni siquiera en su propia casa si es que la tenía.

—A mi hermano también le gustan mucho los barcos —dijo ella mientras Marco se arremangaba las mangas de la camisa; ya no la soportaba con el bochorno del mediodía.

Siena no era desagradable, pero aquel día no era capaz de mantener una conversación, menos aún de soportar a una joven curiosa con la que estaba obligado a ser amable. Era hermosa y en otras circunstancias se habría fijado en ella, se parecía demasiado a todas las que le atrajeron una vez. Pero eso ahora le resultaba lejano y confuso. Había descubierto el fondo del mar y la superficie ya no le interesaba en absoluto.

Su padre no hacía nada al azar, quería el agrado máximo de aquella gente nueva y lo quería obtener por todos los medios. Y él era un canal habitual cuando había en medio chicas jóvenes, así fue como sucedió con Milana.

No mostrar interés en aquella joven no estaba dando el resultado que deseaba, al contrario, su fascinación aumentaba y eso que la acababa de conocer.

Su móvil comenzó a sonar. Era Valentina.

—Estoy en el camino de las cabañas, pero escucha. Tu padre está en la recepción del hotel con una caja envuelta y va a llevarla él mismo a la casa de las Román.

Se puso en pie, todo no iba a ser tan fácil.

—Está dispuesto a engullir a tu pequeña *selkie*, la quiere esta noche en el barco.

Siena lo miraba con las cejas alzadas y Marco ni siquiera se disculpó antes de dirigirse hacia la puerta.

—¿Cómo te has enterado?

—¿Dudabas de mis habilidades? Prometí ayudarte. —Eso último lo escuchó a su lado. Valentina estaba en la puerta de la cabaña.

La rodeó y echó a correr hacia el puerto.

52

Sofía

El teléfono había comenzado a sonar. Marco le había pedido que no se separase de él y, sin embargo, no la había llamado en todo el día.

—¿Dónde estás? —Sonaba ahogado; parecía que estaba corriendo.

—En casa.

—Métete en el agua —le dijo. Se oyó de fondo el sonido de un motor.

—¿Qué pasa?

—Voy a por ti. —Casi no podía oírlo—. Ahora.

Estaba en el porche, así que dejó el móvil en la mesa. Le prometió que mientras su familia estuviese allí, haría lo que él dijese, pero esperaba que fuera únicamente no acercarse al hotel.

Vio la moto de lejos.

—Mamá, tengo que salir.

Así de pronto, como si la casa estuviese ardiendo.

Escuchó una respuesta desde el interior, pero no la entendió bien.

No tenía traje de baño tan solo un vestido corto, pero se adentró en el mar hasta que le llegó a los muslos. Alzó las cejas cuando pudo distinguir la vestimenta de Marco.

Qué leches...

Con camisa y pantalón de traje. Frenó la moto a un par de metros de ella y extendió la mano para ayudarla a subir.

—¿Qué pasa? —Aquel sonido le retumbaba los oídos.

—Sube. —Tiró de ella para sentarla en la moto, delante de él.

No tardó en ponerla en marcha y se alejó de la orilla, camino de las rocas. Lo vio examinar la arena en dirección al hotel antes de bordear la cala y salir de allí.

—¿Me puedes explicar qué pasa? —Se volvió para mirarlo y él la besó en la sien.

—Mi padre —respondió, bajó los ojos hacia ella un instante—. Va a tu casa.

—¿Con un cuchillo? —Sofía frunció el ceño.

—No.

—Entonces ¿por qué me has sacado así? —Se volvió hacia delante y se sujetó el pelo para no quitarle visión a Marco.

—Ya te he dicho que no quiero que se acerque a ti. —No tardaron en llegar a un recodo de las rocas, la pequeña cala contigua donde se encontraron aquella vez y él le habló de eso de lo que ella no tenía idea.

Apagó el motor.

—Sí, me lo has dicho unas veinte veces. —Se sentó de lado para mirarlo—. Pero esto es… —Entornó los ojos—. De locos.

Por cómo había hablado Marco y la manera que la había recogido de la playa, había conseguido ponerle el pulso a mil. Él le cogió la cara.

—Mi padre quiere que vayas esta noche a la fiesta del barco. Y vas a decir que no —le dijo.

Sofía puso cara de sorpresa.

—¿Qué hay en esa fiesta que no quieres que vea? —preguntó con ironía y no logró hacerlo reír.

—Nada —respondió deslizando la mano hacia su cuello—. Pero confía en mí si te digo que no puedes ir. Volveré en cuanto pueda y todo será como antes. —Intentó sonreír, pero sus labios no tardaron en adoptar la expresión seria y rígida previa.

Sofía acercó la mano hacia su mandíbula, había algo allí que impedía que sus labios sonrieran como siempre.

—¿No te ha dado alegría ver a tu familia? —Le presionó las

comisuras con los pulgares. Tenía tanta tensión que le había cambiado toda la cara, recordándole más al Marco de los comienzos.

—Bueno, es mi familia. —Seguía serio.

Sin soltarle la cara, acercó sus labios a los suyos para comprobar si tampoco podía besarla. Pero la lengua de Marco no tardó en entrar en su boca.

A pesar de todo, se alegraba de aquel imprevisto. Se alzó con la rodilla en el asiento, le rodeó el cuello con los brazos y pegó su cuerpo a él.

53

Ángeles

Cuando Ángeles salió al porche, Sofía ya era un punto en el mar delante de una raya de espuma blanca. La abuela Almu también había salido.

—La leche, qué velocidad cogen los cacharros esos. —Su madre se puso la mano de visera mirando hacia el mar.

Cuando Ulises comenzó a gruñir, Ángeles se asomó por encima de la valla.

—Mamá, es Vicenzo Valenti —dijo con el ceño fruncido.

La abuela Almu cruzó una mirada con ella. El hombre se acercaba por el camino de madera.

—Te lo dije —respondió.

—Pues yo tenía la esperanza de que no viniera. —Bajó la cabeza. En realidad pensaba que se marcharía y que no repararía en su hija más que en cualquier palmera del hotel.

Se dirigió hacia la valla blanca.

—¿Quieres que lo haga yo? —le preguntó su madre desde el porche.

Negó con la cabeza.

—Es mi hija, me corresponde a mí. —La miró y exhaló con fuerza.

El señor Valenti era un hombre de cierta altura a pesar de tener ya una edad. Delgado y con demasiada ropa encima para atravesar la arena en pleno verano. Tenía el pelo corto, canoso y ondulado fijado con tanto producto que ni siquiera la brisa desagradable había conseguido moverlo. Llevaba una caja blanca del tamaño de la de unas botas de invierno con un lazo de gasa dorada.

—Buenas tardes, señora Román —dijo en cuanto llegó, disimulando el esfuerzo de la caminata. Tenía una voz firme allá donde las hubiese, exactamente igual que las que había escuchado en el hotel.

—Buenas tardes, señor Valenti. —Lo había visto aquella misma mañana, se habían cruzado y para él fue tan invisible como siempre, como lo eran el resto de los empleados. Sin embargo, él siempre supo quién era ella.

—¿Está su hija Sofía? —Fue directo al grano y ahora Ángeles entendía por qué Marco había recogido a su hija con tanta rapidez.

—Acaba de salir. —Le echó un vistazo a la caja. Sujeto con la cinta dorada había un sobre.

—He organizado una cena en mi barco para mis socios y mi hijo Marco esta noche, y desearía que Sofía estuviese allí. Asistirán también otros amigos suyos —comenzó—. Sé que Sofía ha pasado mucho tiempo con él durante sus vacaciones. —El señor Valenti alzó la caja para que Ángeles la cogiese—. En agradecimiento.

Las personas cuyo modo de vida era cerrar un negocio tras otro, no daban nada sin algo a cambio. Invitar a Sofía y hacerle un regalo... ¿a cambio de qué? ¿Qué podría obtener Valenti como beneficio de su presencia?

—Le agradezco el detalle, pero no es necesario. —No hizo por coger la caja. Que su propio hijo se hubiese apresurado a quitar a Sofía de en medio solo reforzaba más la idea de que lo mejor era que se marchase cuanto antes por donde había venido.

—Insisto, por favor —le dijo acercando la caja aún más a ella—. Puede considerarlo un regalo de toda la familia.

Ángeles la observó y, al final, la aceptó.

—Se lo daré a mi hija, pero espero que lo comprenda si ella decide devolvérselo. —Él asintió.

—Dígale que es el deseo de la familia que esta noche venga a cenar con nosotros. —Sonrió—. Al fin y al cabo, existe cierto vínculo entre las Román y los Valenti desde el mismo momento en el que compramos este hotel.

Ángeles cogió aire despacio, Vicenzo tardó menos en decirlo de lo que esperaba. Una vez más, la abuela Almu llevaba razón y aquello confirmaba que Sofía no podía ir a la fiesta de ninguna manera.

—Desconozco el contenido de esa cláusula, señor Valenti, pero no creo que sea suficiente para llamarlo vínculo. —Era un hombre con experiencia, mucho más que ella. No le sorprendía haber sido la primera en variar el tono, de que hubiese ganado él en ese sentido.

Vicenzo dio otro paso hacia ella.

—Me alegra oírla decir eso, porque significa que estamos de acuerdo en algo. —Entornó los ojos—. Que después de mañana, todo siga en su lugar.

—Pero eso no depende ni de usted ni de mí —respondió ella—. Aunque por la parte que me corresponde... —Aquellas cosas era mejor no meditarlas y soltarlas directamente—. Haré lo posible para que mi hija no ponga esta noche un pie en ese barco.

Vio la mandíbula de Valenti moverse.

—En cambio yo, señora Ángeles Román, creo necesaria su presencia. —Retrocedió un paso y miró un instante a su madre, que se había acercado a la valla—. Señora Almudena. —Volvió a dirigirse a Ángeles—. Sentía curiosidad por conocer en persona a las Román.

Se alejó de Ángeles un paso más.

—Que pasen una buena tarde —les dijo antes de dar media vuelta.

Ángeles lo observó en silencio mientras se marchaba. Se percató de que el sudor de sus manos había humedecido la caja. Sintió el cosquilleo del pelo de su madre en el hombro.

—Tengo que reconocer que cuando te lo propones, le echas narices —rio tocando el lazo de gasa.

La miró y apretó los dientes mientras cogía aire.

—Quiere que Sofía vaya, ¿se te ocurre para qué? —Suspiró y se encaminó hacia el porche sin esperar respuesta—. ¿Tienes aún el teléfono del abogado de don Braulio?

Su madre soltó una risita irónica.

—¿Al fin vas a aceptar cenar con él?

—No. Quiero que me explique qué dice exactamente esa cláusula.

Almu cogió el móvil sin dejar de reír.

—Te lo paso. —Sin gafas, tenía que alejarse la pantalla para verla bien.

Ángeles había dejado la caja sobre la mesa. Desató el lazo y abrió la tapa. Ambas se inclinaron para ver qué había dentro.

Una tela doblada y que formaba un drapeado, de un color llamativo entre el beige y el dorado metalizado según le daba la luz, y quizá tan elegante como los Valenti. A un lado, una bolsa de terciopelo de la que sobresalía el tacón fino de un zapato.

Miró a la abuela Almu.

—Este hombre cree que lo sabe todo —dijo y su madre estalló en carcajadas.

Cerró la caja. Suspiró.

—Sofía no puede ir. —Su mirada se perdió en el mar por donde se fue la moto de agua—. De ninguna de las maneras.

54

Sofía

Miraba la caja que estaba sobre la mesa del porche. No se había acercado a ella, ni siquiera pensaba abrirla.

—Es un espectáculo de vestido —dijo Diana atravesando el porche antes de entrar en la casa. Se asomó desde la cortina de la puerta—. ¿Puedo quedármelo?

Sofía sintió cómo una carcajada le burbujeaba en la barriga al escucharla.

—Mañana por la mañana Alicia lo dejará en la recepción del hotel. —Abrió la puerta de la valla con el culo.

—Qué pena. —Diana hizo una mueca.

Sofía entornó los ojos hacia el barco de los Valenti. Aún no había salido, pero no faltaba mucho para la hora que ponía en la invitación del sobre. Además de Valentina, habían llegado algunos de los amigos de Marco que lo acompañaron los primeros días. A la mañana siguiente, partirían en barco hasta Mallorca, donde pasarían el día, y su avión saldría por la noche destino a Milán.

Marco ya no volvería a poner un pie en el hotel y tampoco podría volver a verlo hasta su regreso, como le acababa de decir en un mensaje.

Suspiró. Era mejor así, sin despedida.

La abuela Almu acababa de salir del agua. La brisa alborotada se había apaciguado y al fin las nubes despejaron las últimas horas de la tarde.

Sofía fue a su encuentro mientras la mujer se secaba con una toalla.

—¿Qué ha dicho el señor Valenti? —preguntó sin dejar de mirar el barco—. ¿Por qué estáis de acuerdo con Marco?

—Sofía. —La abuela Almu la observó con los ojos entornados—. Ni siquiera has abierto esa caja. La etiqueta es italiana, ¿crees que la ha comprado aquí?

La joven negó con la cabeza.

—¿Crees que un hombre así se molestaría en comprar un regalo para una muchacha que ha pasado unos días con su hijo? Eres joven y no tienes ni idea, pero ya te lo digo yo que he vivido unos cuantos años. —Levantó un dedo—. No.

Sofía bajó la cabeza.

—Esa caja demuestra que formas parte de algo, y eso es lo que nos da miedo a tu madre y a mí. —La mujer chascó la lengua—. Apenas has empezado a madurar. —Le pasó la mano por los hombros—. Demasiado fácil para gente así. Tienen tentáculos por todas partes.

Se sobresaltó al escucharla, el vello se le erizó de inmediato.

El kraken.

Cerró los ojos. ¿Cómo no se había dado cuenta? Tal vez porque para ella la familia estaba en otro lugar, uno alto y sagrado en el que podía sujetarse cuando lo necesitara.

—Como pulpos gigantes... —respondió a su abuela.

—Esa sería la definición exacta y créeme que sé de lo que hablo —añadió la mujer. Sofía tomó aire por la boca.

Ni siquiera se me pasó por la cabeza.

—Por eso es mejor que no te acerques a ellos.

Abrió los ojos y los dirigió hacia el barco. Sentía la presión en las comisuras al anegarse sin remedio.

Y a él le aterra.

Todas esas veces que Marco decía que se saltaba las normas.

Que era justo para los dos. No lo era.

No cuando ella estaba en el seno de un hogar y él en medio del mar con un pulpo gigante al acecho.

Solo.

Ahora entendía tantas reacciones de Marco. Las pesadillas, el miedo a las aguas profundas y el mar de noche.

—Tengo que ir, abuela.

Esta se apartó de ella.

—Tienes que ir, claro. Como tenías que llegar hasta esa cueva de ahí arriba o tantas otras cosas que tenías que hacer. ¿A costa de qué? —Negó con la cabeza.

Se volvió para mirarla.

—De llorar mientras me cosen las heridas —respondió y su abuela sonrió.

—Si fuera solo eso. —La mujer suspiró—. No estás preparada, ¿lo sabes? Como yo no lo estaba. Me arrasaron, casi acaban conmigo y no pude hacer nada. —Miró a su nieta a los ojos—. Pero es tu decisión.

Sofía dio unos pasos. Le echó un último vistazo a su abuela sin dejar de andar.

—No tienes remedio. —Le dijo la mujer. Ni siquiera su abuela estaba de acuerdo con ella.

Sofía miró al frente de nuevo, su madre estaba junto a la puerta de la valla.

—Piensas ir —le dijo al llegar junto a ella. No sonó a pregunta.

—Ya conozco las consecuencias, mamá. Sé lo que pensáis todos, que para esa gente soy insignificante, pequeñita y que me comerán en cuanto ponga un pie en el barco. Y seguro que tenéis razón. Pero lo acepto.

Cogió la caja. Su madre se acercó a ella.

—Lo aceptas —dijo.

—Sí. —Su madre se había detenido frente a ella.

—Pues no quiero que lo hagas si piensas ir a ese barco. —Sofía arqueó las cejas.

Su madre le cogió el brazo para levantárselo.

—¿Sabes qué significa eso? —Tiró del elástico del vestido para que se viera el tatuaje—. Significa que las Román siempre terminan salvándose solas. Yo no las llevo porque no las quería para mí. —Soltó la tela—. Si las tuyas solo alcanzan para que aceptes lo que sea que te tengan preparado, coge la mías.

Sofía tragó saliva.

Mamá.

La vista se le emborronaba. Su madre le acunó la cara y sonrió.

—Si tuviese que hacer las maletas mañana porque el precio a pagar es la humillación de mi hija, los mandaría al infierno. Así que ponte ese vestido y haz lo que siempre haces: subir hasta la última roca sin importante la caída. Aquí estaremos cuando regreses.

Cogió la mano de su madre y la besó.

—Gracias. —Se sorbió la nariz.

—Tienes treinta minutos para arreglarte. —La empujó.

Sofía retrocedió unos pasos para no darle la espalda a su madre.

—Ni se te ocurra ir sin peinar —añadió esta y Sofía rio al escucharla.

Se dio la vuelta para entrar en la casa.

—¡Diana! —gritó. No había otra Román que pudiese ayudarla mejor.

55

Marco

Ya habían dejado sus maletas en el camarote, no volvería a poner un pie en la isla hasta que pudiese regresar. Echó un vistazo al hotel; desde allí no podía ver la casa de las Román, para eso tendría que darle un rodeo al barco. Sofía no había respondido a sus mensajes, esperaba que cambiase aquella costumbre con el móvil o le sería arduo hablar con ella. Le había explicado hasta cómo hacer videollamadas. Aquella chica verdaderamente parecía pertenecer a otro mundo.

—¡Marco! —Ni siquiera con invitados era capaz de olvidarse de él. Le empujó el brazo para apartarlo del camino de entrada—. Quiero que esta noche sigas atendiendo a Siena.

Marco entornó los ojos.

—Es necesario que establezcas cierta amistad con ella. —Volvió a intentar apartarlo—. Además, he decidido que te tomes unas semanas más de vacaciones en un par de meses. Recorrerás parte de la Polinesia y lo harás con ella. Ya he preparado el viaje. He decidido hacer unas inversiones en la zona y quiero invitar a Belucci a colaborar, así que necesito que Siena se enamore de nuestros hoteles de allí.

Cogió aire y lo contuvo. Aquello sonaba como un latigazo en la espalda repleto de puntas de acero.

—De nuestros hoteles.

—Sí, tú eres un experto en eso. —Su padre sonrió.

Se inclinó hacia él. Le encantaba ser más alto que él; su hermano no lo había conseguido, pero él los superaba a ambos por varios centímetros.

—No. —Y sonó tan rotundo que hasta su padre dio un respingo.

Negó con la cabeza.

—¿Para eso has necesitado desaparecer tanto tiempo? ¿Para aprender a decir que no? —Rio—. Me temía algo peor. No ha sido para tanto. Irás a la Polinesia con Siena.

—Hay trabajo en Milán, me quedaré allí con mi hermano.

Su padre volvió a sonreír.

—Irás a la Polinesia. Puedes seguir negándote, protesta lo que quieras, incluso puedes hacer como el que se escapa y apagar el móvil otras dos semanas. Pero irás de viaje con Siena. —Le dio una palmada en el hombro—¿Por qué no está aquí tu nueva amiga?

Marco apartó el hombro para que lo soltase, era cuestión de tiempo que mencionase a Sofía.

—Eso ya ha acabado. —Desvió la mirada hacia la oscuridad del agua.

—Si hubiese acabado, no le habrías pedido que no viniese. —Vicenzo buscó su mirada.

—Yo no le he pedido nada.

—Claro que sí. No quieres que una mujer que fue capaz de ir desnuda a buscarte al barco venga aquí a representar lo que es en realidad, una fulana.

Apretó los dientes al escucharlo. Lamentó haber actuado con Sofía como con cualquier otra en los comienzos. Hacerla firmar el estúpido contrato y dejar encendida la cámara de seguridad del barco. La primera vez, solo la primera. Nunca visionaban los vídeos de las cámaras si no era por seguridad o algún robo, pero su padre no lo pasó por alto. Ahora tenía algo más para humillarlos a los dos.

—Sigues siendo un niño asustado —añadió Vicenzo—. Sin esta familia, no sobrevivirías ni una semana. —Se acercó a su oído—. Deja ya esa actitud, nunca te lleva ninguna parte. Y lo sabes.

Marco tragó saliva. Clavó la vista en la puerta del barco. Aún estaba en el puerto y las ganas de echar a correr eran cada vez más fuertes.

Y, entonces, Sofía subió por la pasarela.

Al exhalar notó la boca seca. Si el enfado le había hecho brillar los ojos, ahora notaba una humedad intensa. Si los movía un ápice, rebosarían.

Los tacones acentuaban aquella forma redonda y perfecta de los muslos de Sofía. El beige claro de la tela con ese brillo dorado sobre su tono de piel tostado hacía que el color pareciese el más hermoso del mundo. El drapeado de aquel vestido, que poco dejaba a la imaginación de sus curvas, se ajustaba a su cuerpo, acostumbrado a las telas de algodón con vuelo. El escote cruzado era natural, lo justo para llevarlo con una sensualidad extrema sin rozar lo más mínimo la vulgaridad. No tenía tirantes ni nada que ocultase la redondez de sus hombros. En cambio, el largo resultaba demasiado justo para que nada de eso tan llamativo y que tanta atención atraía en la terraza del hotel pasase desapercibido.

Le escocía tanto la garganta que apenas podía tragar. Su padre había vestido a Sofía de diosa y la había introducido en su mundo solo por castigarlo. Aquel era su verdadero látigo de puntas de acero. Resistir una noche, o tan solo media, sería imposible sin ceder a lo que quisiesen de él.

—Pero aun así, ha venido. Ni siquiera vales para mantener bajo el control a una mujer insignificante —le dijo su padre sin dejar de observarla.

Era la primera vez que la veía con el pelo recogido. Apenas le caían unos mechones del flequillo, ocultando aquella parte incontrolable de ella que tanto le gustaba. Sus ojos maquillados parecían enormes y más verdes que otras veces. Los labios era mejor que ni los valorase.

—La chica de las cicatrices. Una pena, con unas piernas así. —Su padre se colocó bien la chaqueta—. La ficha del hotel me ha sido de gran ayuda para la ropa.

Marco ni siquiera lo miró, no apartaba la vista de Sofía. No había un número excesivo de invitados, pero eran los suficientes como para no dejar de vigilarla. Ella, después de todo, seguía caminando por la vida como si nada, sin ser consciente de que era hermosa, de que su cuerpo despertaba pensamientos de todo tipo y que había hombres que no sentían el más mínimo respeto por mujeres como ella. Junto a él tenía un claro ejemplo, su padre.

—¿Qué es lo que quieres de mí? —le preguntó. Antes de empezar la partida, ya sabía que perdería. No había muchas opciones, en realidad nunca las tuvo. El kraken siempre ganaba.

—Que regreses conmigo a Milán, que sigas jugando con tus deportivos y tus muñecas, como has hecho siempre. Y que en lo demás sigas siendo el Valenti que espero de ti.

La puerta del barco se cerró tras Sofía. Había sido la última en entrar y, tal vez, la razón por la que habían tardado tanto en ponerse en marcha. Su padre quería esperar el tiempo suficiente por si llegaba.

—Pero déjala en paz. —Su voz apenas se oía. La puerta estaba cerrada, ya no había marcha atrás. Sofía había entrado en la trampa.

Su padre se inclinó para hablarle.

—Es mi barco y son mis normas —respondió—. Ni intentes acercarte a ella. Ahora tiene que aprender cuál es su sitio y cuál, el tuyo. —Se puso frente a él para mirarlo—. Y posiblemente, tú también.

Pasó por delante de él y se alejó hacia un grupo.

Sintió un toque en el hombro y se sobresaltó. Era su hermano, Leo. Se apoyó en su espalda para hablarle al oído.

—No te culpo por querer follártela —le dijo—. Yo también lo haría.

Marco apretó el puño y se volvió hacia él. Pero su madre se interpuso entre los dos. Le cogió la cara a Marco, un gesto que quizá pensaba que lo tranquilizaría, pero que era una acción tan estudiada que no transmitía absolutamente nada. Luego lo soltó y siguió a su hijo Leo.

Vio que ambos pasaron junto a Sofía y se detuvieron a tan solo un par de metros de ella para saludar a unos invitados. Tenerlos en el mismo barco y, aún más, en el mismo campo de visión, era tenso y le aceleraba las pulsaciones. Su criatura mágica estaba expuesta y no sabía qué podía hacer por ella.

El mar, el kraken y ella. La pesadilla se hacía real.

56

Sofía

No habían acertado del todo con la talla. Era la suya, pero Diana le dijo que la ropa italiana venía más estrecha. Le había costado subir la cremallera. Caminar con tacones era arduo, dolían a rabiar y le dejaba el tobillo sin mucha estabilidad.

No había caído en la cuenta de que allí todo el mundo hablaría italiano, un idioma que no controlaba. Hasta la música era ópera italiana, aunque esa sí la conocía. «Non ti scordar di me». Si la habían elegido al azar o no, era un misterio.

Se sobresaltó al sentir que le agarraban la mano. Marco tiró de ella con tanta fuerza que dio un traspié. Pero no se detuvo, casi se dejó un tacón atrás antes de acceder por un pasillo del barco. La puerta abatible se cerró tras ella.

El pasillo era estrecho y formaba un recodo sin ventanas al exterior con una puerta blanca cerrada al fondo, donde se detuvo Marco. No había nadie y la música y las voces se oían lejanas.

—¿Por qué has venido? —Se acercó tanto a ella que Sofía pegó la espalda a la pared—. Te dije que no.

Sofía le cogió la cara con ambas manos.

—Él es el kraken —respondió.

—Por eso mismo tú no debías estar aquí.

—No puede hacerme nada. A mí no. —Bajó las manos hasta sus hombros. Marco entreabrió la boca y le atrapó el labio inferior. Luego la rozó con la nariz para que girase la cara.

—Te quiero y lo sabe. —La besó de nuevo—. Puede hacer cualquier cosa.

Bendita decisión de venir.

Solo por haber escuchado aquello, merecía la pena haberse montado en el barco.

—¿Me quieres?

Sofía le rodeó el cuello mientras abría los labios. Le encantaba cuando sus lenguas se encontraban en su boca.

—Una debilidad para mí, un arma más para él —respondió Marco y se dejó besar.

—No cuenta con que yo te quiera también. —Sentía que el drapeado del vestido se encogía bajo su espalda o ¿era él quien lo encogía con los roces?—. Ya no estás solo contra el kraken.

Marco le bajó el borde del escote para liberar su pecho derecho. Sofía cerró los ojos mientras sentía cómo lo atrapaba con los labios en una succión continua que hizo que se arqueara y que el drapeado se le subiese más hasta dejar parte de sus glúteos fuera. Desconocía hacia dónde llevaba la puerta blanca, esperaba que no fuese más que un trastero y que nadie apareciese por allí.

Marco se separó de su pecho y le subió el vestido para taparlo.

Volvió a besarla, Sofía levantó la pierna y la tela terminó de enrollarse en sus caderas. Notó la mano de Marco en las nalgas sobre aquellas bragas que Diana se empeñó en que se pusiese para que no se le marcasen en el vestido y que eran como no llevar nada. Él no encontró impedimento en continuar hasta meter los dedos entre sus muslos.

Alzó aún más su rodilla, buscando el roce contra aquella tirantez excesiva que se producía en el pantalón de Marco cada vez que la tocaba. Escuchó su zapato caer al suelo.

—Es una trampa para que no vuelva a verte. —Tenía los labios en su cuello mientras sentía cómo la humedad le impregnaba los dedos entre los muslos—. No quiero que esto sea el final.

Le sujetó la cadera contra la pared mientras separaba sus labios de ella.

—Te quiero, Sofía. —Volvió a besarla.

—Entonces ¿por qué va a ser el final? —respondió en cuanto le dejó la boca libre.

—Porque él siempre gana. —La levantó del suelo y se le cayó el zapato que le quedaba puesto.

Miró a Marco, desconocía cuál era realmente el problema entre él y su familia, pero sí había podido comprobar parte de las consecuencias.

—Pues no lo dejes. —Le sujetó la cara.

Sintió el miembro de Marco entrando hasta el fondo y los músculos de su vagina se contrajeron para no dejarlo salir. No sabía en qué momento se habría desabrochado el pantalón, no se había dado cuenta.

—No lo dejes ganar más. —Casi no podía hablar. Lo sacó un poco y luego lo volvió a meter.

Apretó las piernas alrededor del cuerpo de Marco. Tenía que separarse, no podían hacerlo en aquellas condiciones, pero su cuerpo se resistía.

Le mordió para contener el gemido. Lo único que faltaba es que alguien los escuchase. No sabía hacia dónde llevaba aquel pasillo ni quién podía encontrarlos así.

Marco dejó caer la cabeza sobre ella mientras le clavaba los dedos en los muslos.

—Llevo toda la vida intentando buscar la manera. —Exhaló con fuerza.

—Esta vez no estás solo. —La pared no le permitía encogerse, solo podía dejarse caer en él.

Se separó un poco para mirarla.

—A ti también te ganará. —Sofía bajó los ojos para ver cómo su miembro salía de ella y se perdía entre sus piernas, manteniéndose fuera de la abertura del pantalón—. Lo hace con todos.

Observó hipnotizada la verga de Marco mientras esta salía del todo.

Uff, qué susto.

Por un momento creyó que Marco había tenido un lapsus y se había dejado ir. Prefería el corte a una metedura de pata como aquella.

—Es su barco y son sus normas. —Marco la depositó en el suelo y se llevó las manos a los pantalones para abrochárselo. Sofía frunció el ceño—. No puedo acercarme a ti.

—Pues has empezado fantásticamente bien. —Se bajó el vestido.

—Y no tardará en responder. —Se remetió la camisa y ajustó el cinturón.

Volvió a pegarse a él.

—No puedes acercarte a mí. —Le puso la mano en el brazo—. ¿Es lo que quiere? ¿Que no estés cerca de mí?

—Eso le da exactamente igual, Sofía. —Marco hizo un gesto de negación—. Solo quiere que lo hagas con las mismas condiciones... —Desvió la mirada—. Que el resto.

—¿Qué resto?

Marco la miró de nuevo.

—Las anteriores —respondió. Lo intuía, pero quería escucharlo con claridad—. Ya te lo dije al principio que era justo para los dos que si tú te saltabas las normas, yo también me saltase las mías —suspiró. Se llevó la mano a la sien y se dio la vuelta—. Y al desobedecer a mi padre también te he hecho diferente para él, por eso... —Sacudió con la cabeza y la miró—. Lo siento. —Alargó una mano y le tocó la tela del vestido.

Sofía miró la cremallera del pantalón de Marco, ya se había pasado, podrían salir. Marco pasó por delante de ella camino de la salida, pero se detuvo.

—No puedes ayudarme, Sofía.

—No seas idiota, claro que sí. —Se apoyó en la pared para ponerse los zapatos.

Marco se volvió para mirarla.

—No puedes. —Su voz sonaba más ronca que nunca—.

¿Te acuerdas cuando te decía que no tenías ni idea? Pues ahora sí que no la tienes.

Acabó de ponerse los zapatos y se colocó tras Marco.

—Cuando acabe la noche, me darás la razón —añadió él—. Y entonces no volveré a verte.

—Cuando acabe la noche, los pulpos gigantes ya no te darán tanto miedo. —Sonrió y lo abrazó por la espalda.

Él se quedó cabizbajo y Sofía lo soltó para que pudiese darse la vuelta.

—Ya te he dicho que él siempre gana. Haré lo que pueda para que no te alcance a ti. —Le acarició la mejilla con dos dedos y se inclinó para besarle la frente—. Tú y yo no somos de titanio.

—Te equivocas, mira mis piernas. —Sofía lo adelantó—. Yo sí.

Se dio la vuelta antes de abrir la puerta.

—Sé a lo que he venido, Marco. Y no me voy a ir de aquí hasta que no lo consiga. —Le sonrió antes de salir y dejarlo solo.

Se lo notó desde que se le enronqueció la voz. Necesitaba estar solo para poder soltar.

57

Sofía

—¿Señorita Román? —Se volvió cuando oyó su nombre. Era un joven empleado—. Acompáñeme por favor.

Empezamos pronto.

Rodearon la cubierta y se dirigieron hacia unos sofás enormes al aire libre donde había varias jóvenes. Sofía las recorrió con la mirada, puede que tuvieran la edad de Alicia, aunque con tanto maquillaje podrían ser hasta más jóvenes que ella y no aparentarlo.

Valentina no estaba entre ellas, no conocía a ninguna, pero todas parecían parientas de Andrea. Ni siquiera hablaban español.

Suspiró y se volvió hacia el empleado, pero este ya se había ido. Dejó caer la cadera en el respaldo del sofá y se sujetó con las manos, mirando a su alrededor. Frente a ella, en otro conjunto de sofás bajo una marquesina, estaban los amigos de Marco. Al menos reconocía a dos de los que estaban con Valentina y otra chica más de pelo largo y castaño.

Miró tras ella, a donde la habían acompañado solo había chicas con vestidos cortos y estrechos. Se fijó en el suyo.

Fantástico.

Vio pasar a Marco por el centro de la cubierta y lo siguió con la mirada. Se detuvo junto a Valentina. Le dijo algo y esta se volvió hacia ella.

Sofía retiró las manos del sofá. No pensaba sentarse ni aunque la mataran los tacones.

Miró a Marco de reojo, se había acomodado junto a su amiga.

Ella no hizo ni el intento de rodear el sofá y unirse a aquellas chicas, que mantenían una conversación animada mientras que algunos camareros les traían bebidas y bandejas con comida.

No tenía hambre ni sed. Se apartó del respaldo y se dirigió hacia la barandilla. Pasó la mano por ella y se alejó de la zona iluminada hacia una más oscura del lateral de la cubierta.

—¿Señorita Román? —Alzó las cejas cuando vio que era el mismo empleado.

Esta vez no tuvo que decirle más, lo siguió de nuevo hasta el sofá.

Vale, ya lo he entendido. No puedo deambular por el barco.

Sentarse no era una opción; a tan poca altura no le daría el aire de lleno y en aquel momento lo necesitaba. Fue hasta el otro lado del extenso sofá, donde formaba una esquina entre respaldo y la barandilla. Apoyó los antebrazos en ella. Había unas chicas sentadas allí y detuvieron su conversación para observarla.

—Buenas noches —les dijo ella, pero no la entenderían porque ni respondieron y continuaron lo que fuese que estuvieran hablando.

En pie tampoco es que tuviese cómoda, una banqueta habría sido ideal. Se dio la vuelta, las había visto al entrar. Divisó una y fue a por ella.

Pasó a pocos metros de Marco y lo vio mover la cabeza por el rabillo del ojo.

—¿Señorita Román?

El calor que va a dar este tío como siga así toda la noche.

Cogió la banqueta en peso. El empleado se apresuró a quitársela para llevarla él.

—Si necesita algo, solo tiene que pedirlo —le dijo y acto seguido colocó la banqueta en la esquina de la barandilla.

Pero que no me mueva de aquí, OK.

No le soltó una burrada porque era consciente de que solo

estaba cumpliendo con lo que fuese que le habían encomendado.

Apoyó el tacón en el reposapiés y subió una nalga al asiento atenta a si con aquel trozo de tela podía sentarse sin dar un espectáculo, aunque el drapeado se encogió igualmente.

—Buenas noches. —Sonaba a español perfecto con un leve acento italiano. Ya le era demasiado familiar.

Alzó los ojos. No era tan alto como Marco y mucho más pálido. De hecho, a este no parecía haberle dado el sol en todo el año. Tenía la barbilla pronunciada y los ojos claros. Aun así, le encontró un ligero parecido con Marco.

—Leo Valenti. —Se inclinó en un gesto rápido a modo de saludo.

El hermano mayor.

Leo Valenti venía a ser uno de esos personajes en escala de grises que podía volverse oscuro en cualquier momento. Uno de los que tanto le gustaban a su hermana Alicia en las historias de fantasía.

Leo no tardó en fijarse en cómo se le había enrollado el drapeado del vestido donde acababa el muslo y comenzaba la curva de su culo. Puede que eso fuera lo que lo impedía que se le siguiera subiendo.

—¿Amiga de Marco? —preguntó volviendo a mirarla a la cara.

Sabes perfectamente quién soy.

Comenzó a sonar de fondo «O sole mio» cantada por tenores.

—Sí. —No se atrevía a acabar de subirse a la banqueta por si el vestido se le terminaba de enrollar del todo, menos aún con el hermano de Marco en primera fila. Había comprobado que este no tenía ningún tipo de vergüenza en que lo viera mirándola de aquella manera.

Y eso así la cabreaba sobremanera.

Leo, sin embargo, sí parecía esperar a que ella se sentase bien.

«No lo sabes, Sofía. No tienes ni idea». Las palabras de Marco vinieron a su cabeza.

No contaba con esto.

Tragó saliva y dejó de respirar. Leo sonreía.

—Lo imaginaba. —Echó un vistazo al sofá—. Las mujeres guapas siempre son amigas de mi hermano. Para mi gusto, creo que son demasiadas, aunque también pienso que es una suerte.

Sofía desvió la mirada hacia las jóvenes mientras se bajaba de la banqueta.

—Entonces, señor Valenti, debería sentarse en ese sofá y hacerse amigo de ellas. —Lo rodeó sin mirarlo siquiera—. Y así serían también sus amigas y no solo de su hermano. Buenas noches.

Vete con viento fresco, hombre.

—¿Tú no vas a sentarte? —La siguió.

—No.

La alcanzó y le impidió seguir andando.

Entre el empleado y este, vaya el por culo que están dando. El kraken va a ser lo de menos.

—Es tu lugar —añadió Leo—. Ellas y tú tenéis algo en común.

Sofía arqueó las cejas.

—¿La fascinación por Marco? —Sabía bien hacia dónde iba dirigido aquel comentario.

Vio la mandíbula de Leo tensarse.

—Aparte. —Sonrió, sin embargo, y se inclinó hacia su oído. El cuerpo de Sofía se contrajo, incómodo—. Todas vosotras, en un momento no muy lejano, habéis tenido en la boca la polla de mi hermano.

No puedo creer lo que me acaba de decir.

Desconocía si Leo era así de miserable por sí solo o si lo había aleccionado su padre. Hasta los ojos le brillaron. Tenía que reconocer que no esperaba un comentario así de un Valenti, que parecían ser el ejemplo de la educación extrema, la elegancia y el lujo.

—Yo elegí el vestido —continuó mientras ella se alejaba un paso de él—. Debo admitir que esta vez el gusto de mi hermano ha superado mis expectativas y mi imaginación. —Le agarró el brazo y contempló el vestido—. Porque el resultado me ha gustado más de lo que esperaba. —Volvió a mirarla a ella—. Bienvenida al imperio Valenti, Sofía.

No podía más. Explotaba.

—Menudo imperio lleno de mierda que tenéis. —Sacudió el brazo—. Y quítame la zarpa de encima.

Esquivó a Leonardo para irse, pero frenó en seco cuando se encontró con el cuerpo de Marco, no lo había visto con Leonardo delante. Marco le escrutaba el rostro, puede que buscando en su expresión la molestia que le hubiese provocado su hermano.

No le dio tiempo a reaccionar, Marco fue más rápido en alcanzar los bordes de la camisa de Leonardo, justo a la altura de su cuello.

—Tócala otra vez y tendrán que recogerte del agua —le dijo y Sofía no percibió en Leo ni una pizca de temor, a pesar de que Marco era considerablemente de mayor tamaño en todos los sentidos.

—Marco, suelta a tu hermano. —Una voz veterana y firme hizo que mirase tras él. Ahora que los veía juntos, se dio cuenta de que Vicenzo era muy parecido a Leo. Lo acompañaba una mujer de tez pálida y pelo muy oscuro. Delgada, elegante y que casi superaba a Vicenzo en altura con tacones.

El matrimonio sí que parecía salido de una película.

Marco aflojó el agarre y liberó la camisa blanca, en la que se quedaron algunas arrugas.

Era una suerte estar en aquel lado, alejado del resto de los invitados. Solo algunas de las chicas se habían fijado en la escena.

—Como siempre, tengo que ponerle remedio yo —añadió Vicenzo Valenti. Se dirigió a ella—. Sofía, ven conmigo.

—No. —Marco la cogió del brazo para apartarla a un lado

y se interpuso entre ella y su padre—. Es conmigo, ¿no? Tú ganas. Pero a ella déjala. —Miró a su hermano—. Y tú también.

Leonardo rio al escucharlo. Sofía apretó los puños, la chulería de Leo Valenti hacía que ella también tuviese ganas de tirarlo al agua.

—A ella tengo que enseñarle qué es lo que tiene que aceptar si quiere estar cerca de esta familia, ya que tú no lo haces —respondió Vicenzo.

—Pues no se acercará a esta familia. —Volvió a intentar alejarla de ellos.

Sofía bajó la cabeza. Que lo de Marco y ella no iba a ser posible de ninguna de las maneras era algo que ya sabía antes de todo aquel circo.

—Te he dicho que tú ganas. Haré lo que me pidas. —Sofía apretó los dientes, cada palabra de Marco era una losa dentro del estómago. Alzó los ojos hacia Valenti—. Pero a ella, no.

No, Marco.

Sorteó la mano que Marco había alargado hacia atrás para impedirle avanzar.

—No importa, Marco —dijo tranquila.

Él frunció el ceño.

—Sofía, déjame a mí. —La alejó de nuevo, pero esta vez llegaron algo más lejos—. Yo formo parte de ellos, pero tú no. Y no voy a permitirlo.

—¿Qué no vas a permitir? —Solo reconocía a Marco en aquel barco cuando la miraba a ella. Entonces la tensión de su cara se disipaba y hasta sus ojos dejaban de tener aquel destello extraño.

—Que te arrase a ti también. —Apretó los labios y bajó la cabeza—. No importa lo que hagas. —Negó con pesadez—. Él siempre gana. Te ganará.

—No. —Le agarró el brazo y él se apartó para que lo soltara.

Sofía miró el lugar donde había estado en contacto con Marco. ¿No podía tocarlo? ¿Qué demonios estaba pasando allí?

—Sofía, aquí no vale nada de lo que estás acostumbrada —dijo él alzando la vista. No le gustaba el tono de su voz—. Puedes pensar que eres una mujer fuerte, independiente, lo que demonios creas que eres, porque nunca te has cruzado con nadie con quien hayas tenido que reaccionar con poco más que mandarlo a hacer puñetas. Aquí no es suficiente con que respondas cada vez que te ataquen. —Entornó los ojos—. Para él eres una joven insignificante. Puedes resistirte todo lo que quieras, pero no podrás escapar hasta que él lo decida. Y no acabará hasta que consiga lo que busca.

La garganta le escocía, aquellas piedras no tenían piedad al pasar a la fuerza. Hasta la lengua le picaba.

—¿Es lo que hace contigo? —Marco no respondió. Sofía detuvo su mano que, por reflejo, intentaba volver a tocarlo—. ¿Qué es lo que quiere? ¿Que me vaya y no vuelvas a verme?

—Que te vea igual que a las otras. —Hizo un gesto hacia donde estaban los sofás—. Puedo verte, pero con unas condiciones. No las quiero para ti.

Sofía arqueó las cejas al oírlo.

—¿Qué condiciones?

Marco frunció el ceño.

—Para empezar, yo no podría haberle hecho eso a mi hermano y él a ti podría molestarte cuanto quisiera —respondió.

Y una mierda.

—En público no puedo hablarte, ni siquiera tocarte. —Cogió aire—. Hasta podría estar con otras mujeres delante de ti. —Volvió a mirar la cubierta donde estaban los invitados—. ¿Ves aquella chica del vestido verde?

Sofía observó a la joven. Era una belleza delgada y alta con abundante pelo castaño. La acompañaba Valentina.

—Mi padre lleva todo el día empeñando en que no me separe de ella. Ha preparado un viaje a la Polinesia para que le enseñe los hoteles donde debería invertir su familia. —Volvió a mirarla a ella—. Y al regreso podría verte. Claro que sí.

Madre mía.

Negó con la cabeza.

—Y tú no tendrías ningún derecho a protestar si quisieras seguir conmigo —suspiró al terminar.

Sofía retrocedió otro paso y se agarró a la barandilla. Clavó la mirada en el sofá de las chicas.

—Y ¿todas ellas han aceptado esas condiciones? —No lo podía creer.

—Sí, entre otras. —Se encogió de hombros—. Pero ya no importa. Te alejaré de ellos. —Se hizo el silencio un instante. Sofía sintió los dedos de Marco en la mejilla y cerró los ojos—. Confía en mí. Te liberaré de ellos. —Supuso que la sonrisa era un intento de tranquilizarla.

—Salvarme. —Apartó la cara riendo—. ¿A mí?

¿Sabes que las Román se salvan solas?

—Hablaré con mi padre —suspiró Marco y retiró la mano—. Y todo será como antes para los dos.

Nunca será como antes para mí.

No le dolía, aún no. Todavía estaba mirando hacia arriba, hacia la roca que quería alcanzar. Las heridas que se hacía por el camino no solían doler tan pronto, apenas era consciente de ellas.

Respiró despacio por la nariz.

—¿Qué es lo que haces tú? —preguntó a Marco—. Cuando te arrasan, ¿qué es lo que haces?

—Ni lo intentes. —Ya la iba conociendo.

Sofía avanzó unos pasos y se apresuró a sortearlo y dirigirse hacia la zona iluminada donde estaban los invitados.

—¡Sofía! —La voz quedó atrás. Irrumpir en la cubierta habiendo pasado la barrera del sofá la hizo sentirse extraña.

Vio a una mujer rubia y estirada ojear sus piernas nada más pasar. Pero ella buscaba a un hombre de pelo cano y ondulado.

—¡Sofía! —Marco la alcanzó, pero ella ya estaba frente al kraken. Leo Valenti le dedicó una sonrisa burlona—. No. —Marco ya no se dirigía a ella, sino a su padre.

—Puedes venir con nosotros, Marco —dijo Vicenzo antes de darle la espalda.

Sofía esperó a que Vicenzo y Leonardo se adelantasen. Miró a Marco.

—Deja de entrar en sus trampas o no podré hacer nada —le dijo este antes de pasar delante de ella.

Los siguió hasta el interior del barco. Vicenzo entró en una de las habitaciones y dejó la puerta abierta para que entrasen sus hijos y Sofía. Marco sujetó la puerta y cerró tras su paso.

Dentro había una mesa de madera brillante con sillas y una pantalla enorme sobre la pared.

Leo se sentó frente a un ordenador portátil, lo abrió y la pantalla se encendió con el símbolo de la empresa de los Valenti.

Miró de reojo a Marco. Este se había dejado caer en la puerta y se tapaba la boca con la mano.

—No sé qué explicaciones te habrá dado mi hijo, aunque seguro que no las suficientes. —Sonrió Vicenzo—. En esta familia seguimos unas normas. —Miró a Leo y este pulsó una tecla. Salió algo en la pantalla.

El contrato de los cojones.

—Una de las normas básicas para proteger a mis hijos fue esta. —El hombre entornó los ojos—. Pero según este contrato, mi hijo debería haberte invitado a abandonar el barco.

Sofía sintió un escalofrío.

El barco.

—Pensamos que fue un descuido por su parte y no le dimos la menor importancia. —Leo iba desplazando el escrito hasta el final—. Pero ya hemos aprendido que nunca es bastante para protegernos de la pericia de algunas personas.

Apoyó una mano sobre el hombro de Leo.

—Supongo que nuestros hoteles y barcos son un buen reclamo para chicas como tú —añadió.

Este tío es gilipollas.

—Por eso nuestras normas son estrictas, pero todo sea por mis hijos. Y la cámara de seguridad del barco tenía una sorpresa.

La pantalla se puso en blanco y negro y se llenó de recuadros pequeños.

No me lo puedo creer.

El primero arriba a la izquierda. Apretó los labios mientras el fuego le recorría el cuerpo y le llegaba hasta las orejas. Podría salir ardiendo allí mismo.

—Tengo que reconocer que no lo he visto —dijo Leonardo colocando el ratón sobre el primero de ellos, donde se veía claramente a una joven de pelo mojado de pie, desnuda en la plataforma del barco.

Aquello era miserable.

—Leo, no. —Marco levantó la cabeza.

Sofía expulsó el aire por la boca. Eso era a lo que Marco se refería con que no podría con ellos. Allí no servía solo tener una lengua ágil. Era otro nivel, un nivel de control y maldad que no conocía.

El kraken siempre gana.

Solo le había durado unos minutos, como cuando jugaba al ajedrez contra alguien experto y por mucho que lo intentase, procuraba no salir demasiado humillada. Y aquello estaba al límite de la humillación.

Sentía el brillo en los ojos, los dirigió hacia Marco.

—Solo hay uno, el del primer día —le dijo él en un susurro—. Apagué las cámaras todo el tiempo.

Lo que era justo para los dos. Saltarse las normas.

Tenía ganas de echar a correr y llorar, gritar y maldecirlos a todos ellos.

—Estos vídeos los guardamos a buen recaudo. Pero en caso de necesitarlos de alguna manera, no tengas dudas de que recurriremos a ellos. Sin importarnos nada.

No podía creerlo. No era capaz ni de mirarlos a la cara.

No se veía con fuerzas de volverse hacia la pantalla; temía que alguno de los dos señalase de nuevo su imagen y que comenzara a reproducirse. El peso en los ojos aumentaba mientras el aire parecía no llegarle a los pulmones.

—¿Por qué no me avisaste? —La había dejado meter el pie en un cepo.

—Solo fue esa vez. —Intentó tocarla y ella se apartó.

—¡Con una era suficiente! —Dio unos pasos hacia atrás. Echaría a correr, le temblaban las piernas por completo.

Leo miraba a uno y a otro divertido. También le entraron ganas de gritarle. Les dio la espalda y se encaminó hacia la puerta.

—Sois una panda de miserables —dijo con la mano en el picaporte.

—Chisss. —Vicenzo le respondió como cuando mandaban callar los ladridos de Ulises.

Ella se dio la vuelta con tanta rapidez que hasta se le cayó una de las horquillas. Vicenzo entornó la mirada.

—Ni se te ocurra montar el numerito delante de mis amigos y socios —le advirtió—. Ya ves que no te conviene. Así que quédate el resto de la noche junto a ese muestrario de mujeres hermosas y pórtate como se espera de ti. Es tu sitio.

—¡Papá!

Sofía se atrevió a mirar la pantalla. Leo le dio a un botón y volvió a aparecer el símbolo de los Valenti.

—No vuelvas a acercarte a mi hijo esta noche delante de los demás. Él tiene otros deberes hoy. —Sonrió—. Y no causes más conflictos en mi familia como has hecho antes, porque entonces seré contundente.

Ya lo que me faltaba.

Sofía frunció el ceño.

—¿Tienes algo que decir? —Vicenzo parecía sorprendido, una actitud divertida por lo que podía ver.

—Si lo que se espera de mí es soportar todas las barbaridades que quiera decirme el imbécil de su hijo mayor —se volvió hacia la puerta—, puede ir editando el vídeo y hacer lo que quiera con él.

—¿Algo más? —la voz del kraken rezumaba chulería.

Váyase al infierno.

Como decía Marco, todas las armas de las que disponía no servían allí. Se le encogió el pecho.

—Se te permitirán unos minutos para llorar antes de regresar —dijo Vicenzo—. Luego te buscará uno de mis empleados y te acompañará al sofá.

Ella abrió la puerta con tanta fuerza que rebotó en la pared. Se marchó apresurada por el lado contrario por el que llegó.

—¡Sofía!

—Vete al infierno. —Pero él ya lo estaba, solo la había arrastrado consigo.

Siguió avanzando por el pasillo, no sabía por dónde iba. No conocía el barco y se perdería entre tantas puertas. Llegó hasta un sitio sin salida.

Estuvo a punto de empujar a Marco para apartarlo de su paso y volver por donde había venido.

—¿Por qué crees que te dije que no vinieras? No quiero esto para ti.

—¿No quieres? —No la dejaba salir de allí y ella se ahogaba—. Tú me metiste en esta mierda.

Joder.

Se llevó la mano a la cara.

—¿Por qué no me lo dijiste? —Aquello superaba todo a lo que creía que tendría que enfrentarse. Los tentáculos del kraken eran más largos de lo que esperaba.

—No te conocía. —Marco se acercó un paso más hacia ella—. Y es una cámara de seguridad cualquiera, hay una pegatina en la cubierta donde lo dice, ¿no la viste?

—¡No lo habría hecho! —Sacudió los brazos en un acto reflejo de histeria. Su cuerpo entero se estremecía. El llanto afloraba.

—Lo siento. —Sofía levantó la mano para que él ni intentara tocarla, pero Marco le acarició la cara de todos modos—. Al principio no pensaba que eso fuese… malo. Nunca ha pasado nada, solo se ve entrar y salir personas.

Y yo lo hice desnuda.

Su llanto aumentaba.

—Me han enseñado a ser libre durante toda mi vida. —Se sorbió la nariz, apartó la mano de Marco de su mejilla—. Y ahora...

—Llegaré a un acuerdo con mi padre para eliminarlo. Te lo prometo, confía en mí.

—¿Que confíe en ti? Fui a buscarte desnuda, ya confié en ti y mira cómo he acabado. —Bajó la cabeza—. ¿Hay más vídeos?

Porque si enfocaba la cubierta, mala cosa. No recordaba una esquina del barco sin explorar en todos los sentidos.

—Ni uno. —Marco también apoyó la espalda en la pared.

Sofía levantó la barbilla y cerró los ojos.

—Me asfixio —dijo y Marco le frotó la nuca.

—Pensaba que no le prestarían atención, que no te prestarían atención. —La miró—. Te he dicho que nunca pasa nada. Es por robos o cosas peores a las que estamos expuestos. Hace unos tres años raptaron a Leo.

—Y ¿por qué lo devolvieron? —Entreabrió los ojos. Marco reía.

—Costó varios millones rescatarlo. —Se acercó algo más a ella.

—No los vale.

—Estoy de acuerdo. —La risa de Marco aumentó—. Unas semanas después del rescate, la policía los encontró y recuperamos también el dinero. Lo siento, no fue con ninguna intención.

Observó a Marco. Se había perdido tanto en su propio estado que no fue consciente de que él también se asfixiaba.

—Lo siento —repitió él deslizando la mano hasta su cara—. Conseguiré que ese vídeo desaparezca.

—A costa de qué. —Volvía a percibir su olor y se dio cuenta de que pronto solo sería un recuerdo.

Podría esperar cualquier cosa, quizá la más cercana era la de seducir a aquella joven para que su padre invirtiese en lo que a ellos les pareciese bien. El kraken era realmente terrible.

—Pero no siempre gana —dijo ella.

A Marco pareció hacerle gracia.

—¿Que no? Ya ha conseguido separarme de ti —respondió rozando la nariz con la suya.

Contaba con ello.

—Ahora mismo no estás lejos de mí. —Se apartó de la pared y se pegó a Marco.

Lo vio sonreír ligeramente, pero la sonrisa desapareció en una fracción de segundo.

—Pero tal vez sea la última vez. —Marco le puso la mano en la cadera y le rozó la entrepierna.

Le parecía imposible que, sabiendo que no volvería a verlo, lo que más le apenaba era la soledad más absoluta y profunda en la que dejaba a Marco. Al fin y al cabo, ella regresaría con las Román, pero él seguiría con aquella gente que lo movían a base de latigazos.

Pasó las manos por sus hombros y le rodeó el cuello, acercó sus labios para besarlo. El kraken había estado cerca, pero aún no le había ganado. A ella, no.

Ni lo hará.

Rozó la lengua de Marco con la suya y lo sintió clavarle los dedos en la cadera y subirle el vestido.

Marco le cogió las manos y se las sujetó contra la pared para empujarla con el pecho.

—¿Eres ya consciente de lo que te dije? —Buscó el hueco bajo su oreja con la nariz—. Lo has visto esta noche en los ojos de mi hermano, de los invitados de mi padre, en todos.

Volvió a rozarle con su miembro, que ya se clavaba en ella.

—En mi mundo querrán absorberte por completo. —Le apartó la ropa interior—. Te arrasarían hasta conseguirlo.

Sofía abrió los ojos para mirarlo. Negó con la cabeza.

—No sabes lo que provocas en los hombres cuando te miran. —La agarró por las nalgas y la levantó del suelo.

Esta vez fue más rápido que al principio de la noche. Era como si el hueco hubiese guardado la forma y la humedad para él, esperando que acabase lo que habían empezado.

—Todo lo que querrían hacerte.

Sofía dejó caer su espalda en la pared y se encogió con la embestida. Sintió los labios de Marco en su cuello. Se le escapó un gemido al notar un mordisco.

—Que te estremezcas, que grites. —Volvió a gemir. Marco se separó de ella para mirarla—. Conviertes el deseo en una necesidad.

Le estaba encantando, apretó las rodillas y se agarró a sus hombros. Marco pareció entenderla y aceleró el movimiento. Emitió un suave jadeo y su sexo reaccionó aflojándose por completo. Sofía dejó de reprimir los sonidos que luchaban por salir de su garganta, le importaba poco que Valenti, los empleados o cualquiera de los invitados siguiesen dentro del barco. Que se fuesen todos al infierno. Era su último orgasmo con Marco y pensaba disfrutarlo al máximo. Apretó aún más las rodillas para envolverlo y sintió calambres hasta en los dedos de los pies.

Jadeaba, aflojó los dedos, aferrados a sus hombros, y lo contempló antes de dejar caer los párpados. Marco se retiró con rapidez de ella, como si le estuviese dando una descarga eléctrica. Sofía agachó la mirada hacia el hueco del pantalón.

Mierda.

58

Sofía

Cada vez tenía menos horquillas y notaba el peso del recogido. Se quitó una y lo sujetó como pudo. No aguantaría toda la noche, se le caían continuamente. A saber cuántas habría perdido en el pasillo.

Salió a la cubierta desorientada. Aún sentía una sensación extraña en su sexo y a la asfixia y la ansiedad se le habían unido que respiraba entre jadeos y notaba el cuerpo acelerado, aunque era una sensación placentera, tenía que reconocerlo. Y habría sido absolutamente perfecta si no hubiese habido un final en parte trágico.

Vio a Valentina y a la chica del pelo largo que la acompañaba. Si no hubiese descubierto la mierda que había en aquel mundo, le habría gustado estar en su piel.

Le sobrevino una punzada en el estómago. Esos sentimientos no le venían bien en aquel momento.

—¿Señorita Román? —Estaba convencida de que el empleado la había estado buscando, pero con lo que estaba haciendo ella en el pasillo con Marco, no creyó que ningún empleado de Vicenzo Valenti pudiese acercarse.

—Dígale a su jefe que puede irse al infierno —lo dijo en un medio susurro.

Cuando le ardía la garganta, era difícil controlar lo que soltaba por la boca.

Llegados a este punto, que sea lo que Dios quiera.

Otra horquilla cayó al suelo cerca de su zapato, pero con aquel vestido no podía agacharse. Se llevó la mano al pelo antes que algún mechón se saliese. Lo enrolló y lo sujetó con otra horquilla, lo que hacía que cada vez el recogido estuviese más bajo.

De nuevo, la señora rubia le miraba las piernas; esta vez iba acompañada por otras dos mujeres más e hicieron algún comentario. Parece que su rodilla era objeto de curiosidad.

La brisa arreció y sacudió hasta la tela de la marquesina. Se le erizó el vello, hacía demasiado fresco aquella noche.

Se dirigió hacia el lateral, buscando aquella corriente. El aire solo hacía que el pelo se le aflojase más y más. Algunos mechones de las patillas ya le revoloteaban y el flequillo no tardaría en soltarse del todo.

—No eres la primera mujer que intenta no ser una más. —Era una voz femenina. Giró levemente la cabeza. La madre de Marco—. Resaltar de alguna manera.

Hoy me quiere tocar las narices hasta el gato.

Volvió la vista hacia el agua. Tenía que reconocer que el hecho de que los Valenti se tomasen tantas molestias no era del todo mala señal. Si se hubiese quedado en aquel sofá bebiendo y riendo con aquellas chicas, no habría pasado nada. Pero nunca pudo estarse quieta demasiado tiempo. Y aunque ya no aguantaba más los tacones, era incapaz de sentarse.

Entornó los ojos.

Qué es lo que quieren.

Marco ya les había dicho que ella quedaría atrás, lo sabía desde el principio, pero ellos seguían en su empeño.

¿Por qué?

Se volvió hacia ella. Primero Leo y ahora la señora Valenti. Hasta le habían enseñado el vídeo, ya con eso debería haber bastado.

Y no es suficiente para ellos, ¿por qué?

Examinó la cara de aquella mujer, tan estirada que podría romperse. Tenía la nariz demasiado fina y la punta achatada.

Aquella mujer estaba a un hilo de convertirse en un muñeco de cera. Olía bien, el gusto por los perfumes parecía ser general en la familia.

Ya no era con Marco, de él tenían lo que querían. Era con ella.

Un vestido y un barco sin escapatoria, demostrar su superioridad en todos los aspectos y asustarla con la imagen de su cuerpo desnudo.

Y no he cedido ni una sola vez.

El vello se le erizó de nuevo. No era cuestión de que estuviese cerca o no de Marco. No eran capaces de controlarla en medio de una fiesta con sus invitados.

Llevaba toda la noche escalando y no se había dado cuenta de que estaba más cerca de la cima de lo que suponía.

A tan solo un par de metros de ellas estaban aquella chica hermosa y Valentina.

—¿Por qué está de acuerdo con que su hijo viaje con esa chica aunque no quiera y no le permite acercarse a otras mujeres con las que si quiere estar? —le preguntó.

Hasta en aquella frente brillante y estirada se dibujaron unas líneas en un intento de alzar las cejas. Mónica abrió la boca.

—Lo respondo yo —se apresuró a decir y Mónica cerró la boca—. Porque lo dice su marido.

Entornó los ojos hacia ella.

—¿Para qué intentarlo si él siempre gana? —añadió.

Mónica apretó los labios y se le ensancharon los orificios de la nariz; quizá era lo único que podía mover.

—Vives en nuestros terrenos, ¿así es como lo agradeces? —Aquello le dolió más de lo que esperaba porque la había atacado con todo lo que tenía.

Y tienes poco.

—Fuimos una cláusula que os obligaron a firmar para poder comprar el hotel, como los contratos de mi madre y de mi abuela —respondió. La conversación que había mantenido su madre con el abogado de don Braulio les había resuelto aquella cuestión que nunca les había quedado clara por parte de los nuevos compradores y que cuando preguntaban, nadie les quería responder—. Si dependiéramos de la benevolencia de los Valenti, estaríamos en la calle.

Y ya hasta el vídeo desnuda me la empieza a soplar.

Notaba que la energía le subía por los tobillos; claro que había ascendido más de lo que pensaba. Siempre le pasaba lo mismo, no era consciente de la altura hasta que miraba hacia abajo. Y ya comenzaba a ver el mar lejos.

Una nueva horquilla se le cayó al suelo. Hasta su pelo parecía buscar liberarse de todo aquello.

Mi piel de foca.

Notó la tirantez en la garganta y la humedad en los ojos. La estaba encontrando, estaba a punto de recuperarla. Marco supo ver bien en ella todo lo que era.

Cogió aire y lo soltó de golpe.

—No voy a regresar al sofá —dijo y la mujer se sobresaltó—. Dígale a su marido que no acepto esas condiciones. Que no estaré cerca de Marco ni de ningún Valenti.

La mujer volvió a aletear los orificios de la nariz.

—Pensaba que tú sí querías a mi hijo.

Precisamente por eso lo hago.

Mónica le dio la espalda.

—Eres como el resto —murmuró.

—Usted sabe que no lo soy —respondió Sofía.

Por eso su marido se enfada por momentos.

Apretó la barandilla con la mano mientras la invadía cierta tristeza. El desenlace se acercaba.

Y eso que ya conocía el final del cuento de antemano.

Que se soltase otra horquilla no hizo más que confirmarlo. Dio unos pasos hacia el centro de la cubierta, rebasó el sofá y la zona de la marquesina. Estaba deseando quitarse aquellos zapatos del demonio. El tintineo de otra horquilla la hizo darse la vuelta.

Vicenzo caminaba hacia ella. Tras él, Mónica sujetaba a su hijo Leo. Quizá era demasiado vergonzoso que el hijo acompañase al padre cuando ella era solo una jovencita.

Se detuvo demasiado cerca, hasta uno de los invitados se fijó en el comportamiento de Vicenzo. Ella no había gritado en ningún momento, no había llamado la atención mucho más de lo que destacaba aquel vestido. Uno que precisamente le habían encasquetado ellos. Pero todo formaba parte de un trato que ella no estaba aceptando.

Marco la rodeó y se colocó delante, a su lado. Un bonito gesto por su parte, pero no lo necesitaba.

Vicenzo la miró a los ojos.

—Lo único que conseguirás es que ese vídeo llegue mañana a todos los empleados del hotel. ¿Qué pensará tu familia?

Desde que Sofía lo vio, sabía que en cuanto Vicenzo no tuviera nada más contra ella, recurriría a él. Y qué rápido lo hizo.

—Papá, ya está. Eres tú el que está llamando la atención —dijo Marco en un intento de detener aquello. Pero Vicenzo no lo escuchaba, no apartaba la vista de ella.

—Dime, ¿qué pensarán? —La observaba esperando su respuesta, como si su hijo no estuviese con ellos.

Esto ya es únicamente entre tú y yo.

—Que Vicenzo Valenti está desesperado jugando las últimas cartas contra una joven insignificante. —Lo vio apretar la mandíbula al escucharla—. Y que es un miserable.

Marco le agarró la mano.

—Marco, suéltala —oyó decir a Vicenzo y sintió que Marco aumentaba la presión en la mano.

Sofía echó un vistazo a su alrededor, los susurros comenzaban a extenderse a medida que atraían más miradas.

—Para de una vez —seguía insistiendo Marco—. Tus socios te están viendo. ¿Es lo que quieres? Ya te he dicho que todo será como siempre.

Sofía se detuvo en aquellas chicas del sofá con las que la querían juntar con una insistencia obsesiva. Poco a poco iban siendo conscientes de ellos tres, de lo extraño de su conversación. Y de que Marco le había cogido la mano y no se la soltaba.

No acepto sus condiciones.

Bajó la mirada hasta la punta de sus zapatos. Allí, en el suelo, estaba una de sus horquillas.

Una niña de veintiún años no acepta sus condiciones. No es capaz de alcanzarme ni enjaulada en un barco, ni con amenazas, ni sobornándome con su propio hijo. No puede. Yo solo era una herramienta contra Marco, pero no contaba con cómo soy.

—Ya tienes lo que quieres, pero aun así sigues —la voz de Marco la devolvió a la realidad—. ¿Por qué?

Sofía miró a Vicenzo.

—Porque aún no ha ganado. —Llegaba la hora, la razón por la que había aceptado ir al barco a pesar de las consecuencias, que ya sabía de antemano. Vicenzo la fulminaba con la mirada—. Le dio el visto bueno a este vestido pensando que me gustaría porque no me conoce. —Estiró el borde a la altura de sus muslos—. Ni siquiera es del todo mi talla —susurró bajando la vista un instante—. Como también estaba convencido de que yo vendría aquí a enfrentarme a él para que no me separara de su hijo. —Volvió a levantar los ojos hacia Vicenzo mientras se llevaba una mano a la nuca—. Y lleva toda la noche empeñado en tratarme como a una ramera hasta que acepte que mi sitio cerca de Marco es el que usted decida darme. ¿De verdad pensó que lo acataría y que podría utilizarme como a una marioneta para castigar a su hijo conmigo cuando le parezca? —Las pocas horquillas que le quedaban comenzaron a caer—. Además, eligió que todo esto sucediese en un barco, creyendo que así me acorralaría porque no podría escapar. —Sonrió y hasta le sobrevino una carcajada—. Está claro que no me conoce. Y ha perdido el tiempo porque no ha acertado ni una sola vez.

Lo vio alzar las cejas, hasta Marco había dado un paso hacia ella.

—Usted presupone demasiado. —El pelo se liberaba al fin.

Sacudió la cabeza y volvió a sentirlo cubrirle la espalda—. Y no contaba con que yo era diferente.

Inclinó el pie para quitarse el primer zapato.

—Solo vine aquí para demostrarle a Marco que usted ni es tan listo ni tan fuerte, y que no siempre se sale con la suya. —Se despojó del otro zapato con una sacudida.

—¿Qué demonios vas a hacer, niña? —dijo Vicenzo empleando tanta fuerza en el susurro que la garganta debió de dolerle.

Las pulsaciones se le aceleraron tanto que le explotaría el pecho. Le ardían los ojos, se le aguaban poco a poco. Acababa de alcanzar la última roca, la que tanto le gustaba, la más alta de todas, y allí estaba esperándole su piel de foca. Los cortes ahora no importaban, ya le dolerían después.

Sabía que sería la última vez que te vería, Marco. Esa era la consecuencia.

—El kraken no siempre gana.

Sintió caer una de las últimas horquillas enganchadas en algún mechón de su pelo. Ya la mayoría de los invitados en la cubierta eran conscientes de que algo estaba pasando.

Con un vistazo a su alrededor comprobó que no importaba dónde, quiénes fueran ni los años que pasasen, pues la seguían mirando de la misma manera.

Sus ojos regresaron a Marco.

—No lo hagas —apenas se escuchó su susurro. Él sabía bien lo que significaba.

He recuperado mi piel. Y no recordaba lo mucho que me gustaba.

Tenía que ser rápida. Apenas tenía una fracción de segundo subirse a la barandilla sin perder el equilibrio. Saltó y estiró el cuerpo para caer completamente vertical y de cabeza al mar.

—¡Sofía! —el grito de Marco fue el primero de otros varios que se sucedieron.

La altura y el peso hizo que tomase la profundidad suficiente para quitarse el vestido bajo el agua.

Sacó la cabeza a la superficie. La barandilla ya estaba llena de curiosos, Marco tenía un pie sobre el primer barrote, pero sus ojos se dirigieron enseguida a Vicenzo Valenti. Lanzó el vestido con fuerza y este voló salpicando gotas en los tobillos de Valenti, chocó contra sus pantalones y cayó a sus pies.

Ya sabes por dónde metértelo.

Se dio la vuelta y se sumergió. No estaba demasiado lejos de la aleta de tiburón. Un esfuerzo de nada y estaría en casa, con las Román.

No se detuvo ni para tomar aliento hasta que llegó hasta la roca. Se apoyó en ella y se volvió para mirar el barco.

Cogió aire y lo contuvo, los ojos se le llenaron de lágrimas. Las verdaderas consecuencias llegaban ahora, pero sabía que era lo que debía hacer. Marco necesitaba saber que había más opciones contra aquellos tentáculos.

Apretó los dientes, el llanto aumentaba y el barco se emborronó por completo entre destellos de luces.

Había merecido la pena. Claro que sí.

59

Marco

Agarró la barandilla y apoyó un pie en el primer barrote. Estaba a punto de subir el segundo, pero notó una presión en el brazo. Giró la cabeza, era Valentina.

Negó con la cabeza.

—¿La quieres? —dijo en un susurro inapreciable—. Entonces no te muevas y haz las cosas bien.

Supuso que su amiga intuía la furia de su padre.

Volvió a dirigir la mirada hacia el círculo que se había formado en el agua, Sofía reaparecía en la superficie. Lanzó algo y regresaron los murmullos de aquella gente, que cada vez se agolpaban más.

La tela mojada cayó con un ruido sordo a los pies de su padre. Se fijó en aquel gurruño dorado que empapaba de agua el traje de Vicenzo Valenti.

Sofía se dio la vuelta y volvió a sumergirse como lo haría un delfín, una foca o una sirena, enseñando todo el cuerpo antes de desaparecer en la oscuridad. Se hizo el silencio, solo se escuchaba la música y hasta los murmullos habían desaparecido.

Ella volvió a salir y a sumergirse en un milisegundo. Había recuperado su piel y volvía a ser tan salvaje como cuando la conoció, y le había dado el último azote al pilar más grande que siempre hubo en su vida.

Quizá el resto de los invitados no eran conscientes de ello y siguieran pensando que el anfitrión era el hombre más admirable que habían tenido el honor de conocer y que ella tal vez fuese una pirada. Pero a los ojos de su madre, su hermano, del abogado de la familia, los suyos y, por supuesto, para los de Sofía, Vicenzo Valenti había acabado la noche degradado a la altura de un imbécil que creía que una joven de veintiún años era una presa fácil que controlar y con la que castigar a su hijo. No creyó que viviría para contarlo.

—¿Seguro que no tiene un hermano perdido por ahí? —Valentina estaba apoyada en la barandilla, echó la cabeza hacia atrás y cerró los ojos.

Marco negó sin dejar de mirar al mar. Podía apreciar el brillo de la aleta de tiburón, como solía llamarla Sofía. Su silueta en penumbras se perdió en ella.

Se alejó, dejando allí a Valentina. El vestido de Sofía seguía en el suelo en medio de un charco de agua. Tampoco nadie había recogido los zapatos. Tenía que reconocer que había sido una forma grandiosa de devolver los regalos.

Rodeó el vestido y se dirigió hacia el interior del barco. Se cruzó con la mirada de su madre y de Leo; no le dijeron ni una sola palabra. Encontró a su padre a unos metros de la puerta. Uno de los empleados le había traído un paño y se secaba los zapatos.

—Menuda salvaje —lo oyó protestar y tuvo que contener la sonrisa.

Esperó a que se pusiera en pie. Bajó la vista para mirarlo, nunca lo había visto tan pequeño como ahora.

—Hay varias cosas que quiero decirte, exactamente tres —dijo Marco y lo vio apretar la mandíbula—. La primera, fue una mala idea intentar utilizarla precisamente a ella para castigarme. Me ha encantado verte perder y quedar como un idiota. La segunda es algo que creo que es necesario que sepas. —Entornó los ojos a la espera de su reacción—. He tenido relaciones con Sofía esta noche en tu barco y me he saltado tu norma, esa que ni tú mismo has respetado alguna vez, y la razón por la que tengo un medio hermano sin apellido por el que te sacan cheques sin parar. —A Vicenzo Valenti se le empezó a cambiar hasta el tono de piel—. Y la última, manda a Leo a enamorar a Siena de tus hoteles en la Polinesia. —Se inclinó hacia su padre para colocarle bien el cuello de la chaqueta.

Lo rodeó y abrió la puerta del pasillo de los camarotes.

—Se acabó. —Ni siquiera esperó a que le respondiese, entró y soltó el manillar para que se cerrase tras él.

60

Ángeles

El barco de los Valenti parecía clavado en el agua. Las luces se reflejaban en el mar y dejaban una estela a su alrededor que aumentaba la percepción grandiosa del lujo extremo.

Diana se dio la vuelta sobre los cojines en la sábana paisley del tamaño de una cama que habían extendido sobre la arena. Seguía pendiente de la pantalla del móvil.

Ángeles estaba en pie. Desde que Sofía se marchó, y aún peor a medida que pasaba el tiempo, no había podido estar quieta en un mismo lugar más que unos minutos. No se iría a dormir hasta que ella no llegara, fuera esa misma noche o al día siguiente.

Miró la pared de roca que delimitaba la cala, recordando cómo un día cualquiera Sofía apareció en un lugar imposible. Suspiró.

Se dio la vuelta para ir de nuevo al porche, pero vio a Ulises despertarse del sueño ligero y levantar la cabeza. Se volvió enseguida hacia el mar y oyó el sonido que hacía un pez cuando saltaba en el agua. Entornó los ojos intentando dar forma a la oscuridad. Hasta Diana parecía haberlo escuchado y dejó el móvil junto a ella para incorporarse.

La abuela Almu era la que estaba más cercana al agua y no la dejaba ver qué es lo que había hecho el ruido. Alicia también se acercó un paso.

—Alicia —oyó decir a su madre—, trae una toalla. Rápido.

Y Ángeles echó a correr hacia la orilla.

«¿Has visto lo que hecho, mamá?». La voz de una Sofía de niña resonaba en su cabeza con aquello que decía tantas veces, demasiadas, todas las que lograba alcanzar la última roca. Aunque la mitad de las ocasiones las dijese con la cara llena de lágrimas.

Vio a su hija salir del agua; solo le llegaba a la altura de los muslos. Estaba desnuda, el vestido dorado había desaparecido y el maquillaje que Diana le había hecho con tanta habilidad, ahora no era más que unos manchurrones negros que bordeaban sus ojos.

Apretó los dientes.

«¿Me has visto? Lo he hecho, lo conseguí». La niña volvía a repetirlo en sus recuerdos, tan reales que si miraba a la pared de roca aún vería las cuerdas de los que habían ido a rescatarla.

Los ojos se le llenaron de lágrimas y la imagen de Sofía dejó de ser nítida de la misma manera que la niña de sus recuerdos.

Alicia llegó con la toalla y envolvió a su hermana.

—Yo no habría sido capaz —oyó decir a su hija mayor mientras abrazaba a Sofía.

La abuela Almu también la rodeó con los brazos mientras que Sofía jadeaba del cansancio.

—Pensaban que te comerían. —La abuela sonreía tanto que sus ojos se convirtieron en dos rendijas—. Se me olvidaba que tú no te pareces a mí. —Le sacó el pelo de la toalla riendo y se apartó llevándose la mano a la cara.

Diana ya había llegado hasta su hermana también; ni siquiera llevaba el móvil en la mano, lo había dejado sobre la tela del suelo. Abrazó a Sofía y se balanceó con ella.

Su madre se volvió para mirarla un instante. Llevaba toda la noche diciéndole que si esperaba a Sofía, el camino de arena no era lo que debía vigilar. La vio enjugarse las lágrimas de los ojos. Se apartó de nuevo de ellas.

Su hija se dejó caer en la sábana con los dientes apretados en un llanto muy similar a los que Ángeles ya conocía bien. Tenía frío, podía verle toda la piel de gallina.

Dio unos pasos hacia ella y se acuclilló a su lado. Sofía tenía la cara pálida y los labios le temblaban de frío, todo su cuerpo vibraba sin control. Diana le echó una toalla más sobre los hombros y le pasó el brazo por encima para que entrase en calor.

Sofía la miró con los ojos llenos de lágrimas sin poder detener aquel tembleque. Ángeles acunó la cara de su hija.

Lo había hecho, lo consiguió.

Abrió los brazos y Sofía se dejó caer sobre su pecho, empapándole el vestido y la rebeca. Abrazó a su hija, apretándola mientras el agua resbalaba también por sus piernas. El llanto de Sofía aumentó.

Debían preparar más que hilo y aguja, pues esas heridas no serían tan fáciles de curar.

61

Marco

—¡Marco! —La voz de su padre se oía tras él mientras se acercaba a la barandilla de la cubierta.

—Solo quiero que todo siga siendo como siempre —comenzó—, empezar desde el principio.

—Como siempre, te refieres a esa parte en la que tú ordenas y yo obedezco, ¿no? —respondió su hijo —. No me interesa.

Se alejaban hacia una parte de la cubierta menos concurrida.

—Siempre he pensado qué sería lo mejor para ti. —Marco se volvió hacia él y Vicenzo dio un pequeño paso hacia atrás. Su hijo ya no era el niño que bajaba la cabeza y comenzaba a ser consciente de que su brazo duplicaba el suyo.

—Más bien piensas en lo que es mejor para ti. —Marco había tensado la mandíbula—. ¿Sabes cuál es la única razón por la que aún no me he lanzado al agua? —Los ojos pequeños de su padre se clavaron en él—. Porque quiero asegurarme de que mañana la casa donde viven las Román seguirá en pie.

Leo y el abogado de la familia se acercaban a ellos. La señora Valenti venía detrás con la cabeza baja y Marco se fijó en que se estaba limpiando las lágrimas. Que su madre mostrase un atisbo de realidad en público era algo extraordinario que no había visto en veintisiete años.

—Todo lo que tienes, ya lo he oído. —Las luces se apagaban por partes, la fiesta había terminado para todos—. Una completa locura. ¿Qué crees que vas a hacer lejos de nosotros?

Marco se inclinó para acercarse a su cara.

—Ni lo imaginas. —Se separó de su padre y avanzó junto a la barandilla. La oscuridad del agua se volvía más patente a medida que se apagaban las luces.

—¡Marco! —oyó la voz de su madre y este se volvió. Mónica no tardo en recibir la mirada del kraken y bajó la cabeza mientras se limpiaba de nuevo las lágrimas.

—Volverá —oyó susurrar a su padre.

Leo se adelantó a sus padres y se acercó más a Marco.

—Le entregas a las Román la mitad de la cala y la casa. Y no te quedas nada para ti. ¿Tan seguro estás de que te aceptarán ahora que no tienes absolutamente nada? —le dijo su hermano.

Leo pensó que así regresaría el miedo, la inseguridad y que volverían a envolverlo los tentáculos del kraken.

—A ellas no les interesaba nada de lo que tenía. —Sonrió, no conocían a esas mujeres—. Los Valenti no poseen ningún imperio; las Román, sí.

Les dio la espalda.

—Te arrepentirás y, cuando vuelvas, las cosas serán de otra manera, Marco. —Su padre levantó la voz, tanto que estaba convencido de que lo habrían oído los empleados del barco, que ya recogían la cubierta.

Ni siquiera se dignó a mirarlos. Negó con la cabeza sin dejar de avanzar. Valentina estaba apoyada en la pared lateral de la cabina y lo siguió con la mirada. Sonrió.

—¿Qué se siente? —le preguntó mientras Marco se agarraba a la barandilla.

El mar había tomado un tono tan oscuro que apenas apreciaba su movimiento. Marco sonrió sin dejar de contemplarlo.

—Tranquilidad. —Se inclinó sobre el metal y sintió la brisa fría en la cara. El silencio y la oscuridad del mar de noche eran tremendamente embaucadores. Miró a su amiga de reojo—. Por saber que a partir de ahora, solo haré lo que quiero.

La sonrisa de Valentina se ensanchó.

—El mar y sus criaturas —dijo la joven—. Todo lo que querías. Vendré a verte. —Valentina encogió la nariz.

—Lo sé. —No tenía dudas de que se escaparía tantas veces como pudiera.

Valentina bajó la cabeza.

—¿Tendré el valor algún día? —la oyó decir y Marco alargó la mano hacia su hombro. No hacía mucho tiempo, él también pensaba que nunca lo haría.

—Si te diesen unas alas, si fueses libre ahora mismo —le dijo a Valentina sorbiendo—, ¿qué serías?

La joven clavó la vista en el mar y se echó a reír.

—Si tuviese alas ahora mismo... —Valentina cerró los párpados—. Creo que son tantas las posibilidades que estaría... ¿indecisa? —rio—. No puedo imaginarlo.

Abrió los ojos y los dirigió a Marco.

—¿Y tú?

Este sonrió y fijó la mirada a lo lejos, a la luz amarilla en la parte derecha de la cala, donde estaba la casa de las Román.

—No tengo dudas. —Cerró la mano en la baranda. Notaba cómo las pulsaciones se le aceleraban, deseando comenzar—. El hermano salvaje.

Su amiga sonrió. La joven se separó de él y alargó una mano hacia el agua.

—Pues adelante —le dijo y Marco subió el primer pie al hierro.

Valentina apoyó los antebrazos en la barandilla. Marco no apartaba los ojos del agua.

—Sin miedo. —Apretó los labios para contener la sonrisa—. Ahora quizá sí consiga ser biólogo marino. —Miró de reojo a Valentina.

—Te desearía suerte, pero no vas a necesitarla. —Ella ladeó la cabeza hacia el agua.

Con el segundo barrote, ya tenía medio cuerpo fuera; el viento fresco no le disipaba el ansia de lanzarse a aquella masa oscura que siempre le provocó las peores pesadillas.

—El kraken no siempre gana —dijo y soltó la primera mano.

Tan solo necesitó mantener el equilibrio un segundo y se dejó caer. Al principio no notó el frío, y el peso de su cuerpo desapareció de inmediato.

62

Sofía

La frialdad había desaparecido por completo de su cuerpo. Sin embargo, recuperar la temperatura había significado desentumecer todo lo que llevaba dentro.

Estaba encogida en el suelo y envuelta en una toalla, aunque ya se había vestido. Ni siquiera había consentido moverse de allí. Seguía con la mirada perdida en aquella embarcación cuyas luces se habían ido apagando hasta quedar solo las amarillentas que apenas indicaban que seguía allí, como un barco fantasma.

El resto de las Román estaban a su alrededor. Diana se tomaba el vaso de leche caliente que su madre le había traído a ella para que entrase en calor, pero no había sido capaz ni de probarlo.

Se escuchó un sonido proveniente del agua, como el chapoteo de un pez enorme.

—¡Coño! —La abuela se puso hasta en pie y cogió el farol del suelo—. ¿Qué ha sido eso?

Alicia y su madre también se levantaron. Sofía fijó los ojos en la oscuridad. El farol de la abuela apenas alumbraba una porción de la orilla.

—¿Voy a por la linterna? —Su madre ya se dirigía hacia el porche.

Pero Sofía enseguida volvió la mirada hacia Ulises, que se había acercado a la orilla.

Sobrenatural. Impensable para un humano.

Se incorporó mientras regresaba aquella tirantez en la garganta.

No me lo puedo creer.

Exhaló con fuerza por la boca y se le formó un nudo. Los ojos se le inundaron de inmediato. Se llevó la mano a la sien y dejó caer la toalla. Avanzó hasta que sus pies tocaron el agua. La escasa luz de la luna no la dejaba verlo bien, tan solo era una silueta oscura emergiendo del mar.

El kraken no siempre gana.

Se le encogió el estómago y su llanto aumentó.

—Niña, trae otra toalla —oyó decir a la abuela —. Otro náufrago, vaya noche.

La risa de Diana rebotó en la pared del acantilado y el eco resonó como el chillido de una hiena.

Sofía avanzó un paso más hacia el agua; esta vez, le llegó hasta la rodilla. La silueta comenzó a tomar forma y verlo entre las suaves olas oscuras hizo que el nudo en la garganta y el pecho aumentase.

Lo venció.

Se adentró más hasta cubrir el pecho. Marco estaba solo a unos metros ya. Sofía echó a correr y saltó sobre él, se agarró a sus hombros y lo rodeó con las piernas.

Él jadeaba, podía hacerse una idea de su estado después de tremenda carrera. Se le había erizado el vello de los hombros al sacarlos del agua.

—Estaba más lejos de lo que parecía —le dijo con la respiración entrecortada y ella se echó a reír.

—Sí, suele ser así siempre. —Pegó el pecho al de él para besarlo y no le soltó los labios hasta que recordó que estaba exhausto. Se separó de él para darle margen a respirar de nuevo—. ¿Ves? Te dije que aquí no había pulpos gigantes.

Marco rio y giró la cabeza hacia el barco.

—No, no los hay. —Volvió a mirarla a ella—. ¿Hay un hueco para mi barco en tu porción de mar?

Sofía sonrió al escucharlo. Volvió a besarlo.

—Solo si hay un hueco en tu barco para mí. —Lo abrazó.

Marco frunció el ceño ligeramente sin apartar la vista de ella.

—Siempre —respondió y el efecto en su estómago y costillas fue inmediato.

Volvió a apretar el cuello de Marco y él dio unos pasos hacia la orilla.

—¿Vas a quedarte?

—Voy a quedarme. —Marco seguía avanzando.

—¿Libre?

—Completamente. —Aflojó las piernas en su espalda para que la soltase. Aunque el estado de Marco era infinitamente mejor que el suyo cuando llegó nadando a la cala.

Apoyó los pies sobre el lecho marino sin soltarse del todo.

—Además, traigo una noticia para las Román —añadió y Sofía entreabrió los labios para responder. Volvió a cerrarlos y los aguijonazos en la garganta regresaron.

Deslizó las manos hasta los hombros de Marco mientras se le encogía un poco el estómago.

Se llevó a la mano a la cara.

—La casa —logró decir y lo vio sonreír.

—Es vuestra, concretamente de tu abuela —respondió él y su imagen se le emborronó de inmediato. Sofía tuvo que restregarse los ojos para verlo bien otra vez.

—¿Por qué...? —No entendía por qué había hecho eso. Era consciente de que el precio que Valentí le habría puesto a su hijo sería lo máximo para asegurarse de que Marco cambiase de opinión. Se sorbió la nariz y negó con suavidad—. ¿A cambio de qué?

Él volvió a sonreír.

—De unas alas —respondió y le levantó el brazo—. Pero las quiero enormes, mucho más grandes que las tuyas. —Sofía se echó a reír al escucharlo. Se encogió, no aguantaba que le tocaran mucho tiempo en las costillas—. ¿Las tendré?

Asintió con la cabeza y se limpió las lágrimas. Lo observó mientras se separaba de él.

—Bienvenido. —Lo vio sonreír mientras volvía la vista hacia la casa.

Allí estaba el resto de las Román con toallas, el termo y hasta una silla.

—Tu casa, tu familia. —Le cogió la mano a Marco y se la apretó—. Y tu porción de mar.

—No necesito más —respondió él y Sofía bajó la barbilla para reír.

Entonces recordó que Marco ni siquiera sabía prepararse el desayuno. Solo esperaba que llevase bien el cambio.

63

Familia Román

Bajaron por las escaleras de madera. Al guardia de la casetilla casi le dio un infarto al ver a Valenti acceder por la puerta de empleados.

La arena ardía. Había regresado el calor intenso y Sofía se cuidó de no salirse del camino de baldas. Miró de reojo a Marco; por la sisa de la camiseta sin mangas podía ver la gasa y los esparadrapos que cubrían sus alas.

—Eres un exagerado —le dijo riendo.

—Son mías, así que son tal y como las quiero. —Le dio en el hombro con el bote de plástico en el que guardaban los papeles que les había dado el abogado de los Valenti.

La abuela Almu salió por la puerta del porche seguida de Diana. Ulises fue el primero en llegar hasta ellos. Alicia apoyó la cadera en la valla de madera. Sofía vio a su madre en el porche.

Marco se detuvo frente a la abuela.

—Señora Almudena Román —le dijo antes de entregarle el portadocumentos negro.

La abuela sonrió y negó con la cabeza; aun así lo aceptó.

—Abuela Almu a partir de ahora. —Miró a su nieta y la señaló con el dedo—. He decidido adoptarlo, así que, Sofía Román, lo que pase a partir de ahora entre tú y este hombre me da exactamente igual. —Le dio un ligero toque en el pecho con el índice—. Esta será su casa siempre que quiera o la necesite. ¿Me oyes?

Sofía asintió entre risas.

—Pues eso. —Su abuela se dio la vuelta y regresó a la casa.

Diana pasó junto a ella riendo.

—¡Hermana! —La miró—. ¿Ves esas señales? —Diana se dirigió a Marco—. ¿Son esas? —Este asintió a la pequeña de las Román—. Mi porción oficial de la cala.

—¿Qué dices? —replicó Alicia desde la valla—. Te he visto pintarlas y te has comido parte de la mía y la de mamá.

Sofía arqueó las cejas.

—Es que quiero una casa grande —la oyó decir.

Sofía observó a Marco. Él sonreía mientras estas seguían discutiendo por la porción de terreno que ahora le pertenecía a cada una.

—Y ¿cuál es la mía? —Sofía se mordió el labio inferior. Ni siquiera le había preguntado.

Marco ladeó la cabeza hacia la pared de roca.

—La última, la de las rocas. Así las tendrás más cerca —respondió él y ella se llevó la mano a la cara soltando una carcajada. Marco estudió aquel rincón—. Podrías construir una casa de esquina, semicircular.

Ella asentía con ironía.

—Seguro que se te ocurre algo —añadió él y la risa de Sofía aumentó. Dieron unos pasos hacia la casa sin dejar de mirar la cala—. Tienes la ventaja de que podrás pasar del porche al agua sin pisar la arena.

—Una gran ventaja. —Se sobresaltó al sentir las manos de Diana bajo el brazo.

—¿Qué tienes ahí? —Su hermana le metió la cabeza bajo la axila—. ¿Te has tatuado algo?

—Ay, ¡qué bruta! —Sintió el esparadrapo despegarse.

—Deja a Sofía, que está recién hecho. —Su madre habló con aquel tono que llevaban escuchando desde que tenían uso de razón.

Diana se volvió para mirarla.

—¿Tú lo sabías? Quiero verlo. —Diana volvió a meterle la cabeza en la axila.

Sofía perdió el equilibro y retrocedió unos pasos para huir de ella.

—¡Ostras! «Salvajes», me encanta. —Se apartó de ella mientras Sofía volvía a pegarse las gasas.

Diana se bajó la goma del vestido para mirarse el costado.

—¡Mamá, yo también quiero! —decía y Alicia rompió en carcajadas.

—Y ¿qué vas a ponerte? —Su hermana mayor se cruzó de brazos—. ¿Alas desastrosas, inmaduras, alocadas o indecisas?

Vio a Marco darse la vuelta para que no lo vieran reír.

—Alas de arena. —Diana ladeó la cabeza meditándolo—. ¡No! Alas de agua. ¡Sí! Alas de agua.

Alicia entornó los ojos mirando a su hermana.

—¿De agua? —le respondió—. Poco vas a volar tú con unas alas de agua.

Diana movió la mano en el aire como solía hacer su abuela.

—¿Quién quiere volar? Prefiero nadar. —Diana se encaminó hacia el porche mientras Alicia la seguía con la mirada.

—El que te mola sabe pilotar aviones, ¿no? —le dijo con ironía, ya también en el porche—. ¿No quieres volar?

—Que le den. Y a ti también. Me las voy a hacer de agua.

Madre mía.

Marco negó con la cabeza sin dejar de reír. Ya podía escucharse en el altavoz de la abuela Almu las primeras notas de «Sugar Baby Love». No podía faltar en una ocasión como aquella, la cala al fin era de ellas.

—Bienvenido a la casa de las Román. —Sofía tiró de Marco para que atravesara la valla—. Ahora también es la tuya.

Lo dejó pasar delante al porche y Sofía se volvió un instante hacia la orilla antes de seguirlo. El barco de Marco estaba anclado en la esquina, cerca de las rocas donde ella solía lanzarse al agua.

Mi hogar, mi familia, mi porción de mar.

Le encantaba estar en casa.

Agradecimientos

A mi marido y a mis hijos, por aquellas tormentas. Y por una promesa que me hizo emplearme diez veces más.

A mi hermana de letras, Jana Westwood, por ese camino interminable y por los que vendrán.

A mi gente, Patri, Ana, Mari, Vane, Virginia, Agu, Laura, Cristina, Conchi, Chiqui, Margari, Isabel, Amelia, Ana, Blanca, Sandra, Silvia y Pilar. Que saben el trabajo y la dedicación que hay detrás de mis novelas. Y por tantas risas.

A Ana, mi editora, por confiar en mí y acompañarme en este nuevo camino, y al equipo Penguin, por vestir mi novela de una manera maravillosa.

A mis hadas madrinas, todas las que han hecho posible mi carrera literaria, mi familia de letras y las que hacen que cada día me siente a escribir, de las que solo puedo dejar aquí una representación: Mapita, Laura M. G., Patricia Dueñas, Ali F. M., M. Paz López R., Carmen R. M., Sandra Koscak, Mónica Lara, Gemma Sánchez, Jéssica Anfruns, Rocío A., Nahikari Fernández, Sonia Barrionuevo, Naiara L., Susana Calzado, Cristina, MariS, Ana Monzó, Mayte Fernández, Tania R., Elena Montagud, Sara F. R., Marta Pérez, Sirlei S. L. J., Josune H. G., Linda Wagner, Esmeralda A. M., Laura Moreno Romero, Yaiza Matos, Mayra Jiménez Ramos, Stephanie Freijó, Maria Eugenia Ciotti, Adri Buitrago P., Nina Reus, Yolanda Fiz, Euge Ciotti, Liseth M., Wilmeliz Bonet, Yolanda Manzano, Mireia A. P.,

Isabel F., Marta C., Elisabet Aguilar, Yaritza Martín, Puri Carmona, @siempreleyendoydesconectando, Maribel Loaiza, Clara, Encarni Fernández, anaaiisalbelcalvo, Clara Chely, Marina P. C., Laura R. O., Emi Iurian, Ro Alma, Elsa C. S., Lumae, Linet Suarez, stresstaimon, Yolanda Reina, Graciela Mármol, Gissela Cano, L. A. Bello, Monikafarreras, Ginevra N., Judith Oliván, Gisella Ciuffardi, Lorena Folgon, María Gonespi, Iratxe E. H., Montse Rocha, Lina Álvarez, María, Diana Cristina Martínez, Ana G. M., Maki Delgado, Carmen P., Irene Moya-Angeler, Danielly Sifonte, Mitad Izquierda, Noemí Ferrer, Lady Turquesa, Sara Marfer, lectura_con_cafe, Laura Sánchez, Eliza Cardona, Maria A. G., Mary Bravebook, Diana Barahona G., lilith_lectora, Ross Cueto, Maca Oremor, Anaïs Sánchez Pellicer, Kayla Laurels, Toñy Gómez, Rodrigo y Ángela, Cristinadfe, carmen.mgf, Mirta Beccaria, M. Marqués, Cristina F. Almuñécar, Silvii Roco, Sirimiri Lavanda, Noelia Luna, Mari mg., Mirsa Luna, Clara Barceló, Nilda Pérez, Rhoda Ann, Keka.kekina, Noelia Gil, Gema de Diego, M.ª Carmen M. C., Sady Montano, Ada, Javiera C. C., Pilar de las Heras J., Susana Rey, Samantha R. T., Rebeca y Escarlata, Sílvia B., Osiris Melissa Rodríguez Polo, El Ático Azul, Yairet H., Ileana, Isabel Castro, Chivi (Silvia) Arias, Sonia Gálvez, Andrea F. O., Montse D. S., Isabel Venegas, Julia de Miguel, María José (Pepa), Mabel B., Ana Maraver, Nayely Heredia, Elena Fernández Picos, Victoria Valero, el_atelier_telas, Noemí Castro, criticandoyleyendo, Ana Umbría, Claudia Achirica, NiuryEsp., Mayte Lázaro, Meritxell C., Lorena Juanes (Vigo), Yast, Beatriz Serrano Peláez, Mariana Casas, Alejandra Briones, Coia Lladó, Aurora Molina, Alba Sylvia Díaz López, Leer.mipasion, Ana Isabel Alemán, Soledad Cana, Alicia R. M., Nandy Egea, Patry Ocaña, Patricia R. R., Carmen Dean, Jeanettepg, Nathalie Cuevas Pérez, Maita, Antonia Ávila Suárez, Nawal Mazgout, Jéssica Moreno, Alicia Guevara Bujaldón, Alisa Ludwig, Laura M. B., Raquel Ramírez Soto, Ani Bueno Barba, Yisselda Hawkmoon, Manuela Molina León, Lali Orland, Inma Pangliani,

Lola Oa, Eva M. Pinto, Vicky Rdz, Silvia B. Q., Laura A. G., Astrid M. S., Alejandra Melendez, Citlalli Parra, Débora García, María Marchena, Leire de Luis, Joana Ruiz Pastor, Paloma Sánchez, Mariola Serrano, Liborni, Laura Segura, asp79, Vero Leiro, martamaci_la, Rocío CJG, Anamaria Boboi, Elena V. G., Ainara M., María del Mar Casas, Vicki Rivas, Carolina Górriz, Violeta Cuesta, María Jesús Lendinez, Emma S. J., Sandra D. M. R., Virginia Ferrera, handcraftedcol, Míriam M. G., Elisa Navas, Cristina A. T., Elisa S. T., Maica Aranda, J. M., Yolanda Z, salaebla, Esther González, Kimberly L. V., Sonia Piay, marga_ro_bl, Jéssica Cruz, Emma, Carol Fdez-San José, Soledad Cana, Gabriela Vargas, Mamen M.M., Lucía Hernández, Itsaso Zabaleta, mariacumplido, Nuria, Rosa Aranda, Ana M. S., M.ª Elena Millán, R. Robaina, Valeria Haddad, Sassha Fuenmayor, Lola López, Anna, Sandra Plaza Jiménez, Churrimangui, Vanessa Arenas, Nuria Catarecha, Elena Ruiz, Vapsi Sampson, Isabel Guineton, Elvira Samper, Nerea Amo, Ana Belén Martí, Marisol G. A., Montse G. I., Daniela Lazo, Susana Lodeiro, Miriam Y. P., Rocket Queen, Babsy N., Rocío R. C., MJCA, Pepa Plaz, Fabiola G. P., Natalia Rada, bahia_lomas, María Milagros Guevara, ivonnevivier, Rocío Arizmendi, Vanessa Palafox, Isa Roza Rodríguez, Erika Eguiluz Adam, R. Carmen Monzón Santana, Neneta Nin, Laura Bassi Galloway, Rachel Bere, María José Cisa, Diana Aguirre, Esther Navarro, Hilda Isamar, Ale Osuna, Yazmin Bermúdez, Marian Palazón, Marta Sebastián, Yacira Picado Escamilla, Sandra del Rey, Marialu Delgado, Encarna Prieto, concha de la mancha, María Ascensión Benedi, Inma Gil, Nieves Sánchez, Mari Ruiz, Susana de la Torre, Mabel Escobero, Isabel Gómez, Vicky Martín, Cris Bea López, Yanara Pentón, Vanessa López Sarmiento, jesicar, Yoana Galán, Luz María Lozano, Belén Roca, Sandra Pérez, Paz Garrido Gutiérrez, Silvia Duarte, Aradia María Curbelo Vega, María José Gómez, Marisa Mengual, Estrella Pérez, Marta Olmos Tallada, Carmen Fernández Rangel, Toñi Aguilar Luna, Daniela Mariana

Lungu Moagher, Itxaso Belinchón, M.ª Carmen Pim, Vanusa Menezes, Sara Sierra Aguilar, Maite Martínez, María Nieto, Martha Luisa Paz, Myrna Swaggi Vidal, Mari Pérez, Tania de la Rosa, Pili Doria, Ana Heras, Tamara Cruz, Ester Castañer, Esther García, Susana Suvia, Sira Brun, BPG29, Mara Mornet, Rosa María Blanch, Julia Cote Alonso, Lidice Alfonso Toledo, Sonia Cristóbal Larra, Marisol Iranzo, Margarita Ru G., Elena Blanco, Soledad Fernández, Sandra Fernández, Mary Rz Ga, isa ca, Mayte Domingo, Claudia Ortiz, Anita Ferrer, Claudia Guzmán, Yasohara Pastran, Yohana Téllez, Mirian Álvarez, Patry Martínez, Beatriz Gil, Pepi Armario, Ana Ortega Fornet, Ana Olalla, Rocío Navarro, Claudia, Mamen Borrega Infante, María Celeste Lauria, Marta Plaza, Laura Botana, Elena Gaspar Alcalá, Carmen Caballero, Laura Fábrega, Emi Trigo Llorca, Rocío Garrido Macías, Herenia Llorente Valverde, María D. Laso Flores, Izaskun Maguregui, Ana María Rodríguez, Ruth Casas, María Antonia, Mónica Escribano, Ángela García Fernández, Gillian Phil, Beatriz Gómez, Bernabe M. R., Ascensión Sánchez Pelegrín, Marta Bezares, Mónica González, Esteffybcn, Laura Niño, Arlen Oviedo, Gina Serrano, Alejandra Macol, zuleika p.r., Shadara Luna, Yolanda Fernández, Victoria Mt, Verónica Álvarez, María Garces, Edith Adame, Naty Alvarado, Esther S. P., Diana Rosas, Elizabeth Elmes, María José Gutiérrez, Raquel Ramírez Soto, Toya Camarena, Conchi Miguel, Rahel, Cecilia C. C… y tantas otras.

Os quiero,

NOAH EVANS